Arktisgebiet
Franz-Josef-Land
Grönland
Spitzbergen
Nowaja Semlja
Island
Atlantischer Ozean
Norwegen
Schweden
Finnland
Hornberg-See
UdSSR
Nordirland
Bass Rock
Farne-I.
Irland
Groß-britannien
Dänemark
Norderoog
Niederlande
Naarder Meer
DDR
Polen
Bialowieza-Nat.-Park
Belgien
BRD
Tschechoslowakei
Königssee-Schutzgeb.
Neusiedler See
Österreich
Ungarn
Rumänien
Frankreich
Schweiz
Schweizer-Nat.-P.
Gran Paradiso
Plitwitzer-Nat.-Park
Jugoslawien
Bulgarien
Italien
Camarque
Spanien
Portugal
Albanien
Griechenland
Coto Doñana
Kreta
Punkte ohne Namen sind Aufnahmeorte

Eugen Schuhmacher

Europas Paradiese

Letzte Chancen eines gefährdeten Kontinents

Mit einem Beitrag von Dr. Theo Löbsack

Zoologische Texte:
Dr. Gerd Diesselhorst
Dr. Theodor Haltenorth
Dr. Thomas Schultze-Westrum

Schutzumschlag nach einem Entwurf
von Heinrich Schwichtenberg

Gesamtherstellung Mohndruck Reinhard Mohn OHG, Gütersloh
Printed in Germany · ISBN 3-570-04536-6

Inhalt

Zum Geleit

Wo liegt das Paradies? Diese Frage ist so alt wie das Denken und Sinnen der Menschen, und die Antworten waren verschieden, je nach Religion, Weltanschauung und kulturellem Stand des Fragenden.
Eugen Schuhmacher suchte die Paradiese Europas in der zweiten Hälfte des 20. Jahrhunderts, und er sagt in diesem Buch, er habe sie gefunden: Dort wo Europas letzte Wildnis liegt, wo die Bäume noch nicht in Reih' und Glied stehen, wo das Wasser noch selbst den Weg seines Laufes bestimmt, wo die wilden Tiere noch nicht in Gattern gehalten und gefüttert werden.
Millionen von Menschen dieses hochindustrialisierten Kontinents, in dem allein 3 der 7 am dichtesten besiedelten Staaten der Erde – die Niederlande, Belgien und die Bundesrepublik – liegen, werden Eugen Schuhmacher in tiefer Überzeugung zustimmen und gerade jene natürlichen Verhältnisse als paradiesisch bezeichnen, die unsere Urahnen und unsere Vorfahren durch viele Jahrhunderte hin als unheimlich, ja menschenfeindlich, mit allen ihnen zu Gebote stehenden Mitteln bekämpft haben; denn ungezählten Generationen schwemmten die Wildwasser die mühsam erbauten Hütten hinweg, zerstörten die Tiere des Waldes die kargen Ernten der Felder, und jahrhundertelang mußte der Mensch dem Wald jeden Quadratmeter abringen.
Der Mensch verändert seit Beginn seiner Geschichte seine natürliche Umwelt. Viele Jahrhunderte hindurch war sie ihm feindlich. Er war im Kampf gegen sie nur ein Zwerg. Erst der Siegeszug der Technik gab ihm die Macht und die Mittel, die Natur in großem Stil nach seinem Willen zu gestalten, und er tat dies gründlich. Zwei Drittel der gesamten Waldfläche der Erde hat er bisher vernichtet, ungezählte

Flüsse und Bäche in Kanäle verwandelt, hunderte von Tierarten ausgerottet. In der hochindustrialisierten Gesellschaft aber nahmen die Eingriffe des Menschen in seine natürliche Umwelt die Form der Zerstörung und sehr bald die der ernsten Bedrohung menschlichen Daseins an. Zunehmende Überbauung von Wald und Flur, ungeordnete Verstädterung und Ausdehnung zusammengeballter Industrieanlagen, ein immer schneller steigender Verbrauch an Rohstoffen aller Art und eine ungehemmte Erzeugung von Abfallstoffen haben die Selbstreinigungskräfte von Boden, Wasser und Luft vielerorts bei weitem überschritten. Diese Probleme behandelt Theo Löbsack in dem vorliegenden Werk mit größtem Sachverständnis.

Heute leben schon 65% der europäischen Bevölkerung in städtischen Siedlungen, in wenigen Jahren werden es 85% sein. Doch der Mensch ist der Umwelt Großstadt weder körperlich noch geistig angepaßt. Die Großstädte sind in ihrem heutigen Zustand letzten Endes lebensfeindlich. Der Mensch antwortet auf den ständigen Streß des großstädtischen Lebens mit körperlichen und seelischen Erkrankungen, und er sehnt sich zurück nach freier, vom Menschen unzerstörter Natur, dorthin, wo noch echte Wildnis herrscht. Er ersehnt genau das, was er sich Jahrhunderte hindurch mit allen Kräften bemüht hat, zu zerstören. Unverständlich? Nein, denn die natürliche Umwelt des Menschen ist unteilbar, und der Mensch ist und bleibt ein Glied der Natur, mag er auch noch so viel Möglichkeiten geschaffen haben, sie zu verändern.

So sind die beiden Abschnitte dieses Werks, mögen sie auf den ersten Blick auch recht gegensätzlich erscheinen, tatsächlich nur zwei Teilaspekte der großen Umweltkrise, in der sich die Menschheit in diesen Jahren befindet. Beide Autoren haben ihr Bestes getan, um Wege aufzuzeigen, die zur Heilung dieser Krise führen können.

Dr. Wolfgang Engelhardt
Generaldirektor der Staatlichen
Naturwissenschaftlichen Sammlungen Bayerns
Präsident des Deutschen Naturschutzringes

»Der Mensch des Industriezeitalters
hat die ganze Erde in Besitz genommen.
Wir erleben eine Bevölkerungsexplosion
von nie gekanntem Ausmaß.«
(Jean Dorst in »Natur in Gefahr«)

Vorwort

Auf keinem anderen Erdteil schreiten Ausbeutung, Verwüstung und Ausverkauf der Natur in so schnellem und rücksichtslosem Tempo voran wie in Europa.

Viele Quadratkilometer Wald, Äcker und Wiesen fallen jährlich der Bebauung zum Opfer, oder werden laufend von der Landwirtschaft als zu unrentabel aufgegeben und werden Brachland. Städte und Dörfer wachsen immer tiefer in die einst freie Landschaft hinein, dehnen sich meilenweit aus. Das Netz der Landstraßen und Autobahnen wird dichter und dichter, frißt sich täglich weiter durch unbewohntes Land, ein asphaltiertes Spinnennetz von riesigen Dimensionen, lärmerfüllt und von Abgasen überzogen.

Auch der Raubbau an noch verbliebenen natürlichem Land geht unaufhaltsam weiter. Sümpfe und Moore werden trockengelegt oder zu Abfallplätzen gemacht, sie verschwinden für immer. An den einst freien Gestaden der Seen und Meere drängen sich die Menschen wie Heringe in der Büchse zusammen. Daneben wachsen zunehmend Wochenendsiedlungen, Ferienwohnungen und Hotelpaläste empor. In der Bundesrepublik Deutschland allein verlieren wir auf diese Weise täglich schon 120 Hektar Acker-, Wald- und Wiesenland.

Viele Binnenseen, ja selbst ganze Meeresteile werden rücksichtslos verschmutzt, alles Leben darin stirbt ab. Manche Gewässer sind bereits so stark verseucht und vergiftet, daß die Entnahme von Wasser und das Betreten für Menschen aus gesundheitlichen Gründen verboten werden mußte.

Mittel- und Hochgebirgsregionen, lange Zeit noch letzte Bastionen einstiger Urnatur und wichtige Erholungsstätten, erliegen mehr und mehr dem Ansturm der Menschenmassen aus den Großstädten.

Jahrhundertealtes Brauchtum und althergebrachte Sitten weichen der Zivilisation. Bis in die hintersten Winkel unseres Kontinents dringt die Technik vor. Der Luftraum wird in erschreckender Weise vergast, das Trinkwasser verunreinigt, der Boden vergiftet.

Von ursprünglicher Natur und gesundem Lebensraum sind auf unserem Kontinent heute nur noch kleine Reste übriggeblieben. Auch sie wären schon angegriffen worden, hätte man sie nicht rechtzeitig zu Schutz- und Banngebieten erklärt: Die europäischen Landschaftsschutzgebiete, die Nationalparks, Naturschutzgebiete, Wildreservate und Wildparks. Sie sind »Europas Paradiese«, die letzten Chancen für die Bewohner unseres dichtbesiedelten und gefährdeten Kontinents.

Nur dort können wir in Zukunft noch etwas von unberührter Natur sehen und erleben. Wir und vor allem kommende Generationen brauchen diese letzten Paradiese deshalb so nötig wie Nahrung, Wasser und Luft, um gesund und menschenwürdig weiterleben zu können. Für ihre Erhaltung darf uns kein Opfer zu groß sein. Wir müssen alles, was darin noch lebt, bewahren, See und Bach, Wald und Busch, Blume und Tier. Wir müssen sie in Zukunft wie unersetzliches Gut betrachten, für ihren Bestand kämpfen. Wir sollten sie, diese Paradiese, aber auch mit der nötigen Rücksicht und Ehrfurcht betreten, sie vor Verschandelung, Lärm und Schmutz verschonen. Wenn auch sie noch verlorengehen, ist Europa ein Kontinent ohne Natur, ein Kontinent ohne Leben, ein toter Kontinent.

Ich habe während der vergangenen zehn Jahre die noch verbliebenen Paradiese Europas in Filmen und auf Fotos festgehalten. Auf ihnen sind europäische Urlandschaften und schon selten gewordene Tiere aufgezeichnet. Ebenso beziehen sich die gezeigten Mißstände und Eingriffe in die Natur nur auf Europa. In jedem Land gibt es die gleichen Probleme hinsichtlich der Erhaltung ursprünglicher Natur, der Bewahrung einer gesunden und lebenswerten Umwelt.

Überall greifen Technik und Zivilisation auf ihrer Jagd nach mehr Fortschritt und Wohlstand bedenkenlos und ohne Rücksicht nach der Natur und ihren Quellen, ohne aber zu bedenken, daß sie nicht unerschöpflich sind!

Ich möchte mit Film und Buch die so sehr naturentfremdeten Menschen unserer Zeit auf diese letzten Chancen zur Erhaltung unserer Natur aufmerksam machen. Ich möchte ihnen zeigen, was an natürlichen Wunderwerken trotz aller Vergewaltigungen übriggeblieben ist. Vielleicht tragen diese Film- und Bilddokumente doch noch dazu bei, das vielerorts verlorengegangene Interesse an natürlichen Werten und Schönheiten neu zu wecken.

Ganz besonders möchte ich unserer Jugend zeigen, daß es noch andere Dinge gibt, für die es sich lohnt zu arbeiten und zu leben, nicht nur Technik, materiellen Fortschritt und hohen Lebensstandard. Es hat Sinn und Wert, sich für die Erhaltung und den Schutz von Natur und Umwelt einzusetzen. Eine gesunde Natur ist gleichbedeutend mit einem gesunden Lebensraum. In diesem müssen wir alle weiterleben, wer ihn zerstört, zerstört sich selbst. Die Paradiese Europas sind unsere letzten Chancen.

Wie bei meinen vorhergegangenen Arbeiten an Film und Buch über »Die letzten Paradiese« haben mich auch dieses Mal die Internationale Union für Naturschutz (IUCN) und der World Wildlife Fund (WWF) weitgehend beraten und unterstützt. Ich sage diesen beiden Weltorganisationen zur Erhaltung der Natur meinen aufrichtigen Dank. Ich danke auch dem Bayer. Staatsministerium des Innern als oberster Naturschutzbehörde, dem Deutschen Naturschutzring (DNR), dem Bund für Naturschutz in Bayern und der niedersächsischen Landesregierung. Ferner danke ich all den vielen staatlichen und privaten Naturschutzstellen, den Naturschutzbeamten, Zoologen, Jägern und Helfern nicht nur in der Bundesrepublik Deutschland, sondern in all den bereisten europäischen Ländern. Ohne die Hilfe so vieler verständnisvoller Ämter, Vereinigungen und Einzelpersonen wären viele meiner jahrelangen Arbeiten für Film und Buch wohl nicht so reibungslos verlaufen, manche vielleicht gar nicht zustande gekommen. Ich danke ebenfalls Herrn Prof. Dr. Otto Kraus. Viele von ihm schon vor 20 Jahren bei der gemeinsamen Herstellung des Films »Natur in Gefahr« gegebenen Anregungen für Bild- und Textgestaltung sind heute zutreffender denn je. Nicht zuletzt danke ich auch den Mitautoren Dr. Theo Löbsack, Dr. Gerd Diesselhorst, Dr. Theodor Haltenorth und Dr. Thomas Schultze-Westrum sowie den Kollegen und persönlichen Helfern wie Helmuth Barth, Freimut Kalden, Peter Höser, Michael Mairgünther, Hajo Bopst, Leo Kopatsch und anderen.

Daß der C. Bertelsmann Verlag auch diesen zweiten Bildband wieder in so schöner Form und reicher Ausstattung herausbrachte, verpflichtet mich ebenfalls zu aufrichtigem Dank.

Die Welt unserer Vorfahren

In grauer Vorzeit bedeckten Heide, Moor und Wald weithin das Land. Der größte Teil Europas war von einem grünen Teppich bedeckt, er überzog Täler, Hügel und Berge bis hin zu ihren Gipfeln.

Keine Axt schlug Lücken, die Zeit allein war es, die die Baumriesen sterben und ihre Wipfel unter dem Himmelszelt bleichen ließ. Wie sie kamen, so vergingen sie auch wieder in einem ungestörten Kreislauf der Natur. Die Jahreszeiten färbten die grüne Decke in bunter Abwechslung vom Frühjahr bis zum Herbst, und der Winter barg sie unter seiner weißen Hülle.

Einsame Seen lagen in Senken und Mulden, und Bäche, Flüsse und Ströme suchten sich ihren Lauf und gruben sich ihr Bett nach den ewigen Gesetzen der Natur. Überall war Wasser in reicher Fülle vorhanden, kristallklares, reines Wasser, von keinem Schmutz und Unrat getrübt, durch keine chemischen Stoffe verseucht. Es nagte sich durch Felsen und Klüfte, es stürzte von den Bergen und suchte sich selbst seinen Weg ins Meer. Weder Schranke noch Wehr, auch keine Dämme behinderten es. Keine Stahlrohre oder Zementverbauungen fingen es ein, das Wasser war frei und ungebunden.

In Zeiten der Schneeschmelze und der Sommerregen konnten sich die Wassermassen in breiten Flußbetten und Auwäldern verströmen. Sie versickerten dort und drangen langsam in das Erdreich ein. Sie speisten mit ihrer Menge ständig das Grundwasser und bildeten damit eine schier unerschöpfliche Reserve an gesundem, frischem Wasser.

Nur wenige Menschen lebten auf diesem weiten Land. Sie hinterließen kaum irgendwelche Spuren ihres Daseins. Viele Kilometer weit lagen ihre kleinen Siedlungen auseinander; um zueinander zu kommen waren oft viele Tagesmärsche nötig. Noch griffen sie nicht in die während Jahrtausenden langsam gewordenen Zusammenhänge der Natur ein, sie waren lange Zeit selbst ein Teil der Natur. Sie entnahmen ihr auch nur so viel, als sie für ihr bescheidenes Dasein benötigten, zum täglichen Verzehr und Verbrauch sowie für etwas Vorrat. In der Hauptsache lebten die Menschen jener Zeit von Jagd und Fischfang, Hirtentum und Ackerbau folgten.

Erst viel später, als der Mensch mehr und mehr seßhaft wurde, als Dörfer heranwuchsen und größere Siedlungen entstanden, begann er langsam die Kräfte der Natur für sich nutzbar zu machen. Durch Abbrennen und Niederschlagen von Wald schuf er mehr Äcker und Wiesen. Er berieselte Weideflächen und bestellte – zaghaft noch – das wenige Land. Seine Hilfsmittel und Geräte stellte er aus dem, was ihm Wald, Wiese und Erde gaben, selbst her. Er fertigte sie in eigener, erfinderischer Handarbeit und wußte sie in geschickter Weise zu gebrauchen. Jetzt erst, als er vom nomadisierenden Jäger zum seßhaften Ackerbauer geworden war, konnte allmählich Kultur entstehen.

Aber noch waren seine Ernten gewissermaßen nur eine bescheidene Anfrage an die Natur. Sie war es noch immer, die über den Menschen herrschte, denn noch dehnte sich weithin eine Urlandschaft. Oft genug schlug sie mit ihren Urgewalten zurück, verwüstete Äcker und Wiesen, zerbrach Wälder und Büsche, überflutete Land und Siedlungen.

Meist jedoch war diese ungebändigte Urnatur friedlich, gut und schön. Sie verkraftete die Lücken, die der Mensch ihr schon geschlagen hatte. Rasch überdeckte sie wieder die Schäden, sie war überaus fruchtbar. Ein bunter Pflanzenteppich bedeckte fast überall die Erde. In allen Farben und Formen blühten Bäume, Sträucher und Blumen vom ersten Frühjahr bis weit in den Herbst hinein.

Tiere, die heute ausgestorben oder an vielen Orten fast ganz verschwunden sind, führten ein ungebundenes Leben. Sie waren ungestört und kamen mit dem Menschen kaum in Berührung. Die wenigen Stücke, die er mit seinen primitiven Waffen erbeutete, waren für die starken, lebensfähigen Bestände kein nennenswerter Verlust. Der Mensch machte noch keine Massenstrecken, weder aus Profitgier noch aus Freude am Töten. Für ihn war die Jagd nur Nahrungserwerb.
Auf den weiten Mooren lebte der riesige Elch. Die natürlich gewachsenen, mit Birken, Erlen und Pappeln gemischten Wälder lieferten einen unerschöpflichen Vorrat an Knospen und Laub. Sie boten ihm das ganze Jahr hindurch die beste Äsung.

Durch die dichten Urwälder zogen Rehe, Hirsche, Wildschweine und gewaltige Wisente, noch früher auch Auerochsen.

Bären und Wölfe holten sich davon ihre Beute ebenso wie Luchse, Wildkatzen und Adler. Nur manchmal griffen diese »Raubtiere« auch in die kargen Haustierbestände ein.

An Seen, Flüssen und Bächen bauten Biber ihre Dämme und Burgen, und die Otter hatten ein großes Angebot an Fischen und Kleinsäugern. Lachseeschwalben und Flußseeschwalben bevölkerten allerorts die Meeresstrände, an vielen Stellen auch die Kiesbänke der Gebirgsflüsse. Weiße und schwarze Störche sowie Rauhfußhühner horsteten überall, die einen in der Nähe des Menschen, die anderen in den tiefen, stillen Wäldern. Kraniche, Reiher und Rohrdommeln hausten zu Hunderten an Seen oder brüteten ungestört in Mooren und Sümpfen, ebenso wie Kiebitze, Limosen, Brachvögel und andere Schnepfenvögel. Steinadler, Seeadler und Fischadler zogen ihre Kreise und holten ihren Bedarf aus der Fülle der vorhandenen Beutetiere.

Eine überaus reiche Tierwelt lebte im Binnenland wie an den Meeresküsten. Noch starben die Tiere nicht an Ölverschmutzungen und Insektengiften zu Hunderttausenden dahin. Wo sie ihre Nahrung suchten und ihre Nester bauten, war die Natur sauber und fruchtbar. Habichte, Weihen, Falken, Adler und Uhus, Füchse, Dachse, Marder und Wiesel waren wichtige Regulatoren im Haushalt der Natur. Die Menschen jener Zeit beachteten sie kaum. Bären, Wölfe und Luchse galten zwar als gefährlich. Man vertrieb sie oder ging ihnen aus dem Wege, man bezeichnete sie aber nicht als »Schädlinge« und rottete sie nicht aus. Man betrachtete sie wie alle anderen Geschöpfe vielmehr als Teile der umgebenden Natur. Die Menschen jener Zeit hatten noch Sinn für Pflanze und Tier und lebten mit ihnen in guter Nachbarschaft.

Dann wurden die Wälder weiter zurückgedrängt. Es entstanden größere Siedlungen, und Städte begannen heranzuwachsen. Wieder brauchte man mehr Ackerland, mehr Fläche für die Bedürfnisse einer noch verhältnismäßig langsam wachsenden Bevölkerung.

Zwischen dem neu gerodeten Land verblieben aber reichlich Hecken, Büsche und Bäume. Sie boten zahllosen Tieren Unterschlupf und Wohnraum, sie hemmten die austrocknenden Winde und hielten so die Feuchtigkeit in der offenen Landschaft zurück. Überall zierten Flurbäume Felder und Hügel. Die Zuggespanne der Bauern und diese selbst schätzten sie als Schattenspender. Mit Leichtigkeit führten sie die Pflüge, Eggen und Erntewagen um sie herum. Erst den mechanisierten Ackergeräten fielen sie dann zum Opfer. Sie wurden restlos niedergeschlagen. Die Flur wurde ausgeräumt und »bereinigt«.

Bauern und Stadtbewohner jener Zeit erhielten, naturverbunden wie sie noch immer waren, unbewußt eine Landschaft voller Schönheit und innerer Harmonie, eine Heimat im besten Sinne des Wortes. Sie war der Boden, auf dem Volkslieder und Märchen entstanden, auf dem Sitte und Brauchtum zu Hause waren. Sie war eine unerschöpfliche Quelle für das menschliche Dasein, die Grundlage für ein seelisches Wohlbefinden und für eine bodenständige Kultur.

Auch die Bauten, die unsere Vorfahren in die freie Landschaft stellten, waren gleichsam aus ihr herausgewachsen. Aus Stein, Holz und Riedgras waren sie errichtet, aus dem Material, das die Erde bot. Sie paßten in sie hinein, ja sie waren häufig eine Krönung der Natur. Viele Kapellen und Kirchtürme, uralte Heustadel und behäbige Bauernhäuser zeugen noch heute davon.

In dieser so vom Menschen nach seinen Bedürfnissen gestalteten Landschaft war Raum für alles, für Siedlung, See, Wald und Moor, für Tiere und Pflanzen. Damals achtete der Mensch noch immer die Geschöpfe und ließ ihnen ihre Lebensräume. Er stand voller Ehrfurcht und Gläubigkeit vor dem Wesen der Natur. Bis zum 19. Jahrhundert herrschte ein wohlausgewogenes Gleichgewicht.

Dann kam das Zeitalter der Technik und mit ihm die industrielle Revolution. Es begann die Ära der Fabriken, Hochöfen und rauchenden Schornsteine. Die Industrielandschaft wurde aus dem Boden gestampft, die Fabrikstädte mit all ihren Begleiterscheinungen. Wachsender Wohlstand und die rasch ansteigende Bevölkerung führten zu verstärkter Kultivierung des Bodens. Was sich früher in organischem Wachstum über Jahrhunderte hin vollzog, spielte sich nun gleichsam in rasender Geschwindigkeit ab. Der Mensch versuchte jetzt die Natur zu beherrschen, er glaubte, sie nach seinem Willen lenken zu können.

Statt dessen gingen in immer schnellerem Tempo uralte Lebensgemeinschaften zugrunde. Moore wurden entwässert, Bäche begradigt, die anmutige Schönheit vieler Täler ging verloren. Ganze Gebirgsschluchten, die einst vom Brausen der Wildwasser erfüllt waren, verfielen der Zerstörung, Verbauung und Aufstauung. Das Wasser wurde jetzt möglichst schnell von der Wolke in die Turbine geleitet, während es früher das Grundwasser speiste und als Reserve für Trockenzeiten diente.

Ursprüngliche, artenreiche Mischwälder mußten schnellwüchsigen Stangenhölzern weichen. Mit ihnen strebte man an, den riesigen Holzbedarf rascher decken und den enormen Papierverschleiß schneller befriedigen zu können. Kahlflächen von riesigen Ausmaßen dehnten sich an anderen Stellen aus. Auf ihnen wuchsen sperrige Stahlmasten empor, die modernen Wälder der Technik. Diese Landschaft der Technik griff immer weiter um sich. Sie konnte bald keine Heimat mehr sein, in ihr entstand kein Volkslied mehr. In ihr mußte jedes Brauchtum ersticken.

Staubstürme trugen den schutzlosen Boden davon, und Regengüsse schwemmten die kostbare Muttererde davon, sie wurde in Bächen und Flüssen hinausgetragen ins Meer, ging für alle Zeiten verloren.

So nahm die Zerstörung der Natur ringsum ihren Lauf. Unwiederbringliche Werte wurden ständig vernichtet. Gewiß, man könnte alle diese Erscheinungen als eine unabänderliche Folge der Zivilisation bezeichnen. Sie sind aber häufig nichts anderes als das Ergebnis einer Wirtschaftsweise, die die naturgesetzlichen Zusammenhänge nicht kennt oder aber nicht beachtet. Denn der Profit ist oberstes Gesetz.

Die Ehrfurcht vor der Natur schwindet mehr und mehr dahin, der Verfall der Landschaft schreitet fort.

Für die sie umgebende Natur haben viele Menschen heute kein Gefühl mehr. Gedankenlosigkeit, Gleichgültigkeit und mangelnde Rücksichtnahme breiten sich immer weiter aus. Traurige Bilder zeigen überall, wie es um die Seele des Menschen bestellt ist. Bilder, die wir täglich sehen, täglich selbst verursachen.

Dies ist die letzte Auswirkung menschlicher Eingriffe in die Natur: der Rodung von Wäldern, Ausräumung der Feldflur, der Begradigung von Bächen und Flüssen und der Entwässerung der Moore folgt die Verschandelung, Verschmutzung, Vergasung, Vergiftung, die bis zur letzten Konsequenz fortgeführt wird. Hier offenbart sich am deutlichsten, was wir Menschen aus der Natur bereits gemacht haben und noch weiter machen.

Innerhalb der nächsten Generation wird die jetzt schon hungernde Welt ihre Bevölkerungszahl verdreifachen. Mindestens genausoschnell nimmt die Verschmutzung zu.

Die Versuche, die Nahrungsmittelerzeugung durch immer mehr Kunstdünger und schädlingsbekämpfende Mittel zu steigern, werden wahrscheinlich die Umwelt derart chemisch vergiften, daß dadurch alle Lebewesen vernichtet werden.

Der Mensch wird sich durch seine eigene Unwissenheit, Gedankenlosigkeit und seinen Egoismus zugrunde richten. Er hat über all seinem Wohlstand und Fortschritt ganz vergessen, sich noch auf die Natur zu besinnen.

»Der Mensch hat sein Zeitalter der Entdeckung gehabt und erwies sich als ein Meister darin, die Reichtümer seines Planeten aufzufinden. Er ist in ein Zeitalter der Ausbeutung übergewechselt und entwickelte große Fähigkeiten, diese Reichtümer zu nutzen. Jetzt ist der Beginn eines Zeitalters der Erhaltung längst überfällig, aber bis heute hat der Mensch wenig Talent für Wiederherstellung gezeigt.« (Dr. Hans-Jochen Vogel, München)

VORHERGEHENDE SEITE: In grauer Vorzeit bedeckte Wald weithin das Land. Tiefe geheimnisvolle Urwälder breiteten sich über Ebenen, Hügel und Berge. Nur wenige Fußpfade durchkreuzten sie, vielerlei Tiere führten darin ein ungestörtes Leben. Sie waren der Boden, auf dem Volkslieder und Märchen entstanden.

Heide und Moor füllten Täler und Hochflächen in oft unübersehbarer Weite. Kein Mensch betrat sie, sie waren die Heimat von Gnomen und Geistern.

Einsame Seen und Tümpel lagen in Senken und Mulden. Wasser, sauberes, kristallklares Wasser war in reicher Fülle vorhanden, ein unerschöpfliches Reservoir der Natur.

Keine Axt schlug Lücken in die Wildnis. Die Zeit allein war es, die die Baumriesen sterben ließ und zu Fall brachte. Aus dem Alten wuchs ständig Junges hervor, eine immerwährende Erneuerung.

Es nagte sich durch Felsen und Klüfte und stürzte donnernd und tosend von den Bergen.

In flinken Bächen floß es zu Tal und tränkte Wiesen und Felder . . .

Folgende Doppelseite:
Die Wasser dehnten sich weithin. Sie speisten ständig das Grundwasser, ehe sie sich schließlich langsam und kilometerbreit in die Ozeane ergossen.

In Strömen und Flüssen suchte es seinen Weg ins Meer, ungebunden und von keinen Staumauern und Wehren beengt.

Nur wenige Menschen lebten auf einem noch ursprünglichen Land. Die Bauten, die sie zu jener Zeit in die Landschaft stellten, waren gleichsam aus ihr herausgewachsen, sie paßten in diese unverbildete Natur.

Die Menschen lebten mit der sie umgebenden Natur in guter Nachbarschaft. Sie achteten die Geschöpfe, sie waren selbst noch ein Teil der Natur.

Stein und Holz waren ihre Baumaterialien. Sie lernten mehr und mehr mit ihnen umzugehen und sie für ihre Zwecke zu gebrauchen.

Sie berieselten das nur allmählich gewonnene Land und bestellten – zaghaft noch – die wenigen Äcker und Wiesen.

FOLGENDE DOPPELSEITE:
Tiere, die heute vielerorts ausgestorben sind, waren ihre Zeitgenossen.
In den stillen Wäldern lebte der gewaltige *Wisent*.

Bär und *Luchs* waren gewohnte Erscheinungen. Die Menschen verfolgten sie noch nicht, sie gingen ihnen lieber aus dem Weg und ließen ihnen ihre Lebensräume. Sie teilten die Tierwelt noch nicht in »schädlich« und »nützlich« ein.

Die unwiederbringliche Erde

Von Theo Löbsack

Welches Verhältnis haben wir heute noch zur Natur? Wie erleben wir Pflanzen und Tiere, wie einen Wald, eine Wiese, das Wasser? Solche Fragen drängen sich auf angesichts der Zerstörungen, die unsere fortschrittliche Technik in der Natur ringsum anrichtet und mit denen wir Menschen uns ein beschämendes Zeugnis ausstellen. Seen und Wasserläufe sind mit Schmutz- und Schadstoffen getränkt, und die chemische Begiftung von Pflanzen und Tieren in der Land- und Forstwirtschaft hat ein Ausmaß erreicht, daß zahlreiche Lebewesen schon ausgestorben und weitere mit dem Aussterben bedroht sind. Die Badestrände der Meere sind besudelt von den Ölrückständen der Schiffe, manche von ihnen mußten der Verschmutzung wegen gesperrt werden. Die Luft über den Industriestädten ist zeitweise kaum noch atembar; wilde Müllkippen, der Straßen- und Baustellenlärm sind zu einer Zumutung für den Bürger geworden. Was einst mit dem Begriff »Natur« verbunden war, scheint endgültig dahin: das Geheimnis, der Maßstab aller Dinge zu sein.

Es ist, als litten wir an zunehmender Instinktlosigkeit, als lebten wir bedenkenlos auf Kosten der nächsten Generationen. Im Rausch unserer Technik scheinen wir das simpelste Gefühl dafür verloren zu haben, was das Leben auf der Erde eigentlich erst ermöglicht und erhält und was es in Wahrheit auch erst lebenswert macht.

Die Abfallprodukte und die Folgen des »technischen Fortschritts«: der Lärm, die Luft- und Wasserverschmutzung, die zunehmende Einengung der natürlichen Lebensräume von Pflanzen und Tieren – all das hat sich heute zu einer weltweit ernsten Gefahr ausgewachsen. Aber es ist nicht nur das. Bedrückend ist, wie unsere Kinder heute immer weniger »naturverbunden« aufwachsen, wie sie sich von früh bis in die Nacht einem Überfluß an Zivilisationsreizen ausgesetzt sehen, der bis in die entlegensten Dörfer dringt. Was früher einmal Lustgewinn bedeutete: eine Waldwanderung oder die Freizeitbeschäftigung mit Pflanzen und Tieren, dem haftet heute in grotesker Wertverkehrung Plüschgeruch an, das ist für viele zum Merkmal einer fast peinlichen Schwarmgeisterei degradiert. Einem Bach zuzuhören, einem Vogel zu lauschen oder einfach einmal eine unberührte Landschaft zu betrachten – falls man sie noch findet – derlei »Naivitäten« sind ersetzt durch Surrogate des Glücks, sind verdrängt durch Zurschaustellen von Statussymbolen und Lebensgewohnheiten, die erst durch den Einsatz einer mit allen Mitteln der Psychologie arbeitenden Werbung zu Bedürfnissen hochgespielt worden sind.

Die Wirtschaft, so heißt es rechtfertigend, müsse ständig wachsen, denn unser Wohlstand dürfe nicht gefährdet werden. Aber was ist der Wohlstand? Wenn für ihn der Konsum ein Gradmesser ist: Wo ist das Mehr an Zeit, das uns die herstellende Industrie mitliefern müßte, um all jene Konsumgüter auch benutzen, verwerten, genießen zu können, die sie uns anbietet? Und was ist der »technische Fortschritt«? Wenn es heißt, der Fortschritt fordere seinen Preis, so möchten wir doch wissen, wofür dieser bittere Preis zu zahlen sei – mit anderen Worten: Was ist das, was wir leichthin »Fortschritt« nennen? Ist der Fortschritt die hektische und nervöse Betriebsamkeit, in der wir leben? Ist er die immer risikoreichere Suche nach neuen technischen Verfahren, um die wachsenden, künstlich erst erzeugten Bedürfnisse zu befriedigen? Setzte Fortschritt nicht vor allem die Bewahrung des Bewährten voraus? Muß Fortschritt nicht darin bestehen, den Menschen das Leben lebenswerter zu machen?

Man muß nicht gleich verkünden, die Menschheit werde sich noch ihr eigenes Grab schaufeln. Vermutlich wird sie das nicht. Es gibt aber eine Überlegung, die selbst die Optimisten unter den Zukunftsbeschwörern nachdenklich machen müßte. Was die Zerstörung unserer Lebensgrundlagen so heimtückisch macht, ist die Allmählichkeit, mit der sie sich vollzieht. Und es ist die außerordentliche Anpassungsfähigkeit des Menschen. Das bedeutet: Wenn unsere gegenwärtigen Maßnahmen zum Umweltschutz vergeblich oder unzureichend bleiben, so werden wir vermutlich lernen, uns in einem gewissen Umfang mit unserer kranken Erde zu arrangieren. Im selben Maß aber, wie wir ein lärmerfülltes, von Giftstoffen bedrohtes, von entseelten technischen Abläufen beherrschtes Bevölkerungsgedränge auf der Erde hinnehmen, stecken wir auch zurück, geben wir etwas auf von jenem Menschsein, mit dem wir über dem Tier zu stehen meinen. Weiter fort rückt das Wunschziel, geistig freie Wesen mit einem Höchstmaß an Gesundheit zu sein, die einer Symphonie mit anderen Ohren lauschen und den Sternhimmel mit anderen Augen betrachten als eine Ameise.

Das klingt, als solle einer neuen Romantik das Wort geredet werden, doch es ist nur eine Aufforderung zu Wachsamkeit. Louis Pasteur soll als erster nachgewiesen haben, daß Menschen in geschlossenen Räumen nahezu außerstande sind, die fortschreitende Verschlechterung der Atemluft wahrzunehmen – von der Erwärmung abgesehen. Wird es uns in dem weltweiten Raum, in dem wir leben, mit anderen – auch geistig-seelischen – Lebensbedürfnissen ähnlich gehen? Schon heute hat die Automatisierung viele unter uns zu bloßen Handlangerdiensten an komplizierten Maschinen gedrängt und diese Menschen damit, wie der Amerikaner Ben Seligman einmal sagte, »auf den sozialen Abfallhaufen geworfen«. Zwingt nicht auch der Straßenverkehr den Autofahrer zu roboterartigem Verhalten? Wehe ihm, wenn er sich einen Augenblick lang seiner Phantasie überläßt. Und müssen die meisten unter uns nicht immer größeren Aufwand treiben, um irgendwo noch ungestört dem Wind lauschen zu können, wie er durch die Bäume geht?

In der Tat sieht es so aus, als hätten wir die Annehmlichkeiten des sogenannten Fortschritts nicht nur mit akuten Risiken zu erkaufen, sondern noch mit einem zweiten, in kleinen Raten zahlbaren Preis. Selbst wenn uns dieser Preis vorerst noch nicht zu drücken scheint – die Geschichtsschreiber von einst werden sich vielleicht fragen, ob das bloße Überleben im Bannkreis des Götzen Technik den Verlust des eigentlich Menschlichen unserer Existenz wert gewesen ist.

Pestizide

Sehen wir uns in dem Lebensraum um, der uns verblieben ist, so gelingt es unserer hochentwikkelten Technik zwar, Menschen auf den Mond und zurück zu befördern, nicht aber scheint uns eben diese Technik eine vergleichsweise gesunde Umwelt bewahren zu können. Wohin wir blicken: es gibt kaum noch einen Platz, an dem wir nicht auf die Probleme der Umweltverschmutzung stießen. Eine der Ursachen dafür ist die unbekümmerte Herstellung der verschiedensten Chemikalien, die in einem nicht endenwollenden Strom alljährlich als synthetische Produkte auf den Markt kommen, chemische Verbindungen, die in der Natur nicht existieren und deren chemische Wirkungen auf schon vorhandene Stoffe uns zum großen Teil noch unbekannt sind. Bedenkenlos belasten wir unsere Umwelt mit diesen Chemikalien, ohne viel zu fragen, was sie auf lange Sicht dort anrichten werden. Treuherzig hoffen wir, es werde schon alles gutgehen.

Wie wenig gut es manchmal geht, zeigt das Beispiel der Schädlingsgifte. Werfen wir einen Blick zurück. Es fing damit an, daß die Menschen auf der Erde sich so stark vermehrten, daß sie gezwungen waren, sich ihre Nahrung auf andere Weise zu beschaffen als zu den Zeiten des einstigen Jäger- und Sammlerdaseins. Landbau mußte betrieben und die Landbaumethoden mußten intensiviert werden. Das führte zum Reinanbau, zur Zucht gleichartiger Nutzpflanzen auf großen Anbauflächen. Weil die Natur aber zur Erhaltung lebensfähiger Arten auf den Konkurrenzkampf angewiesen ist, und weil dementsprechend auch jede Tier- und Pflanzenart ihre natürlichen Widersacher hat, so trat etwas ganz Normales ein: mit den großen Monokulturen deckten die Menschen jenen kleinen und großen Plagegeistern den Tisch, die sich von eben diesen Nutzpflanzen ernähren.

Um gute Ernten einzubringen, galt es also, nicht nur die Anbaumethoden zu verbessern, sondern auch die sogenannten Schädlinge in Schach zu halten. Das geschah früher auf weniger wirksame Art durch Mittel wie dem aus Chrysanthemenblüten gewonnenen Pyrethrum, dem ebenfalls pflanzlichen Produkt Rotenon, dem sogenannten Schweinfurter Grün und ähnlichem. Später, mit wachsenden Profitchancen und entsprechend wachsendem Profitdenken, gewannen dann viel wirksamere Verfahren in der Landwirtschaft an Boden: Auf dem Bauernhof zog die Chemie ein. Dank der Entdeckung hochwirksamer Schädlingsgifte entstand der chemische Pflanzenschutz, der den Bauern und Gärtnern viel Segen gebracht, der sich aber auch als höchst zweischneidige Waffe im Kampf um das tägliche Brot erwiesen hat.

Eines der klassischen Insektengifte, dessen Wirkung der Schweizer Nobelpreisträger Dr. Paul Müller im Jahre 1939 entdeckte, ist das DDT, das Dichlor-diphenyl-trichloräthan. Zu seinen chemischen Verwandten zählen das Chlordan, das Dieldrin, das Endrin, das Heptachlor, das Lindan und einige mehr. Das DDT hat in aller Welt ungezählte Ernten vor übermäßigem Schädlingsbefall bewahrt. Dennoch, so scheint es, haben wir bis in die jüngste Vergangenheit hinein zu einseitig seine insektizide Wirkung im Auge gehabt.

Nach rund dreißig Jahren seiner Anwendung bedroht dieser Stoff heute zahlreiche teils seltene Vogelarten mit dem Aussterben. Unter ihnen sind der Seeadler, die Trottellumme, der Fischadler, der Weißkopf-Seeadler (das amerikanische Wappentier), der Kormoran, der Königsfischer und zahlreiche Mövenarten. Alle diese Vögel stehen heute auf einer Abschußliste, die ihnen der chemische Pflanzenschutz präsentiert hat. Weil sie die Endglieder sogenannter Ernährungsketten bilden, in deren Verlauf eine unheilvolle DDT-Eskalation stattfindet, verringern sich die Bestände dieser Tiere zusehends, denn ihre Eierschalen sind wegen Kalkmangels so dünn, daß sie unter dem Gewicht der brütenden Vögel zerbrechen. Die Ursache dafür ist ein gestörter Kalkstoffwechsel, hervorgerufen durch zu hohe Mengen jenes Insektizids, das der Insektenbekämpfung vorbehalten bleiben sollte, das nun aber mit seiner unheimlichen Allgegenwart auf unserem Planeten zum Weltbürger Nummer eins geworden ist. Wie mit der Mehrzahl der übrigen Pestizide sind wir mit dem DDT heute von Chemikalien umgeben, die außerhalb unseres biologischen Erfahrungsbereichs liegen.

Rund eine Million Tonnen DDT, so wird geschätzt, sind seit dem Jahre 1939 ausgebracht worden. Das sind umgerechnet 50000 Güterwagenladungen eines Kontaktgiftes, von dem 100 Milligramm genügen, um eine Ratte zu töten. Die Weltproduktion sämtlicher chlorhaltiger Pestizide dagegen liegt noch weit höher. Sie wurde allein für das Jahr 1968 auf vier Millionen Tonnen veranschlagt, also auf 200000 Güterwagenladungen.

Weil das DDT erst nach mehreren bis vielen Jahren seine Wirksamkeit verliert und weil es durch Regen und Wind, durch wandernde Tiere überallhin verbreitet wird, brauchen wir uns nicht zu wundern, wenn es heute praktisch keinen Ort auf der Erde mehr gibt, an dem es nicht anzutreffen wäre. Man fand DDT im Körperfett der Eskimos und im Fett der antarktischen Pinguine. Man entdeckte es im Erdboden und auf Pflanzen noch lange nach der Begiftung. Man stieß auf seine Spur im Plankton der Hochsee, in den Körpern totgeborener Kinder und Embryonen.

Eine amerikanische Gesellschaft für Umweltschutz warnte unlängst auf drastische Weise vor dem DDT. Auf einem Plakat war die entblößte Brust einer schwangeren Frau zu sehen, darunter stand die Warnung, Kinder nicht von »dieser Milchquelle« trinken zu lassen, weil die Muttermilch in den USA schon zwei- bis sechsfach höher mit DDT verseucht sei, als dies für handelsübliche Trinkmilch erlaubt ist. Bei Untersuchungen an jungen japanischen Frauen fanden sich sogar bis zu 30fach überhöhte Werte des DDT-Abkömmlings Dieldrin in der Muttermilch. Erhebliche DDT-Mengen wurden in den Eiern von Vögeln und in Brathähnchen entdeckt, im Brot und im Schweizer Käse, der deshalb von den importierenden Amerikanern zurückgewiesen werden mußte. Im menschlichen Fettgewebe fand man es in unterschiedlichen Mengen, und mit einem makabren Vergleich Lord Shakletons könnte man sagen, daß die westdeutschen Bundesbürger den Kannibalen noch etwas bekömmlicher wären als die Amerikaner, weil diese schon den stattlichen Wert von 11 Milligramm DDT je Kilogramm Körpergewicht aufweisen, während die Deutschen vorläufig nur 2,3 Milligramm je Kilogramm haben.

Die weltweite Verbreitung des DDT ist aber nur die eine Seite des Ärgernisses. Die zweite ist seine Neigung, sich im Körper bestimmter Tiere und des Menschen zunehmend zu konzentrieren. Wie alle chlorierten Kohlenwasserstoffe löst sich DDT zwar gut in Fetten und fettähnlichen Stoffen, nicht aber löst es sich im Wasser. Das führt zu einer stufenweisen Konzentrationserhöhung von Glied zu Glied in den Ernährungsketten der Natur. Ein Beipiel: Nach einer Flächenbegiftung im Long Island Sund fand sich das DDT alsbald im Meerwasser der Bucht wieder. Regen und Wind hatten es transportiert. Die Werte im Wasser waren noch vergleichsweise harmlos, mit 0,000003 ppm lagen sie noch weit unter der duldbaren Grenze (»ppm« – das heißt parts per million, also Teile auf eine Million, etwa Milligramm je Kilogramm). Wenig später enthielten die einzelligen Wasserbewohner das Insektizid schon in einer Konzentration von 0,04 ppm – also mehr als vertausendfacht. Hier blieb es, da es weder verdaut noch ausgeschieden wird, bis die Einzeller von kleinen Fischen gefressen wurden. Diese reicherten das DDT bis zu 0,5 ppm in ihren Körpern an. So zog sich die Ernährungskette weiter: Größere Fische fraßen die kleinen – Ergebnis: 2,0 ppm bei den großen. Am Ende der Kette standen die fischjagenden Vögel. Im Fettgewebe der Kormorane, der Gänsesäger und der Fischadler fanden sich 25 ppm, das Zehnmillionenfache des DDT-Ausgangswertes im Meerwasser: genug, um die Fortpflanzung der Vögel in Frage zu stellen.

Von dieser DDT-Eskalation wurden im März 1969 auch mehr als 13000 Kilogramm Forellen aus dem Michigan-See betroffen. Angesichts der massiven DDT-Mengen in den Fischen sah sich die amerikanische Arzneimittel-Aufsichtsbehörde FDA (Food and Drug Administration) genötigt, den Verkauf des gesamten Fanges an das »Kettenendglied« Mensch zu verbieten. Der Direktor des amerikanischen Sportfischerverbandes, John Gottschalk, kommentierte: »Was im Michigan-See geschehen ist, das ist ein Hinweis darauf, was wir anderswo zu erwarten haben. Es wird der Tag kommen, an dem die Menschen die Forellen sind.«

Einige der jüngst entdeckten oder vermuteten Wirkungen des DDT sind besonders beunruhigend: Während ausgewachsene Fische relativ hohe DDT-Dosen tolerieren, sterben Fisch-Embryonen fast augenblicklich, nachdem das DDT in den Dottersack übergegangen ist.

Solange das DDT im Fettgewebe verbleibt, scheint es keinen Schaden anzurichten. Anders dagegen, wenn der Körper seine Fettreserven rasch aufzehren muß. Dann kommt es zu einem plötzlichen Anfluten des DDT im Kreislauf. Wachteln, die zuvor mit DDT-haltigem Futter ernährt worden waren, zeigten sich unfähig, einfache Lernaufgaben zu erfüllen, nachdem sie acht Tage gehungert hatten und das DDT aus dem aufgezehrten Körperfett in den Kreislauf geraten war.

Untersuchungen des japanischen Biologen Fumio Matsumara von der Universität Wisconsin (USA) deuten darauf hin, daß DDT die Nerventätigkeit hemmt, indem es sich an den Synapsen konzentriert, den »Nahtstellen« zwischen den Nervenenden. Die dadurch ausgelösten elektrochemischen Störungen versetzen die Nervenzellen in einen anhaltenden Erregungszustand und verhindern den Transport des Impulses.

Nach Befunden des amerikanischen Biologen Professor Charles F. Wurster stellt DDT eine Gefahr für die Sauerstoffversorgung der Erde dar, weil es die Fotosynthese behindert, den von den grünen Pflanzenteilen vollzogenen Umwandlungsprozeß von Kohlendioxid in Zucker und Stärke bei gleichzeitiger Abgabe von Sauerstoff. Die Gefahr läßt sich ahnen, wenn man bedenkt, daß allein das pflanzliche Plankton ca. 70 Prozent des gesamten Sauerstoffgehaltes der Erdatmosphäre liefert.

Durch einen im einzelnen noch unklaren Einfluß, für den möglicherweise ein DDT-Isomer mit einem Chlor-Atom an anderer Stelle des Moleküls verantwortlich ist, bringt das DDT den Kalkstoffwechsel im weiblichen Tierkörper in Unordnung. Vermutlich tut es das, indem es eine dem weiblichen Geschlechtshormonen Östrogen ähnliche Funktion übernimmt. Als Folge davon können DDT-verseuchte Vögel nicht genügend Kalk für die Eierschalen produzieren.

Nach einer 1971 durchgeführten Untersuchung von Erben und Krampitz an den Eierschalen von DDT-verseuchten Pelikanen war der Anteil an eingelagerten organischen Bestandteilen in den Eierschalen der verseuchten Tiere wesentlich erhöht. Die verringerte Eierschalenstärke sei darauf zurückzuführen, daß das DDT oder seine Abkömmlinge das Ferment Carboanhydrase unterdrücken, das notwendig ist, um der Eierschale Kalzium zuzuführen.

Das Thema Schädlingsbekämpfung ist unerschöpflich. Wie kaum ein anderes ist es aber auch dafür geeignet, das Kind mit dem Bade auszuschütten. Man muß das Dilemma begreifen, in dem sich Bauern, Obstgärtner und Plantagenbesitzer sehen: Rasch wirkende Schädlingsgifte einzusetzen, kann beispielsweise für einen Gemüsebauern zur Existenzfrage werden, wenn er wenige Tage vor einer Spinaternte einen starken Rübenfliegenbefall hat. Spritzt er dann nicht, so kann er unter Umständen die gesamte Ernte einbüßen und damit schweren wirtschaftlichen Schaden erleiden.

Aber auch die Lage am Arbeitsmarkt spielt eine Rolle. Geeignete Hilfskräfte einzustellen, ist für Bauern und Gärtner zum Problem geworden. Wer wollte ihnen zumuten, am Wochenende mit der Familie Kartoffeln oder Rüben zu hacken, während die Mitbürger ihren Sonntagsausflug machen? Ihre Zeit ist ohnehin knapp – von den bitter beklagten Preisen für die Erzeugnisse zu schweigen –, und so greifen sie zur »chemischen Sense«, das heißt, sie setzen Unkrautvernichtungsmittel ein, Herbizide genannt, die auf elegante Weise rasch erledigen, was viele harte Arbeitsstunden gekostet hätte.

Was uns Sorgen machen muß, ist jedoch der Einsatz der schweren Gifte aus übertriebenem Profitdenken, der es heraufbeschwört, daß die Wartezeiten zwischen letzter Anwendung bis zur Ernte nicht eingehalten und zu hohe Rückstandsmengen auf der verkauften Ware festgestellt werden. Daneben besteht die Gefahr der unsachgemäßen oder fahrlässigen Anwendung von Pflanzenschutzmitteln, für die es immer wieder erschreckende Beispiele gibt. So war im Sommer des Jahres 1969 aus nicht restlos geklärter Ursache eine erhebliche Menge Insektengiftes in den Rhein gelangt. Wenige Tage später trieben weißbäuchige Fischleichen zu Millionen auf dem schon weidlich durch Abwässer heimgesuchten Strom. Nicht lange, und die schlimmsten Befürchtungen wurden übertroffen: Es zeigte sich, daß der gesamte Fischbestand vom Binger Loch flußabwärts vernichtet war. Regierungsdirektor Trahms vom nordrhein-westfälischen Landwirtschaftsministerium erklärte damals: »Selbst wenn ein ganzer Säuretanker gesunken wäre, könnte die für Fische tödliche Strecke höchstens 15 bis 20 Kilometer betragen haben.«

Was nach dem Bekanntwerden der Katastrophe geschah, hört sich an wie ein utopischer Bericht. Aus rätselhaften Gründen wurde die Meldung über die auf die holländische Grenze sich zuwälzende Giftwelle vom Düsseldorfer Wasserwerk, das als Meldekopf für derartige Fälle auch die Holländer zu warnen hat, nicht weitergegeben. Als die Meldung endlich in Holland eintraf, stand die Giftwelle schon kurz vor der holländischen Grenze bei Emmerich. So konnten unsere Nachbarn buchstäblich erst in letzter Minute die Schleusen zu den Rhein-Seitenkanälen schließen, die Trinkwasseraufbereitung stoppen und aus den Staustufen gesundes Wasser in den Strom leiten. Dennoch entstand auch in Holland ein Millionenschaden.

Was hier, im Falle der Rheinverseuchung, bestenfalls als kaum begreifliche Fahrlässigkeit ausgelegt werden mag, spielt sich im kleinen Maßstab in ungezählten Einzelfällen wieder und wieder ab.

Da radelt ein Kind kilometerweit ins nächste Dorf, um für den Vater einige Flaschen »E 605 forte« zu besorgen. Da werden die leeren – oft unausgespülten – Behälter nicht vergraben, sondern landen im Müll oder liegen irgendwo auf dem Hof herum. Da wird mit bloßen Händen und ohne Gasmaske gearbeitet, wo Gummihandschuhe und Atemschutz vorgeschrieben sind. Da geht der Gärtner im Gewächshaus beim Sprühen nicht von hinten nach vorn, sondern von vorn nach hinten und dann durch den Sprühnebel zurück zum Eingang. Da fahren Kinder auf dem Traktor mit, während der Bauer über ihnen die Insektizid-Spritze schwenkt. Aus Westfalen ist bekanntgeworden, daß ein Bauer den Inhalt eines 300-Liter-Tanks mit einer Insektizid-Spritzbrühe vorsätzlich in den Nachbaracker gekippt hat, weil seine Spritze nicht mehr funktionierte.

Fragt man da nicht, ob die Verantwortung von Hersteller und Behörden mit der Ausgabe von Gebrauchsanweisungen und Sicherheitsvorschriften enden kann? Die modernen Insektizide sind keine Himbeersäfte, und Verantwortung soll nur tragen, wer sie auch zu tragen versteht. Wenn aber de facto jeder, mit Ausnahme von notorischen Dorftrotteln, diese schweren Gifte in den Abgabestellen erwerben und damit tun kann, was er will, wird eine erhebliche Verantwortung auf eine anonyme Käuferschaft übertragen. Die Kontrolle über das weitere Schicksal der Gifte ist damit praktisch beendet im Gegensatz zur rezeptpflichtigen Arznei, die mit Arzt und Apotheker immerhin zwei Kontrollstellen passieren muß, bevor sie an den Verbraucher gelangt. Außerdem müssen bestimmte Medikamente ins Giftbuch eingetragen werden. Was nützt aber eine Gebrauchsanweisung, wenn sie nicht gelesen wird und durchaus nicht jeder Anwender weiß, wie man – beispielsweise – eine 0,5prozentige Lösung ansetzt.

Die Risiken eines allzu unbekümmert praktizierten chemischen Pflanzenschutzes ermißt aber auch, wem die Einsicht noch nicht abhanden gekommen ist, daß die Lebewesen auf unsere Erde nicht unabhängig voneinander existieren, sondern in einem komplizierten Gefüge vielfältig aufeinander angewiesen sind. Das zeigt sich immer da, wo der Mensch – um die Voraussetzungen für seine Massenvermehrung zu schaffen – in das Aufeinander-Angewiesensein einer Lebensgemeinschaft eingreift. Es zeigt sich beim Reinanbau von Nutzpflanzen, wenn die natürlichen Gegenspieler der angebauten Art unverhofft einen reich gedeckten Tisch finden und sich stürmisch vermehren. Es zeigt sich dort, wo Nutzpflanzen aus merkantilem Eifer nicht standort- oder klimagerecht angebaut werden, wenn dem Boden immer wieder »chemische Korsettstangen« eingezogen werden müssen und die Pflanzen kränkeln, so daß die Schädlinge leichtes Spiel haben. Denn tatsächlich versuchen die sogenannten Schädlinge als Gesundheitspolizei der Natur ja nichts anderes, als alles Kranke und Schwache zu beseitigen, so daß Platz wird für besser Angepaßtes, auch wenn wir diese ihre Funktion von unserem Standpunkt aus mißbilligen. Es zeigt sich bei radikalen Vernichtungsaktionen von Fliegen und Mücken, wie unlängst auf der Insel Borneo: Nach einer massiven DDT-Anwendung der Weltgesundheitsorganisation starben dort die Eidechsen und Geckonen, weil sie keine Nahrung mehr fanden – Fliegen und Mükken waren tot. Daraufhin verendeten zahlreiche Katzen, die ihrerseits den Geckonen und Eidechsen nachstellten. Da die Katzen auch die Ratten in Schach gehalten hatten, gab es einen weiteren Effekt: eine Rattenplage begann. Von den Eingeborenen alarmiert, mußte die Weltgesundheitsorganisation daraufhin Katzen in größerer Menge per Flugzeug einfliegen und sie an Fallschirmen über den betroffenen Gebieten absetzen.

Konrad Lorenz, der Verhaltensforscher, wies auf einen ähnlichen Zusammenhang hin: »Die Schädlingsbekämpfung durch Gifte kann unter Umständen für den Schädling von Nutzen sein, weil sie auf die Dauer nicht ihn, sondern seine Feinde vernichtet. Die Tiere, die den Menschen unmittelbar schädigen können, sind nahezu ausnahmslos solche, die zu einer raschen Vermehrung befähigt sind; seien es nun die lästigen Stechmücken oder die Schädlinge des Ackerbaues. Viele von ihnen, wie eben Mücken und andere Insekten, haben außerdem die Fähigkeit, Lebensräume, in denen sie ganz oder beinahe ausgerottet wurden, erstaunlich rasch wieder zu besiedeln. Als man vor längerer Zeit den Versuch unternahm, der Mückenplage dadurch Herr zu werden, daß man die Tümpel mit Petroleum übergoß, in denen die Larven heranwuchsen, ereignete sich folgendes: Der rohe Eingriff tötete, wie zu erwarten, nicht nur die Mückenlarven, sondern auch alle anderen in jenen Gewässern vorkommenden Wassertiere, die ihrerseits von Mückenlarven leben, wie Wasserwanzen, Wasserkäfer, Molche und Kleinfische. Im nächsten Jahre gab es eine Mückenplage wie nie zuvor. Man könnte sich tatsächlich keine wirksamere Methode zur Massenzucht von Stechmücken ausdenken.«

Was die Insektengifte vom DDT-Typ betrifft, so sollte uns noch ein weiterer Umstand zu denken geben. Rückstände dieser Substanzen finden sich in unseren natürlichen Salbengrundlagen. Diese Stoffe, die für zahlreiche Medikamente und Kosmetika unentbehrlich sind, gewinnt man aus dem Wollfett von Schafen. Die Schafe wiederum werden regelmäßig durch Tauchbäder getrieben, denen Insektizide zugesetzt sind, oder es werden aus Flugzeugen Insektizide über ihnen verstäubt. Die Hauptmenge der insektiziden Wirkstoffe bleibt dabei in der Wolle haften und gelangt so in das Wollfett. Dazu Dr. Thier vom Institut für angewandte Chemie der Universität Erlangen: »In der chemischen Landesuntersuchungsanstalt Stuttgart wurden auch einige Proben Wollfett vom deutschen Markt untersucht. Dabei wurde in allen Fällen das technische Isomerengemisch des Hexachlorcyclohexans nachgewiesen. Die Höhe der

Rückstände lag bei 200 bis 500 ppm, also 0,02 bis 0,05 Prozent. Dieser hohe Gehalt einer Salbengrundlage an Hexachlorcyclohexan hat noch keine gesundheitsschädlichen Auswirkungen, ist aber zweifellos unerwünscht. Die lipoidlösliche Verbindung kann resorbiert und im Organismus nur schwer abgebaut werden; bei längerer Zufuhr reichert sie sich im Fettgewebe an. Außerdem besteht die Gefahr einer Sensibilisierung.« Anschließend spricht Thier aus, was offenbar nur wenigen bewußt ist: »Zur Zeit wird peinlich darauf geachtet, daß die Bevölkerung nur möglichst geringe Pestizidrückstände mit der Nahrung zu sich nimmt. Diese Bemühungen sind aber sinnlos, solange sie gleichzeitig größere Mengen an Pestiziden aus pharmazeutischen Zubereitungen oder kosmetischen Präparaten aufnimmt.«

Eine unangenehme Überraschung bescherte uns im Sommer 1969 auch das Lebensmitteluntersuchungsamt Augsburg, als es im Tabak und in Brathähnchen teils vielfach überhöhte DDT-Rückstände entdeckte. Die Rückstandsuntersuchungen müßten also konsequenterweise auch auf die Futtermittel für Hähnchen, Schweine usw. ausgedehnt werden. Doch weiter: DDT wird in unkontrollierbaren Mengen aus Haushalts-Spraydosen versprüht und eingeatmet, und es dringt aus vorbehandelten Textilien durch die Haut in den Körper ein, nachdem es durch den Körperschweiß aus dem Gewebe gelöst wurde. Sogar die ungeborenen Kinder haben heute schon DDT in ihren Körpern. Die Wissenschaftler Engst und Knoll vom Institut für Ernährung in Potsdam-Rehbrücke teilten auf dem Achten Internationalen Ernährungskongreß in Prag im Jahre 1969 mit: Bei 34 totgeborenen oder als Säuglinge verstorbenen Kindern wurde ein DDT-Gehalt von durchschnittlich 6,9 Milligramm je Kilogramm Körpergewicht festgestellt, in einigen Fällen bis zu 15 Milligramm je Kilogramm. Dieses Ergebnis ließ nur den Schluß zu, daß der kindliche Körper auf dem Wege über den mütterlichen Organismus mit DDT versorgt wird. Die Kinder kommen also schon mit einem DDT-Vorschuß zur Welt, bevor sie das Insektizid selbst aktiv aufnehmen.

Zahlreiche Staaten haben mittlerweile die Konsequenzen aus diesen Tatbeständen gezogen und haben die Anwendung des DDT und verwandter Mittel verboten. Auch in der Bundesrepublik tritt demnächst ein drastisches Verbot in Kraft, das bis zum Jahre 1975 nur noch einige genehmigungspflichtige Ausnahmen zuläßt. Auch die für Lebensmittel pflanzlicher Herkunft festgesetzten Höchstmengen sollen überprüft und weiter verringert werden.

Das kann aber nur ein Teil der notwendig werdenden Besinnung sein. Energische Maßnahmen sind insbesondere auf dem Gebiet des biologischen Pflanzenschutzes notwendig, dessen Mittel und Möglichkeiten, die chemischen »Holzhammermethoden« mehr und mehr ersetzen sollten. Es ist hier nicht der Platz, um ausführlich auf den biologischen Pflanzenschutz einzugehen, aber soviel sei doch gesagt: Die chemische Industrie hat die biologische Schädlingsbekämpfung wiederholt als utopisch abgetan und beteuert, daß auch hochgiftige und lange wirksame Mittel angesichts des Welt-Bevölkerungsproblems unentbehrlich seien. Immer wieder heißt es auch, daß wir dem chemischen Pflanzenschutz rund ein Drittel der Welt-Nahrungsmittelproduktion verdanken. Man sagt, daß bei einem Verzicht auf ihn, ein großer Teil der Menschheit verhungern müßte. Dem muß entgegengehalten werden, daß das Welt-Hungerproblem gegenwärtig kein Erzeugungsproblem, sondern ein Problem der Verteilung ist. Beredte Beispiele dafür sind die Getreide-, die Butter-, Zucker- und Kaffeeberge in manchen Ländern der Erde.

Die Anstrengungen, die heute in aller Welt im chemischen Pflanzenschutz gemacht werden, stünden darum einer anderen, freilich weniger lukrativen Aufgabe besser an. Statt mit einer beträchtlichen Portion Frivolität die fortgesetzte und kaum noch kontrollierbare Begiftung unserer Umwelt mit dem abgedroschenen Hinweis auf das Welt-Ernährungsproblem zu rechtfertigen, sollte man dort anfangen, wo auf lange Sicht allein das Problem in den Griff zu bekommen ist: bei einer weltweiten und energischen Anstrengung, neben der Wirtschaftshilfe endlich die bedrohlich hohen Vermehrungsraten der Bevölkerung in den Entwicklungsländern zu senken.

Wenn von den Problemen der chemischen Schädlingsbekämpfung die Rede ist, so muß auch auf jene Gruppe von Chemikalien in unserer Umwelt hingewiesen werden, die das menschliche Erbgut schädigen können, die sogenannten mutagenen Substanzen (von mutare, verändern). Seit dem Jahre 1927, als der amerikanische Nobelpreisträger Prof. Hermann Joseph Müller durch seine Experimente an der Taufliege Drosophila nachwies, daß Röntgenstrahlen die Häufigkeit von Erbänderungen erhöhen, hat die Wissenschaft vor allem die energiereichen Strahlen als Prügelknaben für die zunehmende genetische Belastung der menschlichen Erbanlagen im Auge gehabt. Um der Gefahr zu begegnen, sind schließlich in zahlreichen Ländern strenge Strahlenschutzvorschriften erlassen worden. An die Ärzte erging die Mahnung, Röntgenaufnahmen nur in dringenden Fällen zu machen und Durchleuchtungen ohne triftigen Grund zu vermeiden.

Zu dem Risiko der Röntgenstrahlen hat sich nun ein zweites gesellt, von dem manche Wissenschaftler meinen, es sei noch wesentlich höher einzuschätzen. Es hat sich nämlich gezeigt, daß auch bestimmte Chemikalien unerwünschte Mutationen auslösen und damit die Zahl der Erbschäden ansteigen lassen können. Diese Chemikalien sind heute im allgemeinen Gebrauch. Überall in unserer Umwelt sind sie zu finden. Wir verzehren sie als Zusätze mit unseren Nahrungsmitteln, wir tragen sie in den Stoffen unserer Kleidung. Wir gehen mit ihnen bei verschiedenen industriellen Fertigungsvorgängen um, wir nehmen sie in Arzneimitteln – wie etwa den Zytostatika – zu uns.

Eine ernste Warnung vor diesen Stoffen hat unlängst der amerikanische Arzt Dr. Samuel S. Epstein, Leiter der Laboratorien für Karzinogenese und Toxikologie der Childrens Cancer Research Foundation in Boston, ausgesprochen. »Hochgradig mutagen« nannte Epstein unlängst in Freiburg i. Br. die alkylierenden Substanzen auf Äthyleniminbasis, Stoffe, die »für eine Vielzahl nichtindustrieller Zwecke verwendet werden, unter anderem für die Behandlung bösartiger Tumoren und Autoimmunkrankheiten, für die Herstellung von Insektiziden, Textil- und Druckfarben, feuerfestem Material sowie knitterfreiem Gewebe. Die Substanzen«, fuhr Epstein fort, »sind außerdem im Treibstoff für Düsenflugzeuge und Raketen sowie als Stabilisatoren und Akzeleratoren in verschiedenen Polymeren enthalten; sie treten bei einer Vielzahl von industriellen Herstellungsprozessen als Zwischenprodukte auf und werden bei der Herstellung von Stärke und Shampoos als Verbindungssubstanzen verwendet. Kürzlich wurden diese Substanzen sogar als Pflanzenschutzmittel und Rattengift empfohlen!«

Wesentlich ist, daß diese Stoffe ihre erbschädigende Wirkung bereits in Konzentrationen entfalten, die weit unter der Toxizitätsgrenze liegen. Insofern verliert auch die Weisheit des großen Arztes Paracelsus ihre monolithische Gültigkeit, nach der allein die Dosis mache, ob ein Stoff giftig sei oder nicht.

Die Erzeugnisse der chemischen Industrie in Arzneien, in Lebensmitteln und in Gebrauchsgegenständen haben viel Segensreiches, doch darf man nicht übersehen, daß viele dieser Substanzen in der Natur nicht vorkommen, das »Leben« also keine Erfahrungen mit ihnen hat. Während wir Menschen seit Jahrtausenden mit Naturstoffen umgegangen sind wie Holz und Leder, Wolle, Lehm und dergleichen, und während wir mit diesen Stoffen auch unsere immer wieder bestätigten Erfahrungen gemacht haben, sind wir seit verhältnismäßig kurzer Zeit dabei, gänzlich neuartige Stoffe in den Naturhaushalt einzuführen. Künstliche Substanzen, die den Lebewesen unbekannt sind und auf die sie sich noch nicht einstellen konnten. Blieben diese Neuschöpfungen in der Natur gelegentliche Ausnahmen, so wären sie kaum der Rede wert. Tatsächlich aber stehen wir heute vor einer wahren Explosion beispielsweise der kunststofferzeugenden Industrie. Sie expandiert wie kaum ein anderer Wirtschaftszweig. Nach einer Prognose der Professoren Kölbel und Schulze vom Institut für technische Chemie an der TU Berlin wird der Gesamtverbrauch an Kunststoffen in der Welt von derzeit 50 Millionen Kubikmeter auf rund 1,5 Milliarden Kubikmeter im Jahre 2000 angeschwollen sein. Dagegen soll der Eisenverbrauch von gegenwärtig ungefähr 80 Millionen Kubikmetern im selben Zeitraum auf nur etwa 300 Millionen Kubikmeter steigen.

Bei diesem Produktionstempo ist es nahezu ausgeschlossen, daß die notwendigen Prüfungen auf etwaige Umweltgefährdung durch solche Stoffe genügend rasch mitkommen, um das Risiko zu vermeiden. Unerfreuliche Entdeckungen zeigen schon heute, wie bedenklich dieser Produktionsrausch ist: die erwähnten erbschädigenden Substanzen sind einer der Steine des Anstoßes. Ein anderer ist das Problem der Beseitigung von Kunststoffen, die sich nicht oder nur schwer zersetzen, oder die bei ihrer Verbrennung gefährliche Gase bilden, wie das PVC, das Polyvinylchlorid – wir kommen darauf zurück.

Wasserverschmutzung

Eines der brennendsten Probleme des Umweltschutzes ist gegenwärtig die Frage, wie unser Trink- und Brauchwasser einigermaßen von giftigen und verschmutzenden Stoffen freizuhalten ist.

Als unsere Mütter die Wäsche noch mit Kernseife wuschen, als wir mit dem Fahrrad zur Arbeit fuhren und ans Wirtschaftswunder nicht zu denken war, da hatten wir gesunde Bäche, Flüsse und Seen. Heute leben wir fortschrittlich. Wir leben mit »weißen Riesen« aber auch mit korrodierenden Öltanks, mit anschwellenden Industrieabwässern und ekligen Sickersäften, die aus Silos und Müllkippen ins Grundwasser geraten. Heute stinken unsere Flüsse zum Himmel. Die Wasserverpestung hat ein Ausmaß erreicht, das bezweifeln läßt, ob wir sie überhaupt noch unter Kontrolle bringen können.

Zum ärgsten, das uns ins bundesdeutsche Haus steht, zählen rund 60000 vor den gesetzlichen Schutzbestimmungen in die Erde eingebaute Öltanks: Behälter, deren Wände mittlerweile brüchig geworden sind. Diese Tanks sind nach einer Warnung der Vereinigung Deutscher Gewässerschutz heute so weit verrottet, daß Öl ins Grundwasser austritt – Tag für Tag. Die Folgen des auslaufenden Öls, so heißt es, brauchten sich erst nach Jahren bemerkbar zu machen, aber die Dunkelziffer der verschwiegenen Öl-Unfälle sei jetzt schon hoch.

Zu den rund 250000 Tonnen Salzen aller Art, die aus unsachgemäßen Müllablagerungen alljährlich ins Grundwasser sickern, kommt nun also die Gefahr der Ölverseuchung.

Was Öl anrichten kann, demonstriert nicht nur der Umstand, daß ein Liter Öl bis zu fünf Millionen Liter Wasser ungenießbar macht. Anschauungsunterricht erteilen immer wieder Öl-Katastrophen wie jene vom März 1967, als das Tankschiff »Torrey Canyon« vor der südenglischen Küste leck schlug und 110000 Tonnen seiner Ladung ausliefen. Ungezählte Wassertiere starben einen qualvollen Tod, und die benachbarten Küsten wurden auf unbeschreibliche Weise besudelt. Darüber hinaus pumpen Schiffskapitäne aller Herren Länder ungeachtet der zunehmenden Ölbelastung alljährlich mindestens drei, möglicherweise bis zu zehn Millionen Tonnen Öl in die Ozeane. Davon stammen mehr als zwei Millionen Tonnen aus

Schiffen, die ihre Tanks auf offener See durchspülen und das ölige Bilgenwasser ablassen, weil dies in den Häfen verboten ist. Thor Heyerdahl, der den Atlantik im Papyrusboot überquerte, berichtete erbittert: »Zeitweise bewegten wir uns in einem Meer von Petroleum . . .«

Als am 16. September 1969 bei West Falmouth an der Küste von Massachusetts rund 600000 Liter Heizöl an den Atlantik flossen, erwiesen sich drei Tage später 95 Prozent aller Lebewesen in dem betroffenen Seegebiet als tot, der Rest lag im Sterben. Noch ein Jahr nach der Katastrophe ermittelten Wissenschaftler des Ozeanographischen Instituts von Woods Hole Auswirkungen der giftigen Heizöl-Bestandteile am Meeresgrund. Selbst nach tausendfacher Verdünnung hatte das Öl noch Schellfische getötet. Wenn es nicht gelänge, bemerkte Woods Hole-Chefchemiker Dr. Max Blumer, solche Katastrophen durch schnellstmögliches Einfangen des Öls mit Spezialverfahren zu verhüten, wäre Abbrennen der Ölfläche vermutlich das kleinste Übel. Ein unbeabsichtigtes Feuer dieser Art konnten im Juli die Anrainer des ölverpesteten Cuyahoga-Flusses (Ohio) beobachten, der bei einer Clevelander Fabrik Feuer gefangen hatte. Zwei Eisenbahnbrücken brachen damals unter den lodernden Flammen zusammen.

Nachdem in der Bundesrepublik am 1. Oktober 1964 das Gesetz gegen die »harten« waschaktiven Substanzen oder Detergentien in Kraft getreten war, verschwanden zwar die schillernden wabbelnden Schaumberge von Bächen und Flüssen. Doch ersetzte den Teufel nun Beelzebub in Gestalt von Phosphaten: Chemikalien, aus denen die modernen Waschmittel heute zum großen Teil bestehen. Zusammen mit den Phosphor- und Stickstoff-Verbindungen des Kunstdüngers, die der Regen in die Gewässer schwemmt, mästen diese Stoffe die Wasserpflanzen, die Algen und das pflanzliche Plankton. Sie führen herbei, was man »Eutrophierung« nennt – nach dem griechischen Wort eutrophos = gut genährt. Die Phosphate lassen die Pflanzen wuchern, so vor allem die Alge Cladophora, die sich im extrem phosphatüberdüngten amerikanischen Erie-See alljährlich im Frühjahr breitmacht und am westlichen Seeufer meterdicke Teppiche bildet. Da die Sonnenstrahlen die unteren Schichten des anschwellenden Teppichs mit der Zeit immer weniger erreichen, sterben diese Pflanzenmassen ab. Während sich das organische Material zersetzt, verbraucht es jedoch große Mengen Sauerstoff, der dem Seewasser entzogen wird. Ergebnis: die sauerstoffhungrigen anderen Lebewesen kommen zu kurz. Stinkender Schwefelwasserstoff bildet sich, und das Seewasser beginnt, faulig zu riechen. Das Leben in ihm erstickt.

Ein ähnliches Schicksal, wie das des Erie-Sees, steht offenbar dem Bodensee bevor. Seine Abwässer-Belastung in den letzten fünf Jahren hat dazu geführt, daß der Sauerstoffgehalt zurückgeht. Nach einer amtlichen Schätzung werden dem »Schwäbischen Meer« zwischen Bregenz und Stein am Rhein jährlich etwa 40000 Tonnen Kochsalz, 20000 Tonnen Stickstoff und 2000 Tonnen Phosphor zugeführt mit der Wirkung, daß an heißen Sommertagen in der oberen Wasserschicht bis zu 60 Millionen pflanzliche Zellen je Liter Wasser gezählt werden. Allein der Phosphatgehalt des Seewassers stieg von zwei Milligramm je Kubikmeter im Jahre 1935 auf 40 bis 50 Milligramm im Jahre 1970.

Bis zu tausendmal soviel Keime, wie sie im freien Bodenseewasser auftreten, findet man gegenwärtig im Uferbereich, wo der dichte Pflanzengürtel den Wasseraustausch behindert und die Abwässerbestandteile sich ansammeln können. Verkrüppelte Jungfische, die dem probeweise entnommenen Felchen-Laich entschlüpften, billionenfache Vermehrung der Dreiecksmuschel Dreissena und die Gefahr, sich ansteckende Krankheiten zuzuziehen, vergällen immer mehr Badefreudigen den Urlaub an den Gestaden der »Träne Gottes«.

Wie der Langenargener Limnologe Dr. Wilhelm Nümann erklärte, seien die Uferzonen des Bodensees unter Umständen sogar für Cholera und Kinderlähmung anfällig.

Statt das Seegebiet und damit einen großen europäischen Trinkwasserspeicher zur Wasserschutzzone zu erklären, läßt man den Dingen zu sorglos ihren Lauf. Statt der sich breitmachenden Industrie am See angemessene Grenzen zu setzen, treibt man das Spiel auf die Spitze: Eine geplante Autobahn von Stuttgart soll in absehbarer Zeit allwöchentlich Zehntausende zusätzlicher Feriengäste an die Seeufer schleusen. Mit einer bei Lindau in Ufernähe verlegten Öl-Pipeline riskiert man Ölkatastrophen noch unbekannten Ausmaßes. Statt mit größerer Entschiedenheit dreistufige Kläranlagen zu bauen, werden Maßnahmen getroffen wie die »Seeputzete«, eine freiwillige Ringsum-Uferreinigung, werden Ortsverschönerungswettbewerbe durchgeführt und kostspielige Fremdenverkehrs-Einrichtungen finanziert – und es wird hektisch nach dem Bau einer Bodenseebrücke verlangt.

Einwandfreies Trinkwasser, das der Bodensee dank qualifizierter Filteranlagen heute noch liefert, wird man den rund 20 Millionen Menschen, die dieses Wasser aus dem Rhein beziehen, in absehbarer Zeit freilich nicht mehr liefern können. Der Grund ist der groteske Verschmutzungsgrad des Rheinwassers. Hauptverantwortlich für die Rheinverseuchung ist, daß die bestehenden Wasserschutzbestimmungen immer wieder umgangen werden. Dazu gehören auch die Richtlinien über die Kühlwasserentnahme. Auf einer Tagung einheimischer Wasserwerksvertreter in Horgen bei Zürich nannte Senator Kopf aus München das Beispiel eines großen Unternehmens der Energieversorgung, dem es gelang, vom zuständigen Ministerpräsidenten unter der Drohung, ein geplantes Kraftwerk gegebenenfalls andernorts zu errichten, eine Milderung der Kühlwasserbestimmungen durchzusetzen.

Was die Wassertemperatur als wesentlichen Faktor für die Lebensvorgänge in unseren Gewässern betrifft, so werfen die schon bestehenden und noch geplanten Kernkraftwerke besondere Probleme auf. Hoffnungen und Skepsis zugleich hat beispielsweise die Nachricht geweckt, daß unmittelbar vor den Toren Bremens das größte Atomkraftwerk der Welt entstehen soll. Bei Esensham, so heißt es, wollen die Nordwestdeutschen Kraftwerke (NWK) und die Preußische Elektrizitäts-AG (Preußenelektra) mit einem Kostenaufwand von 825 Millionen Mark einen Kernkraftwerksgiganten für 1300 Megawatt Leistung errichten. Wenn die Pläne eingehalten werden können, soll das Werk schon Anfang 1976 betriebsbereit sein. Bremen, so hört man, sei an der Abnahme des Stroms interessiert.

Ein Kraftwerk dieser Größenordnung würde den Engpaß an Industriestrom in Bremen und Umgebung zweifellos erheblich entlasten helfen. Es würde dem wachsenden Bedarf an Elektrizität im norddeutschen Raum begegnen und dazu beitragen, die Energieschere zu schließen. Der Direktor der Bremer Stadtwerke, Haider, schätzte die Zunahme des elektrischen Energiebedarfs in Norddeutschland auf 110 bis 120 Prozent in den nächsten zehn Jahren. Um diesen Bedarf zu decken, müßten jährlich 400 bis 450 Megawatt zusätzlich zur Verfügung stehen. Das heißt: das Kraftwerk bei Esensham würde den Bedarf für drei Jahre decken.

Die Prognose Haiders entspricht der allgemeinen Entwicklung, daß wir um so mehr Energie benötigen, je weitgehender sich die körperliche Arbeit auf die Maschine verlagert und je expansiver unsere Wirtschaft arbeitet: Steigende Produktion bedingt wachsende Energie. Immer weniger aber kann diese Energie durch die Rohenergiespender wie etwa die Wasserkraft gedeckt werden. Auch die Reserven an sogenannten fossilen Rohenergien wie Steinkohle, Braunkohle, Erdgas und Erdöl werden in absehbarer Zeit – wenn auch vorerst noch lange nicht – erschöpft sein.

Zur Linderung der wachsenden Energienot sind

nun also die Kernkraftwerke nützliche Helfer geworden. Und wenn man den Voraussagen glauben will, so werden sie künftig einen immer größeren Anteil an der Energieversorgung erhalten. In zehn Jahren soll rund ein Fünftel der Gesamtleistung von ihnen kommen, und im Jahre 2000 sollen sie die klassischen Energielieferanten endgültig überholt haben.

Freilich vollzieht sich auch dieser »Fortschritt« nicht, ohne Haare in der Suppe zu hinterlassen. Was die Gegenwart betrifft, so arbeiten die Kernkraftwerke noch keineswegs rentabel (auch der Strompreis in Bremen würde nicht sinken, wenn das Esenshamer Werk die Elektrizität einst liefern sollte). Man kommt noch nicht darum herum festzustellen, daß noch keiner der gebauten und betriebenen Atommeiler schon genauso wirtschaftlich oder gar besser arbeitet als die herkömmlichen Kraftwerke. Die immer wieder beteuerte Wirtschaftlichkeit bezieht sich allein auf eine kalkulierbare wirtschaftliche Erzeugung von Atomstrom, nicht aber auf die kaufmännische Wettbewerbsfähigkeit. »Mit theoretisch berechneten Kostenvorteilen des Atomstroms hat die Atomindustrie im Verlauf der letzten 20 Jahre und bis zur Gegenwart allgemein nur Enttäuschungen erlebt“, schreibt zu diesem Thema der Experte Erwin O. Genzsch in einem Aufsatz und fährt fort: »Darüber liegen Erfahrungsberichte aus allen Ländern vor. Wenn es trotzdem weiter üblich ist, mittels theoretischer Berechnungen auf die Zukunft von fünf bis zehn Jahren hinaus Kostenvorteile (auf zweite und dritte Kommastellen präzise) und Milliardengewinne zu verheißen, so dient dies hauptsächlich zur Einwerbung öffentlicher Mittel für die stetig anschwellende Zahl von Institutionen der Atompolitik und der Atomindustrie. Bis zur Gegenwart hat sich erwiesen, daß die theoretischen Kalkulationen unzutreffend waren und im allgemeinen ohne Berücksichtigung von Vorbedingungen und Folgekosten in der Praxis aufgestellt worden sind.«

Das muß nachdenklich stimmen, und nicht nur das allein. Eine wichtige Rolle – vielleicht die wichtigste – spielt die Sicherheitsfrage. Auch bei ihr sind, was die Kernkraftwerke betrifft, noch erhebliche Bedenken am Platz. Ausgesprochen unausgegoren beispielsweise sind unsere Kenntnisse von den Wegen und dem Verhalten radioaktiver Teilchen im Naturhaushalt, über ihre Anreicherung im tierischen und pflanzlichen Organismus und ihren Einfluß auf die Lebensvorgänge einschließlich die Vererbung.

Was die damit ausgesprochene Strahlengefährdung betrifft, so haben wir die gewohnte natürliche Radioaktivität des Bodens, der Luft und jener, die vom Zerfall radioaktiver Elemente im Körper herrührt, bereits beträchtlich erhöht durch Röntgentherapie und -diagnose, ferner durch den Umgang mit radioaktiven Isotopen in Forschung und Technik. Wir erhöhen diese Belastung nun weiter durch die Emissionen der Kernkraftwerke in einem Maß, daß die beiden amerikanischen Kernphysiker Gofman und Tamplin allein für die USA eine zusätzliche jährliche Todesrate von 100000 Menschen durch Krebs und Leukämie befürchten. Fest steht, daß es in bezug auf eine erbbiologische Schädigung keine »sichere« Strahlendosis gibt. Jeder Strahlentreffer in den Keimzellen erhöht die Zahl der Erbänderungen je Zeiteinheit – die Mutationsrate – und damit das genetische Risiko. Diesen Sachverhalt zu leugnen ist schlicht Irreführung oder verrät Unkenntnis der biologischen Gegebenheiten.

Ein beklemmender Aspekt des forsch vorangetriebenen bundesdeutschen Atommeiler-Programms ist schließlich die Kühlwasserfrage. Das Kühlwasser wird den Flüssen entnommen, an denen die Kernkraftwerke stehen, und es wird – erwärmt – in sie zurückgeleitet. Alle thermonuklearen Kraftwerke brauchen die Kühlflüssigkeit in großen Mengen, und sie sind dazu auf die unmittelbare Nähe von Wasseradern angewiesen – darum der massierte Bau von Atommeilern entlang der großen Flüsse. Auch die herkömmlichen Kraftwerke belasten die Flüsse durch ihre Wärmeabgabe, doch liegt diese um rund fünfzig Prozent unter derjenigen der Kraftwerke vergleichbarer Leistung.

Über die Folgen der thermischen Pollution, der eskalierenden Aufheizung des Flußwassers durch hintereinander angeordnete Kraftwerke herrscht leider noch viel Unklarheit (allein im Einzugsgebiet des Rheins sollen bis zum Jahre 2000 annähernd 70 Kernkraftwerke entstehen). In jedem Fall muß die Erwärmung im Zusammenhang mit der schon weitgehenden Überdüngung vieler unserer Flüsse und ihrer Belastung mit Schmutz- und Schadstoffen gesehen werden. Bei einer Aufheizung auf Temperaturen von etwa 28 Grad wären unter diesem Gesichtspunkt für die Weser, aber auch für den Rhein und andere Flüsse eine Reihe gefährlicher Auswirkungen zu erwarten.

Insbesondere dann, wenn ein derart aufgeheizter Fluß wenig Wasser führt, ist mit Nebelbildung in der kalten Jahreszeit zu rechnen. Ein beständig dampfender Fluß im Winter würde gleichermaßen für die Ufergemeinden und den Straßenverkehr, in der Wesermündung auch für die Schiffahrt problematisch werden. Nachteiliger noch würde sich das hocherwärmte Wasser auf die Lebewelt in ihm auswirken. Nach der sogenannten RGT-Regel, die besagt, daß die chemische Reaktionsgeschwindigkeit sich mit steigender Temperatur erhöht, muß erwartet werden, daß schon bei einer Temperaturerhöhung um zehn Grad Celsius chemische und biochemische Prozesse mindestens doppelt so schnell ablaufen.

Auf einige wahrscheinliche Folgen der Flußerwärmung hat unlängst der Regierungsrat a. D. Dr. h. c. Karl Höll aus Hameln hingewiesen. Höll bezog sich auf die erwartete Erwärmung der Weser auf 28 bis 30 Grad Celsius in der Nähe des Atomkraftwerks Würgassen bei Höxter. Die Wassertemperatur im Würgasser Kühlaggregat werde auf 30 Grad beziffert. Das sei eine Temperatur, die das Optimum für die Entwicklung krankheitserregender Bakterien, darunter Salmonellen und Cholera-Erreger, darstellt. Diese, so warnt der Wasserfachmann, kämen im Oberlauf der Weser vereinzelt vor und könnten sich massenhaft vermehren. Auch Krankheitskeime wie Typhus- und Enteritis-Erreger täten dies und würden im warmen Wasser länger virulent bleiben. Außerdem würde der Sauerstoffgehalt der Weser zurückgehen, weil die Sauerstofflöslichkeit des warmen Wassers geringer ist und weil die vermehrten Mikroben auch mehr Sauerstoff verbrauchen. Damit aber würde die Selbstreinigungskraft des Flusses weiter vermindert.

Stromabwärts, räumt Höll ein, könnten gegen die Krankheitskeime zwar Entkeimungsanlagen gebaut werden, doch würden diese nicht gegen Viren schützen. Nicht aus dem Wasser entfernen ließen sich laut Höll auch die Bakteriengifte und die Ausscheidungen der stark vermehrungsfähigen Blaualgen. Diese Stoffe haben sich in Tierversuchen bei Aufnahme von einem hundertstel Gramm je Kilogramm Körpergewicht als tödlich erwiesen. Bei uns, erläutert Höll, verhindern normalerweise die winterlichen Temperaturen der Flüsse ein bedenkliches Aufkommen von Blaualgen. Bei einer Erwärmung des Wassers um 12 bis 13 Grad im Winter und bei sommerlichen Temperaturen von 28 bis 30 Grad Celsius würden sich die Blaualgen unweigerlich vermehren.

Was den Mikroben guttut, gereicht den Fischen zum Schaden: Auf 28 Grad und höher erwärmte Flüsse machen insbesondere den lachsartigen Fischen mit ihrem hohen Sauerstoffbedarf das Überleben schwer. Für Salme und Forellen liegt das Temperatur-Maximum bei 28 Grad Celsius. Das bedeutet, daß diese Tiere bei höherer Temperatur verenden. Schon unterhalb der tödlichen Grenze verändert sich jedoch das Brutverhalten nahezu aller Fische. Nach Meinung Hölls könnte es dazu kommen, daß die Jungfische zu früh schlüpfen und dann nicht die ihnen gemäße Nahrung vorfinden.

In Deutschland gibt es zu dem Problem der Abwasserbelastung und Erwärmung der Flüsse noch keine genauen Untersuchungen, gab unlängst Dr. Wolfgang Heyne vom Hygiene-Institut Heidelberg zu bedenken. Unter solchen Umständen muß man fragen, nach welchen Kriterien eigentlich die Wärmelastpläne für unsere Flüsse aufgestellt werden und wer letztlich den massiven Bau atomarer Heizöfen entlang den Flußufern verantworten will.

Unbestritten ist der wachsende Energiebedarf in unserem Land, der, wenn er nicht gebremst wird, auf die Dauer von den herkömmlichen Kraftwerken schwerlich befriedigt werden kann. Es ist indessen ein verhängnisvoller Schluß zu sagen: Unser Energiebedarf wächst enorm und die konventionellen Werke schaffen es nicht mehr – folglich müssen wir Kernkraftwerke bauen. Dieser Konsequenz liegt das gefährliche Prinzip zugrunde, dem Wirtschaftswachstum bedenkenlos die Priorität vor den auf die Dauer zwingenden Schutzmaßnahmen für die Umwelt des Menschen einzuräumen. Die Alternative, so simpel sie klingen mag, müßte vielmehr lauten: Da der Energiebedarf in den geschätzten Größenordnungen in absehbarer Zeit nicht befriedigt werden kann, müssen wir uns mit den Energiemengen zufriedengeben, die gefahrlos für Umwelt und Menschenleben produziert werden können – und das gilt auch für die herkömmlichen Kraftwerkstypen. Wir werden also die Elektrifizierung zu bremsen haben, werden nicht noch mehr teilweise höchst überflüssige elektrische Geräte betreiben dürfen und auch sonst auf manche elektrifizierte Bequemlichkeit verzichten müssen. Wir sollten diese Beschränkungen auf uns nehmen, bis das vergleichsweise umweltfreundliche Verfahren der Kernverschmelzung zu gefahrloser Verfügung steht.

All diese Probleme gelten natürlich nicht nur für die Bundesrepublik. Fast alle Industrieländer stehen heute vor den Fragen der Wasserverpestung. In den USA wird seit dem Jahre 1969 eine Zunahme des Fischsterbens um 170 Prozent verzeichnet. In der UdSSR existiert zwar seit 1960 ein Gesetz über den Schutz der Rohstoffquellen, doch wird es offenbar häufig umgangen. Am Kaspischen Meer, so berichtet Edmund Stevens in der »Weltwoche«, ist die einst blühende Fischindustrie heute nahezu tot. Der Störfang ging um 90, der Lachsfang um 99,8 Prozent zurück. Der Grund: die Wasserverschmutzung durch Öl und chemische Raffinerien hatte überhand genommen. In der Schweiz, die für ihre klaren Bergquellen bekannt ist, wurde in den letzten zehn Jahren im Schnitt alle anderthalb Tage irgendwo ein Fischsterben verzeichnet.

Auch Sekundäreffekte treten auf: Als im Sommer 1969 aus noch ungeklärter Ursache eine größere Menge des Schädlingsgiftes Thiodan in den Rhein geriet, wurde der gesamte Fischbestand vom Binger Loch abwärts vernichtet, und in den Niederlanden wurden Tubifex-Händler ihrer Existenzgrundlage beraubt. (Tubifex ist ein kleiner roter Wurm, der als Zierfischfutter dient und im holländischen Rheinschlamm gefangen wird.)

In Westdeutschland fallen in den Haushalten und der Industrie täglich schätzungsweise 33 Millionen Kubikmeter Abwässer an, die in Bäche, Flüsse und Seen geleitet werden. Von dieser Menge sind rund 18 Millionen Kubikmeter überhaupt nicht oder nur ungenügend gereinigt, was bedeutet, daß stündlich rund 700000 Kubikmeter einer mit Exkrementen, Silosäften, Chemikalien und Schadstoffen aller Art angereicherten Brühe in die bundesdeutschen Gewässer fließen: in Seen und Flüsse, die uns Edelfische liefern sollen und aus denen wir unser Trinkwasser beziehen. Über 200 Millionen Menschen auf der Erde, so heißt es in einem Bericht der »Medical Tribune«, leiden zur Zeit bereits unter dem Mangel an genießbarem Wasser, und in einem von vier Hospitalbetten in aller Welt liege ein Patient, dessen Erkrankung auf verseuchtes Wasser zurückgeht.

Vollends makaber erscheinen diese Tatbestände,

wenn man den gestiegenen Verbrauch an Trinkwasser dagegenhält. Noch um das Jahr 1800 soll in Deutschland der Wasserbedarf pro Kopf der Bevölkerung täglich rund zehn Liter betragen haben. Um 1900 waren es bereits 100 Liter, heute sind es zwischen 200 und 300 Liter, wovon als häuslicher Wasserverbrauch 60 bis 100 Liter pro Kopf angesetzt werden müssen.

Zehn bis zwanzig Liter Wasser sind notwendig, um einen Liter Bier herzustellen – das klingt beinahe noch wie ein Witz. Wenn man aber hört, daß zum Waschen eines Pkw gelegentlich bis zu 200 Liter kostbaren Trinkwassers vergeudet werden, stellt sich die Frage, ob die Haushalte künftig nicht zweierlei Wasser erhalten sollten: Wasser zum Trinken und Kochen, und Nutzwasser für Reinigungszwecke.

Als Großverschmutzer unserer Wasserläufe betätigt sich die Industrie trotz teilweise aufwendiger Leistungen zur Abwasserreinigung. Trotz der werksinternen Prozeduren zur Entgiftung gefährlicher Substanzen gelangen immer neue Hiobsbotschaften an die Öffentlichkeit.

Einer der übelsten Schadstoffe im Wasser ist das Quecksilber. Es hemmt die normale Zellteilung und gefährdet Nervensystem und Erbgut. Durch mikrobielle Zersetzung verwandelt es sich in das gefährliche Dimethyl-Quecksilber. Ähnlich dem DDT sammelt sich das Quecksilber über die Nahrungsketten der Natur in den Tierkörpern zu immer höheren Konzentrationen an. Amerikanische Forscher waren überrascht, als sie Quecksilber im Fettgewebe von Menschen fanden, die am Rande der Zivilisation auf den Pribilof-Inseln im Beringmeer wohnen. Es stellte sich heraus, daß die Insulaner die Leber von Seehunden als Delikatesse schätzen. Die Seehunde kamen zu dem Gift offenbar durch ihre Beutetiere – Schellfische und Lachse. Diese wieder hatten es von den kleineren Fischen erhalten, und jene wieder vom Plankton. In den Pazifischen Ozean, so mutmaßten die Wissenschaftler, könnte das Quecksilber mit den Abwässern küstennaher Papierfabriken und kalifornischer Quecksilberminen geraten sein.

In der BRD gibt es verläßliche Unterlagen über die Quecksilbergefährdung noch nicht, doch kennt man die wichtigsten Quecksilberausscheider: Es sind die Holz-, die Papier- und Chloralkali-Industrien. Außerdem ist Quecksilber in Pflanzenschutz- und Beizmitteln, in Sommersprossensalben und Bleichsubstanzen enthalten.

Zu den schon exotischen Chemikalien im verpesteten Wasser zählt das Kadmium. Es führte unlängst zum Tod von 119 Japanern, die aus dem Jintsu-Fluß getrunken hatten. Wie es heißt, sei das Kadmium von einem Bergwerk in den Fluß geleitet worden.

Bei der Frage, wie der Gefahr verseuchten Wassers begegnet werden kann, taucht häufig der Einwand auf, daß geringe Mengen bestimmter Verschmutzungsstoffe nicht oder nur schwer entdeckt werden könnten. Der Urheber der Verschmutzung sei daher auch nicht leicht dingfest zu machen. Wünschenswert wäre es, sozusagen chemische »Fingerabdrücke« der betreffenden Probe zu erhalten, die keinen Zweifel an der Zusammensetzung lassen. Tatsächlich gibt es aber solche Analysengeräte. Zu ihnen gehört das Atom-Absorptionsspektro-Photometer zum Nachweis anorganischer Atome, der Gas-Chromatograph für organische Substanzen und das hochempfindliche Infrarot-Spektrophotometer, das mit Hilfe der Absorptionsmessung im infraroten Licht vor allem organische Moleküle mit äußerster Präzision erfaßt.

Überschaut man das Wasserproblem, so stellt es sich rasch als Einzelaspekt der allgemeinen Umweltmisere heraus, an der die Städte, die Industrie und die Landwirtschaft die Hauptschuld tragen. Welche Verantwortung dennoch der einzelne hat, wurde deutlich angesichts der Skrupellosigkeit, mit der ekelerregende Raffinerieabwässer aus Schiffen der Hamburger Reederei des Tanzmeisters Jürgen Bernhold nicht ins Meer, sondern kurzerhand in den Rhein gepumpt worden sind. Welche Verantwortung der Staat hat, zeigt der Plan der Holländer, ihre mit borkigen Unratfladen belasteten Abwässer nicht mehr in die Nordsee, sondern über eine Druckleitung in die Emsmündung zu befördern. Hier fragt man freilich, was denn andererseits die Deutschen den Holländern zumuten, wenn sie ihnen den Rhein als »Kloake Nummer eins« mit seiner Schmutzlast sozusagen permanent vor die Haustür liefern: einen Strom, dessen Abwässer-Belastung zwischen Koblenz und Köln seit 1949 beiläufig um das Zwanzigfache gestiegen ist. Müssen sich die Holländer durch uns nicht zum Mülleimer Europas degradiert fühlen?

Ginge alles nur um einen begrenzten Schaden wie einen Rohrbruch, so wäre das verpestete Wasser kaum der Rede wert. Man würde es rasch zu reinigen wissen. Tatsächlich sind die Zusammenhänge aber ebenso kompliziert wie weltweit. Da ist die beängstigend wachsende Erdbevölkerung mit ihren 200000 täglich neu hinzukommenden, potentiellen Wasserverschmutzern. Da ist das kurzsichtige Wettbewerbsdenken und -handeln in den westlichen Industrieländern. Da sind das hektische, von der Werbung immer neu angeheizte Konsumverhalten des Wohlstandsbürgers und seine täglichen kleinen Sünden, vom vergeudeten Trinkwasser bis zum gedankenlosen Waschmittelmißbrauch.

Auf alle diese Wunden wäre heute wesentlich kräftiger der Finger zu legen, als es geschicht. Die Wunden zu heilen, wird vielleicht mißlingen, die Schmerzen zu lindern aber müßte möglich sein. Vieles ist schon getan: Am Rhein besteht ein verbessertes Warnsystem. Innenminister Genscher legt sich – cum grano salis – mit seinem Sofortprogramm ins Zeug, und man spürt ein wenig vom Umwelt-Engagement bei der jüngeren Generation.

Vieles bleibt aber zu tun, so eine Rettungsaktion internationaler Art, die im wesentlichen nicht von Steuergeldern, sondern von der Großindustrie finanziert werden müßte und über die eine unabhängige Instanz mit gehöriger Autorität zu wachen hätte: eine Instanz, die auch drakonische Strafen verhängen und vollstrecken sollte.

Aber auch zu Hause und in den Ländern und Gemeinden hätte weit mehr zu geschehen. Mit kosmetischen Unternehmen zur Umweltpflege wie der rührenden »Seeputzete« der Bodenseegemeinden mag guter Wille gezeigt werden – viel mehr bewirken sie nicht. Wirklich helfen könnten heute nur noch drastische Maßnahmen, und seien es solche auf Kosten der freien Marktwirtschaft. Die Bundeskompetenz für Naturschutz- und Umweltfragen müßte dazu erweitert werden gegenüber derjenigen der Länder, und die zersplitterten Ressortverwaltungen müßten besser zu kooperieren lernen (vordringliche Aufgabe: intensiver Bau vollbiologischer Kläranlagen mit chemischer Stufe). Auch die von Land zu Land unterschiedlichen Wasserschutzbestimmungen sollten überprüft und vereinheitlicht werden. Vor allem aber werden wir umdenken müssen, um das selbstmörderische Primat des Wirtschaftswachstums abzubauen. Die ökologische Krise, die wir beschwören, sie ist längst gegenwärtig. Der Umwelttod, vor dem wir erschrecken, er schleicht schon nicht mehr ums Haus, er steht schon im Zimmer an unserem Bett.

Luftverpestung

Wie mit dem Wasser, so geht es mit der Luft. Auch sie – die wir unser Atemelement nennen – befindet sich weithin, vor allem über den Industriegebieten, in einem beklagenswerten Zustand.

Dabei weiß jeder um die Wurzeln des Übels. Wirtschaftliche Interessen werden über das Allgemeinwohl gestellt. Das ist das eine. Das andere ist unsere Abneigung gegen den Konsumverzicht. Wir prangern zwar die verpestete Luft an, doch meinen wir, damit sei es getan. Wo uns persönliche Nachteile erwachsen oder Bequemlichkeiten abhanden kommen könnten, da versagen wir schon. Beispiel: Als der Chef des Volkswagen-Planungsstabes, Prof. W. Holste, auf der Futurologen-Tagung »Systems 69« in München gefragt wurde, ob die unablässige Zunahme der Autos auf unseren Straßen einer vernünftigen Zukunftsplanung nicht zuwiderliefe, fand er die schlichte Rechtfertigung: »Die Leute wollen eben das Automobil . . .«

Natürlich wollen die Leute das Automobil. Freilich ist das Automobil auch der Hauptlieferant einer der übelsten Luft-Verunreinigungen: des Kohlenmonoxids, eines farb- und geruchlosen Gases, dessen Verträglichkeitsgrenze für den Menschen bei 0,01 Prozent der Atemluft liegt. Schon vor dieser Grenze löst Kohlenmonoxid jedoch geistige Fehlleistungen aus: Reaktionsfehler, falsches Beurteilen von Verkehrssituationen und dergleichen. Am Auspuff eines mittelgroßen Autos werden in der Luft bis zu zehn Prozent Kohlenmonoxid gemessen.

Nur wenige Großstädter wissen, daß die Luft an belebten Kreuzungen bei Windstille in 1,5 Meter Höhe über der Erde etwa 0,03 Prozent Kohlenmonoxid enthält – eine Konzentration, die bei den meisten Menschen nach einigen Stunden Übelkeit erregt. An der Wiener Opernkreuzung mußten einmal nacheinander fünf Verkehrspolizisten mit Ohrensausen – zwei erlitten Ohnmachtsanfälle – in ärztliche Behandlung gebracht werden. Auch Säuglinge und Kleinkinder leben gefährlich, die von ihren Müttern durch verkehrsreiche Straßen geschoben werden, weil sie der kohlenmonoxidverseuchten Bodenluft stärker ausgesetzt sind als die Erwachsenen.

Kohlenmonoxid ist nur einer von zahlreichen Stoffen, mit denen wir jenes »Element« verpesten, das unserer Atmung dient und das wir nötiger haben als Wasser und Brot. Schon ist es nicht mehr möglich, irgendwo noch von »reiner Luft« im herkömmlichen Sinne zu sprechen, von einer Luft, wie sie vor den Atomversuchen auf hohen Berggipfeln oder mitten über dem Ozean noch anzutreffen war: Luft, die außer den ihr eigentümlichen Bestandteilen keine Verunreinigung enthält. Wer heute von verpesteter Luft spricht, meint damit eine zusätzlich über einen schon weltweit vorhandenen Schmutzpegel hinaus durch Fremdstoffe belastete Luft.

Diese zusätzliche Verschmutzung dringt aus Schornsteinen und Kaminen. Schwadenweise entquillt sie qualmenden Dieselmotoren und Düsentriebwerken. Unter bestimmten Wetterbedingungen legt sich das, was aus der Luft heute geworden ist, beklemmend auf die Atmung, verschmutzt die Wäsche auf der Bleiche und die Wohnungen der Menschen, schädigt Pflanzen und Tiere und ruiniert Zinkdächer, die früher 30 Jahre hielten, schon nach fünf bis zehn Jahren. Im Ruhrgebiet gibt es Tage, an denen die Sonne nicht scheint, weil eine dichte Staub- und Dunstschicht über den Dächern ihre Strahlen abschirmt. Immer zahlreicher werden die Städte und Landschaften, wo weder Wind noch Regen ausreichen, um die Luft wenigstens zeitweise vom gas- und staubförmigen Unrat zu befreien, der erbarmungslos in sie entlassen wird. In zehn Jahren schon werden wir uns nach Ansicht des amerikanischen Verpestungsforschers A. Holstrunk aus Schenectady bei New York zeitweise Plastiksäcke mit Luftpumpen und Filtern über die Köpfe stülpen müssen, um dem Ärgsten zu entgehen, wenn nicht Einschneidendes geschieht.

Schätzungsweise 2,5 Millionen Tonnen Staub und 2,5 Millionen Tonnen Stickoxide, dazu 3 Millionen Tonnen Kohlenwasserstoffe, 5 Millionen Tonnen Schwefeloxide und 7 Millionen Tonnen Kohlenmonoxid werden allein in der Bundesrepublik alljährlich in die Luft entlassen und damit den atmenden Lungen der Menschen zugemutet. Insgesamt sind das 20 Millionen Tonnen Verpestungsstoffe, die unsere Atmosphäre alljährlich wie eine Müllkippe schlucken soll, eine Menge, mit der man 800000 Güterwagen füllen könnte.

Was bei uns erschreckend klingt, erscheint trotz

der größeren Fläche in den USA nahezu unglaublich. Dort gehen innerhalb eines Jahres etwa 129 Millionen Tonnen Staub, Ruß und Abgase auf die Menschen herab. Rund 60 Prozent dieser Verpestung entströmt den Auspuffrohren der Autos. Als der Dichter Norman Mailer (»Die Nackten und die Toten«) sich unlängst für das Amt des New Yorker Bürgermeisters bewarb, schlug er vor, auf Kosten der Stadt Fahrräder an allen wichtigen Punkten New Yorks aufzustellen – für jeden Bewohner gratis zur Benutzung. Alle Angestellten sollten sich für die Wege zwischen U-Bahn und Arbeitsplatz dieser Räder bedienen. Für den Autoverkehr in Manhattan sollten nach Mailer nur noch Taxis zugelassen werden. Drakonischer noch hörte sich an, was der englische Zukunftsforscher Dennis Gabor auf dem Münchner Futurologen-Kongreß 1969 vorschlug: Die Luftverschmutzung, forderte er, müsse mit einem allgemeinen Verbot der privaten Kraftfahrzeuge beendet werden.

Zu einem bedrückenden, leider schon alltäglichen Anblick sind die Dunstglocken über den großen Städten der Erde geworden. Je nach der Wetterlage, der Tages- und Jahreszeit, dem herrschenden Verkehrsaufkommen und der ortsansässigen Industrie wölben sie sich ockergelb, rötlich, schmutziggrau oder schokoladenfarben über Straßen und Dächern. Nach den Erfahrungen der Meteorologen entwickeln sich Staubglocken über allen Industriestädten mit mehr als zehn Kilometer Durchmesser. Die Ursache für die Glocken- oder Halbkugelform ist der eigenartige Wärmeaustausch. Windstille oder Windbewegungen unter 10 km/st vorausgesetzt, steigt die Luft über dem warmen Stadtkern wie in einem Kamin auf und verteilt sich in der Höhe springbrunnenartig nach allen Seiten. Über den Außenbezirken der Stadt sinkt sie wieder ab, doch kommt es auch vor, daß sich die Dunstglocken benachbarter Städte zu einem einzigen schirmquallenartigen Gebilde zusammenschließen, wie etwa über der »Stadtschaft« des Ruhrgebietes. Durch den aufsteigenden zentralen Luftstrom entsteht an dessen Basis ein Sog, ein »Tief«, in das die schmutzbeladene, von den Außenbezirken über die Dächer einwärts streichende Luft fließt, um alsbald vom Schlotstrom wieder erfaßt und hochgetragen zu werden.

Die Dunstglocke bricht naturgemäß in sich zusammen, sobald die Windbewegung stärker wird. Die Schmutzteilchen werden dann zuweilen Hunderte von Kilometern vom Wind über Land verfrachtet. Hongkong beispielsweise bezieht seine verschmutzte Luft häufig aus dem über 100 Kilometer entfernten Kanton. Innerhalb einer intakten Dunstglocke folgen die Schmutzteilchen der allgemeinen Drift, solange der Luftstrom sie trägt. Läßt die Thermik nach, sinken die Teilchen zu Boden. Als Staub und Ruß lagern sie sich auf Dächern und Fensterbänken ab und vermischen sich auf den Straßen mit dem Gummiabrieb der Autoreifen. Die gasförmigen Bestandteile wie Kohlenmonoxid, Stickoxide, Formaldehyd, Schwefeldioxid und dergleichen bleiben dem Kreislauf erhalten. Sie werden unablässig umgewälzt, gelangen aber auch immer wieder auf den Boden der Dunstglocke, wo die Menschen leben und atmen. Es ist ein Trugschluß anzunehmen, das Luftverschmutzungsproblem sei zu lösen, wenn man die Emissionen der Schlote und Auspüffe nur fein genug verteile ...

In den Industriegebieten kann die Staubkonzentration auf 4000 Teilchen je Kubikmeter steigen – das Tausendfache dessen, was für Landluft üblich ist. Das bleibt nicht ohne Wirkung: Man hat die Lungen verstorbener Bewohner von Industriestädten mit denen von Landmenschen verglichen. Dabei zeigte sich, daß die »ländliche Lunge« dank der Berührung mit relativ guter Luft ihre natürliche rote Farbe beibehält. Die Lungen der Industriestädter sind dagegen fast schwarz von der rußhaltigen Luft, die sie tagein, tagaus einzuatmen gezwungen sind.

Vielfältig und schwerwiegend sind die Wirkungen verschmutzter Atemluft auf das Wetter, auf die Gesundheit. So entstehen Wolken und Nebel schon bei sehr geringer Dampfübersättigung der Luft, weil die Schmutzteilchen als Kondensationskerne dienen. Ergebnis: Die Industriestädte erhalten im Durchschnitt fünf bis zehn Prozent mehr Regen als das umgebende Land – die Sonntage ausgenommen. Außerdem ist die durchschnittliche Sonnenscheindauer verringert: eine mittelgroße Industriestadt erhält etwa 30 Prozent weniger Sonnenlicht und 90 Prozent weniger ultraviolette Bestrahlung als ihre ländliche Umgebung.

Nebel und Rauch bilden den berüchtigten Smog (aus dem englischen smoke = Rauch, und fog = Nebel), dem zahlreiche Gesundheitsschäden zugeschrieben werden. So lastete über London zwischen dem 5. und 9. Dezember 1952 nach einer Periode ungewöhnlicher Windstille eine 60 bis 150 Meter hohe Schicht verpesteter Luft. Der Schwefeldioxidgehalt stieg auf das Sechsfache, der Rußanteil auf das 14fache der gewohnten Mengen an. Die Londoner reagierten mit Angstzuständen, Atembeklemmungen, Reizhusten, Schleimhautentzündungen und Erbrechen. Besonders betroffen wurden ältere Personen und solche, die an Brustbeschwerden litten oder früher an solchen Krankheiten gelitten hatten. Unter ihnen kam es zu überdurchschnittlich zahlreichen Todesfällen – die Statistik nennt 4000 Tote über der Norm während der Smog-Tage und den beiden darauffolgenden Wochen: 445 Tote auf eine Million Menschen. Bei der Londoner Cholera-Epidemie im Jahre 1886 waren »nur« 426 Tote auf eine Million Einwohner zu beklagen gewesen.

Ein ähnliches Beispiel lieferte die Industriestadt Donora im amerikanischen Staate Pennsylvanien. Hier starben in der letzten Oktoberwoche des Jahres 1948 siebzehn Menschen und nahezu sechstausend erkrankten, als Hüttenabgase und Nebel acht Tage lang in einer stickigen Verbindung über den Häusern lagerten. Die mutmaßliche Ursache: Schwefeldioxid hatte sich mit unbestimmten staubförmigen Verunreinigungen vereint; Metall-Amoniumsulfate, Stickoxide und die Atemwege reizende Fluorverbindungen hatten die Grenzen des Erträglichen überschritten.

Besonders gefährlich wird der Smog, wenn er während einer sogenannten Inversionswetterlage (= Umkehrwetterlage) auftritt, das heißt, wenn über einer relativ kalten Bodenluft eine warme Luftschicht wie ein Topfdeckel den vertikalen Austausch verhindert und die Menschen in ihren Industrie- und Autoabgasen gewissermaßen im eigenen Saft schmoren (Umkehrwetterlagen werden so genannt, weil die Luft normalerweise mit zunehmender Höhe kälter wird).

Unter solchen Umständen kommt es häufig zu Hochnebel, der dann auch die Sonneneinstrahlung noch behindert. Zugleich wird die verpestete Luft immer dichter, die Verunreinigungen erreichen gefährliche Konzentrationen. Was dann geschehen kann, zeigte sich im Dezember 1930 im belgischen Maastal mit seinen Zinkhütten, wo der Smog so dicht wurde, daß sechzig Personen unter Vergiftungserscheinungen starben und Hunderte von Tieren verendeten.

Katastrophale Smog-Wetterlagen erlebt allzu häufig das automobilfreudige Los Angeles, eine Stadt, die geographisch für die Entstehung von Smog-Dunstglocken besonders günstig liegt. Von drei Seiten türmen sich Gebirge schützend um das Weichbild und verhindern weitgehend den horizontalen Luftaustausch. Schon vor Jahren hatten die besorgniserregenden Smogkatastrophen die Stadtväter gezwungen, einen Smog-Warndienst mit besonders ausgerüsteten Beobachtungsposten einzurichten. Seither werden die Fabrikdirektionen bei kritischen Wetterlagen zur abgestuften Einstellung der abgasliefernden Produktionsprozesse aufgefordert und der Verkehr wird gedrosselt.

Einer der gefährlichsten Bestandteile verpesteter Luft ist das Schwefeldioxid. Sein größerer oder geringerer Anteil in der Atemluft kann geradezu an den Sterbeziffern abgelesen werden: Fünfjährige Studien in New York in den Jahren 1960 bis 1964 haben gezeigt, daß eine direkte Abhängigkeit der durchschnittlichen täglichen Sterbeziffern vom jeweiligen Schwefeldioxidgehalt der Atemluft besteht. Das stechend riechende, seit alters als Entwesungsmittel dienende Schwefeldioxid bildet sich beim Verbrennen von Schwefel oder Schwefelkohlenstoff. Es wird leicht vom Erdboden, von Pflanzen und vom Wasser aufgenommen, beschleunigt die Korrosion von Metallen, Papier und Baustoffen. Bei Konzentrationen über 0,003 Volumenprozent reizt es stark die Haut und die Schleimhäute, führt aber auch zu Husten und Erbrechen. Längeres Einatmen auch geringerer Konzentrationen hat bei Affen zu Schüttellähmungen und Gehirnschäden geführt. In München ist das Schwefeldioxid ein besonders unerfreuliches Abfallprodukt der in Bahnhofsnähe zahlreichen Brauereien. Wie es heißt, wollen sich die Brauereien allerdings demnächst auf Erdgas umstellen.

Auch im türkischen Ankara, wo die Bevölkerung viel billige Braunkohle verfeuert, sind schwefelhaltige Verbindungen in der Luft eine Plage geworden. Die Luftverschmutzung in Ankara hat in den letzten vier Jahren während der Wintermonate um rund 40 Prozent zugenommen. Wie ein Bericht verrät, enthält die Luft über der Stadt sechsmal mehr Rauch und zweimal mehr Schwefelgas, als den Menschen zugemutet werden könnte. Nach den Beobachtungen des medizinischen Instituts von Ankara habe der Lungenkrebs in den vergangenen acht Jahren um das 9,5fache, die chronische Bronchitis um das 11fache zugenommen.

Eine unheilvolle Rolle spielen fotochemische Prozesse in der Atmosphäre, in deren Verlauf unter anderem Schwefeldioxid in das giftigere Schwefeltrioxid umgewandelt wird. Ein durch solche Reaktionen entstehender Smog-Bestandteil ist das Ozon. Bei Untersuchungen im smoggeplagten Los Angeles fand man nachts so gut wie kein Ozon über der Stadt, morgens jedoch, unter der Wirkung der Sonnenstrahlen, beginnt sich Ozon im Smog zu bilden und geht dann Verbindungen mit anderen Verunreinigungen ein, die die Augen reizen, Pflanzen schädigen und die Sicht behindern. Beim Menschen reizt Ozon die Atemwege. Es dringt tiefer in die Lungen ein als etwa die Schwefeloxide. Atmet man Ozon längere Zeit ein, kann es zum tödlichen Lungenödem kommen. Allerdings ist auch beobachtet worden, daß der Organismus sich an das Ozon gewöhnen kann. Versuchstiere, die in allmählich steigenden Dosen dem Ozon ausgesetzt wurden, verstarben anschließend nicht bei Einatmung der sonst tödlichen Konzentration; gleichwohl reagierten die Wandungen der Bronchien mit krankhaften Verdickungen. Da unter den fotochemischen Prozessen in der Atmosphäre, die das Ozon erzeugen, andererseits auch nützliche, entgiftende Reaktionen sind, sollten einseitige Eliminierungen bestimmter Schmutzstoffe bei allen Anti-Smog-Maßnahmen sorgfältig erwogen werden, um nicht alles noch schlimmer zu machen, als es schon ist.

Neu in diesem Zusammenhang ist eine besondere Form des Sauerstoffs, der sich vom normalen Sauerstoff durch einen anderen Spin, einem Merkmal zur Beschreibung von Atomen, unterscheidet. Dieser sogenannte angeregte Sauerstoff, der im Jahre 1958 erstmals bei Versuchen mit Höhenraketen entdeckt wurde, tritt in Erdnähe unter der Einwirkung des Sonnenlichts auf. Für welche biochemischen Reaktionen angeregter Sauerstoff verantwortlich gemacht werden muß, ist noch unklar, doch sind auf einer Wissenschaftler-Konferenz in New York im Jahre 1969 immerhin Krebs, Sonnenbrand und andere, bisher dem Ozon nachgesagte Wirkungen als wahrscheinlich angenommen worden.

Da es die Sonne ist, deren Lichtenergie auch die sauerstoffliefernde chemische Reaktion im Blattgrün ermöglicht, stößt man rasch auf einen weiteren Tatbestand. Der Münchner Meteorologe Professor Dr. Fritz Möller hat darauf verwiesen, daß Kohlendioxid und Staub in der Luft als Folge der Industrialisierung und Motorisierung im Zeitraum zwischen 1900 und 1960 von 290 ppm auf 330 ppm gestiegen sind (ppm = parts per million, etwa Milligramm je Kilogramm) und laufend weiter steigen. Bei einer Erhöhung des Kohlendioxidgehalts um zehn Prozent nehme die mittlere Temperatur der Atmosphäre um 0,3 Prozent zu, errechnete Möller. Damit erhöhe sich auch ihr Wasserdampfgehalt. Die Wolkendecke werde also dichter. Das wieder bliebe nicht ohne Folgen auf die Fotosynthese der Pflanzen. Die geschwächte Lichtenergie lasse die Sauerstofferzeugung zurückgehen.

Deutlicher als in irgendeinem anderen Zusammenhang wird hier klar, daß die Erdatmosphäre wie ein riesiges Lebewesen reagiert. Eingriffe an einer Stelle wirken sich an anderer aus, ohne daß man im voraus genau wüßte wo und wie. So kann auch die künstliche Vermehrung des Kohlendioxids durchaus den gegenteiligen Effekt haben. Statt wärmer, könnte es künftig kälter werden, weil der Treibhauseffekt, den das Kohlendioxid bewirkt (vom Erdboden aufsteigende Wärmestrahlen werden wie die Wärme in einem Glashaus oder einem in der Sonne abgestellten Auto zurückgehalten), daß also dieser Treibhauseffekt von der stärkeren Wolkenbildung wieder aufgehoben oder übertroffen wird. Damit sähen wir uns vor der Tatsache, daß die Temperatur auf der Erde künftig von zwei konkurrierenden Luftverpestungsfaktoren geregelt würde.

Der Benzinmotor, Hauptlieferant der zeitweise katastrophal sich anreichernden Abgase, produziert außer dem Kohlenmonoxid weitere Stoffe, so neben ungesättigten Kohlenwasserstoffen und Stickoxiden das krebserregende 3,4 Benzpyren.

Im Sommer 1971 veröffentlichte Professor Otto Hettche, der Lehrstuhlinhaber für Lufthygiene an der Bochumer Ruhr-Universität, die Ergebnisse einer umfangreichen Untersuchung. Seine Arbeit erbrachte zahlreiche Hinweise dafür, daß nicht Zigarettenrauch oder Staub, sondern das Benzpyren der Autoabgase die Hauptursache für die Lungenkrebszunahme ist. Hettches Studie geht auf 14500 Lungenkrebsfälle der letzten neun Jahre im Rhein-Ruhr-Gebiet zurück. Es stellte sich heraus, daß der Lungenkrebs in sieben Städten an Rhein und Ruhr im Jahre 1968 um 50 Prozent höher lag als im Jahre 1960. Der Professor konnte zeigen, daß vorwiegend solche Personengruppen erkranken, die den Autoabgasen besonders intensiv ausgesetzt sind, unter ihnen Parkwächter, Stadtgärtner und Berufskraftfahrer. Die höchste Sterberate weist nach seiner Statistik die Essener Innenstadt auf, wo von je 10000 Bewohnern jährlich nahezu 100 der über Fünfzigjährigen an Lungenkrebs starben.

Nicht weniger gefährlich sind die Bleiverbindungen im Auspuff der Ottomotoren. Blei wird bekanntlich den meisten Treibstoffen als Antiklopfmittel in Form von Bleitetraäthyl in Mengen bis zu 800 cm^3/m^3 zugesetzt. Blei ist ein Blut-, Nerven- und Drüsenzellengift. Wenn es in großen Mengen eingeatmet wird, kann es die enzymatischen Reaktionen im Körper stören. Außerdem führt es zu Veränderungen in den Chromosomen und damit zu Erbschäden – unabhängig von der Dosis. Einatmen von Bleidämpfen kann auch Verdauungsstörungen, Koliken und Lähmungen hervorrufen. Als gerade noch duldbare Konzentration für Blei wurden in den USA neuerdings zwei Mikrogramm je Kubikmeter Luft vorgeschlagen.

Blei in feinster Verteilung ist heute zu einem allgegenwärtigen Übel geworden (auch von unsachgemäß eingebrannten, bleihaltigen Lasuren mancher Steingutgefäße wird es abgeschieden; Vorsicht zumal beim Genuß heißer Grapefruitsäfte und anderer saurer Getränke aus solchen Gefäßen!). Blei findet sich auf den Pflanzen entlang der Autostraßen und in der Milch von Kühen, die auf Wiesen nahe der Autobahnen weiden. Im Blut der im Ruhrgebiet lebenden Menschen steigt der Bleigehalt nach Untersuchungen von Portheine und Zimmermann unablässig an; in der Schweiz kann der Bleianteil des Straßenstaubes einer größeren Stadt auf 850 Gramm je Kubikmeter klettern. Da das Blei nur schwer wieder ausgeschieden wird, sammelt es sich als »Knochensucher« im menschlichen Körper an und kann unter Umständen noch nach Jahren zu Vergiftungen führen, wenn es aus irgendeinem Grunde wieder mobilisiert wird. In Los Angeles sind die anfallenden Bleimengen so hoch, daß sich der Bleigehalt der Ackerböden im Zeitraum von 1930 bis 1970 vervier- bis verfünffacht hat.

Zu den übelsten Luftverschmutzern gehören die qualmenden Dieselmotoren, deren Besitzer unnachsichtlich zur Rechenschaft gezogen werden sollten. Ungeachtet der vorsätzlichen Körperverletzung, auf die das erzwungene Einatmen von Dieselabgasen letztlich herausläuft, verpesten diese Verkehrsteilnehmer unbekümmert die Luft hinter sich, eine Zumutung für die Nachfolgenden, namentlich bei Kolonnenfahrten ohne Überholchance. Dieselmotoren werfen pro Tonne verbrauchten Treibstoffs schätzungsweise 17 Kilogramm Feststoffe (Kohlenstoffe und Staub) aus, das Zweiunddreißigfache dessen, was ein Benzinmotor abgibt; außerdem mit 24,5 Kilogramm je Tonne das Doppelte an Stickstoffoxiden. Der Verbrennungsvorgang im Dieselmotor ist noch nicht restlos geklärt, doch weiß man, daß im Dieselauspuff besonders Schwefeldioxid und Säuren vorkommen. Dabei gibt es durchaus Mittel und Wege, Dieselmotore zu entqualmen, wie rauchvermindernde Zusätze zum Treibstoff – etwa 0,5 Volumenprozent einer Bariumseife.

Dramatische Formen nimmt die Auspuff-Verpestung regelmäßig dort an, wo zuwenig für den Abtransport der Gase und Schmutzteilchen getan wird oder getan werden kann, so bei Verkehrsstauungen in Windstille oder in Unterführungen. In München ist der Aufenthalt in der vierspurigen Paul-Heyse-Unterführung derart gefährlich geworden, daß das Kreisverwaltungsreferat verlauten ließ: »Bei Verkehrsstauungen tritt nach wenigen Minuten eine gesundheitsgefährdende Konzentration von schädlichen Gasen auf, die auch auf die im Auto sitzenden Kraftfahrer wirkt. Zumindest wird bei diesen Kraftfahrern die Reaktionsfähigkeit verringert.«

Was an der erschreckend zunehmenden Zahl der Verbrennungsmotoren nicht weniger nachdenklich stimmen sollte, ist die Tatsache, daß diese Motoren auch Sauerstoff verzehren. In welchem Ausmaß schon heute ein Raubbau an den nicht unerschöpflichen Sauerstoffquellen der Erde getrieben wird, offenbart eine Berechnung des Umweltforschers Professor LaMont C. Cole von der Cornell-Universität. Danach könnten die Nordamerikaner heute schon nicht mehr leben, wenn sie nur auf den Sauerstoff angewiesen wären, der von den Pflanzen des eigenen Landes erzeugt wird. Industriebetriebe, Verbrennungsmotoren und atmende Lebewesen verbrauchen so viel Sauerstoff, daß das Land zu mehr als einem Drittel auf Nachschub von außerhalb der Landesgrenzen angewiesen ist, zum Beispiel auf Sauerstoff, der vom pflanzlichen Plankton des Stillen Ozeans produziert und mit dem Wind herangetragen wird.

Für das dichtbesiedelte, an chaotische Verkehrssituationen schon gewöhnte Europa würde diese Rechnung zweifellos noch schlechter ausfallen. Wären wir wenigstens darauf bedacht, die vorhandenen Grünflächen zu vermehren oder zu hüten, so wäre alles halb so schlimm. Statt dessen findet allein in der Bundesrepublik ein beispielloser Ausverkauf der Naturlandschaft statt, dem pro Tag 100 bis 130 Hektar land- und forstwirtschaftlich genutzter Fläche zum Opfer fallen. Neusiedlungen, Straßen und Industriebetriebe fressen das verbliebene Grünland unaufhaltsam auf, während jährlich Millionen von Autos den Sauerstoffverbrauch vermehren. Werden wir über kurz oder lang zu einer Kontingentierung der Kraftfahrzeuge, einem Numerus clausus oder einer Benzinrationierung gezwungen sein? Werden die raschen Neukäufe des jeweils neuesten Modells künftig kritischer beurteilt werden müssen?

Eines der dringlichsten hygienischen Probleme ist die Verpestung der Luft mit Fluorverbindungen. Fluoride geraten in die Atmosphäre bei der Verhüttung von Aluminium, Eisen- und Nichteisenerzen. Außerdem werden sie von Keramikwerken und Phosphor- sowie Phosphatdüngerfabriken erzeugt. Mit Ausnahme der Aluminiumhütten, wo Fluoride bei der Verdampfung aus der Kryolithschmelze der Elektroysezellen entstehen, fallen sie aus den Verunreinigungen im Rohstoff an. An zahlreichen Stellen, wo Fluorschäden bei Pflanzen und Tieren beobachtet wurden, sind die Verantwortlichen zwar dazu übergegangen, die Abgase zu kontrollieren, doch bleibt das Ärgernis andernorts bestehen. Kleinere keramische Betriebe, die von der kostspieligen Beseitigung des Fluors aus ihren Abgasen wirtschaftlich hart getroffen würden, erzeugen es weiter und auch dort, wo hohe Schornsteine oder Waschen der Abgase mit Wasser Abhilfe schaffen sollen, sind diese Maßnahmen noch verbesserungsbedürftig.

Die Wirkung des Fluors auf Pflanzen und Tiere ist vielgestaltig, wenn auch noch nicht in allen Einzelheiten bekannt. Wie es heißt, sollen Pflanzenschäden durch Fluor bereits bei Konzentrationen von 0,015 Milligramm je Kubikmeter auftreten. Einer der nachgewiesenen Schäden ist, daß Fluorgase bestimmte Enzyme blockieren und damit den pflanzlichen Stoffwechsel stören. An den Blatträndern zerfällt das Blattgrün, und es kommt zu Blattrandnekrosen. Unter den Tieren ist die bekannteste Fluorschädigung die Fluorose. Erste Anzeichen dafür zeigen sich an den Zähnen. Später leidet die Milchproduktion, es folgen Gewichtsabnahme und Wucherungen an Beinen und Kniegelenken. Die Tiere nehmen die Fluorverbindungen zum größten Teil über das Futter auf, das heißt, die atmosphärischen Fluorgase verseuchen zunächst das Grünfutter und das Wasser, und über diese dann die Tierkörper.

Auf die unheimlichste Seite des Luftverpestungsproblems hat unlängst Charles L. Hosler von der Pennsylvania-Universität hingewiesen. Es sei nicht ausgeschlossen, meint Hosler, daß ein Schwellenwert existiere, jenseits dessen jede geringfügige zusätzliche Belastung des irdischen Luftmantels genügen könnte, um schwerwiegende und weiträumige klimatische Veränderungen auszulösen. Ob die dann in Gang gekommene Eigengesetzlichkeit noch mit menschlichen Mitteln beherrscht werden kann, sei durchaus fraglich.

Müll

Unserer gefährlichen Unbekümmertheit, mit der wir Wasser und Luft verschmutzen, entspricht die Müll-Misere: Offenbar sind wir außerstande, unsere mehr oder weniger festen Haushalts- und Industrieabfälle im selben Maß zu beseitigen, wie sie anfallen. Stinkende und qualmende Müllberge verschandeln die Landschaft, die Müll-Verbrennungsanlagen sind überfordert, und die Müll-Abfuhr kapituliert vor dem Sperrmüll, der von ratlosen Bürgern im Selbsthilfeverfahren bei Nacht und Nebel ausgesetzt wird.

In der Bundesrepublik, so verrät ein Bericht, fallen jährlich rund 350 Millionen Kubikmeter Müll an, das sind fast 6 Kubikmeter pro Kopf der Bevölkerung. Verbrannt wird der Müll in der Bundesrepublik erst von 12 bis 13 Millionen Bürgern. Von 1,5 Millionen wird er kompostiert und von 46 Millionen »abgelagert«. Dieser abgelagerte oder »deponierte« Müll ist das eigentliche Problem, denn nur ein Fünftel (von rund 9 Millionen Menschen) lagert einigermaßen ordnungsgemäß. Der Großteil wandert auf »seuchenhygienische Gefahrenherde«, wie die Vereinigung Deutscher Gewässerschutz e. V. die derzeit existierenden rund 30000 offenen Müllkippen in Westdeutschland bezeichnet hat.

Diese Zahlen sollte man auf sich wirken lassen. Um 350 Millionen Kubikmeter Müll zu verladen, würden 4,7 Millionen mittlere Güterwagen nötig sein. Aneinandergekoppelt würde ein solcher Zug rund siebzigmal von Köln nach Königsberg reichen. Hinzu kommen 25 Millionen Kubikmeter Klärschlamm – ein Güterzug, der fünfmal die gleiche Strecke durchmessen würde. Nicht berücksichtigt in dieser Rechnung ist der Atom-Müll, ist der gas- und staubförmige Müll aus Schloten und Kaminen und der flüssige Müll, der sich – exkrement- und giftbeladen – aus den Abwasserrohren in unsere Flüsse und Seen wälzt und das Grundwasser gefährdet. Einen Vorgeschmack dafür, was geschieht, wenn auch nur unser täglicher Haushaltsmüll nicht in kurzen regelmäßigen Abständen abgefahren wird, haben wir im Juni 1971 in Frankfurt erlebt: Als die Müll-Arbeiter streikten, nahmen die Müllberge auf den Straßen in kurzer Zeit beängstigende Ausmaße an.

In den USA ist es noch schlimmer. Da erreicht die Müllflut geradezu phantastische Dimensionen. Nach einem Bericht der Zeitschrift »Time« rangieren die Amerikaner alljährlich sieben Millionen Autos aus und werfen 100 Millionen Autoreifen weg. Hinzu kommen 20 Millionen Tonnen Altpapier, 28 Milliarden Flaschen und 40 Milliarden Büchsen. Eine Säuberungsaktion an einer nur 1,5 Kilometer langen Straßenstrecke in Kansas hat 360 Getränkeflaschen, 770 Pappbecher und 730 Zigarettenschachteln erbracht. Die Kosten der amerikanischen Müllbeseitigung betragen derzeit alljährlich mindestens 4,5 Milliarden Dollar, ein Betrag, von dem wir hierzulande zwei Millionen Mittelklassewagen kaufen oder 120000 komfortable Einfamilienhäuser bauen könnten.

Leider ist es nun nicht so, daß man das Müllproblem durch den Einsatz genügend zahlreicher Müllabfuhr-Wagen, durch Einrichtung von immer mehr Deponien und immer größeren Verbrennungs- und Kompostieranlagen lösen könnte. Problematisch ist, wohin man den Müll bringt, was dort aus ihm wird und wie er vernichtet oder neu nutzbar gemacht werden kann. Bei uns in der Bundesrepublik sind die Müll-Ablagerungsplätze zum Teil in einem beklagenswerten Zustand. Beklagenswert sind auch die Sitten: Nicht selten werden selbst hochgiftige Stoffe auf den Kippen abgelagert. Zeugnisse dafür sind die Giftschlamm-Skandale der letzten Zeit, allen voran die Arsenschlamm-Affäre vom Sommer 1971 in Nordrhein-Westfalen: Dreitausend Tonnen eines an zahlreichen Müllplätzen bedenkenlos abgeladenen Kalkschlamms enthielten neben angeblich 19 Prozent Blei etwa zehn Prozent des hochgiftigen Arsens, eine Menge, die theoretisch ausgereicht hätte, fast die ganze Menschheit umzubringen. Der Kalkschlamm entstammte einer Zinkhütte in Nievenheim, die einen Osnabrücker Transportunternehmen beauftragt hatte, den Schlamm nach einem sicheren Lagerplatz in ein stillgelegtes Salzbergwerk bei Peine zu transportieren. Wie es hieß, sei die Genehmigung dafür von den Behörden verzögert worden, was die Transportfirma dann offenbar veranlaßt hat, die gefährliche Fracht kurzerhand oberirdisch auf den nächstbesten Müllplätzen abzusetzen. Anscheinend gehen viele Leute davon aus, daß Müllplätzen alles und jedes zugemutet werden kann, ganz gleich, welche Folgen sich daraus für die – wenn auch unbefugt – manchmal dort spielenden Kinder und für das Grundwasser ergeben.

Was in solchen Fällen im Großen geschieht und keinesfalls mehr ein »Kavaliersdelikt« genannt werden kann, das findet seine Parallelen leider fast täglich in den kleinen Sünden, die wir alle mehr oder weniger fahrlässig bei der Abfallbeseitigung begehen. Freilich ist die Situation für viele nicht einfach.

Noch im Jahre 1968 war nur die Hälfte aller Einwohner der Bundesrepublik an eine regelmäßige Müllabfuhr angeschlossen. Im selben Jahr standen nur 19 Müll-Verbrennungsanlagen – für 8,25 Millionen Einwohner – 11 Kompostierungsanlagen – für 730000 Einwohner – und 6 Zerkleinerungsanlagen sowie 13 geordnete Ablagerungen – für etwa 1,8 Millionen Einwohner – zur

Verfügung. Nur für weitere 400000 Einwohner waren Anlagen in Vorbereitung – alles in allem ein Bild beklemmender Rückständigkeit.

Laut Bonner Städtebau-Institut sind nur etwa fünf Prozent aller unserer Deponien als einigermaßen »kontrolliert« und »geordnet« anzusehen. Den übrigen fehlen teilweise die elementarsten technischen und hygienischen Voraussetzungen für eine gefahrlose Ablagerung. Ratten tummeln sich im wahllos abgeladenen Unrat. Schwelbrände lassen stickige Rauchschwaden als weithin sichtbare Wahrzeichen über den Gruben und Halden aufsteigen, Wahrzeichen für eine Belästigungsform, die den in der Nähe wohnenden Menschen auf die frivolste Weise zugemutet wird. Aber damit nicht genug. Am Grunde der Müllgruben sammelt sich trübes, stinkendes Wasser, dessen Anblick allein genügen kann, die Stätte zu meiden. Die Vereinigung Deutscher Gewässerschutz stellt fest:

»Nur wenige Müllplätze wurden bisher auf ihre mögliche Schädigung des Grundwassers hin untersucht. Wo Ablagerungen unsachgemäß erfolgen, hat das Grundwasser durch die Sickersäfte Schaden davongetragen. Jährlich sickern rund 250000 Tonnen Salze aller Art aus den Müllplätzen durch Niederschläge in das Grundwasser.«

Manche Müllplätze bergen noch ärgere Dinge. Auf einer ehemaligen Kippe bei Köln entzündeten sich Faulgase in einem Augenblick, da man das Gelände gerade einem neuen Zweck zuführen wollte. Auf dem planierten Areal sollte ein Kindergarten entstehen. Der Bau war schon begonnen worden, da flogen die Mauern unter dem Druck der Explosion in die Luft.

Müll gefahrlos und einigermaßen hygienisch zu beseitigen, ist offenbar nicht einfach. Es war sicherlich auch in früheren Jahren schon ein Problem. Wenn wir zurückgehen in die Vorgeschichte, so hat der Mensch schon früh erkannt, daß Abfälle aller Art nicht nur irgendwo vor den Behausungen, sondern möglichst außerhalb der gemeinsamen Siedlung abgelagert werden sollten. Die »Kjökkenmöddinger«, mittel- und jungsteinzeitliche Abfallhaufen aus Muschelschalen, Tierknochen und anderen Resten, liefern Hinweise dafür. Die Kjökkenmöddinger, zumeist mächtige Wälle, zeigen den Vorgeschichtsforschern den Standort einstiger Siedlungen des Menschen an. Zu Lebzeiten Moses' soll der Müll in respektabler Entfernung von den Wohnungen deponiert worden sein, so im heutigen Kidron-Tal bei Jerusalem. Merkwürdig ist, daß die vergleichsweise hygienische Methode im Mittelalter wieder aufgegeben wurde. Zahlreichen Berichten zufolge warf man damals den Unrat kurzerhand auf die Straße. Dort stapelte er sich, verweste, schimmelte, lockte Bakterien und Ratten an und stank, bis Regen und Wind ein Einsehen hatten. Erst mit der Erkenntnis, daß die bequeme Praxis nicht nur eine unerträgliche Geruchsbelästigung, sondern auch Seuchenherde entstehen ließ, besann man sich eines Besseren.

Uns Wohlstandsbürgern präsentiert sich das anrüchige Problem inzwischen in der Vielgestaltigkeit dessen, was der Mensch nicht mehr braucht. Der heutige Müll ist ein erstaunlich buntes Sammelsurium. Er besteht aus Glas und Papier, aus Blech und Textilien, Knochen und Speiseresten, aus zerbrochenem Kinderspielzeug, Medikamenten und ätzenden Flüssigkeiten, aus Kartons und Kunststoff, aus Möbeln, Gummi, demolierten Kühlschränken, alten Nähmaschinen, Autowracks und Tierkadavern. Neben gänzlich Undefinierbarem finden sich voll funktionsfähige Dinge: Radios, die noch spielen, Plätteisen, mit denen sich noch bügeln läßt: Gebrauchsgegenstände, die aus plötzlicher Abneigung oder dem unwiderstehlichen Wunsch, das »neueste Modell« besitzen zu müssen, von ihren Eigentümern weggeworfen wurden. Müllkippen sind Fundgruben für Bastler. Aber sie spiegeln auch Völlerei, und sie sind Indikatoren für die Kapitulation weiter Bevölkerungskreise vor der Konsumwerbung.

Was einer rationellen Müllbeseitigung entgegensteht, ist dieses Neben- und Durcheinander so vieler verschiedener Dinge. Da ist beispielsweise das Glas. Es verrottet nicht, aber es fällt gemeinsam mit verrottenden, für die Kompostierung oder Verbrennung geeigneten Abfällen an. Seit die Getränke-Industrie dazu übergegangen ist, aus Rationalisierungsgründen anstelle von Pfandflaschen weitgehend auch Einweg-Flaschen feilzubieten, hat sich in der Bundesrepublik die jährliche Menge der Glasflaschen im Müll auf schätzungsweise 1,1 Millionen Tonnen erhöht. In Jahren mit heißen Sommern sind es noch mehr. Glas könnte zerkleinert, zermahlen und der Glasstaub als Ersatz für den Sand bei der Herstellung von Zement dienen. Aber wer sortiert das Glas aus dem übrigen Müll heraus? Wer hätte ein Patentrezept dafür? Wäre es nicht schon eine Hilfe, in die Hochhäuser Müllschlucker mit zwei Einwurf-Öffnungen einzubauen?

Wie mit dem Glas, so geht es mit anderen Müllbestandteilen. Mehr oder weniger große Materialgruppen müßten zur bestmöglichen Aufbereitung vorsortiert werden, darunter Blech, Textilien und Kunststoffe. Wie aber sollte das geschehen? Erste Ansätze dazu sind Tropfen auf heiße Steine geblieben angesichts der beängstigend anschwellenden Müllberge. Hinzu kommt: Jede zusätzliche Bearbeitung erfordert Personal. Komplizierte Anlagen bedeuten hohe Investitionen, während die Gemeinden vielfach schon um die laufenden Kosten der Müllbeseitigung kämpfen müssen. So bleibt der faule Kompromiß. Ein Beispiel: Autowracks bestehen aus Blech, Gummi, Farbe, Polster, Holz, Kupfer und Kunststoffen. All das voneinander zu trennen, um es noch nutzbringend zu verarbeiten, wäre viel zu aufwendig. Darum entfernt man allenfalls die Reifen und schlachtet aus, was noch brauchbar ist. Der unansehnliche Rest wandert auf den Autofriedhof. Nur vereinzelt sind Schrottpressen am Werk, die das Verbliebene der Raumnot wegen zu handlichen Paketen machen.

Unerfreulich im hohen Maß sind überdies Gegenstände aus solchen Kunststoffen, die sich im Gegensatz zu anderem Unrat nicht zersetzen, sondern jahrzehnte- und sogar jahrhundertelang unverändert erhalten bleiben und die Umwelt des Menschen und die Natur zunehmend belasten und verschandeln.

Darum wird uns der wachsende Anfall des Kunststoffmülls über kurz oder lang zwingen, Verfahren zu seiner Vernichtung zu finden, koste es, was es wolle.

Man sollte sich hier nicht durch gelegentlich veröffentlichte Zahlen von interessierter Seite täuschen lassen, die beweisen wollen, daß der Anteil des Kunststoffmülls am Gesamtmüll noch keine Gefahr bedeute. So wird zum Beispiel erklärt, der Anteil des Kunststoffmülls am Gesamtmüll betrage nur zwei bis vier »Prozent«. Bedenkt man aber, daß hier Gewichtsprozente gemeint sind und etwa das Styropor – ein beliebtes Verpackungsmaterial – ein spezifisches Gewicht von nur 0,015 g/cm³ hat und damit rund 500mal leichter als Eisen ist, so sieht die Sache schon anders aus. Nach einer Berechnung von Dr. Dietrich Rein aus Schmithof würde gegenwärtig volumenmäßig noch immer dreimal mehr Styropor als Eisen auf den Müllkippen liegen, wenn angenommen werde, daß der Anteil des Styropor am Gesamtmüll 0,1 Gewichtsprozent gegenüber 15 Gewichtsprozenten Eisen betrage.

Schließlich wird, gewissermaßen um die Schuldfrage zu klären, auch immer wieder auf die »Verbrauchergewohnheiten« verwiesen und sinngemäß gesagt, es dürfe nicht sein, daß der chemischen Industrie für die Kunststoff-Probleme der Schwarze Peter zugeschoben wird, da wir die Mißstände doch alle verursachten und alle für sie verantwortlich seien. Dazu wäre zu sagen, daß die Kunststoff-Freudigkeit der Verbraucher ja nicht wie ein Naturereignis über uns gekommen ist, sondern gerade die herstellende Industrie durch ihre massive Werbung für die Produkte immer wieder dafür gesorgt hat, daß diese Stoffe in großen Mengen abgesetzt wurden und in weiter steigenden Mengen abgesetzt werden. Es sei nicht bezweifelt, daß Kunststoffe zum großen Teil wertvolle und für zahlreiche Zwecke auch schwer oder nicht ersetzliche Funktionen erfüllen. Doch muß dagegen die Problematik abgewogen werden, die diese Stoffe als Müll und auf anderen Gebieten – wie dem ihrer noch vielfach unbekannten und risikoreichen Reaktion mit anderen Stoffen in der Umwelt des Menschen – aufgeworfen haben. Dieses Abwägen, so scheint es, kommt gegenwärtig noch entschieden zu kurz.

Man muß auch bedenken, daß Kunststoff nicht gleich Kunststoff ist und daß seine Vernichtung jeweils spezifische Probleme aufwirft. Zu dem wachsenden Heer von Kunststoffen zählen heute rund fünfzig Arten mit ganz verschiedenen Eigenschaften und entsprechend unterschiedlichem Verrottungsverhalten, voran die Massenkunststoffe wie Polyäthylen, Polystrol und Polyvinylchlorid. Kunststoff-Merkmale wie außergewöhnliche Härte oder Festigkeit bei geringem Gewicht, Molekülsteifigkeit, Erweichungspunkte nahe 1000 Grad Celsius, Dehnbarkeit oder besondere elektrische Eigenschaften lassen praktisch alle Anforderungen erfüllen, die ein Industrieller heute an einen Werkstoff stellen kann. Aber entsprechend unterschiedlich – leider – verhalten sie sich eben auch als Müll.

Besonders *eine* der Eigenschaften vieler Kunststoffe erwies sich als zweischneidig. Die Eigenschaft nämlich, so unsagbar dauerhaft zu sein. Was von der Werbung in höchsten Tönen gelobt wird und vielfach auch nützlich ist, entpuppt sich später als Ärgernis. Selbst die biologische Korrosion, die bakterielle Zersetzung, dauert heute bei den meisten Kunststoffen zu lange. Hundertprozentig zu wasserlöslichen oder gasförmigen Endprodukten zersetzen sich Kunststoffe nur ausnahmsweise, weil dazu gewöhnlich mehrere Mikrobenarten mit unterschiedlichen Enzym-Systemen notwendig sind und außerdem ein Akkord von Lebensbedingungen über längere Zeit aufrechterhalten werden müßte: Temperatur, Wasserstoff-Ionenkonzentration, Feuchtigkeit, Strahlungsklima, Lichtverhältnisse und Nährboden spielen für die Mikrobenvermehrung wichtige Rollen. Überdies werden zahlreiche Kunststoffe bewußt mit bakteriziden und pilztötenden Zusätzen versehen, was die biologische Zersetzung von vornherein ausschließt.

Unter diesen Umständen könnte ein sogenannter autodestruktiver Kunststoff die Rettung sein, den ein englisches Forscherteam unter Leitung von Professor Gerald Scott in Birmingham entwickelt hat. Dieser Kunststoff soll sich unter Einwirkung des Sonnenlichts nach einer gewissen Zeit selbst zersetzen. Ein chemischer Zusatz bewirke, daß er sich verfärbt, wenn die Zersetzung beginnt, so daß Schadensfälle während der Lagerung rechtzeitig bemerkt würden. Ein ähnliches Prinzip ist von einer kanadischen Forschergruppe unter Leitung von Professor James Guillet in Toronto gefunden worden. Auch für Guillets Patent soll gelten: Solange der betreffende Gegenstand im Hause verbleibt, hält er, was sein Material verspricht. Erst das ultraviolette Sonnenlicht, das die Fensterscheiben bekanntlich nicht durchdringt, bricht später im Freien die Widerstandskraft der Kunststoff-Kettenmoleküle, die dann zu Staub zerfallen.

Bevor diese Möglichkeiten zu Verfügung stehen, werden wir uns freilich noch mit den Nachteilen der heutigen Kunststoffe herumärgern müssen. Große Sorgen beispielsweise bereitet das PVC, die Abkürzung für Polyvinylchlorid, bei dessen Verbrennung gefährliche Gase entstehen. PVC ist bekanntlich ein beliebtes Verpackungsmaterial für Lebensmittel und Kosmetika. Bei seiner Verbrennung wird gasförmiger Chlorwasserstoff frei, dessen schädigende Wirkung auf Bronchien, Lungen und Haut bekannt ist. Der Anteil des PVC an der Gesamt-Kunststoffproduktion steigt ständig. Ein Beispiel dafür ist die zunehmend vermehrte Herstellung von Flaschen aus PVC, für die obendrein flott geworben wird: »Aufmachen, austrinken und dann einfach wegwerfen.«

Angesichts der Folgen des unbekümmerten Wegwerfens sollte man sich eher fragen, ob das Wegwerfen von Kunststoffgegenständen nicht kostspieliger oder mit anderen Mitteln unvorteilhaft für den Verbraucher gemacht und damit entschieden eingeschränkt werden sollte – also: ob nicht gerade das Gegenteil dessen angestrebt werden müßte, was diese Art von Werbung den Verbrauchern einredet. Wie wäre es, die Werbefirmen einmal für umweltfreundlichere Verbrauchergewohnheiten einzuspannen?

Um einmal abzuschätzen, welche Folgen die Verbrennung von PVC-Flaschen bei merklich angestiegener Produktion haben würde, hat die Hamburger Stadtreinigungsbehörde im Jahre 1968 eine interessante Berechnung angestellt. Dabei ergab sich:

Wenn die Getränkeindustrie in Hamburg statt der Glasflaschen die Einwegflasche, also die nicht zurückgebbare Flasche, einführen würde, wären in der Hansestadt jährlich 300 Millionen Flaschen zu beseitigen. Bei einem Gewicht von 35 Gramm je Flasche fielen insgesamt 10500 Tonnen an. Wenn als Material für solche Flaschen Polyvinylchlorid (PVC) verwendet wird, würden bei der Verbrennung dieser Menge rund 6000 Tonnen Chlorwasserstoff freigesetzt werden. Zum Glück bewahrheitete sich diese Rechnung für Hamburg in den darauffolgenden Jahren nicht – oder noch nicht. Eine Untersuchung im Jahre 1970 ergab vielmehr bei einem Gesamt-Müllanfall in Hamburg von 700000 Tonnen einen Kunststoff-Anteil von 14000 Tonnen (zwei Prozent). Der PVC-Anteil am Gesamtmüll betrug 3500 Tonnen (0,5 Prozent).

Der Trost, der darin liegt, daß Kunststoff-Flaschen bisher in geringerem Umfang als befürchtet eingeführt worden sind, bleibt freilich bescheiden angesichts der Schäden, die immer wieder bei der Verbrennung von PVC-Material auftreten. Polyvinylchlorid, insbesondere das sogenannte Hart-PVC, ist an sich schwer entflammbar. Beim Weich-PVC, das durch den Zusatz von Weichmachern elastisch gemacht und heute gern als Fußbodenbelag, für Folien, Kabel-Isolierungen und Ähnlichem verwendet wird, genügt eine Hitze von etwa 200 Grad Celsius, um auch ohne Flammentwicklung Chlorwasserstoffgas freizusetzen. Dieses Gas legt sich wie ein feiner Nebel auf alle Gegenstände in der Umgebung und kann, in Verbindung mit der Luftfeuchtigkeit, als Salzsäure auf Metallteilen Schaden anrichten. In Schweden ist das Verbrennen von PVC schon verboten worden, in der Bundesrepublik wird es allen Protesten zum Trotz weiter geduldet.

Aber nicht nur die Verbrennung von Kunststoffmüll in dafür vorgesehenen Anlagen wirft Probleme auf – lästig und ärgerlich sind auch die Schwelbrände auf den wilden Müllkippen. Löscht man solche Brände gelegentlich mit Wasser – nicht selten rückt dazu die Feuerwehr aus –, so werden die Flammen fürs erste zwar erstickt. Das Wasser aber ergießt sich über den Müll, Salze und andere Chemikalien lösen sich in ihm und gelangen als übelriechende Flüssigkeit ins Grundwasser oder den nächstbesten Bach. Leider ist es noch immer nicht gelungen, ein sicheres Verfahren zur Vermeidung der Schwelbrände zu finden, so daß die Löschaktionen sich erübrigen würden. Der Grund dafür liegt auf der Hand. Es ist der Umstand, daß bei den Zersetzungsprozessen, denen der Hausmüll und seine organischen Bestandteile auf den Müllhalden unterliegen, sich brennbare Gase bilden. Diese Gase können sich bei einer bestimmten, während der Verrottung entstehenden Temperatur selbst entzünden. Das hier hauptsächlich beteiligte Gas ist das Methan. Neben andern, die Umgebung oft weithin verpestenden Gasen, sollte daher dem Methan die Aufmerksamkeit der Chemiker gelten. Für seine Selbstentzündung genügen unter Umständen Temperaturen von 60 bis 80 Grad Celsius. Noch ein anderer Umstand kommt hinzu. Da die Müllberge keine dichtgepackten, festen Massen sind, sondern zahlreiche Hohlräume haben, sammelt sich das Methangas häufig an geeigneten Stellen in ihnen an und bildet sogenannte Gasdome, die ein ständiges Reservoir brennbarer Stoffe darstellen und wegen ihrer oft verborgenen Lage und ihrer immer neuen Entstehung an anderen Stellen auch kaum dingfest gemacht werden können.

Was das Müllproblem so gefährlich macht, sind die stetig wachsenden Müllmengen, mit anderen Worten: der Niederschlag einer ins Maßlose getriebenen Bedarfsweckungspraxis der Industrie. Es ist richtig, wenn der BASF-Chemiker Hans Joachim Frost erklärt, alles, was der Mensch verbrauche, werde auch wieder zu Abfall. Da es andererseits eine Grenze gibt, bis zu der unser Lebensraum Abfälle – und insbesondere nicht verrottbare Abfälle – aufnehmen kann, müssen wir uns wohl oder übel Gedanken darüber machen, wieviel und was wir verbrauchen. Auf die Dauer gesehen muß damit eine sich steigernde »Bedarfsweckung« gefährlich werden. Die Voraussage des BASF-Direktors Leib anläßlich einer Anhörung in Bonn Anfang November 1971, wonach in der Chemie bis 1980 mit einer Verdopplung, bis zum Jahre 2000 mit einer Verzehnfachung der Abfälle zu rechnen sei, spricht für sich. Wir werden also kaum darum herumkommen, unseren Konsum einschränken zu müssen, auch wenn dies mit dem Risiko zunächst steigender Arbeitslosenzahlen verbunden wäre.

Statt dessen mehren sich aber die Symptome für den Götzendienst an jener heiligen Kuh »Wirtschaftswachstum«. Eines dieser Symptome sind die wilden Müllkippen, die von teils verzweifelten, teils gedankenlosen, zumeist aber konsumübersättigten Bürgern angelegt worden sind, Kippen, die die städtischen Behörden immer wieder mühevoll und kostspielig beseitigen müssen. Da die Müll-Übeltäter meist bei Nacht und Nebel anrücken, ist es schwer, sie auf frischer Tat zu ertappen. Auch zeigt sich nicht selten schon kurze Zeit später an der gesäuberten Stelle ein neuer Schandfleck. Helfen können da oft nur drastische Strafen – falls der Gesetzgeber die Schuldigen faßt.

Da darf man nicht müde werden, immer wieder an die Vernunft zu appellieren. Wie phantasievoll das geschehen kann, dafür hat unlängst die Hamburg-Volksdorfer Gruppe des Deutschen Jugendbundes für Naturbeobachtung ein Beispiel gegeben. Die Jugendlichen haben die Volksdorfer Umgebung nach abgelagerten Sperrmüll-Teilen, nach alten Matratzen, Gartenmöbeln, Autoreifen und dergleichen abgesucht und die Fundstücke zu einem abschreckenden Haufen vor dem Volksdorfer Bahnhof aufgetürmt. Ein Plakat mit der Aufschrift »Organisiert Euch für den Umweltschutz« sollte erzieherisch wirken, und tat es wohl auch. Natürlich hatte man sich zuvor mit der öffentlichen Müllabfuhr verständigt, damit das Gerümpel später wieder verschwand. Bezeichnend freilich war, daß einige Volksdorfer die günstige Gelegenheit wahrnahmen und den Haufen im Schutz der Dunkelheit noch durch eigenen Unrat vergrößerten.

Andererseits kann sich eine Stadtverwaltung mit Maßnahmen zur Müllbeseitigung auch unbeliebt machen, wie dies unlängst in Heidelberg geschah, wo vom Regierungspräsidenten von Nordbaden der Bau eines Müllkompostwerkes genehmigt und dafür 9 Millionen Mark bereitgestellt worden waren. Der Heidelberger Professor Schwindling wies damals auf die Risiken der außerdem vorgesehenen Kunststoff-Verbrennung hin. Nach einer Berechnung des Chemikers K. Rößner aus Fuldatal würden bei einer Verbrennung von angenommen 4,2 Tonnen PVC täglich rund 6,2 Kubikmeter konzentrierte Salzsäure pro Tag in die Luft gelangen. Der geplante, laut Angaben von Stadträtin Frau Dr. Bayer-Katte 83 Meter hoch zu bauende Schornstein würde das entstehende Chlorwasserstoff-Gas in die Atmosphäre entlassen, wo es zusammen mit der Luftfeuchtigkeit zu Salzsäure wird. Wenn, wie zu erwarten, der Anteil des Kunststoff-Mülls weiter steige, warnte Professor Schwindling, werde nichts übrigbleiben, als die Verbrennung einzustellen und den Müll wieder abzulagern.

Ein schwereres Geschütz noch fuhr Professor Schmähl vom Heidelberger Krebsforschungsinstitut auf. Er könne nur warnen, sagte Schmähl. Es gebe noch keinen sicheren Aufschluß darüber, bei welchen Konzentrationen die Emissionen der Verbrennungsanlagen krebsfördernd seien.

Angesichts der Müll-Misere stellt sich natürlich die Frage, wie es zu den steigenden Abfall-Mengen der letzten Zeit gekommen ist. Noch vor zwanzig, dreißig Jahren ahnte ja niemand, daß der Müll einmal die heutigen Ausmaße annehmen würde. Was man nicht mehr brauchte, wanderte in den Ofen, auf die bescheidenen Müllgruben oder Komposthaufen des eigenen Hauses oder der Gemeinde. Eine deutliche Eskalation der Müllmengen setzte erst ein, als nach 1945 auf die dürren Jahre die fetten folgten. Die Warenproduktion stieg, der Konsum erhöhte sich: aus dem Notstand war das Wirtschaftswunder geworden.

Aber mit dem Wohlstand rissen auch Sitten ein, die zumindest im Hinblick auf den Müllanfall fragwürdig waren. Zahlreiche Verbrauchsgüter-Konsumenten erkannten, daß ihr Umsatz sich erhöhen ließ, wenn man den Kunden dazu brachte, »öfter mal was Neues« zu kaufen. Das war für die Werbemanager kein Problem, und so beschleunigten sie den Waren-Durchsatz beim Verbraucher. Nicht nur wurden aus Rationalisierungsgründen mehr und mehr Produkte als Wegwerf- oder Einwegware und in Kunststoff-Ausführung hergestellt. Mehr und mehr ging man auch dazu über, alle möglichen Dinge in Tüten zu verpacken, die einer Verpackung eigentlich gar nicht bedurften. Einer der Gründe war, daß sich Verpackungsmaterial so gut zum Aufdrucken von Werbesprüchen eignete. Heute lebt eine ganze Industrie von dieser Verpackungsmanie, und im selben Maß, wie sie um sich greift, wachsen auch die Müllhalden.

Immer größer wird dabei das Problem, diesen Müll zu beseitigen. Immer drängender stellt sich zugleich die Frage, ob der Müll nicht auf irgendeine Weise wiederverwertet werden könnte, ob aus den riesigen Bergen nicht wenigstens zum Teil wieder Nützliches entstehen kann.

Anregungen und praktische Vorschläge hierfür gibt es schließlich genug. Warum verfolgt man sie nicht energischer? Hier sind einige, die aus den USA kommen. Von der Regierung beauftragt, hat dort die »Aero-Jet-General-Corporation« folgende Möglichkeiten vorgeschlagen:

Erstens: Einbau von Müllzerkleinerungsanlagen für alle Abfälle in die Wohnhäuser. Dem zermahlenen Material könnte Wasser zugesetzt und die entstehende Flüssigkeit durch Rohre in Klärgruben außerhalb der Städte geleitet werden.

Zweitens: In großen Verbrennungsanlagen könnte der Müll unter Zusatz von Brennstoffen unter hohem Druck verbrannt werden. Mit dem heißen Gas, das entsteht, ließen sich elektrische Generatoren treiben.

Drittens: Durch ein Trennungsverfahren mit Hilfe von Magneten und Gebläsen könnten die verwesenden Stoffe von Glas, Blech und Kunststoffen abgesondert und in einem beschleunigten bakteriellen Prozeß in Dünger verwandelt werden. Mehrere Forschungsprojekte laufen bereits mit dem Ziel, geeignete Bakterien dafür zu züchten. Den verwertbaren Rest metallischen Mülls könnte man zu Wiederbenutzung einschmelzen.

Viertens: Der Müll könnte in abgelegenen Gebieten zur Auffüllung unwegsamer Täler verwendet werden. Die abgelagerten Müllmassen wären regelmäßig mit Erde abzudecken, um die Gefahr von Bränden, Ungezieferansammlungen und Luftverschmutzungen zu bannen. Sobald jeweils ein solches Tal aufgefüllt wäre, könnte das Gelände als Park, Sportplatz oder dergleichen dienen.

Andere Verfahren könnten bereits beim Hersteller beginnen. Kunststoffbeutel mit Fertigsuppen beispielsweise könnten aus Kollagen, einem stark quellfähigen Eiweiß, hergestellt werden. Ihr Inhalt brauchte nicht mehr ausgeschüttet zu werden, sondern die Beutel ließen sich als nahrhafte Zutat zusammen mit ihrem Inhalt in heißem Wasser vollständig auflösen. Tassen, Teller, Becher und Bestecke aus Kollagen könnten das Ärgernis der Campingabfälle im Wald verkleinern: Im kochenden Abwaschwasser würde sich alles auflösen. Nach der Devise »Schrott gehört noch nicht zum alten Eisen« müßten sich Verwendungsmöglichkeiten auch für jene Schrottpakete finden lassen, zu welchen die faszinierenden Schrottpressen unsere Autowracks verwandeln. Zahlreiche Müllbestandteile ließen sich zu handlichen Blöcken pressen. Solche »Ziegelsteine aus Müll« könnten mit bakteriziden Wirkstoffen versetzt, in Tauchbädern mit einer robusten Haut überzogen und beispielsweise Bauzwecken zugeführt werden.

All das wird freilich vorläufig noch lange kein ausreichender Damm gegen die Müllflut sein, auch wenn sich der eine oder andere Plan unerwartet rasch realisieren ließe. Es wird so wenig zu Buche schlagen wie der hektische Bau neuer Verbrennungs- und Kompostierungsanlagen, die in der herkömmlichen Form nur neue Beiträge zur Luftverpestung liefern. Die Gegenmaßnahmen müßten doch eigentlich anders aussehen. Sie müßten, man kann es nicht oft genug sagen, aus einer mehr kritischen Einstellung des Menschen gegenüber den Auswüchsen des Wohlstandsbetriebes kommen. Konsum um jeden Preis – dieser Leitsatz läßt zwar die Mark rollen, er entpuppt sich aber als gefährliche Brutstätte für zahlreiche Umweltgefahren, von denen der Müll die anrüchigste ist.

Diese kurze Darstellung des Müllproblems bliebe unvollständig, wollte man nicht auch auf die gefährlichste Form industrieller Abfallstoffe noch hinweisen – den atomaren, den radioaktiven Müll. Mit der künstlich erhöhten Umwelt-Radioaktivität, die er verursacht, wird auch der natürliche Pegel der Strahlenbelastung für die Lebewesen angehoben. Radioaktiver Müll fällt heute vorwiegend in den Atomreaktoren an. Die meisten Reaktortypen arbeiten so, daß aus der Spaltungsenergie Wärme gewonnen wird. Diese wird in Dampf umgesetzt, der Dampf treibt Turbinen. Die Turbinen bewegen Generatoren für elektrischen Strom.

Um die atomaren Spaltungsvorgänge aufrechtzuerhalten, müssen die Reaktorbrennstoffe von Zeit zu Zeit erneuert werden. Das heißt: Die alten, durch Spaltprodukte verunreinigten Brenn-Elemente, die Uranstäbe, müssen gegen neue ausgetauscht werden. Der auf diese Weise anfallende Atom-Müll enthält vor allem die Elemente Caesium und Strontium als strahlende Isotope – nämlich Caesium 137 und Strontium 90. Beide haben so lange Zerfallszeiten, daß der Atom-Müll möglichst an Orten gelagert werden muß, wo er mindestens 1000 Jahre gefahrlos für seine Umgebung verbleiben kann.

Man hat vorgeschlagen, als Ablagerungsorte den Meeresgrund oder stillgelegte Salzbergwerke zu benutzen – eventuell sogar den Weltraum. Nehmen wir einmal an, das wären sichere Lagerstätten für radioaktiven Müll – dann bliebe immer noch der risikoreiche Transport. Welche Probleme hier auf uns zukommen, wird deutlich, wenn man erfährt, daß allein am Rhein und seinem Einzugsgebiet bis zum Jahre 2000 mindestens 70 Kernkraftwerke zur Elektrizitätserzeugung entstehen sollen. Andere ungelöste Fragen kommen hinzu. So weiß man, daß ein Element, das Strahlen aussendet, sich dabei verändert. Was fest war, kann gasförmig werden und entweichen. Auch kann die Strahlung die Behälter zerstören, in denen der Atom-Müll aufbewahrt wird. Schließlich gibt radioaktives Material Wärme ab. Diese Wärme kann so groß sein, daß der Müll zu schmelzen oder zu kochen beginnt – auch Explosionen sind möglich.

Alles das will bedacht sein, wenn es darum geht, geeignete Aufbewahrungsverfahren und Lagerstätten zu finden. Heute ist es ja im allgemeinen so, daß die verunreinigten Brennstoffe vor der Ablagerung noch aufbereitet werden, um ihnen

Mehr und mehr rückte man der Natur auf den Leib. Zunächst entledigte man sich der großen »Raubtiere«. Bis auf das letzte Stück wurden sie in vielen europäischen Ländern ausgerottet.

Vorhergehende Seite:
Im Laufe der Zeit wurden die Wälder weiter zurückgedrängt. Brandrodungen und Kahlschläge schufen freie Flächen, es entstanden mehr Ackerland und Ansiedlungen.

Dann begann das Zeitalter der Technik und mit ihm das der Maschine. Die technische Revolution nahm ihren Anfang. Der Mensch greift immer stärker in die Natur ein. Bäche und Flüsse werden reguliert.

Es werden künstliche Rinnsale geschaffen, die Fluten zwischen vorgezeichnete Ufer gezwängt.

Das Wasser wird somit von der Wolke auf dem schnellsten Weg in die Turbine geleitet, während es früher sich in die Erde ergoß und das Grundwasser speiste.

So sehen Bäche aus, wenn allein die Technik regiert. Kein Lebewesen kann sich mehr darin halten. Millionen werden heute noch immer für solche zweifelhaften »Regulierungen« ausgegeben.

VORHERGEHENDE DOPPELSEITE: Der Grundwasserspiegel wird abgesenkt, das einst feuchte und fruchtbare Land trocknet aus. Von den zementharten Böden, denen der auflockernde Naturdünger fehlt, rinnt das Regenwasser ab. Die Erde blutet aus.

Anderswo tragen Staubstürme den wertvollen Humus davon. Erosionen schwemmen ihn ins Meer, weite Gebiete fallen der Versteppung anheim.

Der Mensch glaubt jetzt, die Natur nach seinem Willen lenken zu können. Was sich früher in organischem Wachstum vollzog, spielt sich heute in rasender Geschwindigkeit ab. Wälder werden rücksichtslos niedergeschlagen, um den wachsenden Bedarf an Bauland für Siedlungen, Industrie und Straßen zu befriedigen.

Beton und Asphalt bedecken mehr und mehr das Land. 120 ha Acker-, Wald- und Wiesenland fallen allein in der Bundesrepublik täglich der Bebauung zum Opfer.

Ein nicht endenwollender Autoverkehr wälzt sich über das Land, mit jedem Jahr nimmt er zu. Im Jahre 1971 waren in Westdeutschland 18 Mill. Kraftfahrzeuge zugelassen, und noch lange nicht ist nach fachmännischem Urteil der »Sättigungsgrad« erreicht.

Anstelle der Bäume und Sträucher, die früher Wege und Straßen im Sommer beschatteten und im Winter ihre Linienführung bezeichneten, stehen heute vielerorts Reklameschilder. Selbst der letzte Alleebaum ist zum Tode verurteilt.

Sperrige Stahlmasten und Verdrahtungen überziehen weithin das Land. Die »modernen Wälder der Technik« breiten sich immer weiter aus. In einer solchen Landschaft kann kein Volkslied mehr entstehen.

SYSTEMBAU
Horst Babinsky
RIEDL, BAUM & CO
müller
sanitäre einrichtungen
münchen 22
thierschstrasse 3
ruf 29 57 11
HANS
TAX
MÜNCHEN
HAMA
HANS MAIER GMBH + CO
Heizung

Die Folge des gewaltigen Autoverkehrs ist Verschmutzung und Verpestung der Luft durch Giftstoffe, die die Motoren abblasen.

Bäume und Sträucher längs der vielbefahrenen Autostraßen sterben durch Einwirkung von Abgasen und Salzen ab. Aber Futtergräser und Getreide längs der Autobahnen werden noch immer der menschlichen Ernährung zugeführt, ohne Rücksicht auf die Giftstoffe, die sie enthalten.

Durch einst unberührte Landschaften führen heute schon allenthalben Straßen, kein Winkel bleibt verschont, und nur selten bilden Straße und Landschaft eine gelungene Einheit. Wo Straßen nicht mehr gebaut werden können, befördern Seilbahnen die Menschen weiter bis hinauf zu den höchsten Gipfeln.

Wo früher einsame, blitzsaubere Strände Meer und Seen begrenzten, wo sich schneeweiße Dünen erhoben,

wimmelt es heute von Menschen. Kaum ein Quadratmeter Fläche ist noch frei. Der Hunger nach Sonne, die die Menschen in den verrauchten und verrußten Städten nicht mehr voll genießen können, lockt sie heraus.

Viele Autos ziehen heute ihre Wohnstatt hinter sich her auf der Suche nach Licht, Luft und Sonne. Aber wie Sardinen in der Büchse sind sie dann an Seeufern, Waldrändern und anderen noch freien Erholungsplätzen zusammengedrängt. Dichter noch als in den Städten selbst hausen hier die Menschen nebeneinander. Die Flucht in die Natur nimmt kaum vorstellbare Ausmaße an. Der letzte natürliche Fleck wird überrannt.

Stockente mit Nachwuchs.

Solche natürlichen Winkel gehören fast überall schon der Vergangenheit an. Und mit ihrer Wegnahme schwindet zahlreiches Kleintierleben dahin, ohne daß wir Menschen es merken. Ganze Lebensgemeinschaften sterben aus, die uns dann noch verbleibende Natur verödet von Jahr zu Jahr mehr.

Teichrohrsänger füttert jungen Kuckuck.

Ein Wasserfrosch.

Leider wird die Natur von den gleichen Menschen, die Erholung und Entspannung in ihr suchen, mehr und mehr verschmutzt und verschandelt. Rücksichtslosigkeit, Gedankenlosigkeit aber auch volle Absicht bescheren uns solche Bilder in Wald und Flur.

Müllkippen und Abfallplätze wachsen überall empor. Die wachsende Müllawine ergießt sich immer mehr über das Land. 250 Millionen Tonnen Müll fallen jährlich schon an, bis 1980 wird sich diese Menge verdoppeln. Die meisten Abfallplätze sind so primitiv angelegt wie noch vor hundert Jahren. Erde und Grundwasser werden laufend durch Abfälle vergiftet.

Selbst der einst so anmutige Dorfweiher wird nicht verschont. Als Lebensraum für vielerlei Tiere hat er für immer ausgedient.

Wachsender Verkehr, fortschreitende Urbanisierung und Wegnahme natürlicher Lebensräume vernichten immer mehr Tiere. Igel z. B. können sich nur noch in entlegensten Winkeln am Leben erhalten. Tausende von ihnen werden jährlich von Autos getötet.

Eidechsen, Fröschen und anderem Kleingetier fehlen fast überall schon die nötigen Lebensbedingungen. Wo sie früher zahlreich waren, fristen heute nur noch einzelne von ihnen ein kümmerliches Dasein (Zauneidechse ♂).

An Stelle von Wäldern, Äckern und Wiesen dehnen sich Städte und Industrielandschaften aus – riesenhaft, unübersehbar.

Die verbliebenen freien Plätze reichen längst nicht mehr aus, um die zahllosen Autos unterzubringen. Wenn sie sich besonders morgens und abends in Bewegung setzen, dröhnt Motorenlärm und schwelen giftige Abgase über Städte und Landschaft.

Immer tiefer in die freie Natur fressen sich die Bauten – Wohnblocks aus Beton und Stahl für die wachsende Bevölkerung der reichen Industriestaaten, insbesondere der BRD, dem regsamsten »Arbeitshaus« Europas.

Selbst ländliche Gegenden bleiben nicht verschont. Wo gestern noch Wiesen und Äcker standen, erheben sich heute Wochenendsiedlungen und Zweitwohnungsbauten.

FOLGENDE DOPPELSEITE:
Der »Ausverkauf der Natur« schreitet fort. Zersiedelung der Landschaft, soweit das Auge reicht.

Staub, Rauch und Abgase von Industrie, Flugzeugen, Autos und Haushaltungen verfinstern den Himmel an manchen Stellen schon bis zu 30%. 20 Millionen Tonnen Abfallstoffe rieseln jährlich auf die Bundesrepublik herab. In anderen europäischen Industrieländern ist es ähnlich.

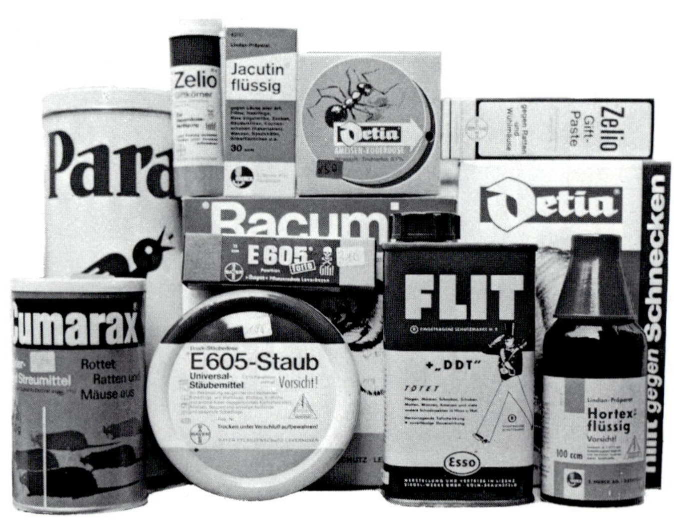

Giftstoffe, die im Handel waren oder zum Teil heute noch Anwendung finden.

»Es ist der grenzenlose Hochmut des Menschen, alles als Unkraut (und Schädlinge) zu bezeichnen, was ihm nichts nützt« (Prof. Jean Rostand). Wenn unsere Umwelt durch Kunstdünger und sogenannte chemische Schädlingsbekämpfung weiterhin vergiftet wird, werden auch immer mehr Tiere und Pflanzen ausgerottet werden. Es ist höchste Eile nötig, andere Schutz- und Düngemittel auf den Markt zu bringen, die weniger verderbenbringend für Menschen und Tiere sind.

Fledermäuse im Winterquartier.

Bilder, die fast schon der Vergangenheit angehören: Schwalben vor dem Abflug in den Süden.

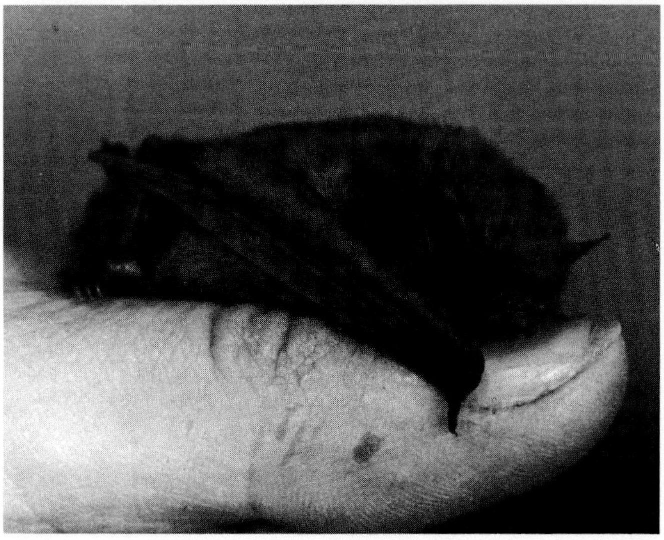

Die Folge rücksichtsloser und nur auf den eigenen Vorteil bedachter Insektenbekämpfung hat schon viele Kleintiere an den Rand des Aussterbens gebracht. Kleinvögel und Fledermäuse, die sich ausschließlich von Insekten ernähren, sind davon besonders betroffen.

Zwergfledermaus, unser kleinstes Säugetier. Gewicht 4–5 g.

Wasch- und Spülmittel, die der Hausfrau zwar die Arbeit erleichtern, die Abwässer aber mit ihrem Phosphatgehalt überdüngen und die Wasserpflanzen übermächtig wuchern lassen.

Auf vielen Bächen und Flüssen treiben noch immer solche Schaumberge, Zeugen für eine bedenkenlose Verschmutzung, obgleich diese schaumerzeugenden Waschmittel längst verboten sind. Auch die heute benutzten Waschmittel enthalten noch zu viel Phosphate. Kommt in derart mißhandeltem Wasser an heißen Tagen Sauerstoffmangel hinzu, so hat das Leben in ihm keine Chance mehr.

Folgende Doppelseite: Feste und flüssige, häufig auch giftige Abfälle landen in Teichen und Bächen und machen sie zu übelriechenden, gesundheitsschädlichen Kloaken.

Beim Absterben der Wasserpflanzen wird mehr Sauerstoff verbraucht, als das Wasser liefern kann. So kommt es zu Fäulnis, giftige Gase steigen auf. An Sauerstoffmangel verenden die im Wasser lebenden Tiere: Große Fischsterben sind an der Tagesordnung. Millionenwerte gehen durch Gedankenlosigkeit und mangelnde Rücksichtsnahme verloren.

Viele fischfressende Tiere, wie diese *Graureiher*, aber auch Otter, Taucher, Seehunde, Seeadler und andere sehen sich ihrer Nahrung beraubt oder gehen an den vergifteten Futtertieren elend zugrunde. Was von ihnen noch übrigbleibt, wird unbarmherzig verfolgt, weil auch sie Fische verzehren wie der Mensch und seine Fangerträge schmälern könnten.

FOLGENDE SEITE: Millionen von Seevögeln müssen wegen Ölverschmutzung der Meere alljährlich qualvoll verenden. 10 Millionen Tonnen Öl werden noch immer jährlich in die Meere gelassen, fast jeden Tag hört man von einem Ölalarm. Die europäischen Meeresküsten sind davon nicht ausgenommen. 1 Liter Öl kann 1 Million Liter Wasser ungenießbar machen!

»Wir haben noch eine Gnadenfrist – vielleicht noch eine Generation – in der wir unsere Umwelt vor der endgültigen Zerstörung durch uns selbst bewahren können.« (Barry Commoner, amerikanischer Fachmann für Umweltfragen)

das noch verwendbare Uran oder Plutonium zu entziehen. Es sind auch schon Verfahren erprobt worden, um radioaktiven Müll zu handlichen, gut deponierbaren Paketen zu machen. So hat man Atom-Müll oxydiert und in Glaskörper eingeschmolzen, man hat radioaktives Material von porösen Tonkugeln aufsaugen lassen und die Kugeln dann gebrannt. Aber all diese Verfahren vermeiden letzten Endes nicht die Gefahr der Strahlung.

So ist bekannt, daß Radioaktivität auf die Dauer selbst Beton-, Ton- und Glasbehälter zerstört. Bei Stahl- und Betonbehältern mit radioaktivem Material schätzt man die Lebensdauer der Gefäße auf längstens sechzig Jahre. Dann gerät der Inhalt unweigerlich nach außen – zum Beispiel ins Grundwasser – und kann sehr gefährlich werden, je nachdem, wo die Behälter gelagert sind.

In solchen Fällen müßte man Warngeräte installieren, ähnlich wie sie auch für Heizöl-Tanks schon angeboten werden. Wenn ein Leck entsteht, so wird der Schaden automatisch gemeldet. Dann muß man die Behälter neu absichern oder ihren Inhalt in andere Behälter umfüllen – ein Verfahren, das einen hohen Aufwand erfordert.

Der Aufwand aber wird kleiner, wenn die Behälter an Orte gebracht werden, wo sie über Jahrhunderte lagern können, ohne Schaden anzurichten. Der Meeresboden mag dafür ausscheiden, aber es gibt Steinsalzlager tief unter der Erde, von denen man weiß, daß sie keinen Kontakt mit dem Grundwasser haben, da sie sich sonst seit ihrer Entstehung vor vielen tausend Jahren längst hätten auflösen müssen. Diese Lager, wie etwa das von Asse bei Wolfenbüttel, bieten also einen ziemlich sicheren Platz – da kann mit radioaktivem Müll nicht viel passieren. Da liegt er – jedenfalls nach Ansicht vieler Experten – sicher, bis die Radioaktivität abgeklungen ist. Auch bei dieser Lösung des Ablagerungsproblems sind freilich die Fragen unbeantwortet, wie groß die Aufnahme-Kapazität solcher Salzlager auf die Dauer ist und wie man die gefährliche Fracht vom Ort ihrer Entstehung – also vom Kernreaktor – zu ihnen transportieren will. Da ist in der Tat noch einiges zu bedenken. Es sei nur an einen Vorfall erinnert, der vor einiger Zeit die westdeutsche Bevölkerung aufschreckte: Es war damals ein Eisenbahnunglück passiert, bei dem ein Behälter mit radioaktivem Müll aus einem Waggon geschleudert und einige Zeit nicht aufgefunden worden war. Bedenkt man die zunehmenden Risiken im Verkehr auf Straßen und Schiene, so sollte die Transportfrage besonders ernst genommen werden. Darum möchte man es fast mit dem russischen Kernphysiker Pjotr Kapitza halten, der erklärt hat:

»Die einzige praktische Anwendung, die ich für die kosmischen Raketen sehe, ist die, die Asche der Atomreaktoren zu beseitigen. Die gefährliche Lagerung des Atom-Mülls entwickelt sich zu einer fundamentalen Schwierigkeit, die der Weiterentwicklung der Atom-Technik im Wege steht. Der Transport dieser Asche in den Weltraum ist für die Menschheit die sicherste Methode der Beseitigung, und sie wird sich auch nicht als zu kostspielig erweisen.«

Man mag darüber streiten, ob es ein angenehmer Gedanke ist, die Erde von radioaktivem Müll umkreist zu wissen – ungefährlicher wäre da noch der »Versand« solcher Raketen in die Weiten des Alls, in Richtung Sonne oder fort von unserem Planetensystem und hin zu anderen Milchstraßen. Ein anderer Einwand gegen Kapitzas Vorschlag ist aber schwerwiegender. Er betrifft die Kostenfrage. Wer sollte die immensen Summen aufbringen, die eine regelmäßige extraterrestrische Müllabfuhr via Weltraumraketen angesichts der rasch zunehmenden Kernkraftwerke auf der Erde verschlingen würde? Hinzu käme, daß jedes Land, das künftig die Atomkraft nützt (und welche Länder wollten dies nicht?), Raketenbahnhöfe bauen müßte, falls nicht internationale Vereinbarungen für einen Gemeinschafts-Großbahnhof getroffen werden. Und: Wie teuer sollte bei alledem der Atomstrom werden? Hieß es nicht einmal, wir wollten den Atomstrom erzeugen, weil er billiger würde als der Strom aus den herkömmlichen Wärmekraftwerken? War dies nicht ein gern gebrauchtes Argument neben dem des wachsenden Energiebedarfs?

Fassen wir die Müll-Misere zusammen: Die wachsenden Müllberge, Abfallprodukte einer allzu konsumfreudigen Industriegesellschaft, drohen uns zu ersticken. Wie die Bevölkerungsexplosion, die Wasser- und Luftverschmutzung gehört die Müll-Lawine zu den drohendsten Umweltgefahren unserer Zeit. Wir werden alle Kräfte einsetzen und wirtschaftspolitisch – selbst auf Kosten der freien Marktwirtschaft – klug handeln müssen, um die Gefahr zu bannen. Wenn uns dies in den nächsten zwanzig, dreißig Jahren nicht gelingen sollte, so dürfte mit Sicherheit die Natur dafür ein untermenschliches Verfahren bereithalten und nicht zögern, es anzuwenden.

Lärm

Wer in den letzten Jahren in England den Zoo von Windsor besucht hat, konnte im Elefantengehege ein merkwürdiges Bild sehen: Jungen, aus Thailand eingetroffenen Dickhäutern hatte man unförmige Ohrenschützer angelegt, um sie vor dem ungewohnten Lärm, insbesondere dem Flugzeuglärm, zu schützen. Das sprichwörtliche dicke Fell traf auf die Psyche der jungen Tiere offenbar nicht zu – der Schutz war notwendig geworden, um Schreckreaktionen zu verhüten. Freilich: besonders wohl dürften sich die Elefanten unter ihren Ohrenhauben nicht gefühlt haben, denn diese halten ihnen ja nicht nur Lärmreize fern, sondern auch viele andere Geräusche, die normalerweise zu ihrer Orientierung dienen.

Dieses Beispiel demonstriert – wenn auch auf exotische Weise – die Lärmhölle, in der wir heute namentlich in den Großstädten leben. Es demonstriert die akustische Umweltgefahr, die wir neben allem anderen durch unsere moderne Technik heraufbeschworen haben. Immer mehr bundesdeutsche Berufstätige, so klagte unlängst der Berliner Landesgewerbearzt Dr. D. Schürmann, wurden in den letzten Jahren schwerhörig. Lagen schlechtes Hören und Taubheit im Jahre 1967 noch an sechster Stelle der Berufserkrankungen, so lagen sie 1970 schon an vierter. Schürmann schildert den Fall einer Gruppe junger Facharbeiter, die schwere Hörschäden erlitten, nachdem sie Stahlbolzen für Gardinenstangen mit einem neuen Verfahren in die Zimmerwände eingeschossen hatten.

Phon-Skala	
0	Hörschwelle
10	Normales Atmen
20	Blätterrascheln im Wind
30	Schritte auf einem Kiesweg
40	Wohngegend bei Nacht
50	Ruhiges Restaurant
60	Unterhaltung zweier Personen
70	Lebhafter Verkehr
80	Staubsauger
90	Rauschen eines großen Wasserfalls
100	U-Bahn
120	Propellerflugzeug beim Start
130	Maschinengewehrfeuer aus der Nähe
140	Düsenjäger beim Start
150	Überschall-Verkehrsflugzeug beim Start
160	Windkanal
175	Weltraumrakete aus der Nähe beim Start

Ähnliche Besorgnis wird heute überall laut. Seit Jahren ziehen weitsichtige Leute gegen den Lärm zu Felde – umsonst. Ärger denn je brandet Straßen- und Baustellenkrach in unsere Ohren, und verzweifelten Protesten zum Hohn sind wir nun dabei, der Groteske die Krone aufzusetzen: Mit dem bevorstehenden Einsatz der Überschall-Verkehrsflugzeuge kündigt sich die akustische Selbstverstümmelung an.

Vor kurzem ergab eine Untersuchung über den lärmbedingten Hörverlust bei 2328 Bauarbeitern im schwedischen Bezirk Skaraborg, daß nur etwa jeder vierte dieser Männer ein normales Hörvermögen besitzt. Laut Dr. Seved Lindqvist von der Ohrenklinik des Sahlgrenska Hospitals leiden 44 Prozent der Arbeiter an geringer, 22 Prozent an hochgradiger Schwerhörigkeit, und sind bereits 75 Prozent der Betonarbeiter lärmgeschädigt, mehr als ein Viertel davon schwer.

Aber nicht nur das Gehör leidet unter dem Lärm. Betroffen wird auch das Herz. Lärm ist, wie der Bostoner Ohrenspezialist Dr. Samuel Rosen anhand eingehender Untersuchungen in finnischen Kliniken zeigen konnte, mitverantwortlich für die Verengung der Herzkranzgefäße. Das aber heißt: Lärm kann Herzkrankheiten begünstigen.

Nicht weniger beklemmend ist, was der Lärm schwangeren Frauen bescheren kann. Auf dem Groninger Kongreß »Lärm 2000« im Mai 1970 teilte Professor Klosterkötter vom Institut für Hygiene und Arbeitsmedizin der Ruhruniversität die Ergebnisse einschlägiger Untersuchungen mit. Danach sei bei Schwangeren im dritten bis sechsten Monat der Lärmreiz auf das ungeborene Kind so groß, daß es zu heftigen Kindsbewegungen komme – erwiesen sei diese Wirkung bereits für Lärmstärken von 80 Phon. Man wisse noch nicht, welche Wirkungen das im einzelnen habe, doch wären in der Umgebung eines Schweizer Flughafens als Folge des Überschalldonners beispielsweise Fehlgeburten verzeichnet worden. Klosterkötter hat errechnet, daß etwa fünf bis sechs Prozent der erwerbstätigen Frauen in der BRD schwanger seien. Viele dieser werdenden Mütter seien in Lärmbetrieben beschäftigt, darunter Webereien und Spinnereien. Klosterkötters amerikanischer Kollege Dr. Lester W. Sontag vom Fels Research Institute in Yellow Springs, Ohio, warnte im selben Zusammenhang vor der kritiklosen Anwendung des Ultraschalls bei Untersuchungen schwangerer Frauen.

Was der Lärm alles anrichtet, geht freilich weit über diese Auswahl neuerer Befunde hinaus. So verriet eine Meldung aus dem Jahre 1960, daß die amerikanische Regierung sage und schreibe bereits damals 94233 Angehörige der Luftwaffe als Lärminvaliden zu versorgen hatte. Die Soldaten hatten als Bodenpersonal auf Düsenflugplätzen Dienst getan; sie kosten den Staat nun jährlich runde 270 Millionen Mark.

Daß Lärm sogar töten kann, wußten schon die alten Chinesen. Im Jahre 200 vor Christus, heißt es, habe ein chinesischer Polizeiminister einen Gotteslästerer zum »Musiktod« durch ohrenbetäubendes Trommeln und Pfeifen verurteilt. Nahezu lebens-, zumindest aber gesundheitsgefährdende Lautstärken werden heute, ungeachtet der chinesischen Exempel, in Discotheken und Show-Lokalen dem noch empfindlichen Gehör jugendlicher Besucher zugemutet. Schallmessungen in den Beat-Schuppen ergaben unmittelbar vor den Kapellen Pegelwerte von 120 Phon. In der Mitte der Tanzflächen wurden 106 bis 108, 30 Meter außerhalb der Lokale noch immer 90 Phon und damit Werte abgelesen, die weit über der Schädlichkeitswelle liegen. Die durch Verstärker erzielten Schallstärken stellen die Geräusche von Niethämmern und Kesselschmieden noch in den Schatten. Daß die jungen Leute die akustischen Opiumhöhlen halbtaub verlassen und viele von ihnen außerstande sind, sich in der nächsten halben Stunde auf die Straßenverkehrsgeräusche einzustellen, erstaunt sicher nicht. Bedrückender ist das Motiv, mit dem das Bedürfnis nach solchem Krach gelegentlich begründet wird: Die lautstarke Musik sei wie ein schützender Mantel. Sie schirme ab und bewahre davor, den anderen reden zu hören und selbst sprechen zu müssen.

Lärm, der andere belästigt, kann seinem Urheber Musik in den Ohren sein. Das zeigt die Problematik. Einen Hafenarbeiter mag das Dröhnen eines Niethammers nicht weiter stören, den Büroangestellten dagegen macht es nervös. Allgemein gilt, daß selbsterzeugter Lärm weniger unangenehm empfunden wird als Lärm, den andere machen. Wir ärgern uns über den Nachbarn, der in der Wohnung nebenan eine geräuschvolle Feier veranstaltet. Feiern wir aber mit, so scheint uns der Lärm ganz selbstverständlich. Unabhängig davon gilt: Auch wer glaubt, sich an Lärm gewöhnt zu haben, irrt sich, wenn er denkt, von Lärmschäden auf die Dauer verschont zu bleiben in der Meinung, solcher Lärm schade nicht. Rosen, der Amerikaner, faßt zusammen: »Wenn plötzlicher Lärm das Ohr erreicht, schlägt das Herz rascher, ziehen sich die Blutgefäße zusammen, weiten sich die Pupillen und verkrampfen sich Magen, Darm und Speiseröhre. Der Betroffene mag den Lärm vergessen – sein Körper vergißt ihn nie.«

Angesichts so offenkundiger Gefahr stellt der Plan, Überschallflugzeuge nun auch im regelmäßigen Fracht- und Passagierdienst einzusetzen, eine der frivolsten Herausforderungen mächtiger Interessengruppen an den gesunden Menschenverstand dar. Zwar ist das amerikanische Projekt eines Überschall-Transporters vorerst gestoppt worden, doch wird beispielsweise das englisch-französische Modell »Concorde« bereits eingesetzt. Wie es heißt, würden diese Maschinen nur über menschenleeren Gebieten und dem freien Meer im Überschallbereich fliegen, doch bleiben derlei Beschwichtigungen zumindest suspekt. Es ist bekannt, daß die hohen Entwicklungskosten (mehr als vier Milliarden DM bisher für Concorde, 18 Milliarden DM für die amerikanischen Prototypen) die Fluggesellschaften zu rationellstem Einsatz zwingen werden. Das aber hieße, gegebenenfalls auch die lukrativen Überlandrouten im Überschallbereich zu befliegen, solange nicht massiver Protest und gesetzgeberische Maßnahmen dagegenstehen. Hinzu kommt: Diese Maschinen verbrauchen gerade im Unterschallbereich unverhältnismäßig viel Treibstoff, und obendrein sind sie hier ebenfalls sehr laut. Je länger also die im Unterschallbereich zu fliegenden Strecken sind – zum Beispiel, bis das offene Meer erreicht ist –, desto unrentabler werden die Maschinen, denn desto mehr schwindet von der Flugzeit-Verkürzung im internationalen Verkehr als Hauptattraktion dahin, ganz zu schweigen von den häufigen Wartezeiten über den Zielflughäfen. Was vorerst bleibt, sind beträchtliche Zweifel am Sinn der Riesenprojekte. Falls, um die Maschinen rentabel zu machen, auch Überlandrouten überschallschnell beflogen würden, hieße das, einer verschwindend kleinen Minderheit zuliebe Millionen Menschen in eine Lärmhölle zu versetzen, über deren Ausmaß und Auswirkungen zur Zeit nur Vermutungen möglich sind. »Wenn diese Flugzeuge erst fliegen«, beschwor der amerikanische Senator William Proxmire die Verantwortlichen, »werden wir unser Leben in einer einzigen Dampfschmiede beenden.« Mehr noch: Gefährdet wären auch zahlreiche unersetzliche historische Bauten und Kunstdenkmäler, deren Mauern unter den Donnerschlägen vom Himmel kapitulieren müßten, von zahlreichen wild lebenden Tieren zu schweigen, deren Existenzberechtigung auf unserer Erde offenbar nicht mehr der Rede wert ist.

Der Überschalldonner entsteht solange ununterbrochen, wie das Flugzeug im Überschallbereich fliegt – also schneller als etwa 1150 Kilometer je Stunde. Als Folge des raschen Druckanstieges vor dem Flugzeug kommt es zum »Stoßwellenknall« (sonic boom), der als Druckkegel hinter dem Flugzeug herzieht und auf der Erde längs der Flugstrecke als Doppelknall gehört wird. Je größer die Maschine, um so lauter und in der Tonlage tiefer ist der Knall. Der am Boden entstehende Luftdruck ändert sich auch mit dem Flugwinkel zur Erdoberfläche. So heißt es, der amerikanische SST-Typ würde beim Normalflug in einer Höhe von etwa 15 Kilometern einen Knalldruck auf der Erde von etwa 7,5 Kilogramm je Quadratmeter erzeugen, im Steigflug dagegen einen solchen von 10 Kilogramm. Summations- und Reflexwirkungen, zum Beispiel durch Felswände, lassen Knallbelästigungen bis zum Fünffachen erwarten, eine Gefahr, mit der besonders gebirgige Länder wie die Schweiz rechnen müssen. Außerdem entstehen besonders starke Vierfach-Knalle beim Kreisflug und beim Beschleunigen von Unter- auf Überschallgeschwindigkeit. Wie Diplom-Ingenieur Roland Stuff im Mitteilungsblatt der Deutschen Versuchsanstalt für Luft- und Raumfahrt ausführt, wurden während des Überflugs einer »Mirage« in 600 Meter Höhe Luftdrucksprünge von 21 Millibar gemessen. Drucksprünge von 1 Millibar – und weniger – würden bereits als gehörschädigend angesehen.

Vergleichsweise kümmerlich mutet an, was bisher in der Bundesrepublik, aber auch anderswo, gegen den herkömmlichen Lärm unternommen worden ist. Pars pro toto: Eine 810 Meter lange und 2 Meter hohe Lärmschutzwand längs der Autobahn bei Kirchheim/Teck in Baden-Württemberg sollte den unerträglichen Motorenlärm von einem nahen Wohngebiet abhalten. Die Lastwagengeräusche erreichen hier Werte zwischen 60 und 70 Phon. Angestrebt wurde eine Geräuschminderung zwischen 15 und 20 Phon – erreicht wurden 6 bis 7 Phon. Das kam, wie es hieß, einer Zurückversetzung der Häuser um rund 200 Meter gleich, doch beklagen sich die Anwohner nach wie vor, denn nach allgemeiner Norm (DIN 18005) liegt die Lärm-Störgrenze für Wohngebiete nachts bei 40 Phon. Schon im Bereich von etwa 65 bis 90 Phon treten nach dem Essener Lärmforscher Professor Klosterkötter nachweisbare vegetative Regulationsstörungen auf, und zwar auch dann, wenn der Lärm nicht als belästigend empfunden wird. »Längerdauernde Einwirkung von Lärm«, ergänzt Klosterkötter, »führt zur Schädigung und Zerstörung der schallempfindlichen Zellen des Innenohrs mit der Folge einer Lärmschwerhörigkeit oder Taubheit.« Die Dämmwirkung der Kirchheimer Schutzwand reicht damit nicht aus, um die Nachtruhe der Betroffenen wenigstens einigermaßen zu gewährleisten.

In Köln wurden unlängst als Durchschnitt von 46 überprüften Straßen tagsüber 81, nachts 71 Phon gemessen. Kommentar der Schallmeß-Fachleute: »Der Verkehrslärm hat . . . die gesundheitsschädigende Grenze überschritten.« In der Nähe des Flugplatzes Berlin-Tempelhof gibt es Kinder, die erst nach zehn Uhr abends einschlafen, weil dann die Hauptflugzeit vorüber ist. 6000mal monatlich »donnert« es im Bereich des Flughafens, wenn die kleinen und großen Maschinen starten und landen. Die Einwohner in Tempelhof und Neukölln beklagen sich bitter, aber nur mit bescheidenem Erfolg. Immerhin sollen nun etwa 10000 Wohnungen schalldämmende Fenster erhalten. Dafür stehen jährlich 3 Millionen Mark zur Verfügung. Geschätzte Dauer der Fensteraktion: 7 Jahre.

Fluglärm-Proteste kommen auch aus den USA. In New York hat der Generalstaatsanwalt im Sommer 1970 ein Verfahren gegen 58 in- und ausländische Fluggesellschaften eingeleitet, darunter die Lufthansa. Anlaß sind »buchstäblich Tausende von Beschwerden« aus den umliegenden Wohngebieten. In Paris prozessieren elf lärmgeschädigte Randgemeinden. Sie verlangen die Übernahme der Kosten für die Schallisolierung sämtlicher Gemeindebauten, fünf Krankenhäuser und 57 Schulen durch drei Fluggesellschaften, unter ihnen die Air France. Einige der Schulen, so schimpfen die Bürger, würden von den startenden Düsenmaschinen alle drei Minuten bedonnert, der Lärmpegel steige gelegentlich auf 140 Phon an.

Welche Emotionen der Lärm jenseits solcher vergleichsweise noch geordneten Auflehnung entfesselt, demonstrierte vor einigen Jahren der Wiener Dichter und Staatspreisträger Michael Guttenbrunner. Wie man im Mai 1957 erfuhr, war Guttenbrunner vermutlich im Zustand nervlicher Überreizung zur Wiener Höhenstraße geeilt, um dort mit einer Axt »wider den Lärm in der herrlichen Natur« vorzugehen. Er tat dies, indem er den kalten Stahl erbarmungslos auf alle daherkommenden Fahrzeuge niedersausen ließ. Weithin viel zu wenig bekannt ist, daß jeder Bürger sich gegen ungebührlichen Lärm wehren kann, auch ohne derart drastischen Selbstschutz zu üben. In der BRD hat laut Grundgesetz Artikel 2 »jeder das Recht auf Leben und körperliche Unversehrtheit«. Daß dies nicht leere Worte bleiben müssen, zeigte das Hamburger Verwaltungsgericht schon im Jahre 1953 mit einer Urteilsbegründung vom 16. November: »Den einzelnen vor gesundheitsschädigendem Lärm zu schützen, gehört im Maschinenzeitalter zu den dringendsten Aufgaben des Staates ... Gegenüber diesen an erster Stelle stehenden Grundrechten muß das Gewinnstreben eines Unternehmers zurücktreten.«

Zivilrechtlich braucht der Bürger laut der Paragraphen 906 und 1004 des Bürgerlichen Gesetzbuches wesentliche, aber ortsübliche Einwirkungen nur zu dulden, wenn sie nicht durch technische, wirtschaftlich zumutbare Maßnahmen verhindert werden können. Nach Paragraph 360 Absatz 1 des Strafgesetzbuches kann gegen jeden Urheber ruhestörenden Lärms vorgegangen werden. Höchststrafmaß sind 500 Mark oder Haft bis zu sechs Wochen. Paragraph 223 des Strafgesetzbuches sieht in besonderen Fällen sogar eine Bestrafung wegen Körperverletzung vor. Hierzu ist eine der letzten Entscheidungen des Bundesgerichtshofes bemerkenswert. Sie besagt, daß einem Wohnungsinhaber sogar ein Ausgleichsanspruch gegen den Staat zustehen kann, wenn Gesundheitsstörungen wegen besonders starken Straßenlärms zu erwarten sind, ein Ausweichen auf andere Räume aber nicht möglich ist und unverhältnismäßig große Aufwendungen nötig wären, um den Lärm zu vermindern.

Ähnlich beispielhafte Urteile sollten viel mehr Lärmgeplagte ermutigen, gegen die Urheber der Ohrengeißel vorzugehen. So verurteilte das Oberlandesgericht Koblenz (1 Ss 371/63) einen Fabrikbesitzer wegen vorsätzlicher Körperverletzung zu einer Geldstrafe, weil er die Lärmquelle in seinem Betrieb nicht auf ein erträgliches Maß reduziert hatte. Das Gericht stellte ausdrücklich fest, daß durch den Fabriklärm eine Frau mit zwei Kindern körperlich mißhandelt und die Neurose einer zweiten Frau verschlimmert worden sei.

Als beim Ausbau einer Mosel-Staustufe bei Zeltingen Spundwände ins Flußbett gerammt wurden und in dieser Zeit der Umsatz eines dortigen Hotelbesitzers schlagartig zurückging, sprach der Bundesgerichtshof dem Mann Schadenersatz zu. Der Baulärm hatte den ortsüblichen Lärmpegel überschritten (V ZR 216/64). Das Amtsgericht Hannover verurteilte im Sommer 1970 einen Hundehalter zu einer empfindlichen Geldstrafe wegen vorsätzlicher Körperverletzung, weil das fortgesetzt laut bellende Tier eine größere Zahl von Nachbarn ständig gestört hatte. Begründung des Gerichts: Das Gebell habe zweifelsfrei zu nachweisbaren Gesundheitsschäden geführt. Ein ähnliches Urteil erging in Hannover bereits früher (46 Cs 531/62).

Selbst Kasernenlärm braucht nicht ohne weiteres hingenommen zu werden. Das bestätigt ein Urteil des Koblenzer Landgerichts, das der Klage eines Niederlahnsteiner Bürgers gegen die Deines-Bruchmüller-Kaserne entsprach. Der Mann, den das Kettengerassel und der Motorenlärm von Panzerhaubitzen störte, sah auch sein Grundstück dadurch im Werte gemindert und erhielt zur Entschädigung eine monatliche Rente zugesprochen. Der exemplarischen Bedeutung des Falles wegen hat der Prozeßbevollmächtigte des Bundes hier freilich Berufung angekündigt. Eindeutig zum Nachteil der Beklagten ging dagegen ein Prozeß in Karlsruhe aus. Dort gab der Fünfte Zivilsenat einem Grundstücksbesitzer recht, der wegen ständiger Belästigung durch die Umformerstation eines benachbarten E-Werkes auf Wertminderung seines Villenanwesens geklagt hatte. Die Entschädigungssumme belief sich auf 20000 Mark (V ZR 27/67 vom 13. 2. 1970).

»Das Bundesministerium für Gesundheitswesen«, erklärte Ministerin Käthe Strobel im Juni 1969 vor dem Deutschen Bundestag, »bekommt eigentlich täglich Briefe, in denen sich die Menschen insbesondere über den Fluglärm beschweren. Wir haben durch einfache Fragestellung festgestellt, daß sich 50 Prozent aller Menschen in der Bundesrepublik durch Lärm gestört fühlen.« Inzwischen ist die Lärmbelästigung des Bundesbürgers eher größer als kleiner geworden, und die Antilärm-Aktivität der bundesdeutschen Polizei läßt weiterhin zu wünschen übrig. Heißt es doch – auch dies nur ein Symptom –, daß die Ärzte in den Kliniken stellenweise bereits Mühe hätten, den Herzschlag ihrer Patienten noch mit der notwendigen Genauigkeit abzuhören. Hinsichtlich der Flugzeuge zeigt eine Stellungnahme von Sachverständigen der Bundesvereinigung gegen den Fluglärm, was auf uns zukommt. In den nächsten zehn bis fünfzehn Jahren sei mit einer Vervierfachung des Passagier- und mit einer Verachtfachung des Luftfrachtverkehrs zu rechnen. Der Fluglärm, so wird geschätzt, werde sich alle fünf Jahre verdoppeln.

»Eines Tages wird der Mensch den Lärm ebenso unerbittlich bekämpfen müssen, wie die Cholera und die Pest«, hatte der große Bakteriologe Robert Koch schon im Jahre 1910 prophezeit. Heute haben wir hier und da Versuche zur Lärmbekämpfung, aber wir leben in einem Lärm-Inferno, das stellenweise der Beschreibung spottet. Offenbar bekämpfen wir den Lärm noch nicht genug. So täte es vor allem gut, die Kompetenz auch für die Lärmbekämpfung von den Ländern auf den Bund zu übertragen. Nur entschlossenes Handeln wird in dieser Situation noch nützen.

Lärm macht krank, das hat sich inzwischen herumgesprochen. Er macht zum Beispiel geisteskrank. Er kann aber auch Kurzschlußhandlungen gesunder Menschen auslösen wie die jenes japanischen Studenten, dem unter dem ohrenbetäubenden Gedröhn einer Dampframme vor seinem Studierzimmer die Nerven versagten: Er lief hinaus und hielt seinen Kopf auf den Pfahl unter das herabsausende Gewicht.

Jene Technik, die wir heute für die Verschmutzung unseres Lebensraumes und für den Lärm verantwortlich machen, sie ist an sich weder gut noch böse. Sie ist nur ein zweischneidiges Schwert in der Hand des Menschen: Besonnen eingesetzt, kann sie uns Segen bringen, übertrieben und mißbräuchlich benutzt, wird sie zum Fluch. Das ist, nicht erst seit wir mit der Atombombe leben müssen, eine Binsenwahrheit, doch wird sie von den Verantwortlichen, ja von uns allen zu wenig beherzigt. Die Folgen des Raubbaues an den italienischen Wäldern, dem die Erosion des Erdbodens durch den Wind folgte, war ein klassisches Beispiel für einen solchen übertriebenen Eingriff – heute sind ähnliche Fälle Legion. Auch heute handeln wir leichtfertig, wenn wir die Begiftung unserer Umwelt mit chemischen Schädlingsbekämpfungsmitteln so massiv fortsetzen, wie es noch immer geschieht. Auch heute handeln wir unüberlegt, wenn wir Atomkraftwerke in unserem kleinen Lande planen und in großer Zahl bauen, obgleich weder das Risiko von Reaktorunfällen kalkulierbar ist, noch das Verhalten der radioaktiven Teilchen im Kreislauf der Natur und die Risiken der Wärmeabgabe ausreichend geklärt wären. Wir handeln mit seltsamer Logik, wenn wir die sauerstoffspendenden Straßenbäume reihenweise niederschlagen, als wären sie schuld an den steigenden Unfallziffern.

Um den verschmutzten, am Rande seiner Selbstreinigungskraft angelangten Neckar zu retten, plant man jetzt, ihn durch einen Kanal vom Bodensee aus mit frischem Wasser zu regenerieren, als gelte es, einen Todkranken durch das Blut eines anderen Kranken am Leben zu halten. Statt am Neckar selbst für Abhilfe zu sorgen, soll das Bodenseewasser für eine Aufgabe herhalten, die von empörten Kennern der Probleme als »Klosettspülung für den Neckar« bezeichnet worden ist.

Man könnte die zunehmende Einengung des Lebensraumes der wild lebenden Vögel und Säugetiere durch die fortschreitende Bebauung und »Versiegelung« der Naturlandschaft durch Straßen und Plätze anprangern, mit denen nun den abgeschiedensten Gebieten der Lärm und der Müll unserer Wohlstandsgesellschaft beschert wird. Einst weite und unberührte Landschaftsräume schrumpfen unter der ameisenhaften Geschäftigkeit des Menschen dahin, so die Heide und die Marschen in Norddeutschland. Flüsse und Bäche werden in sterile Betonbetten gepreßt, so daß das Leben im Wasser verarmt und der Grundwasserspiegel sinkt. Moore entwässert man und entzieht den dort lebenden und brütenden Tieren die Lebensgrundlagen, vielleicht zugunsten von Parkplätzen, zu deren Bau sich die Gemeinden angesichts der 15-Millionen-Autoschwemme auf unseren Straßen immer häufiger gezwungen sehen. Hecken werden als »nutzloses Gesträuch« abgeschlagen oder verbrannt, und dabei wundert man sich noch, daß die Schädlinge zu-, die Singvögel aber abnehmen.

Was ist es, das uns zu so erstaunlich instinktlosem Verhalten treibt? Es mag der Wunsch sein nach einem besseren, von mehr Technik erfüllten, nach einem bequemeren und sichereren Leben – aber wie relativ sind solche Attribute. Ein Leben mit immer mehr Hast, mehr Maschinen und mehr Produkten, mit denaturierter Nahrung, mit mehr Betonplätzen und immer weniger Waldwegen und vor allem mit mehr und mehr Konsum an künstlich Erzeugtem in einer Welt, deren Bevölkerung sich der Vier-Milliarden-Grenze nähert und die sich täglich um mehr als 200000 Menschen vermehrt – ist das ein erstrebenswertes Leben?

Tatsächlich trägt ein solches Verhalten heute alle Züge des Morbiden. Was zu einer Zeit seine Berechtigung gehabt haben mag, als die Erde noch groß und leer war und es einen handgreiflichen Vorteil bedeutete, möglichst produktiv zu sein – an Kindern wie an materiellen Gütern –, das hat auf einer überfüllten Erde seinen Sinn verloren, ja, das erweist sich zunehmend als selbstmörderisch. Dabei sieht es fast so aus, als wäre die rollende Menschenlawine schon zu groß geworden, als daß den einzelnen etwa noch die Einsicht erreichen könnte, daß vor der wirtschaftlichen Rentabilität all unserer Aktionen und Produkte deren gesellschaftspolitische Unbedenklichkeit zu stehen hätte. Es ist vielmehr, als stehe auch uns Menschen das Schicksal der Saurier im Tertiär bevor und als wäre das weltweite Sterben seltener Tiere heute schon ein Indiz für den Menschheitstod von morgen.

Um dieses Schicksal von uns abzuwenden, wird es unerläßlich sein, jener Technik und dem von merkantilem Zweckdenken geschürten Verhalten dort abzusagen, wo unsere Lebensgrundlagen auf dem Spiele stehen. Das wird nicht ohne Einschränkungen unseres so üppigen Konsums abgehen, doch wird es den Vorzug haben, daß wir unseren Kindern und Kindeskindern eine Erde hinterlassen, auf der es sich noch menschenwürdig leben läßt.

Europas Paradiese

Nach den schockierenden Schilderungen und Feststellungen über die Zerstörung unserer Umwelt muß es uns wundern, wenn es dennoch Gebiete in Europa gibt, die als Naturparadiese bis auf den heutigen Tag erhalten geblieben sind.

In jedem europäischen Land waren schon immer Bestrebungen und Kräfte zur Bewahrung der Natur am Werk, lange ehe es zu den heutigen Zuständen gekommen ist. Doch diese Mahnungen und Aufrufe wurden lange Zeit nicht ernst genommen. Die Männer und Frauen, die sie in die Öffentlichkeit trugen, wurden verlacht, verspottet, für romantische Schwärmer gehalten. Das ununterbrochene Streben nach Fortschritt und die Jagd nach Wohlstand ließ solche Forderungen stets in den Wind schlagen.

Erst in jüngster Zeit ließ die stets zunehmende Zahl von Veränderungen und Zerstörungen den Gedanken an den Schutz der Natur und unseres eigenen Lebensraumes stärker werden. Denn immer deutlicher wurde, daß mit der Naturvernichtung ja auch das menschliche Dasein zu Ende geht.

Viele Länder gingen nun ans Werk. Man schuf weiträumige Vollnaturschutzgebiete, wo immer es noch möglich war. Die weniger entwickelten Länder taten dies meist früher als die reichen Industriestaaten. Hier hatte man für Natur- und Umweltschutz weder Zeit noch Geld, auch weigerte man sich hartnäckig, für solche »Utopien« Raum zur Verfügung zu stellen. In Deutschland wurde erst im Jahre 1970 der erste Nationalpark proklamiert, obwohl die Idee der Einrichtung von Nationalparks bereits 1872 in den USA geboren wurde. Fast hundert Jahre mußten vergehen, bis man sich in der Bundesrepublik Deutschland endlich zu diesem Schritt entschloß. Es fiel den maßgeblichen Politikern, auch der Bayerischen Staatsregierung, noch immer schwer genug, einen nur etwa 50-tausendsten Teil des Bundesgebietes unter vollen Schutz zu stellen. Doch dieses erste Vollnaturschutzgebiet, der »Nationalpark Bayerischer Wald«, ist erst ein Versuch. Wenn daraus ein wirklicher Nationalpark entstehen soll, wie ihn viele Staaten Europas und anderer Kontinente längst besitzen, muß noch vieles geleistet, müssen noch viele Hemmungen überwunden werden. Gewiß gibt es in Deutschland eine Anzahl »Naturparke« und »Naturschutzgebiete«. Doch manche von diesen stehen nur auf dem Papier. Viele sind nicht einmal als solche gekennzeichnet, und es wird darin alles andere betrieben, nur nicht genügend Naturschutz. Land- und Forstwirtschaft sind ebenso erlaubt wie Jagd und Fischfang. Es werden Regulierungen durchgeführt und Rodungen geschlagen, es werden Straßen gebaut, Parkplätze, Zeltplätze, Liegewiesen, Kinderspielplätze, Hotels und Bergbahnen. Für Aufsichtspersonal, Vollzugsorgane und Beschilderung stehen kaum Mittel zur Verfügung.

Manche Schutzgebiete, Vogelbrutstätten und Wildreservate in privater Hand sind besser gehalten, die Tierreservate der »Deutschen Wildstraße« in der Eifel mit eingeschlossen.

Alle Naturschutzgebiete und Tierreservate sind jedenfalls hart erkämpft. In ihnen soll die Natur ungestört walten und sich entwickeln können. In ihnen sollen auch die letzten Reste solcher Landschaftstypen, Tiere und Pflanzen erhalten bleiben, die anderswo längst der Zivilisation weichen mußten. Diese Naturparadiese Europas sind die letzten Chancen unseres gefährdeten Kontinents. Sie sind zwar dünn gesät und über den ganzen Erdteil verstreut, aber wir können sie noch allerorten finden. Von den Firnen der Bergwelt bis ins flache Land hinaus pflegt sie jeder Staat auf seine Art. Im Westen und Osten, vom Süden bis zum ewigen Eis der Arktis wird heute um ihre Existenz und um den Bestand ihrer schon selten gewordenen Tiere und Pflanzen gerungen, um ihren sauberen Boden, ihre bedrohten Wasserquellen und sauerstoffspendenden Wälder. Wie die vielen Errungenschaften der Wissenschaft und Technik brauchen wir sie notwendig, um gesund und menschenwürdig weiterleben zu können. Einmal verloren, können sie nie wieder ersetzt werden.

Der alpine Lebensraum

Im Paradies der Steinböcke

Unter den verschiedenen Landschaftstypen unseres europäischen Kontinents nimmt der alpine Raum eine besondere Stellung ein. Im deutschen, österreichischen, italienischen, französischen und schweizerischen Alpengebiet ist die Landschaft an vielen Stellen noch weitgehend unberührt. Der Mensch hat sie dort nicht so stark verändert, wie er es im Mittelgebirge oder im flachen Land schon im Übermaß getan hat. In einigen Alpenländern sind Vollnaturschutzgebiete errichtet worden. Mit diesen Reservaten sind große Gebiete vor dem Zugriff des Menschen gesichert. Der schweizerische Nationalpark in Graubünden ist der älteste in den Alpen.

Ein Flug über das Alpengebiet vermittelt erst so recht die grandiose Ausdehnung und Vielgestaltigkeit dieses gewaltigen Raumes. Nur aus der Schau eines Adlers oder Geiers vermag auch das menschliche Auge die lange Gipfelkette zu überblicken, kann es hinunterschauen in die stillen Kare, auf die oft messerscharfen Grate, in die tiefen Schluchten und traumschwarzen Täler.

Hier ist noch Urnatur, herrscht noch Stille, gibt es noch Raum für vielerlei Tiere. Manche von ihnen – Steinbock, Gams, Murmeltier – bewohnen seit alters die Gebirge, sind nie im flachen Land heimisch gewesen. Andere sind nach der letzten Eiszeit hier hängengeblieben, der Schneehase zum Beispiel und das Schneehuhn. Einige wiederum haben sich vor der vordringenden Kultivierung und Besiedelung des flachen Landes hierher zurückgezogen in die Stille der Bergwelt – der Steinadler, das Auerhuhn, das Birkhuhn und andere.

Um die Tiere der Alpen sehen, ihre Lebensweise genauer beobachten und – wie wir es tun – auch fotografieren und filmen zu können, muß man natürlich tiefer eindringen in die Berge. Man muß – so hart und mühsam das manchmal auch ist – hinaufsteigen zu ihren Standorten, in welchen Höhen diese sich auch immer befinden: in die Bergwälder, die Latschenregionen, auf die Matten, die einsamen Kare, Felsregionen und Gipfel.

Die Standorte, wo man heute in den Alpen Steinböcke zu sehen bekommt, sind an den Fingern abzuzählen. Am zahlreichsten findet man sie noch im italienischen Nationalpark Gran Paradiso im Aosta-Tal. Dort hat mich die italienische Nationalparkverwaltung in großzügiger Weise bei den Filmarbeiten unterstützt. Sie stellte uns Tragpferde, ausgezeichnete Führer und eine behagliche Unterkunft zur Verfügung. Ich bin der Nationalparkbehörde für diese Hilfe sehr dankbar.

Heute stehen wieder einige Tausend Steinböcke im Gran Paradiso-Nationalpark. Das war nicht immer so, denn dem Steinwild ist in früheren Zeiten ganz rücksichtslos nachgestellt worden. Jagdberechtigte und Wildschützen hatten den Bestand an Steinböcken in vielen Gebieten der Alpen ausgelöscht. Das Gehörn eines Steinbockes, das sogenannte »Herzkreuzl« und die Magensteine waren sehr begehrte Dinge. Nach tief eingewurzeltem Volksglauben galten sie als wundertätige Medizin, und der Alpensteinbock mußte dafür sein Leben lassen. Allerdings mußten auch viele Wilddiebe am Galgen mit ihrem Leben dafür büßen, wenn sie bei ihrem Frevel ertappt wurden. Im 19. Jahrhundert war der Steinbock im Alpenraum nahezu ausgerottet. Nur etwa 50 Stück waren noch übriggeblieben. Diese wenigen Überlebenden von vielen Tausenden standen zuletzt in den Bergen des italienischen Gran Paradiso-Gebietes. König Viktor Emanuel II. ist es zu verdanken, daß es heute überhaupt noch Steinböcke in den Alpen gibt. Er ließ die letzten ihrer Art rechtzeitig unter absoluten Schutz stellen, ließ sie hegen und pflegen und hat durch diese einmalige Verordnung das Steinwild im alpinen Raum erhalten.

Wo immer heute Alpensteinwild wieder außerhalb des italienischen Nationalparks steht; stammt es von den wenigen Überlebenden aus dem Gran Paradiso.

Wochenlang stiegen wir mit unseren schweren Apparaturen dem wunderschönen Bergwild nach. Es war ein mühsames Unternehmen, denn die Tiere pflegen bei Störungen fast immer in schier unerreichbare Höhen und Wände auszuweichen. Tag für Tag – sobald es eben das Wetter erlaubte – sind wir, Helmut Barth, Peter Höser und ich, ihnen nachgestiegen. Wir haben ihnen zugesehen bei all ihren Lebensäußerungen und ihrem oft munteren Spiel, wenn sie über Matten sprangen und scherzhaft oder im Ernst ihre Kräfte maßen. Seltene Einblicke in das Familienleben von Steinbockrudeln wurden uns vermittelt, als es uns gelang, in guter Deckung und bei günstigen Licht- und Windverhältnissen sie ganz aus der Nähe zu filmen. Das lustige Treiben und die Kletterübungen der Kleinen konnten wir dann ebenso aufnehmen wie das vertraute und sorglose Verhalten der Geißen und Böcke. Völlig unbekümmert ließen sie sich vor unseren Kameras nieder, käuten wieder, kratzten sich mit den Hornspitzen das Fell oder stützten das schwere Gehörn auf dem Boden auf. Auf vielen einmaligen Filmszenen und Fotos hielten wir das Verhalten dieser herrlichen Bergtiere fest.

Einmal unterbrach ganz plötzlich ein natürliches Geschehen das friedliche Bild: Hoch oben am Fels löste sich ein Stein und polterte in die Tiefe. Eine Steinschlaglawine bedrohte die ahnungslosen Tiere. Blitzschnell standen sie alle auf den Läufen und flüchteten unter die schützenden Wände, bis der Steinhagel vorüber war. Dann zogen sie alle hinaus auf den Grat, wo sie in Sicherheit waren.

Solche Naturgewalten bedrohen das Bergwild immer wieder, reißen da und dort ein Stück aus ihrer Mitte. Der Daseinskampf aller Bergtiere ist hart und unerbittlich. Aber sie bestehen ihn und überwinden die Lücken, die er in ihre Reihen schlägt. Nur die Nachstellung des Menschen ertragen sie auf die Dauer nicht. Wenn er sie nicht wieder so maßlos bedroht, werden sie noch lange unsere Berge bevölkern, die Steinböcke, die Steinadler, die Gemsen, Murmeltiere, Schneehasen, Schneehühner und viele andere, denen die Alpen Heimat und Lebensraum sind.

Freveltaten, wie sie in letzter Zeit vorgekommen sind, lassen jedoch auch um den Fortbestand der Steinböcke fürchten. So berichtete die »Frankfurter Rundschau« am 20. Oktober 1971:

»Ein Gemetzel haben Wilderer im italienischen Nationalpark Gran Paradiso in der Nähe des Aostatals angerichtet, als die 60 Aufseher dort rund drei Tage lang streikten. Nach dem Ende des Ausstandes wurden am Dienstag zunächst die Kadaver von 200 Gemsen und 100 Steinböcken entdeckt. Es wird befürchtet, daß noch viel mehr Tiere das Opfer der Wildschützen wurden.

Bei den tot aufgefundenen Tieren hatten es die Wilderer offenbar nur auf die Gehörne abgesehen oder aber sie wollten ihre Beute später abholen. Die am Dienstag ermittelte Zahl macht nach Angaben von Aufsehern mehr als die Anzahl der Tiere aus, die in dem berühmten Nationalpark in einem Jahr aus natürlichen Gründen eingehen«.

Schutzbemühungen einiger Jahrzehnte wurden damit zunichte gemacht.

Bei den Steinadlern

Es ist Anfang Juli, und der Sommer ist bis ins Hochgebirge hinaufgezogen. Flimmernd steigt die warme Luft an der kahlen Felswand empor. Ihr gegenüber sitze ich, irgendwo in den Tiroler Bergen, in etwa 1000 Meter Höhe unter einer alten Bergfichte. Ihre mächtigen Äste ragen bis zum Boden herab. Hans, der tüchtige Revierjäger, mußte nur eine kleine Sitzgelegenheit schaffen, die dichten Zweige etwas auseinanderbinden und mein Versteck war fertig. Es hätte nicht besser und natürlicher sein können.

Etwa 50 Meter von mir entfernt steht ein junger Steinadler in seinem Horst, mitten in senkrechter Felswand. Lebhaft blickt er umher. Er ist schon ziemlich groß, etwa 10 bis 11 Wochen alt, also fast erwachsen. Sein Deckgefieder ist nahezu vollständig. Nur am Hinterkopf sitzen noch Reste des Daunengefieders. Die Schwingen und die Stoßfedern haben beinahe ihre ganze Länge. Sie stecken aber noch in hornigen Hüllen.

Ich kann dies alles ganz genau sehen. Im Sucherbild meiner Filmkamera steht der Vogel riesengroß vor mir, völlig ahnungslos, ohne jede Scheu. Wenn er nicht gerade schläft, interessiert ihn alles, was in seiner Umgebung vor sich geht. Dem Gamsbock schaut er unentwegt nach wie er höher und höher steigt. Die herunterrollenden Steinchen treffen ihn nicht. Der Horst ist sicher unter einem Überhang angelegt. Den vorüberstreichenden Tannenhäher nimmt er sofort wahr, ebenso wie Kolkrabe und Mauerläufer. Alles sieht der junge Greif. Am meisten beschäftigen ihn aber doch die Schmetterlinge, die ständig um ihn herumflattern. Die langsam verwesenden Beutereste im Horst locken sie ebenso an wie Schmeißfliegen und Aaskäfer. In einer sehr appetitlichen Umgebung wächst der junge Steinadler keineswegs auf.

Neben ihm liegen die Läufchen und der Kopf eines Gamskitzes. Er selbst steht auf den Balgfetzen eines jungen Schneehasen, den das Adlermännchen kurz vorher in den Horst geworfen hat. Innerhalb weniger Minuten hatte der Junge diesen zarten Leckerbissen mit seinem scharfen Schnabel zerrissen und verschlungen. Jetzt ragt sein voller Kropf wie ein weißer Tennisball mitten aus der Brust heraus. Er braucht heute wohl nichts mehr zum Kröpfen.

Aber die Adlereltern richten sich nicht danach. Wenn sie Beute machen können, tun sie es. Sie nehmen selbst etwas davon, den Kopf, die Innereien, einen Lauf. Den größeren Teil aber bringen sie unermüdlich zum Horst.

Schon eine Stunde nachdem das Männchen den jungen Schneehasen gebracht hat, schleppt das Weibchen einen etwa halberwachsenen Jungfuchs heran. Der Jungadler sieht die Mutter von weitem kommen. Er schreit ihr entgegen und tritt einen Schritt zurück. Er macht respektvoll Platz zum Ablegen der Beute.

Dieses Schreien ist für mich stets das akustische Signal, die Filmkamera anlaufen zu lassen. Ein dutzendmal schon seit meiner ersten Sitzung am Horst habe ich solche An- und Abflugszenen aufgenommen. Es ist jedesmal aufs neue erregend, dieses Waidwerk mit der Kamera. Auf dem Filmband wird jeder Anflug ebenso aufgezeichnet wie das arteigene Verhalten des heranwachsenden Jungadlers: Nesteln am Gefieder, Kröpfen der Beute, Flügelschlagen, Schmelzen und Schlafen.

Die Rufe des Jungadlers und die Geräusche, die er macht, hält das Tonbandgerät fest.

Seit zwei Wochen sitze ich bereits hier. Ich warte nun voller Spannung auf den ersten Start des Jungvogels. Vieles hat sich schon ereignet. Das schöne Wetter gestattet fast pausenloses Aufnehmen, wenn sich etwas Neues am Adlerhorst anbietet. In meinem Tagebuch wird alles genau registriert:

Am 2. 7. liegt neben dem Jungadler der Kopf eines Rehkitzes im Horst. Um 15.30 Uhr bringt das ♂ ein Eichhörnchen.

Als ich am 3. 7. frühmorgens um 7 Uhr das Versteck betrete, liegt wieder ein Jungfuchs im Horst. Um 8.45 Uhr bringt ein Alter einen fast gerupften Spielhahn.

Am 4. 7. erscheinen beide Eltern nacheinander erst um 16.05 Uhr und 16.35 Uhr am Horst. Nur einer landet darauf, der andere streicht darüber weg.

Am 5. 7. erfolgt um 8.20 Uhr der erste Anflug, um 8.50 Uhr der zweite, die Beute ist nicht zu bestimmen. Um 16.00 Uhr kreisen beide Adler über dem Horstbereich und verschwinden wieder über die Kimm.

Am 6. 7. bringt das ♂ um 10.50 Uhr einen Marder.

Am 7. 7. bringt das ♂ um 6.45 Uhr wieder einen Marder. Dieses Mal ist es einwandfrei ein Baummarder. Um 10.25 Uhr kommt das ♀ dreimal innerhalb von fünf Minuten an den Horst. Es bringt aber nichts mit, sondern trägt Beutereste weg.

Am 11. 7. liegen die Reste von Mardern und eines Gamskitzes im Horst. Der Schädel des Rehkitzes ist nun verschwunden. Um 10.05 Uhr bringt das ♂ ein großes Wiesel!

Am 12. 7. bringt das ♀ um 10.12 Uhr einen besonders starken Jungfuchs, an dem der Jungadler sich sofort ordentlich satt kröpft. Um 13. 10 Uhr erscheint das ♀ wieder. Es bringt eine völlig erhaltene Auerhenne, der fast keine Federn fehlen.

Am 13. und 14. 7. wegen Regen keine Beobachtung.

Am 15. 7. liegen morgens Teile eines Gamskitzes und eines Schneehasen im Horst, die wahrscheinlich an den Regentagen erbeutet worden sind. Um 10.20 Uhr kreist das ♂ in Horstnähe ohne Beute in den Fängen. ♂ und ♀ sind gut zu unterscheiden. Ersteres ist wie bei allen Greifvögeln kleiner. Außerdem hat es in der linken Armschwinge eine Mauserlücke. Das größere ♀ ist wesentlich blasser gefärbt, die Kopfplatte ist sehr hell.

Um 10.40 Uhr bringt das ♀ kleine dunkle Beute, die sofort aufgezehrt wird. Hans tippt auf einen jungen Marder. Murmeltiere, sonst die Lieblingsbeute der Steinadler, fehlen hier in den Tiroler Bergen ganz.

Am 16. 7. gibt es eine große, völlig unerwartete Überraschung, als Hans und ich schon um 6.30 Uhr zu unserem Versteck kommen. Der Jungadler steht kaum 10 Meter davon entfernt auf einem schrägen Baumast, fast am Boden. Wir sehen ihn erst, als wir auf wenige Meter an ihm heran sind. Er muß also noch früher am Morgen den Horst verlassen und nach seinem ersten Gleitflug hier gelandet sein. Er macht keine Anstalten, vor uns zu fliehen. Auch dann nicht, als ich ganz offen neben ihm stehe und ihn aufnehme.

Vier Stunden lang sitzen wir im Versteck, der Jungadler neben uns. Ich hoffe, daß einer der Eltern kommt, aber keiner erscheint während der langen Wartezeit. Als dann Hans langsam auf ihn zugeht, streicht er mit vollendeter Flugfähigkeit über den Abgrund hinaus und verschwindet im Bergwald.

Von dort hören wir am Nachmittag manchmal seine Stimme, wir können ihn aber nicht mehr sehen. Zwischen 13.00 und 14.30 Uhr kreist einer der Alten mehrmals den Berghang entlang, in dem der Jungadler irgendwo steht. Er trägt ein großes Beutestück in den Fängen, das lang und deutlich sichtbar herunterhängt. Wenn der Adler in der Sonne wendet, leuchtet das Anhängsel hellbraun auf. Ich glaube die Läufe und die Lunte eines Jungfuchses zu erkennen, die lose umherpendeln.

Um 17.00 Uhr bauen wir ab, die Aufnahmen am Steinadlerhorst sind beendet.

Wie hier in Tirol saß ich auch oft in unseren bayerischen Alpen vor Steinadlerhorsten, im Allgäu und im Berchtesgadener Land. Meine ersten Aufnahmen machte ich 1942 im Allgäu. Häufig ist dieser große Greifvogel heute nirgends. Ich wage kaum zu behaupten, daß es in Bayern noch 8 ständige Steinadlerbrutpaare gibt. Glücklicherweise schützt man den Steinadler fast überall.

Der Mornellregenpfeifer

Weit und beinahe öde breitet sich das Hochplateau unter dem Gipfel des Zirbitzkogels in der Steiermark aus. Wir müssen ordentlich keuchen und unsere schweren Lasten einigemal abstellen, als wir, Michael Mairgünther, ich und unsere beiden Frauen, bergwärts steigen.

Wie eine Tundren-Landschaft liegt das Gebiet um uns, je höher wir kommen. Weder Baum noch Busch, auch kein einzelnstehender Strauch oder Grasbüschel ragt über den niederen Bewuchs des Bodens heraus. Nur einige abgeschliffene Steinbrocken erheben sich manchmal über den kargen Pflanzenteppich hinweg. Einen derartig dürftigen Bodenbelag kannte ich bisher nur aus dem Norden Europas und aus Spitzbergen.

Aber gerade deshalb brütet hier oben in etwa 1900 Meter Höhe auch jener kleine Vogel, der normalerweise auf den Tundren Skandinaviens regelmäßig nistet und seine Jungen großzieht: der Mornellregenpfeifer.

Dieser Landschaftstyp am Zirbitzkogel muß ihm besonders zusagen, denn seit vielen Jahren kommt er immer wieder hierher, um sein Brutgeschäft zu erledigen. Herr Dir. E. Hable beobachtet ihn schon seit vielen Jahren hier oben. Er weiß um seine Lebensgewohnheiten Bescheid wie kaum ein anderer Ornithologe. Herr Hable hat uns auch hingeführt zum Nest des Mornellregenpfeifers auf dem Hochplateau am Zirbitzkogel. Ich bin ihm sehr dankbar dafür. Es ist gar kein richtiges Nest, nur eine kleine, flache Mulde, in der die drei gesprenkelten Eier liegen. Nicht etwa vier, wie bei allen anderen Regenpfeifern.

Wir können bis auf wenige Meter an den brütenden Vogel herangehen. Dann erst streicht er ab, fällt aber gleich wieder ein, rennt um uns herum, bleibt ruckartig stehen und pfeift mit kleiner, weicher Stimme. Wir entfernen uns rasch wieder.

Am nächsten Tag steigen wir wieder zum Brutplatz hinauf. Auch jetzt steht der Vogel erst wenige Meter vor uns auf, umrundet uns und pfeift. Aus einem der drei Eier ist über Nacht das erste Junge geschlüpft. Den Partner des Brutvogels sehen wir auch heute nicht. Nur einer allein – das Männchen – soll das Brüten besorgen. Noch weiß man nichts Endgültiges über dieses seltsame Brutverhalten. Erst weitere, intensive Beobachtungen am Nest des Mornellregenpfeifers werden zu einer genauen Kenntnis führen. Ich bin überzeugt, daß Herr Hable dieses Geheimnis eines Tages lüften wird.

Rasch kommt der Vogel wieder zum Nest, vor dem wir ohne jede Tarnung nur etwa 15 Meter entfernt mit der Kamera stehen. Das stört den kleinen Kerl. Aus allernächster Nähe zeigt er uns jetzt das »Verleiten«. Als ob ihm die Flügel gebrochen wären, taumelt er um uns herum, fällt über Steine und Gras, kugelt förmlich über den Boden. Es sieht in der Tat mitleiderregend aus. Mit diesem arteigenen Verhalten will uns der Vogel vom Nest weglocken, will uns veranlassen, ihm zu folgen und das Nest aus den Augen zu verlieren. Ich kenne dieses Benehmen. Nicht nur der Regenpfeifer, auch viele andere bodenbrütende Vögel wenden es an, wenn man sie beim Brüten stört. Als wir nicht darauf eingehen, geht er schließlich zum Nest, setzt sich nieder und brütet weiter. So fest sitzt er darauf, daß Michael bis auf Handlänge herangehen kann, ehe er wieder wegfliegt.

Wäre noch kein Junges geschlüpft, würde er wohl noch länger sitzen geblieben sein. Vielleicht hätte auch ich es fertiggebracht, daß er auf meiner Hand weitergebrütet hätte, wie es dem schwedischen Tierfotografen Bengt Berg mit »seinem Freund, dem Regenpfeifer«, in Lappland gelungen war.

Als wir am folgenden Tag wieder vor der Nestmulde stehen, ist sie leer! Unser Mornell rennt piepsend in etwa 10 Meter Entfernung hin und her. Da sehe ich das erste der drei Jungen. Es läuft langsam dahin. Gleich darauf das zweite. Das dritte liegt vor unseren Füßen. Wir entdecken es erst, als es sich ebenfalls bewegt, so vortrefflich ist seine Schutzfarbe.

Als folgsame, nestflüchtende Vogelkinder laufen bald alle drei dorthin, wo der alte Vogel steht und lockt. Immer weiter führt er sie von uns weg. Die Kleinen sind noch ziemlich unbeholfen. Sie stolpern über umherliegende Steine, purzeln in nur faustgroße Untiefen im Gelände, drücken sich hinter fingerlange Grashalme. Sobald sie still liegen, sind sie dem Tundra-Boden gleich. Erst wenn sie wieder wie kleine, mechanisch aufgezogene Spielbällchen weiterlaufen, können wir sie sehen.

Über eine Stunde lang fange ich sie mit der Kamera immer wieder ein. Den alten Mornell, wie er von einem Jungen zum anderen rennt, wie er verleitet und pfeift, wie er groß und hoch aufgerichtet auf höheren Steinen steht. Und die Jungen, wie sie zusehends sicherer und fester auf den dünnen Beinchen werden und immer schneller über das unebene Gelände laufen.

Wäre ich auch nur einen Tag später gekommen, hätte ich dieses possierliche Völkchen nicht mehr angetroffen. Sie wären schon so weit von ihrer kleinen Nestmulde hinter dem Stein entfernt gewesen, daß ich sie nie mehr entdeckt hätte. Die »Forellenregenpfeifer«, wie sie ein kleines, vorbeikommendes Schulmädchen genannt hatte, wären für immer verschwunden gewesen. Die Tundra am Zirbitzkogel hätte sie verschluckt gehabt.

Deutschland

Wanderfalken und Uhus

Seit langer Zeit schon gehört der Wanderfalke in ganz Europa zu den seltenen Vögeln. Nur an wenigen Stellen findet man ihn noch als Brutvogel – früher nistete er sogar mitten in unseren Städten.

Die Wanderfalkenbrutpaare, die wir in der Bundesrepublik noch haben, sind gezählt. Überall, wo dieser Greifvogel bei uns auftritt, ist er gefährdet, denn noch immer wird ihm rücksichtslos nachgestellt, trotz des absoluten Schutzes, der ihn eigentlich vor dem Aussterben bewahren sollte.

Abgesehen von den verderbenbringenden Pestiziden, die er mit den Beutetieren in immer stärkerer Dosis in sich aufnimmt, wird der Wanderfalke vor allem direkt durch den Menschen bedroht. Durch Kletterer wird er beim Brüten gestört, bis er schließlich den Horst verläßt. Seine Eier werden noch immer von profitgierigen Sammlern aus dem Horst gestohlen. Die Jungvögel werden von »Falkenliebhabern« oder deren Helfershelfern ausgehorstet. Oft genug fällt ein Wanderfalke aus Unkenntnis oder auch vorsätzlich Jägern zum Opfer, weil er noch immer als »Schädling« im Jagdrevier gilt. Ganz unbeliebt ist er schließlich auch bei den Brieftaubenzüchtern. Sie kennen einem Wanderfalken gegenüber kein Pardon, vergessen aber dabei, daß es außer Wanderfalken noch viele andere Gefahren für ihre Tauben gibt. Gewiß nimmt er als Greifvogel auch Rebhühner und Fasanen. Auch Brieftauben kann er von frei lebenden Ringeltauben nicht unterscheiden. Er greift sie alle, wenn er hungrig ist oder Atzung für seine Jungen braucht. Denn auch der Wanderfalke muß leben, und wir dürfen ihn ebensowenig verlieren wie die vom Menschen als »nützlich« eingestuften Tiere.

Was für den Wanderfalken zutrifft, gilt für fast

alle anderen Greifvögel, besonders aber für den Uhu. Bis vor wenigen Jahren war diese Großeule in der Bundesrepublik Deutschland noch seltener als der Wanderfalke. Erst die »Aktion Uhuschutz«, 1965 vom DNR und dem Bund für Naturschutz in Bayern zusammen durchgeführt, bewahrte den sehr zurückgegangenen Uhu-Bestand vor dem gänzlichen Verschwinden. Man hat Uhus aus Nachbarländern, wo sie noch häufiger sind, erworben und sie bei uns dort ausgesetzt, wo der »König der Nacht« früher heimisch war. Der Erfolg war großartig. Schon im darauffolgenden Jahr haben sich eingeführte Uhus mit verwitweten oder verwaisten einheimischen Partnern gepaart und sind zur Brut geschritten. Heute gilt der Uhu als Brutvogel, zumindest in Bayern, als gesichert.

Als ich im gleichen Frühjahr Wanderfalken und Uhus filmte, mußte ich mit meinen Helfern immer wieder den Standort wechseln. Einige Tage verweilten wir bei den Greifen, dann wieder bei den großen Eulen. In beiden Horsten wuchsen die Kleinen ausnahmsweise einmal ungestört heran. Durch nichts wurden unsere Filmarbeiten unterbrochen.

Am Wanderfalkenhorst versorgten beide Eltern die Jungen während des Tages, bei den Uhus wurde die Atzung bei Nacht herangebracht. Morgens konnten wir dann an den Futterresten die verschiedenartigsten Beutetiere feststellen. Mit Drosseln, Eichelhähern, Dohlen, Krähen, Wildtauben, Rebhühnern und Haustauben wurde die heranwachsende Falkenbrut versorgt. Im Uhuhorst lagen neben Balgfetzen von Feldhasen und Eichhörnchen auch solche vom Igel sowie Federn von Krähen und Elstern.

Als die Wanderfalken größer und größer wurden, das Deckgefieder den Körper bedeckte, wuchsen auch die Schwingen zusehends heran. Immer häufiger probierten die Jungen die Technik des Flügelschlagens. Bald erhoben sie sich über den Horstboden, hüpften hin und her und lugten recht unternehmungslustig über den Horstrand hinunter. Über ihnen kreiste meist einer der Eltern. Unablässig bewachte er den Horst unter sich. Bei jeder verdächtigen Bewegung ließ er sein warnendes Kickern hören. Dann drückten sich die Jungvögel in die Nestmulde, um nach dem Verstummen des Warnrufes um so lebhafter wieder mit den Schwingen zu schlagen.

Eines Tages wagten sie dann nacheinander den ersten Sprung, bis der Horst leer war. Mit zunehmender Flugsicherheit entfernten sie sich weiter und weiter von ihm, noch immer geführt, gelehrt und gefüttert von den sorgsamen Eltern.

Die Horstzeit der Uhu-Kinder verlief ganz anders. Nachdem die Jungen drei oder vier Wochen alt waren, krabbelten sie schon sehr lebhaft im Horst umher. Überaus neugierig beguckten sie ihre zukünftige Welt. Sie waren nun während der ganzen langen Tage allein. Vater oder Mutter, die sie bisher stets bewacht und notfalls noch bedeckt und gewärmt hatten, waren verschwunden. Sie bewachten den Horst nun von einem sicheren Platz aus. Atzung gab es während der Nacht.

An warmen Tagen waren die kleinen Uhus besonders lebhaft. Nacheinander kamen sie aus der Horstnische heraus, meterweit gingen sie auf schmalen Bändern entlang. Sie waren noch lange nicht voll befiedert, wie Wollknäuel sahen sie aus. Anfangs kehrten sie nach solchen Ausflügen wieder zurück, doch einer nach dem andern verschwand schließlich auf Nimmerwiedersehen für meine Kamera.

Irgendwo neben einem Busch, in einer Felsspalte oder unter einem Baumstrunk suchten sie Deckung, wenn sie müde oder ängstlich waren. Es machte ihnen nichts aus, wenn sie dort die Nacht überraschte. Die Eltern haben sie durch Zurufe auch bei größter Dunkelheit gefunden und ihnen die mitgebrachte Beute übergeben.

Junge Uhus werden, obwohl von Natur aus Nesthocker, wochenlang bevor sie überhaupt fliegen können, zu Nestflüchtern. Als Nachtvögel finden sie sich ohne weiteres zurecht. Die Hauptsache ist, die Anlieferung von Futter wird so lange durchgeführt, bis sie selbst die erste Beute machen können: einen ahnungslosen Igel, einen unvorsichtigen Junghasen oder eine schlafende Krähe, die sie in der Dunkelheit lautlos vom Boden oder aus dem Baum holen.

Der Schwarzstorch

Zwischen Weser und Elbe, im weiten Raum der Lüneburger Heide horsten jedes Jahr noch einige Paare einer in ganz Mitteleuropa leider schon sehr selten gewordenen Vogelart: des Schwarz- oder Waldstorches. Große Altholzbestände mit vielen verschwiegenen Winkeln sind die Einstände dieses gefährdeten Großvogels.

An seinem Verschwinden ist der Mensch nicht so offensichtlich schuld, wie am Rückgang von Uhu und Wanderfalke. Hier ist es in erster Linie die fortschreitende Umwandlung ursprünglicher Landschaft in Kulturland. Trockenlegung von Mooren, Entwässerung feuchter Wiesen, Begradigung und Regulierung natürlicher Gewässer und Umgestaltung urwüchsiger Wälder in monotone Baumkulturen sind die Gründe für das Zurückgehen des Waldstorches. Der schwarze Storch ist Kulturflüchter im Gegensatz zum weißen. Er liebt das Einsiedlerleben. Wo er es nicht führen kann, wandert er ab oder geht mangels natürlicher Lebensbedingungen zugrunde.

Es war ein ganz besonderes Erlebnis für mich, nach so vielen Begegnungen mit einheimischen und exotischen Tieren auch einmal an einem Horst des Schwarzstorches filmen zu können. Es hat freilich sehr lange gedauert und viel Mühe gemacht, dies zu erreichen. Nur dem großen Verständnis zuständiger Regierungsstellen von Niedersachsen, sowie den Herren Makowski und Müller-Scheessel habe ich es zu danken, daß ich Aufnahmen vom Schwarzstorch habe machen können. Auch sie waren, wie die vieler anderer seltener Tiere, für meinen großen Naturschutzfilm über Europa bestimmt.

Die vier Jungstörche sind schon fast erwachsen, als wir, Dr. Gisela Mauermayer und ich, am Horst zu arbeiten beginnen. Er ist 15 Meter über dem Erdboden in die Astgabelung einer alten Kiefer eingebaut.

Nur noch wenige Daunenfedern sitzen auf dem Deckgefieder der Storchenkinder. Sie sind eifrig bemüht, auch diese noch vollends auszuzupfen. Das Nesteln am Gefieder wird nur unterbrochen, wenn einer der Eltern über den Baumkronen erscheint. Das bedeutet stets neues Futter, und dafür sind die heranwachsenden Jungstörche immer empfänglich. Wie der weiße Storch bringt auch der schwarze das Futter in Kropf und Schnabel mit. Durch das heftige Betteln der Jungvögel angeregt, würgt er es dann hervor und speit es mitten in die Horstmulde, von wo die Jungen es aufpicken. Wer sich dabei nicht vordrängt, geht leer aus. Also heißt es zupacken, solange etwas da ist. Nach dem Füttern herrscht für einige Zeit Ruhe. Dann wird für neue Nahrung Platz gemacht: Der verdaute Mageninhalt wird in hohem Bogen über den Horstrand hinausgespritzt.

Solange keine Störung im Horstbereich erfolgt, verlaufen die Tage in gleichförmigem Rhythmus und ohne wesentliche Ereignisse. Autolärm dringt nicht bis zu ihnen heran, und Menschen verirren sich selten in die Tiefe des dunklen Waldes. Sobald aber etwas Verdächtiges erscheint, stehen sie still. Irgendwelche Rufe, die sie verraten könnten, geben die Jungstörche außer bei der Fütterung nicht von sich. Wenn aber neues Futter im Anflug ist, werden sie lebhaft. Voller Spannung blicken sie zu dem kreisenden oder neben ihnen im Nachbarbaum stehenden Elternvogel hinauf. Ungeduldig erwarten sie die Landung von Vater oder Mutter auf dem Horst. Das ist immer wieder ein Höhepunkt in ihrem gleichförmigen Tagesablauf. Fünf- bis sechsmal am Tag wiederholt sich diese aufregende Zeremonie – die übrige Zeit vergeht in neuem Warten.

Einmal gibt es etwas ganz Besonderes: Einer der Alten hat einen etwa 30 cm langen Fisch mitgebracht, den er jetzt unzerkleinert hervorwürgt. Ein regelrechtes Tauziehen entsteht, denn nur einer der vier Jungstörche kann ihn verschlingen. Zerreißen und teilen können sie ihn nicht. Meistens besteht die Nahrung aber aus Fröschen, Mäusen, Heuschrecken, Schnecken und anderem Kleingetier. Manchmal wird sogar eine Blindschleiche oder gar eine Ringelnatter oder Kreuzotter herbeigebracht. Die Jungen sind nicht heikel, sie haben immer einen gesegneten Appetit.

Erst nach etwa sieben Wochen Horstzeit sind die jungen Schwarzstörche ganz ausgefiedert und flügge. Erwachsen sind sie schon früher, doch die Schwungfedern haben noch lange nicht die Kraft, die schweren Vögel zu tragen. Sie müssen schon recht sichere und ausdauernde Flieger sein, ehe sie den Horst für immer verlassen. Nicht sehr viel Zeit bleibt ihnen dann, bis sie – wie die weißen Störche – die Reise gen Süden antreten müssen.

Ich habe sie dort auf meinen Reisen immer wieder gesehen, wie sie zwischen Herden von Gnus und Zebras umhergingen und Jagd auf afrikanische Kleintiere machten. Sie zeigten auch dort den gleichen Appetit wie hier und machten selbst vor kleinen Giftschlangen nicht halt.

Ein Kranichpaar am Nest

Im Mai 1970 habe ich ein Kranichpaar an seinem Brutplatz mit Filmkamera und Tonbandgerät belauscht. Elf Tage lang habe ich es dort beobachtet. In einem alten, verlassenen Torfstich hatten sie ihr Nest errichtet, auf einer winzigen Grasinsel mitten im Wasser. Es war eines der letzten sechs Brutpaare, die damals noch in Deutschland brüteten. Sicher waren meine beiden Kranichvögel nicht erst zum Hornbergsee nach Südschweden geflogen*. Sie hatten sich vorher schon abgetrennt von einem der großen Wandertrupps, die man, wenn man Glück hat, manchmal in Keilform am hellichten Tag am Himmel entlangziehen sieht. Wahrscheinlich waren sie vor Jahren schon in Deutschland geboren und suchten deshalb ihre alte Heimat wieder auf. Kraniche sind sehr standorttreu. Sie brüteten noch vor Jahrzehnten an manchen Stellen in der Bundesrepublik, auch im Süden. Aber die fortschreitende Trockenlegung der Sümpfe und Moore, die immer dichter werdende Besiedelung des Landes, kurz, die Einengung und Bevölkerung ihrer Lebensräume haben Kraniche aus Deutschland schon nahezu verdrängt.

Natürlich hätte ich das Nest dieses seltenen Großvogels nie selbst gefunden. Herr Henry Makowski, der Leiter des Naturschutzamtes in Hamburg, hat es mir gezeigt. Ich habe, wie er, fünf Jahre lang auf diese einmalige Gelegenheit gewartet. Er wußte es und hatte Verständnis dafür, daß ich auf meiner Suche nach seltenen europäischen Tieren auch den Kranich filmen wollte.

Ich bin Herrn Makowski dafür sehr zu Dank verpflichtet, ihm und auch Herrn Müller-Scheessel, der dieses Zusammentreffen erst so richtig vermittelt hatte. Beide Herren haben auch geholfen, das Versteckzelt blitzschnell aufzubauen, aus dem ich meine Film-, Photo- und Tonbandaufnahmen gemacht habe.

Schon eine halbe Stunde später erschienen die Kraniche wieder im Nistbereich, aus dem sie verschwunden waren, als wir – auf etwa 60 Meter Entfernung von ihrem Nest – den günstigsten Platz im Wald für unser Versteck, von dem aus wir sie filmen konnten, ausgesucht hatten. Es war eine geradezu ideale Position.

Überaus vorsichtig, sicher noch etwas mißtrauisch, stolzierten die hochbeinigen Vögel gravitätisch im blühenden Wollgras umher, das den Torfweiher umgab.

* s. Seite 157

Ohne Schutz lagen jetzt die beiden Eier eine Zeitlang in der flachen Nestmulde aus Gras. Mehr legt ein Kranichweibchen nie. Sie sind leicht gefleckt. Jedes von ihnen hat nur etwa vier Prozent des mütterlichen Körpers an Gewicht. Sechs Kilogramm schwer ist ein europäischer Kranich – man vermutet mehr, wenn man die Vögel in ihrer ganzen Größe sieht. 1,20 Meter etwa sind sie hoch.

Schon der erste Sitzungstag brachte Erfolg. Es war zauberhaft, diese großen Vögel zum Greifen nahe durch den Sucher der Kamera vor sich zu haben. Das neueste Objektiv der Firma Carl Zeiss mit 1000 Millimeter Brennweite zog sie bildfüllend heran.

Das Brüten besorgten beide Vögel in abwechselnder Folge, wobei das Weibchen wahrscheinlich mehr brütete. Es war sehr schwer, Männchen und Weibchen zu unterscheiden. Manchmal waren sie beide am Nest, einer saß und brütete, der andere stand dicht daneben. Dann ließen sie bisweilen ihre lauten Rufe erschallen. Weithin tönte es durch den stillen Wald. Oft antworteten entfernte Nachbarn, die ebenfalls in diesem Gebiet nisteten.

Aber während der vielen Tage, die mein Freund Michael und ich von morgens bis abends gemeinsam im Versteckzelt saßen und die Vögel kaum eine Minute lang aus den Augen ließen, konnten wir allmählich die beiden unterscheiden.

Er war etwas größer, hatte mehr Kontraste im Gefieder, besonders an der dunklen Vorderseite des Halses. Er war auch weniger seßhaft als sie, die fleißigere Brüterin.

Hin und wieder verschwand er für einige Zeit. Mit langen Schritten, aber immer wachsam, suchte er im blühenden Wollgras nach Nahrung.

Nie ist den Vögeln eine ungewohnte Bewegung entgangen, nie ein fremdes Geräusch. Das Anzünden eines Streichholzes, das Eingießen von Tee in den Becher, das Klicken der Fotokamera, das leiseste Räuspern, alles haben sie wahrgenommen. Sie quittierten diese fremden Laute sofort durch blitzschnelles Hochrecken der Hälse. Das ging so rasch, daß ich mit dem Hinaufschwenken der Kamera kaum mitkam.

Immer wieder mußten die Eier gewendet werden, damit sie von allen Seiten gleichmäßig Wärme erhielten. Einige Male am Tag fand eine Ablösung beim Brutgeschäft statt. Vielleicht taten die Vögel dies auch bei Nacht. Wir wußten es nicht. Jedenfalls verstand das Männchen dieses wichtige Geschäft genauso gut wie sein Weibchen.

Ein ausdauernder Brüter war das Kranichmännchen wie gesagt nicht. Wenn er eine Stunde lang gesessen hatte, trieb es ihn schon wieder davon. Er begab sich dann dorthin, wo das Weibchen nach Futter suchte: ins blühende Wollgras, wo es allem Anschein nach von Kerbtieren wimmelte.

Bei einer solchen Gelegenheit lag das Gelege wieder einmal völlig frei und unbeschützt, immer eine gefährliche Situation.

Und wirklich: schon hatte sich eine Krähe eingefunden und machte sich auch prompt am Gelege zu schaffen. Es war höchste Gefahr! Schnell kam einer der Kraniche herbei und das genügte, um den schwarzen Störenfried zu verjagen, ehe er Unheil anrichten konnte. Krähen sind arge Nesträuber, und selbst dickschalige Kranicheier sind vor ihnen nicht sicher. Nur ein einziges Mal haben wir während unserer langen Sitzungen eine solche Bedrohung beobachtet. Kein anderes Tier, auch kein Mensch hat die Kraniche während ihrer langen Brutzeit ernsthaft bedroht oder gestört.

Sonnige und trübe Tage, oft voller Regen und Gewitter, zogen über die kleine Kranichbrutinsel im alten Torfstich dahin. Selbst wenn es wie aus Kübeln schüttete und Blitze zuckten, saß einer der Vögel schützend auf den Eiern. Nur Donnerschläge erschreckten ihn manchmal. Das nasse Gefieder wurde schnell wieder getrocknet.

Nach einem solchen Regenguß war endlich das erste Junge da! Es blitzte noch immer und der Donner grollte, da krabbelte es unter der Mutter hervor. Mir war, als schrien die Eltern dieses Ereignis voller Freude hinaus, als sie plötzlich ihre schallenden Rufe ertönen ließen. Schnell wurde das Kleine wieder bedeckt.

Doch bald wurde es unternehmungslustig und stieg auf dem Rücken der Mutter umher. Mit rührender Sorgfalt bemühten sich die Eltern, dem Jungen die ersten Futterbröckchen zu reichen. Eine Mückenlarve, die der Papa anbot, schien das Interesse des Kleinen zu wecken. Aber es war noch zu jung, zu unerfahren, zu schwach, um zu erkennen, was für ein Leckerbissen das war.

Doch die Geduld des Vaters war beispiellos. Immer und immer wieder versuchte er, die Larve dem Jungen schmackhaft zu machen, bis es das erste Mal klappte. Pausenlos und unermüdlich ging das Füttern jetzt weiter. Der sumpfige Boden des Brutinselchens schien voll von Mücken-, Wasserkäfer- und Libellenlarven zu sein. Durch stetes Wassertreten brachte sie der alte Kranich immer wieder an die Oberfläche.

Schon fünf oder sechs Stunden nach der Geburt stand das Kranichküken gut auf den Beinchen. Aber erst nach etwa zehn Wochen ist ein junger Kranich voll erwachsen und flugfähig. Junge Kraniche sind Nestflüchter, schon am ersten Tag ihres Lebens können sie auch schwimmen.

Das verbliebene Ei wurde weiter bebrütet. 28 bis 30 Tage dauert die Brutzeit bei Kranichen. Weil die beiden Kranicheier in einem Abstand von etwa zwei Tagen gelegt worden waren, das Brüten aber schon vom ersten Ei an begann, wird das zweite Junge entsprechend später schlüpfen. Wir warteten voller Spannung darauf.

Die Unternehmungslust des Erstgeborenen wuchs von Stunde zu Stunde. Bald ging sein Drang in die Ferne. Mit kurzem Getrippel schwamm es plötzlich hinüber ins Wollgras. Natürlich folgte ihm einer der Alten. Und auch dort drüben ging die nimmermüde Fürsorge weiter. An Futter herrschte kein Mangel, und rasch ist der Kleine zu einem ganz routinierten Abnehmer all der guten Sachen geworden, die ihm ständig angeboten wurden.

Nach einiger Zeit kehrte der junge Kranich wieder zum Nest zurück, in dem noch immer das zweite Ei lag. Sichtlich war das Junge jetzt müde von seinem ersten Ausflug. Vielleicht auch ein wenig kalt, denn das Wetter war ja nicht immer warm und sonnig.

Endlich lag eines Morgens auch das zweite Kranichküken in der Mulde, etwa 48 Stunden nach dem Erstgeborenen. Es war ein Glück, daß ich kurz zuvor ein neues Filmmagazin aufgesetzt hatte. So konnte ich, als die Mutter sich wieder erhob, das lebhafte Gekrabbel und Hineinschlüpfen der beiden Jungen in den schützenden Federberg des Altvogels ohne Unterbrechung filmen. Es dauerte genau 40 lange Meter, das sind etwa 80 Sekunden. Eine sehr große Länge für eine einzige Filmszene ohne Halt. Eine noch längere Zeit für Unterschlupf suchende, erst zwei Tage alte Kranichküken.

Dann öffnete sich das hohe Deckgefieder über dem Schwanz der Mutter. Wie unter einem großen Tor schlüpften sie rasch hinein. Doch schon bald war das Größere wieder auf den Beinen. Der Vater machte sich davon, da mochte es nicht zurückbleiben. Zielbewußt steuerte es das entfernte Ufer des Torfteiches an. Es wußte ja schon allein den Weg vom letzten Ausflug her. Dieses Mal kam es aber nicht mehr zurück zum Nest.

Wenn junge Kraniche geboren sind, werden sie schon nach wenigen Tagen von den Eltern vom Nestbereich weggelockt. Vater und Mutter, jedes führt eines der Jungen davon, hinein in das schützende Wollgras, in den Dschungel des Moores, ins undurchdringliche Dickicht. Dort gibt es noch reichlicher Nahrung für die Kleinen, dort sind sie aber auch viel geborgener als auf der offenen Brutinsel im See. Wo wochenlang der Mittelpunkt des Geschehens war, herrscht dann Ruhe.

Nicht immer ziehen Kraniche zwei Junge groß. Oft läßt schon nach der Geburt des ersten der Bruttrieb nach. Entweder bleibt dann das zweite Ei ohne die nötige Wärme liegen und der Embryo stirbt ab. Oder das zuletzt Geborene erhält zuwenig Futter und verhungert. Voller Sorge um das Erstgeborene, vernachlässigen die Eltern das zweite Kind. Brütende und Junge führende Kraniche geben noch manches Rätsel auf.

Die letzten deutschen Seeadler

Der Seeadler-Bestand in der Bundesrepublik Deutschland ist in den letzten Jahren erschreckend zurückgegangen. Verschiedene Ursachen sind daran schuld, vor allem aber die zunehmende Anreicherung der Beutetiere mit allerlei Pestiziden. Dr. Heinz Brüll, der Leiter der Schleswig-Holsteinischen Forschungsstation »Wild, Wald, Flur«, konnte mir im Jahr 1969, als ich mich zum erstenmal um Unterstützung und Beratung an ihn wandte, leider keine günstigere Auskunft geben.

In Schleswig-Holstein befanden sich damals die letzten vier Horste auf bundesdeutschem Boden. Ulrich Brüll führte Martin Bijleveld aus Holland und mich im März an die vier Horste, die um diese Zeit schon alle besetzt waren. Es lag hoher Schnee. Tief in die Horste hineingedrückt saßen die brütenden Großgreife auf ihren Eiern. Nur manchmal lugte einer vorsichtig über den Horstrand hinaus. Nur einer der vier Horste war zum Filmen geeignet.

Anfang Mai kam dann die erste unerfreuliche Nachricht: der filmgünstige Horst war verödet, man fand das Weibchen tot auf. Kurze Zeit später: Aus dem zweiten Horst wurden die Eier gestohlen. Der dritte Horst enthielt nach Beendigung der Brutzeit keinen Nachwuchs.

Als ich am 22. Mai wiederkam, war nur noch einer von vier Horsten mit einem einzigen Jungen besetzt. Die Lage dieses übriggebliebenen Seeadlerhorstes war leider sehr filmungünstig. Deshalb konnte ich nur wenig eindrucksvolle Aufnahmen machen. Viel besser gelangen die Flugbilder des Adlerpaares, wenn es über dem Horstbereich kreiste und an- und abflog. Es gelangen auch einige gute Szenen von den Altvögeln, wie sie in Horstnähe auf Buchenästen standen und das Junge bewachten. Das war alles in dieser Brutperiode.

Inzwischen hatte Martin Bijleveld vom WWF in Holland es dank seiner Umsicht und Rührigkeit fertiggebracht, drei Wohnwagen-Anhänger aus holländischen Spendengeldern herbeizuschaffen. Holländische Studenten hatten sich bereiterklärt, darin zu wohnen und die Seeadlerhorste während der ganzen Brutzeit zu bewachen. Eine sehr erwähnens- und lobenswerte Tat. Deutsche Naturschutzstellen haben das leider nicht zustande gebracht.

Das Jahr 1970 war nicht erfolgreicher. Es brüteten nur noch drei Paare. Obwohl in diesem Jahr dank der ununterbrochenen Bewachung kein Horst ausgeraubt worden war, kam auch wieder nur ein junger Seeadler zum Ausfliegen. Die Eier der beiden anderen Horste enthielten kein Leben.

Dr. R. H. Hadderingh vom Institut für biologische Toxikologie an der Universität in Utrecht/Holland hat in Zusammenarbeit mit schwedischen und deutschen Forschern Eier und tot gefundene Seeadler untersucht. Er ist zu dem Ergebnis gekommen, daß durch das Zusammenwirken vieler Schädlingsbekämpfungsmittel der Tod von Altvögeln, das Absterben der Embryonen im Ei und Impotenz die Ursache für den Ausfall der Nachzucht dieses in Deutschland schon so seltenen Greifvogels ist.

Natürlich war auch ich wieder mit Filmkamera und Tonband zur Stelle, es war Mitte Mai. Der Horst war auf einer der sehr schlanken, kerzengerade gewachsenen Buchen in ca. 25 Meter Höhe in einer Astgabel fest und mächtig aufgebaut. Ein noch ganz weißer, sehr kleiner Jungadler lugte dann und wann etwas über den Horstrand, wenn ihn einer der Alten nicht eben bedeckte. Einer von ihnen war meist im Horst, der andere stand häufig in der Nähe auf einem Ast.

Einige Tage lang filmte ich die Seeadler so gut es eben von unten her ging. Noch war verhältnismäßig gute Sicht, die Buchenzweige hatten erst Knospen. Idealbilder vom Seeadler am Horst mit Jungen wurden es jedoch nicht. Dazu hätte man von oben her in die Kinderstube blicken müssen. Um die letzten Vögel, die Nachwuchs hatten, aber nicht zu vergrämen, habe ich mich nicht entschließen können, ein hochgelegenes Versteck auf einem Nachbarbaum zu bauen. Wir verschoben diese Bauarbeit auf das zeitige nächste Frühjahr.

Als ich drei Wochen später noch einmal am Horst beobachtete, war die Buche grün belaubt. Hinter einem dichten Vorhang aus Blättern waren Nest und Jungvogel fast ganz verborgen. Nur manchmal konnte man den Jungadler sehen, wenn er kröpfte, im Gefieder nestelte oder mit einer alten Feder spielte, die im Horst lag. Zwei Jahre hintereinander nur mäßiger Erfolg, das war eine magere Ausbeute.

Auch die Horstzeit 1971 brachte keinen Fortschritt. An der Bewachung der Horste war kein Mangel, zumal jetzt technisch noch besser ausgerüstete Wohnwagen, von Herrn Dr. Elmar Schlögel, Vertreter von Eurel und Ages* entwikkelt, großzügig gestiftet und unterhalten, zur Verfügung standen.

Wieder waren, als ich bereits Ende April in Schleswig-Holstein unter den Seeadlerhorsten stand, drei besetzt und die Alten brüteten. In jedem Horstbereich stand in größerer und sicherer Entfernung ein Wohnwagen. Jeder beherbergte zwei aufmerksame Männer, die Tag und Nacht Wache hielten. Nach ihren Angaben spielte sich das Brutgeschäft der Adler regelmäßig ab. Ablösungen fanden zu den gewohnten Stunden statt, alles schien in bester Ordnung. Auch der Filmhorst vom vorigen Jahr war wieder besetzt. Drei Seeadlerpaare brüteten noch immer.

Sie brüteten sehr lange, sehr intensiv, leider zu lange. Als nach über 55tägiger Brutzeit in zwei Horsten noch immer kein Nachwuchs vorhanden war, verließen zwei Paare die Eier. Wie sich später herausstellte, war ein Gelege überhaupt nicht befruchtet, das andere enthielt etwa 12 Tage alte Embryonen. Aber leider waren sie tot. Pestizide! Der filmgünstige Horst war darunter.

Nur im dritten Horst war Nachwuchs geboren. Ausnahmsweise gab man mir auch dort die Erlaubnis zum Filmen. Ich habe sie aber nicht in Anspruch genommen, denn die Lage des Horstes war dazu völlig ungeeignet. Man hätte auch hier auf einem hohen Nachbarbaum ein Versteck errichten müssen. Das hätte zwar keine allzu große Störung verursacht. Doch Besucher des Waldes wären dadurch aufmerksam geworden, der seit Jahren streng geheim gehaltene Stand des Horstes wäre verraten gewesen. Außerdem wollte gerade ich es nicht riskieren, den einzigen besetzten Seeadlerhorst in der Bundesrepublik irgendwie zu gefährden oder die Tiere zu vergrämen.

Drei Jahre ernsthafter Versuche, die letzten Seeadler zu filmen, waren vergeblich. Die filmische Dokumentation dieser so sehr bedrohten und gefährdeten Greife kam leider nicht zustande. Ob sie in den kommenden Jahren noch nachgeholt werden kann, bleibt abzuwarten. Wenn die Landschaftsvergiftung und damit die der darin lebenden Beutetiere weiter so fortschreitet, sind die Tage der letzten Seeadler in der Bundesrepublik gezählt.

Österreich

Am Neusiedlersee

Von den Naturlandschaften Österreichs ist – außer den grandiosen Hochgebirgsregionen – der Neusiedlersee und seine Umgebung die bedeutendste, aber auch die am meisten umstrittene, umkämpfte und bedrohte. Immer wieder verlangen Tourismus

* Eurel = Europ. Organisation z. Schaffung von Reservaten zum Schutz freilebender Tiere in Zusammenarbeit mit WWF
Ages = Aktionsgemeinschaft für Greifvogel- und Eulenschutz

und Technik nach weiterer Erschließung dieser einmaligen Seelandschaft für den wachsenden Fremdenverkehr. Zu allem Überfluß soll auch noch eine Verkehrsbrücke über den See gebaut werden.

Nur unter Aufbietung aller Kräfte konnte die österreichische Naturschutzbewegung bis heute noch einige Teile des Neusiedlersees als Reservate für seltene Tiere und Pflanzen erhalten. Auch die weltweite Organisation zum Schutz der frei-lebenden Tiere, der international arbeitende World Wildlife Fund, hat in letzter Zeit hier viele Mittel investiert, um noch zu erhalten, was bisher unangetastet geblieben ist.

Der Neusiedlersee – 36 Kilometer lang und 7 bis 15 Kilometer breit – ist der einzige flache Steppensee Europas. Nur 113 Meter über dem Meeresspiegel liegt dieser See, an keiner Stelle ist er tiefer als höchstens 1½ Meter. 183 Quadratkilometer groß ist die Wasserfläche – vor 180 Jahren war sie noch fast dreimal, vor 100 Jahren doppelt so groß wie heute. Sie war auch schon einmal völlig ausgetrocknet. Am Neusiedlersee berühren sich gewissermaßen Abendland und Morgenland. In den ausgedehnten Schilfwäldern, auf den Laken und den Steppenwiesen ringsum lebt eine eigenartige Tier- und Pflanzenwelt, die, nur im Osten heimisch, hier ihre westliche Verbreitungsgrenze findet.

Besonders interessant ist das Vogelleben am Neusiedlersee, ich wollte es in meinem Europafilm nicht missen. Professor Otto Koenig, der Leiter der biologischen Forschungsstation Wilhelminenberg in Wien, hat es mir ermöglicht, dort Filmaufnahmen zu machen. Ich bin ihm sehr dankbar dafür, denn ohne seine Unterstützung hätte ich das allein nicht zustandegebracht.

Wir versuchen zunächst eine Brutkolonie von Löfflern zu erreichen, die im dichten Schilfwald verborgen ist. Wir haben sie vorher schon vom Hubschrauber aus geortet. Löffler sind keine Reiher, sondern mit den Ibissen verwandt. Ihren Namen verdanken sie der löffelförmigen Verbreiterung ihres Schnabels. In Westeuropa brüten Löffler nur noch am Neusiedlersee, in Südspanien und in Holland.

Trügerisch ist der Grund des Sees, wir müssen uns regelrecht vorwärtstasten, um endlich ans Ziel zu kommen. Mühsam ist das Bewegen in den oft 5 bis 6 Meter hohen und ungemein dicht verfilzten Schilfwäldern. Nur Ortskundige finden sich darin zurecht.

Längst haben die Vögel unsere Annäherung gemerkt. Schreiend fliegen sie über uns hinweg. Aber bald steht vor ihrer Brutstätte gut getarnt ein Versteckhäuschen. Darin verbergen wir uns, und von da aus können wir die Aufnahmen machen, ohne die Tiere zu stören. Es ist eine altbewährte Methode, sich vor den Vögeln zu verbergen. Schon nach kurzer Zeit kommen sie wieder ganz vertraut zu ihren Nestern zurück, in denen bereits Junge liegen.

Die Alten sind sehr beschäftigt, denn die jungen Löffler sind bereits recht groß. Sie sind immer hungrig und betteln die ganze Zeit um Futter. Dabei benehmen sie sich nicht gerade besonders liebenswürdig. Ich möchte eher sagen, daß sie sich ziemlich zudringlich aufführen, um Nahrung zu bekommen. Immerfort wippen sie mit ihrem noch kurzen Schnabel und stoßen gegen den Kopf der Eltern, bis diese sich endlich zu ihnen herablassen. Dann stecken sie den kleinen Schnabel tief in den Schlund des Altvogels hinein und holen gierig heraus, was ihnen entgegengewürgt wird. Es sind nur kleine Wassertierchen, die die Eltern im Kropf mitbringen, aber anscheinend müssen sie recht gut schmecken.

Löffler sind überaus schöne und malerische Vögel. Schneeweiß ist ihr Gefieder, nur am Hals ist es leicht ockergelb gefärbt. Der Schopf, den die Alten während der Brutzeit tragen, sieht beinahe aus wie ein Indianerschmuck.

Einige hundert Meter von der Brutstätte der Löffler

entfernt befindet sich eine Brutkolonie der Silberreiher. Um sie zu erreichen, müssen wir wieder durch den Schilfwald staken wie vorher schon zu den Löfflern. Die Silberreiher nisten ebenfalls im Schilfbestand, haben aber ihre Nester nicht so nah über dem Wasser wie die Löffler. Sie ruhen auf umgeknickten Halmen, etwa 2 bis 3 Meter über dem moderigen Grund.

Siberreiher sind noch seltener als Löffler. Die Brutplätze am Neusiedlersee sind die einzigen in ganz Westeuropa. Nur etwa 260 Paare nisten am See. Auch bei ihnen sind die Jungen schon ziemlich groß, als wir zu filmen beginnen. Mitunter ist es sogar schwierig, sie überhaupt noch von den Alten zu unterscheiden. Erst wenn Vater oder Mutter im Anflug sind und die Jungen sich zu deren Landeplatz begeben, finden wir rasch heraus, was junge und alte Silberreiher sind. Die Fütterungszeremonie der Jungen ist noch stürmischer, noch lauter als bei den jungen Löfflern.

Es ist beinahe furchterregend, mit welcher Rücksichtslosigkeit sie den Schnabel des Altvogels packen und herunterziehen, um das begehrte Futter zu bekommen. Aber dieses kräftige Zupacken der Jungen löst beim alten Vogel erst eigentlich das notwendige Hervorwürgen der mitgebrachten Nahrung aus.

Fische und Frösche sind die hauptsächlichste Nahrung der Silberreiher. Mit kleineren Wassertieren könnte der Hunger dieser gierigen Vogelkinder kaum gestillt werden. Nur wenn sie vorübergehend gesättigt sind, sind die Kleinen eine Weile still. Noch ganz erschöpft von dem anstrengenden Füttern, hecheln sie lange Zeit nach frischer Luft.

In einem Alter von etwa 8 bis 9 Wochen sind die Silberreiher erwachsen und können fliegen. Doch lange vorher sind sie schon so groß wie die Eltern. Nur am Schnabel, dem noch die schwarze Spitze fehlt, und an den wenigen Daunenfedern am Kopf kann man sie als Jungvögel erkennen.

Eines Tages werden sie dann hinausfliegen aus dem sicheren Schilfwald in eine neue Welt. In eine Welt voller Gefahren, denn auch Silberreiher zählen zu jenen Geschöpfen, denen der Mensch feindlich gesinnt ist. Nur weil sie, wie andere ihrer Sippe – Graureiher und Purpurreiher – Fische brauchen, um existieren zu können. Diese werden ihnen schon lange nicht mehr von profitgierigen Menschen gegönnt, die noch immer nicht wahrhaben wollen, daß die giftigen Abwässer einer einzigen chemischen Fabrik an einem Tag mehr Fische töten, als alle Reiher zusammen vertilgen können.

Wo das österreichische Burgenland an Ungarn grenzt, im Osten des Neusiedlersees, lebt vereinzelt noch die Großtrappe. Auf den sauren und nassen Streuwiesen dicht an der Grenze – sozusagen im Schatten der Wachttürme und Drahtverhaue – haben wir diese seltenen Großvögel bei ihren Balzspielen belauscht.

Es ist noch tiefe Nacht, als wir uns zu dem bereitstehenden Versteck herantasten und auf den beginnenden Tag warten. Wildgänse ziehen im Morgengrauen rufend über das Gelände, Rehe äsen friedlich. Hier klingt noch der Wachtelschlag, Kiebitze schreien, Brachvögel trillern und Limosen rufen. Langsam stolzieren die Trapphennen einher – gefolgt von den majestätischen Hähnen.

Der älteste und stärkste von ihnen beginnt langsam sein prachtvolles Gefieder zu entfalten. Trapphähne sind die schwersten flugfähigen Vögel, bis zu 14 Kilogramm kann ein alter Hahn wiegen. Wie ein weißer Ball rollt er über das Gelände, es ist jetzt schwer zu erkennen, wo sein Kopf ist, so sehr verdreht er das Gefieder, um sich von der schönsten Seite zu zeigen. Mit unermüdlicher Ausdauer ist er bemüht, seine blendende Federpracht überall dort zur Schau zu stellen, wo einige Hennen nach Futter suchen.

Wenn ein alter Trapphahn in voller Balz ist, hat er Schwingen und Schwanz völlig umgestülpt. Er dreht sie um, legt sie weit auf den Rücken zurück, bläht den Hals dick auf, sträubt seine Barthaare und macht in dieser absonderlichen Balzpose den Hennen den Hof. Über weite Strecken stolziert er so dahin.

Die jüngeren Hähne folgen ihm wie Statisten, sie haben nicht viel Chancen. Kämpfe unter balzenden Trapphähnen gibt es kaum. Allein die verschiedenen Balzfiguren, die Pracht des Gefieders und die Ausdauer dieser Art von Liebeswerbung sind entscheidend.

Bis in die Vormittagsstunden hinein geht das wundersame Balzspiel der Trapphähne. Dann verteilen sich die Vögel und ziehen sich in sichere Tageseinstände zurück. Dort verbringen sie den übrigen Tag, um am nächsten Morgen aufs neue ihre Federpracht zu entfalten, den ganzen April hindurch bis weit in den Mai hinein.

Schon sehr gering ist der Bestand an Großtrappen in diesen früher so gut besetzt gewesenen burgenländischen Revieren. Zu starke Bejagung hat sie arg dezimiert. Das Verlangen der Jäger aus aller Welt nach einem ausgestopften Trappenkopf war leider noch immer stärker als der Verzicht auf diese Trophäe. Heute sind Trappen endlich geschützt.

Doch die unaufhaltsame Zerstörung ihres Lebensraumes durch die Landwirtschaft bedrängt die Vögel weiter. Entwässerungsbagger und Pflugschar verwandeln die großen moorigen Streuwiesen, die früher kein Mensch betreten hat, in kleinparzelliges Ackerland. Auf ihm finden die Tiere nicht mehr die erforderliche Ruhe und Geborgenheit, die sie brauchen.

Dieser schöne Vogel wird seine Schwingen bald nicht mehr über den Streuwiesen und Äckern von Andau und Tadten ausbreiten. Er wird in kurzer Zeit dort verschwunden sein, denn schon meldet auch dort der Tourismus seine Ansprüche an. Moorbadeplätze, Liegewiesen, Zeltdörfer sollen der Freizeitgestaltung erholungsuchender Menschen dienen. Für balzende Großtrappen wird dann kein Platz mehr übrig sein.

Frankreich

In der Carmargue

Die Carmargue im Süden Frankreichs, das weite Gebiet zwischen den beiden großen Mündungsarmen der Rhone ins Mittelmeer, ist vielen Touristen aus aller Herren Ländern bekannt. Die schwarzen Stiere und die weißen Pferde kann man auch heute noch dort finden.

Aber abseits von den Weidegründen der Stiere und Pferde und außerhalb der agrarischen Betriebe wird das Land heute anderweitig genutzt. In großen, flachen Seen wird Salz gewonnen – eine einträgliche Industrie. Diese Salzseen der Carmague haben aber auch für vielerlei Sumpf- und Wasservögel eine starke Anziehungskraft. Manche dieser Salzlagunen sind sogar als wichtige Lebensräume für die gefiederten Bewohner der Carmargue geschützt, in erster Linie für die Flamingos. Sie sind die Charaktervögel dieser Landschaft.

Diese tropischen Vögel sind es, die die Carmargue noch heute für Vogelfreunde und Naturliebhaber, aber auch für Forscher und Biologen zu einem einzigartigen Vogelparadies machen. Zu einem letzten Refugium für Flamingos, die man in ganz Europa in dieser Zahl nur hier findet; hier ist ihre nördlichste Verbreitungsgrenze. Doch nicht in jedem Jahr finden sich die so exotisch anmutenden Vögel in größerer Menge ein, und es können viele Jahre vergehen, bis sie einmal zur Brut schreiten.

Sechs Jahre lang mußte ich warten, um sie endlich so aufnehmen zu können, wie ich es mir gewünscht hatte. Allzu starke Veränderungen ihres gewohnten Lebensraumes, Verbauung, Verdrahtung und nicht zuletzt die stets zunehmende Beunruhigung durch wirtschaftliche Nutzung schreckten die Flamingos immer wieder ab, Kolonien zu gründen, darin zu brüten und ihre Jungen großzuziehen. Auch die Errichtung neuer Flugstützpunkte und damit zunehmender Flugverkehr wirkten sich nachteilig auf die Brutlust der großen Vögel aus. Flamingos sind am Brutplatz sehr empfindlich gegen jede Störung.

Aber endlich waren sie 1969 und 1970 wieder in größerer Zahl erschienen, und etwa 6500 bis 7000 Paare gründeten drei zum Teil sehr weit auseinanderliegende Kolonien. Herr Dr. Lukas Hoffmann, der Leiter der Biologischen Station von Tour du Vallat, konnte mir endlich diesen positiven Bericht geben. Ich bin ihm für seine Unterstützung sehr dankbar, auch seinen Assistenten Allen Johnson und Heinz Hafner sowie meinem Freund Hajo Bopst, die mir alle bei den Aufnahmearbeiten sehr geholfen haben.

Weitab von den Dämmen, die die Salzbecken säumen, auf nur kleinen Erhebungen im seichten Wasser haben sie sich niedergelassen. Dicht nebeneinander haben sie ihre Nester errichtet: etwa 20 bis 40 Zentimeter hohe Töpfe aus Schlamm und Schlick, den sie herangeschafft und mit Schnabel und Füßen aufgetürmt haben. Man sieht sie kaum, diese eigenartigen Nestgebilde, wenn die Bewohner der Kolonie nach der morgendlichen Futtersuche aus der Weite des Gebietes zurückgekommen sind. Nur der höhere Standort einzelner verrät, daß viele von ihnen auf der Brutinsel oder gar auf den Nesthügeln stehen.

Und immer neue kommen hinzu. Solche, die nicht gerade brüten und jetzt die Ablösung vornehmen. Oder auch jüngere, die noch nicht geschlechtsreif sind, sich aber doch in der Gesellschaft aufhalten. Denn erst nach einem Alter von fünf bis sechs Jahren sind Flamingos fortpflanzungsfähig. Sie sind dann erwachsen, und alte Männchen dieser Art können bis zu 185 Zentimeter, Weibchen bis zu 140 cm groß sein. Ihr Gewicht schwankt zwischen 2,5 und 3,8 Kilogramm.

Im Körperbau sind Flamingos einseitig an die Aufnahme kleiner Wassertiere angepaßte, stelzbeinige Wasservögel. Mit dem eigenartigen Schnabel und mit Hilfe der fleischigen Zunge schöpfen sie kleine, frei schwimmende Krebschen, Einzeller, Kiesel- und Blaualgen, auch Pflanzenteile. Dann seihen sie das Wasser ab und die nahrhafte Substanz bleibt im abwärts getragenen Oberschnabel zurück. Durch dieses fest ausgepreßte Futter findet fast keine Salzaufnahme statt. Diese Nahrung wird Flamingos kaum von Konkurrenten streitig gemacht, denn kein anderes Tier kann es mit Hilfe der Zunge so aufnehmen wie sie.

Welch grausame Aufzeichnung, die uns Plinius hinterlassen hat, wenn er schreibt, daß Marcus Gaius Apicius, der berühmte Schlemmer aus der Zeit des Augustus und Tiberius, als erster dahintergekommen wäre, die dicke Flamingozunge sich als Delikatesse auftragen zu lassen. Für unsere Begriffe ein makabres Feinschmeckergericht.

In den innen völlig kahlen, kegelstumpfen Nestern liegt meist nur ein Ei. Es ist kalkig weiß, länglich und wird 27 bis 31 Tage lang von beiden Eltern abwechselnd bebrütet. Weit über den Nestrand hinaus ragen dann die langen Beine. Natürlich müssen auch Flamingo-Eier immer wieder umgewendet werden, damit sie gleichmäßige Brutwärme erhalten. Dann ist eines der ersten Flamingojungen da. Winzig klein und unscheinbar neben den hochwüchsigen Eltern. Erst nach 10 bis 12 Wochen wird es ihre Größe erreicht haben.

Wenn die ersten Jungen geboren sind, stellen sich auch schon die räuberischen Silbermöwen in der Kolonie ein. Flamingoküken sind für sie immer willkommene Leckerbissen. Sie nisten oft ganz nahe bei den Flamingokolonien, um stets da zu sein, wenn es etwas zu rauben gibt. Unter den wachsamen Eltern sind die Kleinen geschützt. Nur wenn sie die ersten Schritte aus der Obhut der Alten unternehmen, ist die Gefahr groß.

Die Schönheit und Zartheit des Gefieders der Flamingos haben zu allen Zeiten schon die Aufmerksamkeit auf diese Vögel gelenkt. Sie haben im Lauf der Zeiten den Launen der Menschen hohen Tribut bezahlen müssen. »Phoenicopterus«, Flammenflügler, nannten sie schon die alten Griechen, mittelalterliche Naturforscher gaben ihnen den Namen »Flambant« und die Ornithologen »flamant«.

Mit jedem Tag kommen weitere Flamingos zur Welt, und innerhalb weniger Tage sind fast alle Jungen aus den kalkweißen Schalen geschlüpft. Unbeholfen noch sind die soeben geschlüpften, und fast weiß. Kräftiger und unternehmungslustiger schon sind die älteren, silbergrau und dunkler ist bereits ihr Flaum.

Allmählich lockt die jungen Flamingos das Wasser. Dort werden sie eines Tages auch lernen, selbst Nahrung zu suchen und nach angeborener Art aufzunehmen. Noch aber sind sie unbeholfen. Ihre Beine sind zu schwach, um Unebenheiten im Gelände und Untiefen im Wasser zu bewältigen.

In ihrem grobwollenen Wams sehen sie wie zerschlissene Knäuel aus. Sie tun sich bald mehr und mehr zusammen, und Lärm und Betrieb in der Kolonie werden von Tag zu Tag größer und stärker. Kaum eines der Jungen bleibt noch im eigenen Nistkegel. Einige gehen schon weit hinaus ins Wasser, gehen den Eltern entgegen, die mit neuem Futter ankommen. Wie aus Zapfsäulen fließt die Nahrung vom Schnabel der Eltern in den der Kinder – selbst im Gehen wird »getankt«.

Wenn sich die alten Flamingos immer wieder erheben, wollen die Jungen es ihnen nachtun. Der ewige Mistral, der Fallwind aus den Bergen, feuert sie an, wenn er unter die Stummelflügel bläst.

Die junge Herde wird immer unternehmungslustiger, ist kaum mehr zu bändigen. Zu lange schon waren sie in der Kolonie zusammengepfercht – jetzt wollen auch sie hinaus in die Weite. In geschlossener Formation drängen die jungen Flamingos hin und her, von einem Ende der kleinen Brutinsel zum anderen. Nur wenige der Eltern versuchen es noch, die stürmische Jugend zurückzuhalten. Die meisten von ihnen sind schon draußen auf dem See – dorthin wollen auch die Kleinen.

Dann gelingt ihnen endlich der Durchbruch! Sie preschen davon, eine losgelassene Schar noch unmündiger Vogelkinder läuft dahin, nichts hält sie mehr auf. Große Aufregung herrscht bei jung und alt. Es ist zwecklos, den Drang der Jungen zu stoppen. Sie werden von selbst ermüden, wenn sie ins tiefere Wasser kommen, wo sie den Boden unter den noch kurzen Füßen verlieren und schwimmen müssen.

Jetzt erst drehen sie bei. Vielleicht hat die Anführer der Mut verlassen, vielleicht haben sie Angst? Im Eilmarsch geht es zurück zur Kolonie, der erste gemeinsame Ausflug ist zu Ende. Jetzt sind sie wieder im gewohnten Gelände, in sicherer Obhut der Nistinsel. Sie wird ihnen noch lange Mittelpunkt des kaum begonnenen Lebens sein.

Viele Wochen lang wird sich dieses Schauspiel wiederholen, bis die Kleinen schließlich erwachsen sind und nicht mehr elterlicher Führung und Pflege bedürfen. Dann werden sie aufbrechen zur weiten Reise nach Afrika, über das Mittelmeer hinweg, an dessen nördlichem Gestade sie das Licht der Welt erblickt haben, am Südrand des dichtbesiedelten europäischen Kontinents.

Die Wildkatzen in der Lorraine und der Ardèche

»In den Buschwäldern der Umgebung von Nancy, in den dichtverfilzten Windschutzhecken und den etwas verwahrlosten Abhängen der Ackerbreiten führt noch heute ein ganz respektabler Bestand an echten Wildkatzen ein verborgenes Leben. Tagsüber halten sie sich im Halbdunkel ihrer Standorte verborgen, verschlafen sie den Tag. Erst am Abend werden sie munter. Dann gehen sie auf Beutefang. Dabei kann man sie gelegentlich sehen wie sie Mäuse fangen und manchmal auch Kleinvögel. Aber man muß viel Zeit dazu haben.« Dies erzählte mir Professor B. Condé von der Universität Nancy, als ich ihn zum erstenmal besuchte.

»Sie haben es aber viel leichter, wenn Sie in

meinem Zuchtgehege die gewünschten Aufnahmen machen wollen. Sie haben dort jede Möglichkeit, Wildkatzen wie im Freien aufzunehmen.«

Zunächst war ich etwas skeptisch, als ich das Wort »Gehege« hörte. Ich wollte diese seltenen Tiere viel lieber in der Freiheit filmen, wie alle anderen auch. Doch ich war mir auch darüber klar, daß es selbst bei größtem Zeitaufwand noch immer fraglich sein würde, frei lebende Wildkatzen überhaupt vor das Objektiv zu bekommen. Ich besah mir also auf alle Fälle das Zuchtgehege.

Um es vorweg zu sagen, es war erstklassig und ganz naturgetreu eingerichtet. Und die Katzen darin benahmen sich so natürlich wie in der freien Wildbahn. Gewiß war es eine Liebhaberei des Professors, aber nicht nur das. Was er hier betrieb, war auch ernsthafte wissenschaftliche Forschung, wie sie an dieser seltenen Wildtierart in Europa bisher nirgends geleistet wurde. Prof. Condé arbeitete außerdem in höchstem Maß im Sinne arterhaltenden Naturschutzes. Er sichert mit der systematischen Zucht reinblütiger Wildkatzen den Fortbestand dieser überall in Mitteleuropa vom Aussterben bedrohten Tierart. Ähnliche Versuche sind schon öfters durchgeführt und besonders in letzter Zeit zur Rettung überaus stark bedrohter Tierarten mit Erfolg gemacht worden. Der Davidshirsch, der Schreikranich, die arabische Oryx-Antilope, der Waldrapp und andere sind uns auf diese Weise bis jetzt noch erhalten geblieben.

Das gab den Ausschlag, überhaupt keine Zeit auf frei lebende Wildkatzen zu verwenden, sondern hier einmal ganz bewußt die erfolgreiche Arbeit eines Zoologen auf dem Filmstreifen zu dokumentieren und sie ebenfalls in meinem Europafilm einzugliedern.

Vielerlei Verhaltensweisen der sich ganz natürlich verhaltenden Wildtiere konnte ich lückenlos aufnehmen. In freier Wildbahn hätte ich bestenfalls wohl nur die eine oder andere davon wahrnehmen können. Kuder und Kätzinnen, einzeln und zu Paaren, im Ruhestand und in Bewegung, auf dem Boden und auf Bäumen, beim Essen und Trinken, in Angriff und Abwehr erfaßte meine Kamera völlig ungezwungen. Ein Höhepunkt des Wildkatzenkomplexes war zweifellos die Nachwuchspflege der Kätzinnen. Zwei von ihnen hatten drei beziehungseise fünf Junge im Gehege zur Welt gebracht und sich wie in der Natur mit ihnen beschäftigt. Als die Kätzchen größer und größer wurden und sich schließlich aus der Geborgenheit ihres versteckten Unterschlupfes ins Freie wagten, entstanden wohl einmalige Aufnahmen mütterlicher Fürsorge bei Wildkatzen.

Ich freue mich, die Bemühungen und die Studien von Herrn Professor Condé um die Erhaltung europäischer Wildkatzen mit meinen Filmaufnahmen der Öffentlichkeit zeigen zu können. Man darf sie wohl mit gutem Gewissen als ein filmisches Dokument über einen wertvollen Beitrag um das Wissen der Lebensweise und den Schutz bedrohter Tiere in Europa bezeichnen.

Mit der anderen, ebenfalls in Frankreich in freier Wildbahn noch vorkommenden Wildkatzenart, der Gennet oder Ginsterkatze, sind ähnliche Versuche geplant. Eines der dafür vorgesehenen Tiere befindet sich bereits in den Händen geeigneter Pfleger im Süden Frankreichs, wo sie heute noch vereinzelt vorkommt. Ich hatte das Vergnügen, dieses Tier ebenfalls schon filmen und fotografieren zu können. Im Gegensatz zu den Wildkatzen Prof. Condés bewegt es sich völlig frei. Es hat sich seinen Pflegern so innig angeschlossen, daß sie es überall ins Gelände mitnehmen können. Auch diesem geplanten Versuch mit der Ginsterkatze ist voller Erfolg zu wünschen. Nur durch genaues Kennenlernen der Verhaltensweisen solch seltener Tiere können künftige Schutzmaßnahmen wirksam sein. Es sollte alles versucht werden, ehe es zu spät ist. Wildkatzen durften sich noch nie großer Sympathien von seiten des Menschen erfreuen. Vielleicht trägt genaueres Wissen über sie doch noch dazu bei.

Spanien

Das Vogelparadies an der Guadalquivir-Mündung

Im Süden von Spanien, nicht weit von der Mündung des Guadalquivir in den Atlantischen Ozean, dehnt sich hinter einer Dünenlandschaft eine mit Kiefern und krüppeligem Strauchwald bedeckte Ebene.

Unter dem Namen »Coto de Doña Ana« oder »Coto Doñana« ist diese Gegend den Spaniern seit langem ein Begriff. Die Marismen, Strauchflächen und Pinienwälder, die dort stehen, bedecken eine Fläche von 65 Quadratkilometern. Seit kurzer Zeit ist die Coto Doñana aber auch weit über die spanische Grenze hinaus in internationalen Naturschutzkreisen bekanntgeworden: Die Internationale Union für Naturschutz (IUCN) und der weltweit bekannte World Wildlife Fund (WWF) haben im Zusammenwirken mit den spanischen Naturschutzbehörden durch Ankauf weite Teile des Gebietes gerade noch rechtzeitig vor dem Zugriff der Zivilisation gerettet. Es wurde zu einem Vollnaturschutzgebiet erklärt und gehört zu den größten Naturreservaten Europas. Hinsichtlich der Tierwelt gilt es als die interessanteste, noch im Urzustand verbliebene Naturlandschaft Westeuropas. Mehr als die Hälfte aller in Europa vorkommenden Vogelarten kann hier beobachtet werden, darunter bedeutende Reiherkolonien mit Beständen bis zu 15000 Tieren. Herr Dr. José Valverde, der das Reservat verwaltet, gab mir in dankenswerter Weise die Erlaubnis, es überall dort zu betreten, wo es für meine Filmarbeit wichtig erschien.

Auf den großen alten Korkeichen, welche die niedere Buschsteppe weithin überragen, bauen mit Vorliebe Reihervögel ihre Nester. Viele dieser mächtigen Bäume sind dann weiß von brütenden und ihre Jungen großziehenden Vögeln.

Die kleinen Kuhreiher sind am zahlreichsten hier vertreten. Dann folgen Löffler, Graureiher, Störche, Seidenreiher und andere. Die schönen weißen Schmuckfedern der Seidenreiher, die sie während der Brutzeit tragen, haben schon vielen das Leben gekostet. Man knallte sie rücksichtslos ab, ohne sich darüber Gedanken zu machen, daß die Jungen dann elend in den Nestern verhungern mußten. Noch immer wird es so gemacht, wo sie außerhalb von Schutzgebieten brüten. Reiherfedern sind auch heute noch begehrt als Schmuck von Hüten und Kappen.

Störche, wie sie auch bei uns brüten, haben hier natürliche Baumhorste gebaut, anstatt auf Häusern zu siedeln. Dicht daneben haben sich Graureiher eingenistet, sie leben alle friedlich beieinander.

Wenn die Vögel aus irgendeinem Grund von den Horstbäumen auffliegen, schweben sie in weißen Formationen am azurblauen Himmel dahin. Zwischen den Herden weidender Rinder und Pferde fallen sie wieder ein. Unter ihnen spazieren sie furchtlos umher und suchen nach aufgescheuchten Insekten, nicht anders als sie es in Afrika zwischen Büffeln und Zebras oder auf den Rücken von Giraffen und Elefanten tun.

Mit dem Heranwachsen der Jungen werden die Brutbäume weißer und weißer. An manchen Stellen sind sie fast kahl von Blättern, der Kot der vielen Jungvögel hat das Laub längst zum Absterben gebracht.

Draußen, in den unter Wasser stehenden Marismen, nisten auf kleinen trockenen Erhebungen noch Seeschwalben- und Möwenarten, die in Mitteleuropa längst verschwunden sind: Lachseeschwalben und Dünnschnabelmöwen, eine der seltensten Möwen Europas. Ich hatte sie vorher noch nie gesehen. Die Dünnschnabelmöwe brütet auch hier nur in einigen Paaren unter den Lachseeschwalben verteilt. Man weiß nur noch wenig andere Brutplätze von ihnen: an der südfranzösischen Küste, auf Sardinien und vielleicht noch an einigen Plätzen am Nordufer des Mittelmeeres.

Dünnschnabelmöwen sind schöne, elegante Vögel mit lichtblauem Obergefieder und rein weißer Unterseite. Sie sind etwas größer als unsere binnenländischen Lachmöwen. Ihr Schnabel ist dünn und lang, von dunkler, schwarzroter Farbe.

Das Coto Doñana-Schutzgebiet beherbergt noch einen weiteren sehr seltenen Vogel, den Kaiseradler. Auch er wählt mit Vorliebe die hohen, alten Korkeichen als Brutstätte. Sein umfangreicher Horst befindet sich meistens im Gipfelbereich des Baumes. Von da kann er gut und ungehindert an- und abstreichen.

Vom Kaiseradler horsten nur noch drei Paare in der Coto Doñana. Auch im übrigen Spanien ist er sehr selten geworden. Der hier vorkommende Kaiseradler ist eine nur in Spanien lebende Rasse. Man erkennt ihn an den weißen Schulterfedern, die die alten, ausgefiederten Vögel tragen. Viel weiter östlich, im Balkan, lebt die andere Rasse dieses stattlichen Greifvogels, ihr aber fehlen die weißen Schulterdeckfedern.

Der Kaiseradler ist fast so groß wie unser Steinadler. Stundenlang segelt er über die weiten Ebenen dahin, auf der Suche nach Beute oder aus Lust am gleitenden Segelflug, wir wissen es nicht. Er zieht meist zwei Junge groß, die vier- bis sechsmal am Tag gefüttert werden. Die Beutetiere des Kaiseradlers sind nicht Vögel wie sie hier in so großer Zahl brüten. Es sind hauptsächlich Kaninchen, die überall im Coto Doñana-Gebiet vorkommen.

Die jungen Kaiseradler sind bereits ziemlich groß, als ich sie zu filmen beginne. Bald werden sie den Horst verlassen. Bis zur völligen Flugfähigkeit müssen sie als Nesthocker von den Eltern gefüttert werden. Diese scheinen sich in die Arbeit zu teilen. Immer segelt einer von ihnen weit über das Jagdgebiet dahin, während der andere oft lange Zeit am Horst verweilt, die Beute zerreißt und auch die großen Jungen noch mit den Brocken füttert. Dann stellt er sich auf einen Nachbarbaum um – ein Wachtposten im Dienst.

Bald probieren die Jungen die Schwingen, immer häufiger und immer kraftvoller. Sie benehmen sich dabei nicht anders als Steinadlerkinder oder die der Seeadler. In Kürze werden sie den Horst verlassen und sich selbständig machen müssen.

In dem krüppeligen Strauchwerk und den Pinienwäldern der Coto Doñana leben noch zwei andere seltene und deshalb besonders behütete Tierarten: Der Schlangenadler und der spanische Luchs. Leider hatte ich nicht das Glück, diese beiden Tiere filmen und fotografieren zu können. Die Schlangenadler sollten auf keinen Fall an ihrem Horst gestört werden, sie waren tabu für jedermann. Den Luchs habe ich nicht ein einziges Mal vor die Kamera bekommen. Zu dicht und unübersichtlich ist das Gelände, das ihm als Einstand dient. Luchse in freier Wildbahn sind noch immer die am schwersten aufzunehmenden Tiere. Hoffentlich gelingt es ihnen recht lange, sich immer wieder vor neugierigen Menschen zu verbergen. Auch wenn diese ihnen nicht böse gesinnt sind und nur Kameras statt Flinten tragen.

Jugoslawien

Der Nationalpark von Plitvice

Eines der größten und schönsten Naturreservate Jugoslawiens und Osteuropas überhaupt ist der Nationalpark von Plitvice. Mit fast 192 Quadratkilometern Fläche umfaßt er ein großes Gebiet schönster Landschaften mit malerischen Wasserfällen, stillen, verträumten Seen und unberührten Urwäldern. Tiere, die anderswo längst verschwunden sind, haben dort die notwendigen Lebensmöglichkeiten: Braunbären, Luchse, Wildkatzen, Fischotter und viele andere.

Im Spätsommer 1970 bin ich mit meinen Freunden Michael Mairgünther und Leo Kopatsch dorthin gereist. Der Leiter des Nationalparks, Dir. Josip Movcan, und seine Beamten haben uns jede Unterstützung zuteil werden lassen. Ich bin ihnen dafür sehr dankbar.

Im Plitvicer Nationalpark fließt überall noch reines, kristallklares Wasser. In unzähligen Rinnsalen, Bächen und kleinen Flüssen springt es durch die stillen Wälder, durch einsame Täler und über Hunderte von Kaskaden zu Tal, füllt viele flache Becken ebenso wie tiefe Seen. Das Gebiet der Wasserfälle und Seen ist ein beliebtes Ziel vieler Touristen, es ist die Attraktion von Plitvice. Es versteht sich von selbst, daß diese wasserreiche Region voll wunderbarer und mit viel Sauerstoff angereicherter Luft ist. Durch geschickt angelegte Wanderpfade können die Besucher überallhin gelangen und einmalige Naturschönheiten von allen Seiten bewundern. Viele größere und kleinere Seen liegen im Park. Die Wasser der Berge füllen einen um den andern. Alle diese Seen sind miteinander verbunden; über Terrassen fließt das Wasser von einem in den anderen. Fischotter leben hier, die Wasseramsel und der Eisvogel. In den Karst-Felswänden gibt es zahlreiche Nischen und Höhlen. Felsentauben nisten darin und, weil dadurch stets ein großes Angebot an Nahrung vorhanden ist, auch der Wanderfalk und der Turmfalk, der Habicht und der Sperber.

Wir haben die Erlaubnis erhalten, die wenigen Forstwege zu benutzen und auch in solche Gebiete einzudringen, die für den allgemeinen Verkehr gesperrt sind – aus Gründen des Wild- und Pflanzenschutzes. In einem weiten Hochtal wird uns ein einsam stehendes Forsthaus – Chorkova Uvala – als Standquartier zugewiesen.

Weithin stehen die Wiesenflächen in voller Blüte. Es sind magere Gründe, fast nur Disteln bedecken sie um diese Zeit. Aber auf ihnen herrscht reges Leben und Treiben: Schwärmer, Hummeln, Bienen, Fliegen, Blattwanzen, Käfer und vielerlei andere Vertreter aus der Welt der Insekten geben sich hier ein Stelldichein. Herrliche Segelfalter gaukeln um nektarhaltige Blüten – Bilder, die in unseren Zonen längst der Vergangenheit angehören. Hier ist diese kleine, summende, schwirrende Welt noch in Ordnung, hier kann sie sich noch in schillernder Pracht entfalten. Hier werden noch keine Giftstoffe verspritzt, die Insekten sind noch nicht zu Schädlingen degradiert. Hier herrscht noch ein natürliches Gleichgewicht zwischen Landschaft, Tier und Pflanze.

Im weiträumigen Waldgebiet des Plitvicer Nationalparks gibt es auch einige kleine Siedlungen. Dort wohnen Waldarbeiter und Kleinbauern, die etwas Landwirtschaft und Schafzucht betreiben. Holznutzung ist nur in geringem Maßstab erlaubt, sie beschränkt sich auf die Beschaffung von Brennholz; Kohle und Öl haben noch nicht den Weg hierher gefunden. Tragpferde leisten die Hauptarbeit. Wege und Straßen für Lastwagen gibt es kaum. Das Pferd ist das übliche Transportmittel, zuverlässig und unermüdlich in jedem Gelände.

Auch wir müssen mit unserem Geländewagen oft querfeldein fahren, wenn wir auf der Suche nach Tieren tiefer in den Urwald eindringen wollen. Traumhaft schöne Waldbestände bedecken weithin Hänge und Bergkuppen. Allein die Zeit läßt die Baumriesen sterben, keine Axt schlägt Lücken in die Wildnis. Vielerlei Kleinvögel und Kleinsäuger beleben die tiefen Wälder, natürlich auch größere wie der Rauhfußkauz, der Waldkauz, der Uhu, Spechte und mancherlei Greifvögel. Dachse und Füchse sind hier zu Hause, in den felsigen Bergwäldern finden sie überall Unterschlupf und Höhlen. Niemand stellt ihnen nach, sie werden hier auch nicht rücksichtslos vergast, die Tollwut kennt man nicht. Feuersalamander, Frösche, Unken und Kröten kreuzen fast täglich unsern Weg. Die Wälder sind ziemlich feucht, das sagt diesen Lurchen sehr zu. Ein bunter Blumenteppich bedeckt stellenweise den Waldboden. Zyclamen, wildwachsende Alpenveilchen sind Charakterblumen im Sommer.

Stundenlang gehen wir mit unseren Kameras auf die Pirsch. Nur ein einziges Mal sehen wir Wildkatzen, ihre Spuren finden wir öfters. Mit dem Luchs haben wir etwas mehr Erfolg. Wie Wildkatzen ist auch er ein Bewohner des Waldes, den man nur selten zu Gesicht bekommt. Luchse gehören zu den Katzen, sie sind überaus scheu und zeigen sich nicht gerne im hellen Licht. Bei Beunruhigung flüchten sie auch auf Bäume, denn wie alle Katzen klettern auch Luchse hervorragend. Dort verbergen sie sich sehr geschickt, sie werden eins mit dem Astwerk der himmelhohen Bäume. Nur schnelle Schnappschüsse können wir machen, allzu rasch ist er wieder verschwunden.

Dann entdecken wir durch Zufall zum erstenmal die langgesuchten Bären. Mein Begleiter kommt bis auf wenige Meter an sie heran, bevor er die Bärin bemerkt, die ihn anbrummt, denn sie hat Junge bei sich. Rasch ziehen sie davon. Immer wieder glauben die Menschen, Bären seien gefährliche Raubtiere. Ich möchte das Gegenteil behaupten. Ich bin schon mehr als hundert Bären auf allen Kontinenten begegnet, schwarzen, braunen, Grislys und Eisbären – noch nie hat mich einer ernsthaft bedroht. Sie sind im Gegenteil sehr scheu und furchtsam und machen sich rasch davon. Das ist auch der Grund, warum man sie so selten sieht. Ihnen aber gilt im Plitvicer Nationalpark unsere besondere Aufmerksamkeit.

Bei unseren täglichen Exkursionen sind wir nicht nur mit den verschiedenen Landschaftstypen des großen Schutzgebietes vertraut geworden, sondern auch mit den wenigen Menschen und ihren täglichen Arbeiten. Wir haben uns rasch angefreundet und haben immer wieder allerhand wertvolle Hinweise und Ratschläge von ihnen bekommen. So berichtete uns eines Tages eine alte Schafhirtin, daß fast täglich ein Bär – ein Medved – am Waldrand erscheine und ihre Herde bedränge. Wir legten uns auf die Lauer und tatsächlich konnten wir uns bald selbst von dem Treiben des Störenfrieds überzeugen. Bären greifen nur in ganz seltenen Fällen Haustiere an. Sie sind hauptsächlich Vegetarier und schlagen nur im äußersten Notfall größere frei lebende Tiere. Wahrscheinlich gefiel es dem Bären zu sehen, wie die Schafherde vor ihm Reißaus nahm. Ernsthaft bedroht hat er die weidenden Tiere nicht. Es genügte, wenn man sie wegtrieb und vor ihm in Sicherheit brachte.

Trotzdem wollen wir hier einiges versuchen. In hohe, frei stehende Baumgruppen bauen wir einige Hochsitze, auf denen wir warten wollen und von denen aus wir freien Blick auf die Schafweide und die angrenzenden Haferäcker haben. Solche Aussaaten von Hafer werden von der Nationalparkverwaltung jedes Jahr immer wieder eigens für die Bären gemacht, denn milchweicher, also noch nicht ganz reifer Hafer wird von ihnen überaus gerne angenommen. Allerorten in diesen Haferfeldern finden wir Spuren und Losung. Die Frage ist nur, ob die Petze auch schon bei Tageslicht zum Äsen kommen und nicht erst in der Nacht.

Nach wenigen Tagen sind die Hochsitze gebaut. Und die Schafe werden absichtlich wieder auf die Weide getrieben. Ich habe mich verpflichtet, eventuell auftretende Schäden den Bauern zu ersetzen. Schon am nächsten Tag beziehen Leo und ich unsere Sitze, Michael beobachtet mit mir. Weithin dehnt sich das Haferfeld vor uns, im Hintergrund grenzt es an Wald. Da erscheint beim letzten Licht auch wirklich eine Bärenmutter mit zwei Jungen auf der Bildfläche. Das Filmlicht reicht eben noch aus. Alle drei Bären zupfen die Haferkörner von den Halmen, sie sind sehr beschäftigt. Dann vernimmt die Mutter wahrscheinlich das surrende Geräusch der Kamera, sie richtet sich plötzlich auf und sichert zu uns her. Doch sie beruhigt sich wieder, der weiche Hafer muß ihr und ihren Jungen sehr gut schmecken. Dann wird es dunkler und dunkler, wir bauen vorsichtig ab und verschwinden. Auch Leo hat Glück, bei ihm ist, wenn auch auf größere Entfernung, ein einzelner Bär erschienen.

Jeden Tag führen neue Bärenspuren durch das Feld und frische Losung mit vielen Haferkörnern liegt allerorten. Jüngst ausgegrabene Nester von Hummeln und Wespen verraten uns, daß die jugoslawischen Bären Honig schätzen. Diese Vorliebe wollen wir gerne befriedigen. Unsere Führer raten uns, hier etwas nachzuhelfen. Wir legen honiggefüllte Bienenwaben aus und ziehen in weiten Bögen Honigspuren durchs Gelände. Auf ihnen müssen die Tiere schließlich an den gewünschten Platz geleitet werden, denn Bären riechen weit, und Honig tut immer seine Wirkung. Kaum ein Bär kann dem süßen Duft widerstehen.

An jedem Morgen sind die Honigwaben und -töpfchen leer, viele Tage passen wir vergeblich auf, die Petze kommen nur bei Nacht. Nur Füchse erscheinen auf der Bildfläche und ein Reh. Etwa 60 Braunbären sollen nach Angaben der Nationalparkdirektion in den Plitvicer Wäldern leben, einige davon haben wir schon früher gesehen und gefilmt.

Dann kommt wieder einmal ein einzelner Bär. Er muß den Honig schon gewittert haben. Ganz zielbewußt kommt er auf unserer Honigspur näher und näher. Nicht einen Tropfen läßt er liegen, er nimmt es sehr genau. So kommt er schließlich ans Versteck, in dem die vollen Honigwaben liegen. Ein brauner Honigbär auf nur 80 Meter Entfernung! Etwa 10 Minuten lang ist er beschäftigt, dann ist die Vorratskammer leer und er trollt wieder davon.

Im jugoslawischen Nationalpark von Plitvice wird ihm und allen seinen Artgenossen das Futter so schnell nicht ausgehen, überall werden sie Nahrung finden und sich mästen können für den Winterschlaf. Niemand tut ihnen hier etwas zuleide.

Griechenland

Kretische Wildziegen

Trotz des strikten Verbots des Arztes wäre ich am liebsten doch selbst mitgefahren, so sehr verlockte die Aussicht, Europas unbekanntestes Wild zum erstenmal in Farbe zu filmen. Aber diese Expedition würde wahrscheinlich sehr anstrengend werden und man mußte damit rechnen, tagelang im verkarsteten Fels zu klettern, um die scheuen Wildziegen aufzuspüren. So fuhren meine Freunde Dr. Thomas Schultze-Westrum und Freimut Kalden alleine los. Es war bestimmt keine leichte Aufgabe; doch die Freunde hatten Glück, und der gute Stern, der bisher über dem Filmprojekt »Europas Paradiese« stand, blieb ihnen treu.

Dr. Thomas Schultze-Westrum berichtet über dieses Unternehmen:

»In den Weißen Bergen West-Kretas, am äußersten Rande Europas, liegt die letzte Zuflucht der Kretischen Wildziege *(Capra aegagrus cretica* Schinz, 1838). Dort sollen noch ungefähr 300 bis 400 Stück stehen, doch fehlt noch immer ein genauer Zensus.

Unser erstes Ziel war jedoch die Insel Theodoru, wo Wildziegen ausgesetzt worden sind. Hier wollten wir erst einmal mit dem Wild vertraut werden, ohne dafür Stunden in den Felsen klettern zu müssen. Auch einige Nahaufnahmen von den Ziegen sollten dort gedreht werden.

Mit unserem umfangreichen Filmgepäck waren wir auf dem Athener Flugplatz im Gedränge der Touristengruppen gar nicht aufgefallen; das hatte uns umständliche Zollprozeduren erspart. So saßen wir bereits zwei Tage nach der Abreise, mit Empfehlungsschreiben des griechischen Landwirtschaftsministeriums ausgestattet, im Büro des Forstamtes von Chania auf Kreta und hörten mit Freude, daß uns jede nur mögliche Unterstützung gewährt werden sollte. Ein Geländewagen brachte uns alsbald an den hellen Sandstrand gegenüber der Ziegeninsel Theodoru. Außer dem Proviant für einige Tage hatten wir auch einen großen Beutel Paximadia, hartgetrocknete Brotstücke, als Reserveverpflegung dabei, denn jetzt gegen Ende September konnte das Wetter unvermittelt umschlagen und uns von der Außenwelt abschneiden. Der alte Ziegenwächter Jakomi, der die Ziegen mit Wasser aus einer Zisterne zu versorgen hat, setzte uns mit seiner Ruderbarke die 1200 Meter zur

Insel über und half uns, das Gepäck den steilen Pfad hinauf zur kleinen Nikolaos-Kapelle zu schleppen. Dann ruderte er nach Kreta zurück, um sich zu Hause von den überraschenden Anstrengungen zu erholen. Nach vier Tagen sollte er uns wieder holen.

Wir zogen auf die erste Ziegenpirsch. Die Hitze flimmerte über dem hellen, verkarsteten Kalkgestein, als wir behutsam zum höchsten Punkt kletterten. Früher stand hier ein venetianisches Kastell. Die Ziegen blieben unsichtbar, denn sie dösten jetzt am frühen Nachmittag im Schatten der Felshöhlungen an den Steilhängen und zwischen Pistazienbüschen. Ich kannte von früher her, als ich 1958, 1960 und 1961 hier schon Studien über die Wildziegen machte, einige gute Einstände in den Felsen und so pirschten wir nun einen davon an. Die Ziegen werden auf Theodoru noch gelegentlich gewildert und blieben deshalb so scheu wie in der freien Wildnis.

Steinschlag ließ ein Rudel älterer Böcke hoch werden. In bewundernswert sicheren Sprüngen jagten sie über Blöcke und kleine Abstürze davon, schnell waren sie hinter einer Felsnase verschwunden. Jetzt kam Bewegung in den Hang, Steinschlag, von den Tieren ausgelöst, polterte rechts und links hinab zum Meer; doch die Ziegen blieben von den Euphorbienbüschen und im zerklüfteten Fels so gut gedeckt, daß wir sie nur für Augenblicke auf dem Sprung ausmachen konnten. Es waren auch führende Geißen darunter, deren im Juni gesetzte Kitze – eines oder zwei – den Alten bereits sicher im Fels folgten. Die Kletterkünste der Agrimi – wie die Griechen die Kretaziege nennen – waren überwältigend.

Durch verfilztes Macchiengestrüpp zogen wir weiter in die Nähe eines anderen Einstandes und setzten uns dort in der Deckung der Felsen an: Über uns vollführten die zierlichen Eleonorenfalken ihre eleganten Flugspiele. Auch sie gehören zu den bedrohten Tierarten Europas. Früher nisteten sie in Kolonien mit teils über 50 Brutpaaren an Steilküsten des Mittelmeeres von Nordafrika bis Griechenland, doch Eierraub und sinnloser Abschuß haben die Bestände bereits alarmierend verringert. Ein Rothuhn, den Steinhühnern der Alpen nächst verwandt, rief von einer Felsnase aus, und unten über das tiefblaue Meer zog ein Flug weißer Reiher. Doch die Ziegen blieben in der Deckung. Erst als die letzten, langen Schatten der bizarren Ölbaumbüsche verschwunden waren und nur mehr die Weißen Berge in der Ferne Kretas in der Abendsonne standen, traten kleine Gruppen Agrimi, meist mehrere Böcke oder Geißen mit ihren Kitzen, zur Äsung aus. Jetzt zogen sie weit über die Halden der Insel, um die kargen, in den fast regenlosen Sommermonaten ausgedorrten Halme abzuäsen.

Beim Abendessen vor der Kapelle sah Freimut sehr sorgenvoll aus und auch ich machte mir Gedanken, wie wir am sichersten einige gute Nahaufnahmen unter so schwierigen Geländebedingungen schießen konnten. Doch unverhofft klappte es bereits am nächsten Tag: Gleich in der Frühe konnten wir ein Rudel äsender Böcke aus der Nähe filmen. Am späten Nachmittag setzte sich Freimut auf einer exponierten Felskanzel in Deckung an und ich trieb in weitem Bogen von hinten her sehr behutsam die vor der Kamera liegende Felswand durch, worauf einige Agrimi auf den Kamerastandplatz zu bis nahe vor das Objektiv zogen. Am nächsten Tag wiederholten wir das Ansitzen, schleppten das schwere Gerät mehrmals über die glühendheißen Felshalden zu neuen Einständen und kamen dabei noch mehrmals zum Schuß.

In der Nacht darauf schlug das Wetter um, Staubwolken fegten uns ins Gesicht und wir mußten unseren Schlafplatz ins Innere der Kapelle verlegen.

Am nächsten Morgen lag die Küste Kretas in silbrigem Dunst, Brecher schlugen gegen die Felsen am Anlegeplatz und Gischt trieb weit hinauf in die Macchie. Eigentlich hatten wir unser Programm auf Theodoru erledigt; so war es kein gutes Gefühl zu wissen, daß wir nun zunächst hier festsaßen und nicht zu unserem eigentlichen Ziel, den vor uns liegenden Weißen Bergen, weiterziehen konnten. Zunächst hofften wir auf Wetterbesserung, kletterten mehrmals hinauf auf den Steilabfall zum Meer, und Freimut filmte von dort die Eleonorenfalken, die unter uns über die Wogen im Segelflug schwebten. Später las jeder seinen mitgebrachten Krimi, am Tag darauf jeder den des anderen, und dann begannen wir, mit dem Fernglas das Leben am greifbar nahen Ufer gegenüber zu verfolgen: niemand dort schien von uns Notiz zu nehmen. An den Abenden gaben wir Blinkzeichen, doch keiner erwiderte sie. Einmal kreiste ein Hubschrauber über dem gegenüberliegenden Strand, am folgenden Tag noch einer, doch er machte keine Anstalten, den einen Kilometer zu uns herüberzuschauen. Wasser und Verpflegung hatten wir genug, doch allmählich sahen wir unsere Kretapläne dahinschwinden, denn oben in den Bergen war das Wetter sicher noch schlechter und wenn es sich um diese Jahreszeit erst einmal eingeregnet hat, dann ist es am besten, im nächsten Jahr wiederzukommen.

Nach fünf Tagen Nichtstun kam jedoch ein schwerer Armeehubschrauber auf uns zugeflogen und landete auf unser Winken hin nahe der Kapelle. Beim ohrenbetäubenden Lärm der Rotoren gaben die Soldaten nur ein kurzes Armzeichen zum Einsteigen, schnell wurde die halbgepackte Ausrüstung hineingestopft, und zurück ging es nach Kreta – direkt ins Militärlager. Es stellte sich heraus, daß man uns nur zufällig bei der Suche nach einem vermißten Düsenjägerpiloten gesehen hatte. Nun wurden wir mit unseren Teleobjektiven, der Kamera und sonstigen Ausrüstung sehr argwöhnisch und sehr genau unter die Lupe genommen, denn unweit von Theodoru liegt eine wichtige militärische Einrichtung, und wir hätten ja auch Spione sein können, die den Abschuß ferngelenkter Flugzeugattrappen filmten. Doch nach gründlicher Prüfung und einigen Stunden in netter Unterhaltung mit unseren Helfern konnten wir im Taxi nach Chania zurückkehren. Dort war man über unser Erscheinen überrascht; man hätte uns erst bei etwas ruhigerer See mit einem Spezialboot geholt.

Schon einen Tag später fuhren wir im Landrover der Forstverwaltung in Richtung Weiße Berge. Sie umgeben die Schlucht mit ihrem Zentrum, dem Dorf Samaria, wie ein Schutzwall, und so konnten die stolzen Sfakioten hier ihre Freiheit gegen Venetianer und Türken lange erfolgreich verteidigen. Ein Zugang war nur vom Meer her und über die Xyloskalo möglich.

Uns gegenüber, jenseits der Xyloskalo, trieben Wolkenfetzen an den fast senkrechten Felswänden entlang. In diesem Teil des Massivs brüten Alpenkrähen, Steinadler, Gänsegeier und sogar der sehr seltene Bartgeier. Die Weißen Berge mit ihren 60 Gipfeln über 2000 Meter sind eines der wenigen Gebiete Europas, in dem in historischer Zeit noch keine dort bekanntgewordene Tierart ausgerottet wurde. Auch die ursprünglich Kreta bedeckenden Wälder sind hier in bedeutenden Beständen erhalten geblieben. Diese alpine Landschaft mit ihren gewaltigen Steilwänden, den leuchtenden Rot- und Brauntönen im Fels und den mächtigen Blöcken im Bett der ständig wasserfuhrenden Schlucht ist einzigartig im Mittelmeergebiet.

Unter mächtigen Platanen im Talgrund zogen wir am nächsten Morgen mit zwei Tragtieren hinab zum Dorf Samaria. Das Wetter war auf der Südseite Kretas besser als erwartet, und als wir am ehrwürdigen Kirchlein Agios Nikolaos vorbei ins weite Haupttal von Samaria eintraten, schien die Sonne wieder mit voller Kraft.

Unterhalb von Samaria wird die Schlucht enger und an der Portes – »das Tor« – genannten Stelle rücken die himmelhohen Wände auf wenige Meter zusammen. In den Sommermonaten ziehen die Agrimi tiefer hinab in die Täler, da nur dort noch Wasser zu finden ist. Doch jetzt im Herbst, nach den ersten Regenfällen, standen die Böcke wieder ganz oben über der Waldgrenze. Die Brunft hatte begonnen, und so wechselten kleine Rudel und Einzelgänger auch tags umher. Mein alter Freund Evangeli Viglis, der früher in Samaria lebte und heute von der Regierung als Ziegenwächter angestellt ist, kennt die Agrimi am besten. Mühsam war der Aufstieg mit ihm auf den Serpentinenpfaden, die braven Mulis mußten schwer schleppen, in den Felsfluren war das Arbeiten mit der Kamera noch schwieriger als auf Theodoru. Doch dann war der Tag gekommen, am dem Freimut aufatmend feststellen konnte, daß die letzte Rolle Film unseres Vorrats belichtet war. Nun blieb uns gar nichts anderes übrig, als umzukehren. Schnell erreichten wir wieder Chania, und am Abend dieses Tages schickten wir Eugen, der in München auf Nachricht von uns wartete, ein erleichterndes Kabel: Filmarbeit erfolgreich abgeschlossen.

Als weiteres Ergebnis der Reise legte ich wenige Wochen später dem World Wildlife Fund ein umfassendes Programm zur Verbesserung und Erweiterung des gegenwärtigen Nationalparks vor, das nun Stück für Stück in enger Zusammenarbeit mit den griechischen Naturschutzstellen verwirklicht wird. Ein guter Anfang wurde 1971 bereits gemacht.«

Rumänien

Das Vogelparadies im Donaudelta

Dort wo die Donau ihren langen Lauf beendet und sich zu dem großen Delta ausbreitet, habe ich im Sommer 1969 zusammen mit dem Frankfurter Ornithologen Dr. Joachim Steinbacher als wissenschaftlichem Berater und meinem Kollegen Bertl Höcht einige Wochen lang zwei in Europa schon ziemlich selten gewordene Vogelarten gefilmt: die braunen Sichler und die Pelikane.

2850 Kilometer lang ist die Strecke, welche die Donau bis hierher zurückgelegt hat. 2578 Kilometer ist sie schiffbar – mehr als doppelt so lang wie der Rhein.

Hinter Tulcea in Rumänien verläuft sich dann der Riesenstrom in viele kleine und drei große Arme. Im Norden ist es der Kilia, in der Mitte der Sulina, er allein ist für größere Schiffe befahrbar, im Süden der Sankt Georges. 4300 Quadratkilometer ist das Mündungsgebiet der Donau, eine Fläche, vergleichsweise 1 3/4mal so groß wie Luxemburg. Endlose Schilfwälder bedecken diese völlig unter Wasser stehende Fläche. Sie sind noch heute ein Paradies für vielerlei Wasser- und Sumpfvögel, wenn sie auch schon vieles an Ursprünglichkeit und Unberührtheit eingebüßt haben.

Noch aber sind Silberreiher, Purpurreiher, Seidenreiher, Rallenreiher, Taucher, Bläßhühner, Enten, Rallen, Gänse, Schnepfenvögel, Seeadler und andere mehr hier zu Hause, vor allem aber Sichler und Pelikane.

Wir halten uns zunächst am St.-Georges-Arm auf. Von unserem Standplatz sind es nur noch wenige Kilometer bis zum Schwarzen Meer.

Wir kommen schon am ersten Tag an eine Brutkolonie der braunen Sichler. Großer Lärm empfängt uns, je mehr wir uns der Brutstätte der Vögel nähern. Dutzende, Hunderte stehen vor uns aus den Schilfwäldern auf. Hier haben sie gebrütet und hier ziehen sie jetzt ihre Jungen groß.

Mühsam wird nun das Vorwärtskommen. Bald geht es nur noch zu Fuß weiter. Schnell errichten wir ein Versteck aus Schilf, denn nur von ihm aus kann man Einblick nehmen in das intime Leben und Treiben einer solch großen und betriebsamen Vogelkinderstube. Jetzt, nachdem die Jungen schon größer sind, besteht keine Gefahr mehr, sie zu vergrämen oder gar für immer wegzujagen.

Braune Sichler gehören zu den Ibissen. In 28 verschiedenen Arten sind diese Vögel fast über die ganze Erde verbreitet, oft nur sehr lokal. Diese Braunen hier waren in Mitteleuropa bis 1934 auch noch am Neusiedlersee in Österreich seßhaft. Heute sind sie dort schon verschwunden. Am Plattensee in Ungarn und im Donaudelta nisten noch etwa 4000 bis 5000 Paare in verschiedenen Kolonien.

21 Tage lang hat die Brutzeit gedauert. Jetzt sind die Jungen bereits groß. Man kann sie von den Eltern nur an dem kürzeren Schnabel und den weißen Flecken an Hals und Brust unterscheiden, typische Merkmale für junge braune Sichler.

Wenige Stunden genügen mir vollauf, um wichtige Einblicke in die Sichlerbrutkolonie im Bild festzuhalten. Dann sind die Tiere wieder allein; eine lärmende, geschäftige Vogelgemeinschaft im hohen Schilfwald des Donaudeltas.

Wunderbare Auwälder mit uralten Weiden, Pappeln und anderen Bäumen und Büschen säumen unseren weiteren Weg. Haustiere und frei lebende Tiere hausen hier einträchtig nebeneinander, wir begegnen ihnen in fast pausenlosem Wechsel der Szenerie.

Nur kurze Strecken können wir mit einem kleinen Motorboot zurücklegen. Dann bringen uns Ruderboote voran. Zügig ziehen uns kräftige Ruderer dahin. Unermüdlich zwingen sie die kleinen Fahrzeuge übers Wasser.

Wildgänse streichen über uns weg. Sie haben das Brutgeschäft schon erledigt, jetzt zigeunern sie in losen Trupps umher.

Stundenlang geht es durch die weithin überfluteten Auwälder. Monatelang stehen die alten Kopfweiden im Wasser. Seit Generationen wachsen sie hier, niemand schlägt sie nieder, sie sind niemand im Wege. Nur Fischer kommen hierher, solange das Wasser das Land überflutet, und Hirten, wenn die Schlammbänke trockener sind und Gras für das Vieh emporwächst.

Wenn die Strömung zu stark ist, ziehen unsere Männer die Boote leichter und müheloser von Land aus voran. »Wolgaschiffer« im Donaudelta.

Wir wandern weiter auf der Suche nach Pelikanen. Ihre Brutkolonie ist unseren Führern wohlbekannt. Sie liegt eine Tagesreise weit entfernt, zwischen dem Sulina- und dem Kiliaarm. Doch die Plätze, wo die großen Vögel täglich ihre Nahrung und das Futter für die Jungen suchen, sind in der Nähe. Die Pelikane müssen immer die günstigsten Reviere aufsuchen, wo sie fischen und Beute machen können.

500 bis 600 Stück sind rasch versammelt. Weithin ist das Rauschen ihrer Schwingen zu hören, wenn sie sich zu einem Platzwechsel erheben und rasch wieder einfallen. Ihre Flügelspannweite beträgt fast drei Meter. Groß genug, um den schweren Vogel zu tragen, der bis zu 12 Kilogramm Gewicht erreicht.

Das Knochengerüst eines Pelikans ist sehr leicht, es enthält viel Luft und auch unter der Haut sind beträchtliche Luftpolster eingebettet. Pelikane sind Ruderfüßler, die Schwimmhäute beziehen auch die Hinterzehe mit ein. Sie können daher ausgezeichnet schwimmen. Nur Stoßtauchen können diese Arten nicht, wie beispielsweise die rauchschwarzen Artgenossen in Amerika. Aber ausgezeichnete Flieger sind sie alle – wie Lastensegler schweben sie dahin.

Es gibt sechs verschiedene Arten Pelikane. In Europa brüten nur zwei hier im Donaudelta und vereinzelt in Griechenland. Im Donaudelta sind es im ganzen nicht mehr als 2500 Paare, zum größten Teil Rosa-Pelikane, seltener Krauskopf-Pelikane.

Um die Fische zu erbeuten, darf das Wasser nur eine bestimmte Tiefe haben, gerade so tief, damit ihr langer Schnabel bei ausgestrecktem Hals noch den Grund des Gewässers erreichen kann. Dann beginnt die große Jagd. Mit dem Schnabel ergreifen und schöpfen die Vögel die Fische und verschlucken sie sofort. Würden sie sie in dem Kehlsack lassen, wie immer wieder angenommen wird, würden sie beim nächsten Schöpfen wieder herausschlüpfen.

Die Fischplätze der Pelikane wechseln oft, je nach dem Stand des Wassers oder dem Zug der Fische. Die Vögel müssen sie immer wieder aufs neue suchen. Oft fliegen Pelikane, auch die brütenden und Junge fütternden, 40, 60, ja bis zu 100 Kilometer weit von der Brutkolonie zu günstigen Nahrungsgewässern. Mit dem Heranwachsen der Jungen legen sie diesen Weg oft zwei- oder dreimal am Tag zurück. Einige Pfund Fische nimmt jeder Pelikan täglich auf.

Vor hundert Jahren lebten die Pelikane hier noch in Millionenstärke, heute sind es, wie gesagt, nur noch etwa 2500. Wie überall haben sich auch hier Zivilisation und Technik ausgebreitet. Der Schiffsverkehr hat stark zugenommen, große Schwimmbagger dringen heute weit in die Schilfwälder ein und schneiden das Rohr zur Zellulosegewinnung. Erdölbohrungen werden durchgeführt und verschmutzen das Wasser. Mit jedem Jahr bringen auch die Fluten der Donau mehr Schmutz- und Giftstoffe mit sich. Was muß dieser Strom von seinem Ursprung bis hierher alles aufnehmen. Wir kennen die großen Städte, die an seinem langen Weg liegen.

Heute sind die Pelikane im Donaudelta geschützt. In ihre Brutkolonie ist der Zutritt nur mit Erlaubnis der obersten Naturschutzbehörde gestattet. Wir dürfen mit freundlicher Genehmigung von Prof. Puscariu und Dr. Fuhn, den leitenden Naturschützern, in dieses Reservat eindringen und Filmaufnahmen darin machen.

Auf einer winzigen Insel stellen wir unsere Zelte auf. Hier ist für Tage unser Standlager. Morgens brechen wir schon bei Sonnenaufgang auf, abends treiben uns Millionen von Moskitos zeitig hinter den schützenden Mückenschleier.

Je näher wir der Brutkolonie kommen, desto mehr Vögel fliegen über uns hinweg. Aufklärung aus der Luft! Wir sind bereits angemeldet! Als wir auf einen kleinen freien See kommen, erhebt sich auch das Gros der Vögel – wir haben die Brutstätte erreicht.

Aber sie streichen nicht weit. Nur etwa 150 bis 200 Meter von uns entfernt lassen sie sich wieder aufs Wasser nieder. Sie beobachten uns jetzt vom offenen See her und aus der Luft, als wir darangehen, ein Versteck in der Nähe der Kolonie zu errichten. Das Geschwader kreuzt indessen ruhig draußen auf dem See. Kein Davonstürmen, keine Panik.

Wir stehen auf schwimmenden Rohrpolstern. Auf schwimmenden Inseln aus niedergetretenem Schilf befinden sich auch die Nester mit den Jungen, etwa 20 Meter vom Tarnzelt entfernt. Als das Schilfversteck steht und die Männer sich mit den Booten entfernen, für alle Vögel weithin sichtbar, schwimmen schon die ersten wieder näher.

Bewegungslos sitze ich im Versteck. Da ich weiß, daß Hunderte von mißtrauischen Pelikanaugen zu meinem Schilfhaufen herüberblicken, vermeide ich während der ersten halben Stunde jede Bewegung. Dann rudern die Vordersten zum Brutplatz heran. Am Rand des Röhrichts gruppieren sie sich ein Weilchen und warten ab. Nach einigem Zögern kommen sie in langer Kette näher, lautlos, ohne jedes Geräusch, ein herrliches Geschwader. Das Surren meiner Kamera stört sie nicht. Das Mißtrauen ist überwunden. Einer hinter dem andern gleiten sie auf dem stillen Wasser in die kleine Bucht, jeder noch größer, noch näher als der andere. Schwerfällig hüpfen sie dann auf das Floß aus festgetretenem Schilf.

Auf dem Brutplatz stehen und liegen piepsend die Jungen. Sie sind schon etwa drei Wochen alt, noch in dunklen Flaum gehüllt und tolpatschig in ihren Bewegungen. Mit allerlei Spielerei vertreiben sie sich die Zeit, bis die Alten sich entschließen, wieder zu ihnen zu kommen. Es sind recht wohlerzogene Vogelkinder.

Dann beginnt das große Schauspiel: die Fütterung der hungrigen Kleinen, die trotz großem Durcheinander und Gedränge ihre Eltern wiederfinden. Durch Lockrufe geleitet, kommen sie sicher zueinander.

Jedes Pelikanpaar hat meistens nur ein Ei, doch manchmal legen sie auch zwei oder gar drei. Sechs Wochen lang müssen sie bebrütet werden, dann dauert es noch einmal 12 bis 15 Wochen, bis die hilflosen Nesthocker endlich flügge sind. Eine ungewöhnlich lange und anstrengende Zeit für die sorgsamen Eltern. Nur Fische werden gefüttert, Fische, die sich halb verdaut tief drunten im Schlund von Vater oder Mutter befinden. Und da heraus müssen sie die Kleinen holen.

Es geht nicht ohne Anstrengung. Erst das Kitzeln des suchenden Jung-Schnabels im Schlund der Eltern löst den Effekt des Hervorwürgens der mitgebrachten Nahrung aus (nicht anders, als wenn wir den Finger tief in unseren Hals hineinstecken). Minutenlang dauert diese eigenartige Zeremonie, während der der alte Vogel völlig still und ruhig steht.

Eine rührende Hingabe, derentwegen der Pelikan in Legenden schon zum Symbol sich aufopfernder Mutterliebe geworden ist. Ja, mehr noch wurde in alten Geschichten über ihn berichtet: Der Pelikan reiße sich die eigene Brust auf, um die Jungen mit seinem Blut zu tränken.

Nur kurze Ruhepausen können sich Pelikaneltern gönnen, wenn hinter ihnen der Nachwuchs ständig drängt und stündlich um neues Futter bettelt. Die großen Lastensegler sind deshalb pausenlos im Einsatz, Wochen und Monate hindurch. Erst wenn die Jungen selbständig sind, haben die Eltern es leichter. Ihre ruhige Zeit fällt in den Winter, den sie in wärmeren Zonen Afrikas verbringen, sorglos, jetzt nur auf sich selbst gestellt.

Polen

Der Nationalpark im Bialowiezer Forst

Im Osten Polens, unmittelbar an der sowjetischen Grenze, liegt der riesige Forst von Bialowieza. Über die Grenze hinweg reicht er weit in die Sowjetunion hinein. In diesem ausgedehnten Waldgebiet, das an vielen Stellen noch richtigen Urwald beherbergt, leben heute wieder wie vor Jahrhunderten Wisente, die einzigen Wildrinder Europas, Verwandte des nordamerikanischen Bisons.

Inmitten des großen Forstes liegt auf polnischer Seite der Nationalpark von Bialowieza. Er ist ein vorbildliches und musterhaft geführtes Schutzgebiet für Landschaft, Tier und Pflanze. Helmut Barth und ich haben uns über zwei Wochen dort aufgehalten und konnten dank der freundlichen und großzügigen Unterstützung der polnischen Naturschutzbehörde die Wisente in ihrem Lebensraum ausgiebig filmen.

Mit einem kleinen Panjewagen, der uns zur Verfügung steht, fahren wir fast täglich durch den weiten Forst. Herr Potoka, der Wildmeister des Nationalparks, begleitet uns dabei. Wir hätten keinen besseren Führer haben können. Er bringt uns in die entlegensten Winkel des weiträumigen Gebietes, dorthin, wo das gesuchte Großwild seine Einstände hat. Er zeigt uns die großen Fährten, die immer wieder im Waldboden abgedruckt sind, und führt uns oft genug dicht vor die Wisente, wenn sie in nebeligen Morgenstunden daherziehen. Erst die Leitkuh – dann der Bulle der Herde – und wieder Kühe und Kälber.

Langsam und gelassen schreiten die Wisente durch diesen märchenhaft schönen Herbstwald. Dann bleiben sie stehen, sie haben unser Fahrzeug erkannt. Auch wir halten an. Dampf stiebt aus ihren Nüstern. Wie leibhaftige Standbilder urwüchsiger Kraft, wie lebendige Zeugen einer längst vergangenen Zeit stehen sie vor uns. Ruhig äugen sie zu uns herüber, schütteln manchmal den Kopf oder schlagen mit dem Schwanz. Scheu sind sie gar nicht. Sie haben es auch nicht nötig, sie fühlen sich sicher. Schon immer sind Wisente hier zu Hause. Sie waren auch noch hier, als sie im übrigen Europa bereits verschwunden waren. Der Forst von Bialowieza war noch lange Zeit das einzige und letzte Refugium dieser Wildrinder. Er ist es heute wieder.

Wechselhaft ist die Geschichte der europäischen Wisente, ebenso wie die des Schutzgebietes von

Bialowieza. Der Urwald war einmal ein bevorzugtes Jagdgebiet, bis zum Ersten Weltkrieg gehörte er zu Rußland. Der Zar verbrachte hier jedes Jahr einige Wochen. Er jagte auf Hirsche, Sauen, Bären und Wisente. Manch alte Baulichkeit und die Anlage des Parks zeugen noch heute von dieser Zeit. Kriegshandlungen des Ersten Weltkriegs und die Wirren der Nachkriegszeit setzten auch dem reichen Wildbestand empfindlich zu. Soldaten und Besatzungstruppen, hungrige Zivilisten und Wilderer jagten im Forst, solange noch ein Stück Wild vorhanden war. Nach 1918 gab es im Bialowiezer Urwald keinen einzigen Wisent mehr, das Wildrind war nun endgültig aus der freien Wildbahn Europas verschwunden.

Glücklicherweise aber lebten noch reinblütige Restbestände in verschiedenen zoologischen Gärten Europas. Von dort her wurden nach dem Ersten Weltkrieg einige Stücke nach Bialowieza zurückgebracht, mit ihnen wurde der Grundstock für eine neue Zucht gelegt.

Den Zweiten Weltkrieg haben die Wisente weit besser überstanden. Dieses Mal wurden sie bewacht und gehegt, ja sie vermehrten sich sogar während dieser Zeit. Heute leben im Bialowiezer Forstgebiet etwa 150 Wisente. Weitere Herden fanden inzwischen in anderen polnischen Schutzgebieten Heimat und Fortkommen. Polen verfügt gegenwärtig über genug reinblütige Wisente, um den Fortbestand dieses europäischen Wildrindes als gesichert zu betrachten.

Immer noch näher führt uns Wildmeister Potoka an die Tiere heran. Wir können sie täglich aufs Neue filmen und wir werden nicht müde dabei. Manche Herden leben noch in Gattern, in großen eingezäunten Waldkomplexen. Sie haben aber einen solchen Umfang, daß man stundenlang darin umherpirschen kann, ohne etwas von der Umfriedung zu spüren. Die Wisente bewegen sich darin in einem völlig natürlichen Lebensraum. Auch außerhalb der Gatter, im weiten Forst, stehen heute schon wieder einige Herden in völliger Freiheit. Der Wald ist so groß, daß das Wild darin ungehindert umherwechseln kann. Auch die Staatsgrenze zwischen Polen und der Sowjetunion behindert die Tiere nicht. Der russische Nachbar beschützt und behütet sie ebenso wie die Polen.

An manchen Stellen sind größere und kleinere Waldwiesen in den zusammenhängenden Forst eingestreut. Darauf stehen die Wisente besonders gerne abends und morgens zur Äsung. Vom Waldrand aus können wir die Tiere stets gut beobachten und filmen. Sie sehen uns lange nicht, wenn wir vorsichtig sind und der Wind uns günstig ist. Haben sie uns aber entdeckt, ist es mit ihrer Ruhe und Arglosigkeit rasch vorbei. Als erste sind es die Bullen, die dann oft bedrohlich nahe kommen. Aus Neugier oder auch mit anderen Absichten, wir wissen es nicht. Wir müssen uns jedesmal in Sicherheit bringen. Ein rasches Ausweichen hinter einen Baum, hinter den Panjewagen oder ins Gebüsch ist immer empfehlenswert. Ein daherstürmender Wisentbulle ist ein nicht zu unterschätzender Angreifer. Auch brunftige Kühe wollen öfters aggressiv werden. Doch Potoka, unser Führer, kennt seine Wisente wie ein Schäfer seine Herde. Auch sie kennen ihn und seine Stimme. Wenn er auf sie einredet, beruhigen sie sich rasch wieder. Auch wenn die Herde weiterzieht, bleibt der Bulle noch lange in vorderer Front. Er folgt erst dann, wenn seine Schützlinge alle im Wald verschwunden sind.

Im Nationalpark von Bialowieza und dem umliegenden Forst leben natürlich auch noch andere Wildtiere. Es gibt Rehe, Wildschweine und einen starken Rotwildbestand. Die oft weithin vermoorten Wälder mit viel Laubäsung sind beliebte Einstände des Elches, des größten Hirschtiers unserer Erde. Wenn die europäischen Elche auch nicht die Stärke der kanadischen oder gar der Alaska-Elche erreichen, gibt es im Bialowiezer Forst doch recht starke Stücke. Selbstverständlich sind auch Luchs und Braunbär dort noch zu Hause und Wölfe erscheinen regelmäßig im Winter. In den Gewässern hausen Biber und Fischotter, in den tiefen Wäldern und Mooren brüten Kranich, Schwarzstorch, Uhu und viele Greife. Niemand verfolgt die Tiere dort, sie können ungehindert horsten, Beute machen und ihren Nachwuchs aufziehen. Hier ist alle Kreatur geschützt.

Holland

Im »Naardermeer«

Während meiner Reisen durch europäische Tierschutzgebiete und Wildreservate zog ich auch verschiedentlich an der Nordseeküste unseres Kontinents entlang. Ob in Frankreich, Belgien, Holland, Dänemark oder Deutschland, es boten sich immer wieder die gleichen Bilder. Im Frühjahr und Herbst begegneten mir die Massen ziehender und streichender Vögel. Auch während der Wintermonate waren da und dort größere oder kleinere Verbände zu beobachten. Meist waren es dann hochnordische Gäste, denen unsere mitteleuropäischen Breiten schon als Überwinterungsquartier zusagten.

Am eindrucksvollsten waren aber doch immer wieder die Brutplätze und Brutkolonien der verschiedenen Wasservögel. Enten, Möwen, Seeschwalben, Schnepfenvögel, Reiher, Löffler, Kormorane und viele andere mehr habe ich im Lauf der Jahre an der Nordseeküste aufgenommen, die einen als versteckte Einzelbrüter, die anderen in ihren lärmenden und schon von weitem sichtbaren Kolonien.

Hirsholmene in Dänemark, Norderoog, Knechtsand und Hullen in Deutschland, Texel und Naardermeer in Holland sind solch bevorzugte Vogelparadiese. Hier waren es vielerlei Möwen, dort faszinierten Tausende von Brandseeschwalben, mausernde Brandgänse und balzende Kampfläufer. Dann beschäftigten uns – wie am Neusiedlersee – brütende Löffler. Nicht weit davon fesselten mich Säbelschnäbler, Regenpfeifer, Brachvögel, Limosen und besonders eine Kormoran-Kolonie. Das war unweit von Amsterdam.

In einem fast urweltlich anmutenden Binnengewässer mit altem Waldbestand liegt nicht weit vom Meer das Vogelschutzgebiet »Naardermeer«. Ein lärmender Autoverkehr führt an seiner Grenze entlang, in der Ferne rauscht die Eisenbahn vorbei und Flugzeuge donnern darüber hin. »Naardermeer« aber ist eine Oase inmitten einer dichtbesiedelten Welt.

»Naardermeer« ist das älteste holländische Schutzgebiet, es wurde schon 1906 gegründet. Es beherbergte im Jahr 1965 noch die größte Kormoran-Kolonie Europas mit etwa 700 Paaren. In dem Schutzgebiet könnten aber ohne weiteres drei- oder viermal soviel brütende Kormorane Brutplätze finden, es ist groß genug. Dagegen aber legen die holländischen Fischer Protest ein. Sie fordern vielmehr noch eine Reduzierung des Bestandes, und vielleicht dringen sie eines Tages mit ihrem Protest auch durch. Die Begründung der Feinde fischfressender Vögel ist überall dieselbe und nicht neu: Weil die Wasservögel – und hier sind es Kormorane – fast ausschließlich von Fischen leben, sollen sie verschwinden. Fische sind nach ihren Forderungen nur den Menschen vorbehalten. Diese Menschen wissen aber scheinbar noch nicht, daß nicht die Vögel es sind, die die meisten Fische töten, sondern sie selbst. Nicht allein durch ihren Fischfang, der seit eh und je betrieben wird, jetzt vor allem durch die moderne Wirtschaft mit ihrer Industrie, den sich häufenden Abfällen und Giftstoffen.

10 Millionen Tonnen Öl gelangen heute noch jedes Jahr durch Havarien, Unvorsichtigkeit und Gedankenlosigkeit, aber auch mit voller Absicht in die Meere. Hunderttausende von Seevögeln sterben dadurch jedes Jahr einen qualvollen Tod. An der holländischen Küste allein 25000! Zahllose andere Lebewesen der Meere gehen an Verschmutzung und Vergiftung elend zugrunde. Neu-

erdings sterben bereits die Seehunde an Quecksilbervergiftung. Bekannte Meeresforscher und -biologen haben festgestellt, daß schon 40 Prozent der Meeresorganismen vernichtet sind. Und noch immer träumt die Menschheit von der »großen Nahrungsreserve aus dem Meer«. »Als den größten Schwindel« bezeichnet dies Professor Ehrlich von der Stanford-Universität in den USA. Das Meer ist längst zu einer riesigen Kloake geworden, in die wir rücksichtslos alles schütten, was uns stört!

Gönnen wir also unseren Meeresvögeln, was sie zum Leben brauchen, auch den Kormoranen vom Naardermeer. Denn aus Fischen allein besteht ihre Nahrung. Wir können es riechen, als wir die Kolonie betreten. Auf den Fischmärkten in aller Welt riecht es nicht anders. Aber dort sind es die Menschen, die die toten Fische herbeigeschleppt haben und für sich allein beanspruchen.

Auf den längst abgestorbenen Bäumen sind die großen Horste der schwarzen Vögel errichtet. Sie werden immer wieder benützt und hergerichtet, wenn eine neue Brutzeit für die Kormorane gekommen ist. Im Gegensatz zu Enten, Möwen und Seeschwalben sind die jungen Kormorane ganz hilflose Nesthocker. Sie lassen sich das Futter nicht nur wochenlang ans Nest bringen. Es muß vorher schon im Kropf der Eltern vorverdaut und weich sein. Aber auch dann lassen sie es sich nicht einfach in den Schnabel stecken. Nein, eine Kormoranfütterung ist etwas Besonderes, geradezu Aufregendes. Als Zuschauer fürchtet man jeden Augenblick, daß der Kopf des Jungvogels vom Alten abgebissen wird. So tief steckt ihn das hungrige Kleine in den Kehlsack der Mutter oder des Vaters, wer eben gerade das begehrte Futter bringt. So unglaublich roh und rücksichtslos bohrt es darin herum und holt heraus, was drinnen ist, daß man meint, es fräße den elterlichen Vogel von innen heraus auf.

Geradezu unersättlich, unvorstellbar gierig benehmen sich die Jungen. Sie scheinen überhaupt nie satt zu werden. Sie schlagen so intensiv und zudringlich mit den noch kurzen Flügeln, picken an den Schnabel des Elternvogels, bis dieser dem ungestümen Drängen nachgibt. In Wirklichkeit werden die Eltern durch dieses zappelnde, pikkende, flügelschlagende Gebettel zur Futtergabe erst angeregt. Ein artgebundenes Verhalten nicht nur der Kormorane, sondern noch vieler anderer Vögel, wir können es immer wieder beobachten.

Wenn endlich der Kropf der Alten leer und der Magen der Jungen voll ist, herrscht eine Zeitlang Ruhe und Übereinstimmung im Horst der Kormorane. Man nestelt am Gefieder, putzt sich und fällt schließlich in Schlaf, während einer der Eltern Wache hält.

Nach solch wochenlanger Pflege werden dann immer häufiger die jungen Schwingen probiert. Wenn sie kraftvoll genug sind, werden sie eine neue Generation von Fischfressern zu den Jagdgründen in Meer und Binnengewässer tragen. In eine Welt, die für sie mehr und mehr voller Gefahren aller Art ist.

England – Schottland

Die Farne-Inseln und der Bass Rock

An der Ostküste Englands, nördlich von New Castle upon Tyne, nur eineinhalb Meilen vom Festland entfernt, liegt eine Gruppe von etwa 20 Inseln, die Farne-Inseln. Man kann sie von Land aus gut sehen.

Die Farne-Inseln sind ein Schutzgebiet von erstklassiger Bedeutung. Sie zählen wie viele andere Inselgruppen rund um England zu den wertvollsten Freistätten und Brutplätzen europäischer Seevögel. Staatliche und private Naturschutzorganisationen teilen sich in England in vorbildlicher Weise in der Betreuung und Bewachung solcher Seevogelgebiete. Sie sind gleichzeitig auch wichtige Stätten wissenschaftlicher Forschung. Dr. Grace Hickling vom Hancock-Museum in New Castle hat mir in dankenswerter Weise schnell und bereitwillig die Erlaubnis zum Filmen auf den Farne-Inseln verschafft.

Bei der ersten Rundfahrt um das Schutzgebiet fallen mir schon von weitem drei kolossale, frei stehende Felsen auf. Etwa 25 Meter hoch ragen sie steil aus dem Wasser. Die Engländer nennen sie »Pinnacles«, Spitztürme. Auf ihnen brüten Hunderte von Lummen. Jedes Jahr kommen die Vögel während der Brutzeit hier zusammen und bedecken die flachen Plattformen der Felstürme in solcher Zahl, daß keine Handbreit Stein mehr frei bleibt.

Die Lummen bauen keine Nester. Sie legen das einzige Ei einfach auf den platten Stein und brüten darauf. Das Lummen-Ei ist an einem Ende sehr spitz, am anderen rund. Dadurch kann es nicht ins Rollen geraten und abstürzen, wenn der brütende Vogel sich manchmal erhebt. Die Jungen sind Nesthocker und müssen so lange gefüttert werden und auf dem hohen Fels bleiben, bis sie schließlich eines Tages den ersten Sprung aufs Wasser hinunter tun können.

Auf allen Felsen der Farne-Inseln brüten Seevögel. Hier sind es Lummen, daneben Sturmvögel, Dreizehenmöwen und Krähenscharben, dort Papageitaucher, Seeschwalben und Eiderenten. Jede Nische und jedes Felsband ist besetzt und manchmal herrscht sogar Wohnungsnot auf den Farne-Inseln. Vor Menschen fürchten sich die Tiere nicht. Täglich kommen viele Besucher auf die Vogelinseln und betrachten voller Staunen dieses konzentrierte Leben und Treiben.

An steilen Klippen, dort wo gerade noch etwas Platz für die Errichtung eines kleinen Nestes ist, brüten mit Vorliebe die Dreizehenmöwen. Auch sie lieben die Gemeinschaft und bevölkern zu Tausenden die steilen Felswände der Inseln. Normalerweise kommt hierher kaum jemals ein Feind, die Gefahr eines Sturzes in die Tiefe hält ihn fern. Auch Eierdiebe haben hier keine Chance, die Inseln sind während der Brutzeit Tag und Nacht bewacht.

Das Plätzchen, auf dem eine Dreizehenmöwe ihr Nest errichtet hat und ihre zwei bis drei Jungen großzieht, ist oft nicht größer als eine Männerhand. Ein wirklich anspruchsloser Mieter! Wie bei allen Möwen sind die Jungen Nestflüchter. Aber hier auf den senkrechten Klippen würde ihnen das »Nestflüchten« zum sicheren Tod. Sie müssen – wie die jungen Lummen – so lange im winzigen Nest aushalten, bis sie fliegen können.

Die originellsten Bewohner der Farne Inseln sind aber doch wohl die possierlichen Papageitaucher. In großer Zahl bevölkern sie die Felskuppen und das Hinterland der kleinen Inseln. Wenn Papageitaucher ihre Jungen großziehen, erscheinen sie immer wieder mit einer Anzahl kleiner Fischchen im Schnabel. Schön ordentlich nebeneinander sind sie eingehängt und es sieht bisweilen aus, als habe der Vogel einen Bart, einen langen silbrig glänzenden Schnurrbart. Wo die Papageientaucher diese kleinen Fischchen fangen, ist bekannt. Sie tauchen danach draußen auf dem Meer und schnappen sie auf. Meist sind es Sandaale. Wie sie diese Fischchen aber so schön der Reihe nach in den Schnabel einordnen, ist völlig unbekannt. Es erfordert zweifellos ein großes Geschick, jeden Fisch so in den Schnabel zu befördern und einzuhängen, ohne daß die schon darin befindlichen wieder herausfallen. Die Futterfischchen werden zu beiden Seiten des Schnabels festgehalten, mit dem Kopf nach innen. Oft zählte ich 6 oder 7 Stück auf jeder Seite!

Diese Fischchen sind ausnahmslos als Futter für die Jungen bestimmt, die unsichtbar für uns in tiefen Erdhöhlen sitzen. Dort werden sie auch gefüttert. Papageitaucher-Kinderstuben befinden sich alle im weichen Erdreich, niemals auf felsigen Klippen wie die Nester der Dreizehenmöwen und Scharben. Sie werden entweder von den alten Vögeln selbst ausgebuddelt, oder von Kaninchen und anderen Erdbewohnern.

Auf den Farne-Inseln finden sich während der Brutzeit auch viele Eiderenten ein. Wenn sie sich paaren, ist der Liebesruf der Erpel weithin zu hören. In ihrem schmucken schwarzweißen Hochzeitsgewand sehen die Eidererpel geradezu vornehm aus. Die Weibchen tragen das ganze Jahr über ein bescheidenes Federkleid.

Ich benötige auf den Farne-Inseln nicht das sonst übliche Versteckzelt, um Aufnahmen zu machen. Die Vögel sind hier gar nicht scheu, sie lassen mich ohne Deckung ganz nahe herankommen. Im Gegenteil, sie werden eher aggressiv, wenn ich ihnen zu nahe trete.

Nach etwa vierwöchiger Brutzeit sind die jungen Eiderenten geschlüpft. Ist ihr wolliges Gefieder trocken, krabbeln sie sogleich im Gras umher, denn sie sind wie alle Entenvögel, geborene Nestflüchter. An jedem Tag schlüpfen neue Eiderentchen aus den Eiern. Die Mütter samt den Kindern rotten sich zusammen. So sind sie stärker in der Abwehr von Feinden und Gefahren. Auch die Kleinen genießen in der Gemeinschaft mehrerer Mütter größeren Schutz.

Auf den Farne-Inseln sind außer den vielen Seevögeln auch Kegelrobben zu Hause. Sie stehen hier ebenfalls unter vollem Schutz.

Robben sehen nicht besonders gut. Wenn wir ganz still und unbeweglich stehen, tauchen sie bald wieder auf und kommen auf zwei oder drei Meter an uns heran. Sie sind wie alle Robben sehr neugierig. Das wird ihnen immer wieder zum Verhängnis, wenn statt friedlicher Filmleute Jäger oder Fischer vor ihnen stehen. Kegelrobben waren schon immer begehrte Pelztiere. An vielen Stellen sind sie deshalb bereits ausgerottet, denn der Mensch macht ja bekanntlich nicht halt vor den Geschöpfen, solange er noch irgendeinen Profit aus ihnen ziehen kann.

Dank der strengen Schutzbestimmungen auf den Farne-Inseln können die Kegelrobben dort ihre Jungen ungestört zur Welt bringen und aufziehen. Mein Mitarbeiter Helmut Barth reiste deshalb im Herbst noch einmal dorthin. In schneeweißem Fell ruhten die neugeborenen Robbenkinder auf dem Gras und dösten in die nebeligen Herbsttage hinein. Meist lag die Mutter in der Nähe und hielt Wache. Scharf waren die Rastplätze der jungen Robben voneinander abgegrenzt. Sobald eine andere Mama oder einer der Väter zu nahe kam, wurden sie eiligst wieder vertrieben. Oft kam es dabei zu ganz handfesten Auseinandersetzungen. Wenn das Robbenkind Hunger verspürte, robbte es schwerfällig zur Mutter heran, suchte eine der Zitzen und begann zu saugen. Minutenlang lagen dann beide wie leblos nebeneinander. Nur manchmal hob die Mama den Kopf und äugte sichernd umher. Das Junge gab sich ganz dem Trinken hin. Robbenkinder wachsen im Säuglingsalter sehr rasch heran, denn Robbenmilch ist sehr nahrhaft, sie hat einen ungewöhnlich hohen Fettgehalt.

Nicht weit von Edinburgh, der schönen Stadt am Firth of Forth, liegt neben einer vielbefahrenen Schiffahrtsstraße ein anderes Seevogelparadies. Viele Klippen und Riffe sind hier der schottischen Küste vorgelagert, meist sind sie von einer stürmischen See umbrandet. Wir müssen selbst eine ganze Woche warten, bis wir endlich hinausfahren können zu dem steilen Vogelfelsen, dem Bass Rock. Senkrecht erhebt er sich aus dem Meer, unnahbar fast, wie es scheint.

Um seine Flanken kreisen Tausende von großen, weißen Vögeln. Wie Schneegestöber sieht es aus, wenn sie über das Meer hin und her fliegen. Es sind Baßtölpel, der Felsen hat ihnen diesen Namen gegeben.

An vielen Stellen, dort, wo der Felsen kahl ist, ist er von paarenden, nistenden und brütenden Baßtölpeln bedeckt, vom unteren Ende bis hinauf zur Spitze. Die einen lernen sich gerade kennen, andere sind auf Wohnungssuche. Diese halten soeben Hochzeit und jene gehen bereits daran, sich ein Nest zu bauen. Aber Nistmaterial ist rar auf dem Baß-Felsen. Deshalb stiehlt man es sich gegenseitig, wo immer sich eine Gelegenheit dazu bietet. 8000 Tölpelpaare hausen hier dicht beisammen –

bald wird auf vielen Quadratmetern Fläche Nest an Nest liegen.

Sobald ein Ei gelegt ist und auch nur kurze Zeit ohne Aufsicht gelassen wird, stellen sich große, räuberische Silbermöwen ein. Furchtlos patrouillieren sie zwischen den harmlosen Tölpeln umher. Ihnen sind unbewachte Tölpel-Eier stets willkommen, es sind große Leckerbissen für sie.

Wenn auch die brütende Nachbarin dieses schändliche Treiben beobachtet, sie kann es trotzdem nicht verhindern. Würde sie auch nur einen Augenblick lang ihr eigenes Ei verlassen, würde es sofort eine andere Möwe holen. Das kann sie nicht riskieren.

Auch neugeborene Tölpel sind nicht sicher vor den Möwen. Erst wenn sie größer sind, ist die Gefahr vorüber. Dann wird die Einwohnerzahl der Felseninsel an der schottischen Ostküste um die Hälfte größer sein. Noch dichter wird es dann wie Schneegestöber wirbeln, wenn sie zum erstenmal die Schwingen breiten und hinausfliegen auf das weite Meer. Erwachsene Baßtölpel sind hervorragende und ausdauernde Flieger.

Schweden

Ein Rastplatz der Kraniche

Im zeitigen Frühling findet am Hornbergsee in Südschweden alljährlich ein grandioses Naturschauspiel statt.

Die schwedischen Naturschützer haben dieses Gebiet schon lange unter Schutz gestellt, denn einige tausend Kraniche versammeln sich dort, wenn sie von ihrer weiten Reise aus dem Süden kommen, aus Marokko und Algier, auch aus Spanien, dem Sudan und von den Sümpfen am Weißen Nil.

Die Herren Kai Curry-Lindahl aus Stockholm und Dr. Swanberg aus Skara haben mich auf dieses Vorkommen freundlicherweise aufmerksam gemacht. Die Aufzeichnungen Dr. Swanbergs über die Anzahl der Großvögel sind einmalig und von einer geradezu vorbildlichen Genauigkeit.

Es ist daraus ersichtlich, daß die Masse der befiederten Wanderer mit fast fahrplanmäßiger Pünktlichkeit um die Mitte des April eintrifft und ihre Zahl sich etwa 10 Tage lang steigert. Dann beginnt der Abflug genauso rasch wie die Zuwanderung erfolgt war. Die Aufzeichnungen anderer Jahre zeigen nur geringe Verschiebungen auf. Es ist eines der vielen Naturwunder, das sich hier im dichtbesiedelten Europa abspielt, faszinierend in seiner Regelmäßigkeit. Ihr Weiterflug richtet sich nach dem Wetter. Bei Regen und trüber Sicht fliegen sie nicht gern.

Die weiten Sumpf- und Moorwiesen, die unter Wasser stehenden Birken- und Erlenwälder an den Ufern des kleinen Sees sind die Schlafstätten der hier verweilenden Kraniche. Dort hinein fliegen sie in größeren oder kleineren Trupps am Abend, dort sind sie sicher während der Nacht. Weder Fuchs, Marder oder Wolf, auch nicht der Mensch vermag dort einzudringen, denn die Moorwälder stehen während dieser Zeit unter Wasser. Kraniche schlafen nicht auf Bäumen wie viele andere Vögel. Sie stehen – oft nur auf einem Bein – schlafend die ganze Nacht hindurch im Wasser.

Wenn der Morgen graut, ziehen die Kraniche dann auf die umliegenden Felder zur Futtersuche. Auf den Äckern und Wiesen finden sie Nahrung. Vorwiegend sind es die alten Kartoffeln, die, weil sie zu klein waren, von den Bauern bei der letzten Ernte einfach liegengelassen worden sind. Die Kraniche schätzen sie sehr. Sie zerkleinern sie wie all ihre Nahrung und schlucken sie erst dann hinunter. Aber auch Sämereien, Ackerfrüchte und Kerbtiere aller Art werden von den rastenden Vögeln gerne aufgenommen.

An guten Tagen sind die Äcker übersät von Kranichen. 2000 bis 3000, manchmal auch 5000 Kraniche werden alljährlich während kurzer Zeit auf den Feldern am Hornborgsee gezählt.

Kraniche gehören in die große Ordnung der »Hühnervögel«, bilden darin aber eine eigene Familie. Obwohl sie wie Störche oder Reiher aussehen, haben sie verwandtschaftlich mit diesen nichts zu tun. Durch den besonderen Bau der Luftröhre können viele Kraniche besonders laut rufen, auch unsere europäischen.

Sein oft zu hörender Ruf »Kruh« findet sich im Namen dieses Vogels bei vielen indogermanischen Völkern. Viele Vögel tragen ja ihre Namen nach dem Ruf (Kuckuck, Krähe, Kiebitz und andere). »Krohn« nennt man den Kranich heute noch in Norddeutschland, »Trana« in Schweden, »Geranos« in Griechenland und lateinisch heißt er »Grus«.

Viele von ihnen, besonders die Jüngeren, bisher ledigen, paaren sich jetzt und führen ihre eleganten Tanzspiele auf, die gerade für Kraniche so bezeichnend sind. Es müssen diese Reigen aber nicht immer Balzspiele sein, oft sind sie auch nur der Ausdruck von Lebensfreude.

Alle 14 Arten der Kraniche, die es auf unserer Erde noch gibt, zeigen im Frühjahr, ehe sie sich ans Brutgebiet binden, diese bezaubernden Balztänze. Die Kraniche in Japan, Indien, in der Mandschurei, in Afrika, Australien oder Nordamerika machen es genauso. Nur in Südamerika kommen diese herrlichen Großvögel nicht vor. Fünf von den 14 Arten sind leider schon sehr selten geworden: Der Schwarzhalskranich, der Mönchskranich, der Mandschurenkranich, der Nonnenkranich und der nordamerikanische Schreikranich. Von ihm gibt es seit Jahren nur noch etwa 50 Stück! Versuche, diese seltenen Großvögel in sicherem Gewahrsam zu züchten und so ihre Art zu vermehren, bringen bis heute noch keine befriedigenden Resultate.

Wenn dann gegen Ende April gutes Reisewetter herrscht, ziehen unsere europäischen Kraniche allmählich weiter in ihre Brutgebiete, die über den ganzen Norden verteilt sind, dort wo es noch weite, unbewohnte Tundren und Sümpfe gibt. Denn der Kranich will ungestört sein bei seinem Brutgeschäft. Er ist scheu und sehr empfindlich gegen jede Störung.

Kleiner und dünner werden die Trupps, je weiter sie fliegen und den angesteuerten Brutgebieten näher kommen. Schließlich sind es nur noch Paare, die dahinziehen – Kraniche leben in Dauerehe, wenn sie einmal gepaart sind. Sie sind Einzelbrüter.

Norwegen

Ein Seeadlerhorst mit Jungen

Nach den deprimierenden Feststellungen am sterbenden Bestand der Seeadler in der Bundesrepublik Deutschland* sah ich mich gezwungen, mich in einem anderen europäischen Land nach einem besetzten Seeadlerhorst umzusehen. Ich wollte diesen großen, leider schon so selten gewordenen Greifvogel in meinem Europafilm nicht missen. Die Deutsche Demokratische Republik, wo noch etliche Seeadler horsten, war mir leider auch für diesen Film verschlossen, ebenso die UdSSR. Zu Finnland hatte ich keine Kontakte, so wandte ich mich nach Norwegen.

Thor Larsen, mit dem ich während unserer gemeinsamen Arktisreise viel über Seeadler sprach, stellte bereitwillig die Verbindung mit norwegischen Ornithologen her. Dr. Einar Brun vom Museum in Tromsö und Harald Misund aus Bodö waren mit großem Verständnis sofort bereit, mir einen günstig gelegenen, von Seeadlern besetzten Horst zu zeigen. Natürlich durfte ich daran auch die erforderlichen Film- und Fotoaufnahmen herstellen. Um den Standort dieses Horstes nicht unnötigerweise publik zu machen, sei es mir nachgesehen, wenn ich keine genauen Ortsangaben mache. Nur so viel, daß der Horst auf einer der

* s. Seite 133

zahllosen kleinen Inseln lag, die schon nördlich des Polarkreises in langer Reihe der mittelnorwegischen Westküste vorgelagert sind. Alle diese Inseln tragen entweder gar keinen oder nur sehr spärlichen Bestand an Birken und Ebereschen. Andere Bäume gibt es auf ihnen kaum. Inmitten einer Gruppe krüppeliger Birken lag der Horst an der steilen Westseite einer Insel, etwa 60 bis 80 Meter über dem Meer.

Es war Anfang Juni 1971, als ich mit meinen beiden Freunden und Helfern, Michael und Hajo, dort eintraf. Harald Misund erwartete uns, er hatte schon alles bestens vorbereitet.

Gleich am nächsten Tag fuhren wir mit einem kleinen Fischerboot durch den Archipel. Fast auf jeder Insel stand ein Seeadler, 15 Stück hatten wir bald gezählt, bis zum Mittag waren es etwa 25 bis 28 Stück.

Wir tuckerten weiter zu einer größeren, steileren Insel und gingen dort an Land. Voller Erwartung stiegen wir Harald Misund nach über Moospolster, Flechten, Wollgras und Heidekraut, über griffige Granitfelsen und auf schmalen Bändern. Nach sehr zügigem Aufstieg wieder ein kurzer Abstieg, dann lag der Horst direkt unter uns auf 8 Meter Entfernung.

Zwei etwa fünf Wochen alte Jungadler drückten sich tief in die flache, doch sehr große Horstmulde. Sie waren noch ziemlich scheckig, das Deckgefieder begann soeben aus dem Flaum hervorzusprießen. Schwung- und Stoßfedern steckten noch in kurzen Kielen. Am meisten mit Flaum bedeckt waren die Köpfe, an denen schon ein erstaunlich großer Schnabel saß.

Wir hatten in der kleinen Inselwelt in wenigen Stunden mehr Seeadler gesehen, als die meisten anderen Länder insgesamt heute noch beherbergen.

Während der beiden folgenden Tage waren wir leider zu Untätigkeit verurteilt. Ein steifer Westwind strich über Land und See. Es war nicht ratsam, bei diesem Wetter mit einem kleinen Fischerboot zu unserer Insel zu fahren.

Zwei Tage lang saßen wir fest. Dann riskierten wir es, das Versteckzelt aufzubauen. Und es stand auch am darauffolgenden Tag noch fest, als ich mit Hajo die erste Sitzung vor dem Seeadlerhorst unternahm. Obgleich der Wind heftig an den Wänden rüttelte und das kleine Bauwerk bis in die Tiefen erschütterte, haben wir 9 Stunden darin ausgehalten. Das Resultat war mäßig. Einige Szenen der Jungadler und ein paar Flugbilder der Alten waren die ganze Ausbeute dieses Tages. Zum Horst selbst ist während unseres Wartens keiner der alten Seeadler gekommen.

Am nächsten Tag war alles schon besser: Das Wetter war teilweise sonnig, der Wind nur noch ein Hauch, die Seeadler-Jungen recht lebhaft. Um 13.15 Uhr erschien sogar einer der Eltern mit dem Schwanzende eines großen Fisches.

Putzen, Nesteln am Gefieder, Schreien, etwas Schlagen mit den Stummelflügeln, lebhaftes Umherschauen, Kröpfen, Schmelzen und selbst das Einschlafen der Jungadler konnten mit verschieden langen Objektiven festgehalten werden. Ein schöner Anflug eines alten Seeadlers mit Beute, kurzes Verweilen am Horst und der Abflug waren natürlich der Höhepunkt dieses ergiebigen Filmtages. Um 19.00 Uhr holte uns der Fischer wieder ab.

Der dritte Sitzungstag war keineswegs so einträglich. Mit Michael saß ich wieder acht Stunden. Doch nicht einmal erschien ein Altvogel. Das Verhalten der Jungen unterschied sich in nichts von dem am Vortag. Sie schienen satt zu sein und schliefen oft. Wahrscheinlich hatten die Eltern sie während unserer Abwesenheit schon mit Futter versorgt, denn 14 Stunden sind wir fern gewesen. Jetzt im Juni sind die Tage hier oben schon 24 Stunden hell! Vieles konnte in dieser Zeit vor sich gegangen sein.

Der vierte Tag schien zunächst ebenso ergebnislos zu werden. Doch gegen 17 Uhr begann plötzlich lebhafter Betrieb. Die Eltern kamen bei ihren Rundflügen näher und näher am Horst vorbei. Dann landeten sie zweimal hintereinander. Und jeder hatte etwas mitgebracht: der eine die hintere Partie eines Fisches mit großer Schwanzflosse, der andere einen ganzen Fisch. Alles ging ziemlich schnell, es war mir nicht möglich festzustellen, welcher von den Vögeln Weibchen oder Männchen war. Um 19 Uhr zog Michael ab. Ich hatte mich entschlossen, dieses Mal die ganze helle Nacht zu bleiben und am Horst zu wachen.

Gelber und gelber wurde die Sonne. Gegen 22 Uhr kroch sie hinter kleine Wolkenfetzen und um 23 Uhr wurde sie orangefarbig. Kein Lufthauch strich mehr am Steilhang entlang. Einige Mantelmöwen oder Silbermöwen schrien kurz auf, Eiderenten gurrten, dann war alles still. So still, daß ich die Fliegen ums Versteck habe summen hören. Seit 20 Uhr schon lagen die Adlerkinder tief in den Horst gedrückt und bewegten sich nicht. Sie schliefen fest. Nur manchmal piepsten sie wie im Traum: »bjäb, bjäb, bjäb«. –

Von den Adlereltern war kein Laut zu hören. Ich hätte sie filmen können, denn der Belichtungsmesser zeigte noch immer Lichtwert 10 und das hätte gerade noch genügt.

Um 22.30 Uhr tuckerte ein kleines Frachtschiff an der Insel vorbei. Es besteht ein ziemlich reger Verkehr von den Lofoten herüber zum Festland und zurück, auch während der taghellen Nachtstunden. Manchmal riefen Austernfischer schrill auf und dann wieder einige Möwen. Um 23.30 Uhr zündete ich mir eine Mitternachtspfeife an und schrieb ins Tagebuch, so hell schien noch das Licht durch den Spalt des Verstecks, den ich halb geöffnet hatte.

Ich zählte jetzt die Stunden ab 0.01 Uhr des kommenden Tages und zeichnete sie wie folgt auf:

»12. Juni 1971. Die Sonne, jetzt feuerrot glühend, hat ihren tiefsten Stand erreicht. Sie scheint mir hell aufs Papier, um dies alles in Ruhe niederschreiben zu können. Unter ihrer flachen Bahn liegen die letzten Inselberge wie Silhouetten im Meer. Dort, wo sie jetzt steht, ist der höchste Norden. Noch bescheint sie, ganz matt zwar, den Seeadlerhorst, in dem schon seit Stunden die Jungen schlafen, regelrecht schlafen. Sie haben tatsächlich eine Art Nachtruhe eingelegt wie alles andere Getier ringsum. Die Periode der Nacht hat sich auch hier ausgebreitet, obwohl es fast taghell ist. Kaum Möwenschreie, selbst diese geschwätzigsten aller Meeresvögel sind verstummt. Auch das alte Seeadlerpaar kreist nicht mehr. Irgendwo im Fels wird es ruhen, vielleicht sogar schlafen. Den Kopf ins Gefieder gesteckt, aber doch wachsam genug, um sofort wahrzunehmen, wenn irgendeine Gefahr am Horst bestünde. Aber was ist für junge, fast halberwachsene Seeadler hier noch Gefahr? Nichts außer Menschen, denen es einfallen könnte, sie aus dem Nest zu nehmen und irgendwohin für teures Geld zu verhökern. Liebhaber gäbe es genug, »Falknerei« ist zur großen Mode geworden in den mitteleuropäischen Industrieländern mit ihren wohlhabenden Einwohnern, die immer neue Attraktionen wünschen.

Mein Belichtungsmesser schlägt für Tageslicht jetzt nicht mehr aus. Ich werde 3 bis 4 Stunden warten müssen, bis er wieder Filmlicht anzeigt.

0.30 Uhr: Mir scheint, die Sonne ist schon wieder etwas höher geklettert auf ihrem unermüdlichen, ewigen Kreislauf, wie wir es immer wieder fälschlich deuten. Nicht sie dreht sich, sondern der Erdball, auf dem ich an irgendeinem Pünktchen an der mittelnorwegischen Küste sitze und schreibe und noch immer an der Mitternachtspfeife rauche. Und zu Hause liegen sie jetzt alle in dunkler Nacht in tiefem Schlaf.

1.00 Uhr: Stille ringsum. Nur der flaue NO-Wind flattert manchmal um die Wände meines Versteckzelts. Unter mir glucksen flache Wellen aufs Gestein. Die jungen Seeadler schlafen noch immer. Durch die Lupe der Kamera kann ich sie die ganze Zeit hindurch gut sehen. Aufnehmen könnte ich sie aber noch immer nicht. Wie schmutzigbraune Federbündel liegen sie da, ihr ruhiger Atem hebt und senkt sie ein bißchen. Wirk-

Fast alle Staaten, die alpine Gebiete besitzen, haben große Teile davon rechtzeitig unter Schutz gestellt. Der Schweizer Nationalpark ist das älteste Schutzgebiet in den Alpen.

Vorhergehende Seite:
Im alpinen Raum sind noch viele Landschaftstypen in ihrer Ursprünglichkeit bis heute erhalten geblieben. Für viele Menschen sind die Alpen zunehmend Erholungs- für mancherlei Tiere längst Rückzugsgebiet.

Die *Waldrapps* oder *Schopfibisse* brüteten vor Jahrhunderten in der Schweiz, in Österreich und wahrscheinlich auch in Deutschland. Heute sind sie in Europa gänzlich verschwunden, nur in Marokko und der Türkei gibt es diese Vögel noch. Grund ihres Verschwindens in Europa war sehr wahrscheinlich übermäßige Bejagung, denn junge Schopfibisse galten früher als sehr begehrte Delikatesse.

Landschaft, Tier und Pflanze werden in den alpinen Nationalparks gleichermaßen behütet und geschützt. In ihnen soll sich die Natur frei entfalten können und für alle Zeiten unangetastet bleiben.

Das Königssee-Schutzgebiet ist eines der ältesten Naturreservate Deutschlands. Um es aber für immer vor dem stärker werdenden Ansturm der Zivilisation und ihrer Folgen zu bewahren, sollte es schnellstens zum Vollnaturschutzgebiet erhoben werden.

Der grandiose Gran-Paradiso-Nationalpark in den italienischen Alpen beherbergt den größten Wildtierbestand. Außer Gams, Murmeltier und Steinadler leben dort wieder einige Tausend Stück *Steinwild*, das man noch rechtzeitig vor dem Aussterben bewahrt hat.

Ein alter *Steinbock* während der Brunft. Oft gibt es Rivalenkämpfe unter ihnen. Nur die stärksten und lebensfähigsten Stücke vermögen sich in dieser harten Urnatur durchzusetzen und zu vererben.

Der *Steinadler* ist noch überall in den Alpen als Stand- und Brutvogel anzutreffen. Als einzige der europäischen Adlerarten hat er sich ganz in die alpine Region zurückgezogen. Leider wird ihm in manchen Gebieten noch immer nachgestellt, nur in der Bundesrepublik genießt er ganzjährigen Schutz.

Inselartig nur ist das Vorkommen des *Mornellregenpfeifers (oben)* in den Alpen. Sein Hauptbrutgebiet liegt normalerweise im hohen Norden Europas, in den Tundren Skandinaviens.
Das Nest des *Mornellregenpfeifers* mit frisch geschlüpften Jungen *(links)*.

Unter den vielerlei Greifvögeln Europas sind auch die Weihen überall schon sehr selten geworden. Ein Weibchen der *Wiesenweihe* am Nest.

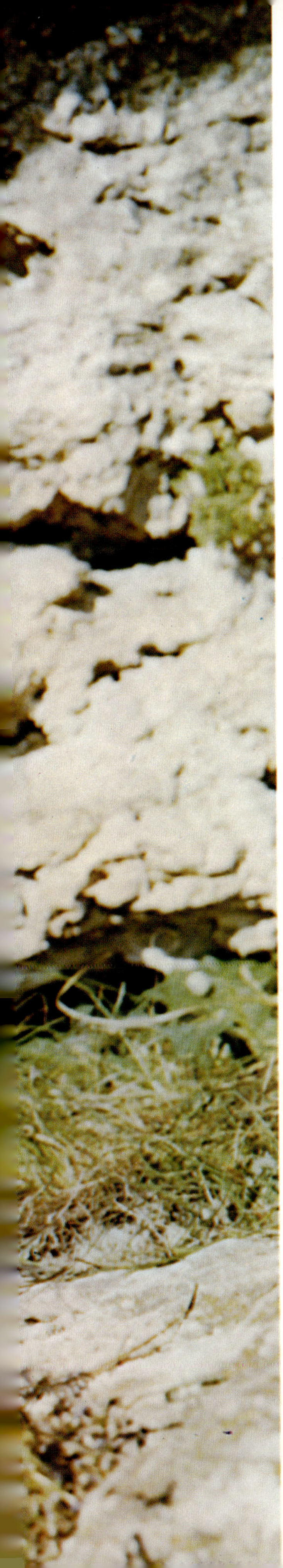

Der *Uhu* (links) mußte wie der *Wanderfalke* (oben) in Deutschland unter völligen Schutz gestellt werden, will man sie beide nicht für immer verlieren. Während der Bestand der Großeule dank besonderer Maßnahmen jetzt als gesichert gelten kann, ist der Wanderfalk noch immer in höchster Gefahr auszusterben.

Der erste deutsche Nationalpark wurde nach langem Hin und Her 1970 im Bayrischen Wald gegründet. In ihm soll die Natur sich wieder ungehindert entfalten können. Auch Tiere, die früher dort einmal heimisch waren, sollen wieder eine Zuflucht finden: Bär, Luchs, Biber, Wildkatze, Wisent, Elch u. a. Doch es wird noch lange dauern, bis auch dieser deutsche Nationalpark sich mit denen anderer Länder messen kann.

Ein vom *Biber* bearbeiteter Weidenstamm in einem der Schutzgebiete.

Biber, die früher in Europa überall heimisch waren, wurden an vielen Orten völlig ausgerottet. In der BRD und in anderen europäischen Ländern wurden an verschiedenen geeigneten Stellen Wiedereinbürgerungsversuche unternommen. Der Erfolg ist vielversprechend.

Der *Fischotter* kommt in der Bundesrepublik nur noch im Norden und Süden vereinzelt vor. Die Beliebtheit seines Pelzes hat ihn an den Rand des Aussterbens gebracht. Hinzu kommt, daß er gerne Fische mag und als »Schädling« gejagt wurde.

Nur den Bemühungen von Ornithologen und Naturschützern ist es zu verdanken, daß in Deutschland noch *Schwarzstörche* horsten. Die Erschließung und Wegnahme ihrer Lebensräume bringen sie wie ihre weißen Vettern immer mehr in Gefahr, aus unseren Regionen zu verschwinden. Vier fast erwachsene Jungstörche im Horst erwarten die übliche Atzung durch die Alten.

Aus einem der beiden Eier – mehr legt ein Kranichweibchen nicht – ist soeben ein Junges geschlüpft. Als Nestflüchte wird es bald die kleine Brutinsel unter der Führung eines Altvogels verlassen.

In einem alten, für die Nutzung aufgegebenen Torfstich in Niedersachsen brütete 1970 eines der letzten *Kranichpaare* in der Bundesrepublik.

Der farbenprächtige *Eisvogel* wird an unseren Gewässern immer seltener. Als »Fischräuber« wird er rücksichtslos verfolgt. Hunderttausendmal mehr Fische, als alle Eisvögel, Graureiher, Taucher und Otter zusammen verzehren, gehen durch Vergiftung der Bäche, Flüsse und Seen zugrunde.

Nur noch 3–4 *Seeadlerpaare* brüten in der BRD. Doch nur ein Jungvogel aus den 6–8 Eiern aller Paare zusammen ist lebensfähig, die anderen sterben – oft schon im Ei – infolge von Giftstoffen (DDT) ab, oder sie werden von Eierdieben geraubt. Die wenigen Horste werden deshalb während der Brutzeit Tag und Nacht bewacht. Die Giftstoffe aber bleiben – wie lange noch?

Die deutsche Nordseeküste beherbergt noch immer ein vielartiges, beglückendes Vogelleben. Eines der ältesten und bekanntesten Vogelschutzgebiete an der Wasserkante ist die Hallig Norderoog, seit Jahrzehnten unter großen Opfern betreut und beschirmt vom Verein Jordsand in Hamburg. *Brandseeschwalben* nisten hier in großer Zahl *(oben und ganz links)*.
An anderen Orten zeigen *Kampfläufer* noch alljährlich ihre arteigenen Balzspiele *(Mitte)*.

Neuerdings starben viele Seehunde an den Nordseeküsten an Quecksilbervergiftung. Trotzdem dürfen sie noch immer bejagt werden *(rechts)*.

Das Gebiet um den Neusiedlersee ist das bedeutendste und bekannteste Naturschutzgebiet Österreichs.

Auf den Streuwiesen entlang der ungarischen Grenze balzt noch der *Trapphahn* beim Schein der aufgehenden Sonne. Er ist der schwerste flugfähige Vogel mit einem Gewicht bis zu 14 Kilogramm.

In den ausgedehnten Rohrwäldern rund um den See brüten die seltenen *Silberreiher*. Es ist der einzige Brutplatz dieser wunderschönen Großvögel in ganz Westeuropa.

Auch *Löffler* gründen jedes Jahr Brutkolonien innerhalb der kaum zugänglichen Wildnis von Rohr und Schilf *(rechts)*.

Der *Triel* oder Dickfuß, ein Regenpfeifervogel, hat im Neusiedlersee-Gebiet ein letztes Refugium im westlichen Europa. Doch nur noch wenige Paare stark ist sein Bestand – ein mehr und mehr verschwindender Vogel.

Die Salzlagunen in der Camargue im Süden von Frankreich ziehen noch immer die exotischen *Flamingos* an. Oft verweilen sie nur als Gäste dort, ohne zu brüten. In den Salzseen finden die seltsamen Vögel die ihnen zusagende Nahrung: vielerlei mikroskopisch kleine Diatomeen, blaugrüne Algen und kleine Wassertierchen.

Nur in manchen Jahren brüten die *Flamingos* in der Camargue, wenn vielerlei für sie günstige Faktoren zusammentreffen. Einige Tausend Brutpaare können dann in verschiedenen Kolonien vereinigt sein. Ein tropisches Vogelleben am Rande unseres bedrohten Kontinents!
Im Vordergrund *Lachmöwen* und *Brandseeschwalben,* die in den gleichen Kolonien brüten.

Auch die farbenprächtigen *Bienenfresser* sind Brutvögel in der Camargue *(rechts)*.

In der Nähe von Nancy bemüht sich Prof. B. Condé, Zoologe an der dortigen Universität, um die Erhaltung und Vermehrung der *Wildkatze*. Früher kam diese Katze überall in Europa vor, heute ist sie schon sehr selten geworden.

Noch seltener als die Wildkatze ist die *Ginsterkatze* oder Genett. Sie ist die einzige Schleichkatzenart in Europa und lebt nur noch vereinzelt in Südfrankreich. Als vorwiegend nachtlebendes Tier bekommt man sie nur selten zu Gesicht.

Der spanische *Kaiseradler* brütet ebenfalls noch in der Coto Doñana. Sein Bestand ist aber in stetem Rückgang begriffen. Nur noch 7 Stück wurden im Jahr 1970 gezählt, vor Jahren waren es noch viel mehr.

VORHERGEHENDE DOPPELSEITE:
Das Vogelschutzgebiet in der Coto Doñana im Süden von Spanien ist Treffpunkt nahezu der Hälfte aller in Europa vorkommenden Vogelarten. Während der Brutzeit sind die alten Korkeichen dicht bedeckt von *Reihern*, *Löfflern* und *Störchen*. Der WWF hat dieses einmalige Vogelparadies durch Ankauf in letzter Minute gerettet.

Auf dem Felsen von Gibraltar leben die einzigen Affen in Europa: *Magots* oder Berberaffen. Als »Untertanen« der englischen Krone genießen sie dort absoluten Schutz.

Von dem guten Dutzend Naturschutzreservaten Jugoslawiens ist der Nationalpark von Plitvice mit seinen nahezu 200 qkm zwar nicht der größte, wohl aber der schönste und am meisten besuchte. Eine Vielzahl von Seen sind in die Karstlandschaft eingebettet, die meisten sind untereinander durch prachtvolle Wasserfälle verbunden und geben dieser Naturlandschaft ihr ganz besonderes Gepräge. *Wasseramsel*, *Eisvogel*, *Fischotter* und eine Unzahl von Fischen sind hier zu Hause. In den felsigen Karstwänden nisten *Felsentaube*, *Wanderfalk* und *Uhu*.

In den tiefen Urwäldern aus Buchen, Tannen, Fichten und vielen anderen Baumarten führen noch *Braunbären* und *Luchse* ein ungestörtes Dasein, denn Jagd- und Forstwirtschaft sind nicht erlaubt. Ein Stab von Wildhütern und Naturschutzbeamten sorgen für absoluten Schutz und Ruhe.

Neben der Ursprünglichkeit der Landschaft gelten die Schutzmaßnahmen vor allem der Erhaltung der reinblütigen *Wildziegen, (Bezoarziegen)* die hier in Europa eine letzte Zuflucht gefunden haben.

Auf der Insel Kreta ist in jüngster Zeit ein schon länger bestehendes Naturreservat mit Hilfe des WWF weiter ausgebaut und gesichert worden.

Im ausgedehnten Donaudelta in Rumänien sind noch Reste einer im übrigen Europa bereits vielerorts verschwundenen Vogelwelt bis heute erhalten geblieben. Hier findet man noch Brutkolonien der braunen *Sichler (links)* und der *Pelikane (unten)*.

Krauskopf- und *Rosapelikane* nisten auf schwimmenden Inseln aus Schilf und Rohr. Doch gemessen an früheren Beständen, die noch nach Millionen zählten, sind es heute nur kleine Reste. Als fischfressende Vögel sind sie Nahrungskonkurrenten des Menschen und werden deshalb ständig verfolgt. Auch fortschreitende wirtschaftliche Nutzung der riesigen Schilfwälder zur Zellulosegewinnung sowie Rückgang des Fischreichtums durch Verschmutzung des Wassers der Donau gefährden die Vogelbestände.

Der Nationalpark von Bialowieza in Polen ist einer der ältesten in Europa. Im Osten grenzt er an die Sowjetunion, dort herrschen die gleichen strengen Naturschutzgesetze wie in Polen.

In Bialowieza leben die letzten reinblütigen *Wisente*. Ein Teil von ihnen steht in großen weiträumigen Gehegen, einige Herden bewegen sich aber auch frei in dem geräumigen Forst.

Außer Wisenten leben auch *Elche* im Bialowieza-Nationalpark. Hirsche, Wildschweine, Luchse und manchmal auch Braunbären sind ebenfalls Standwild.

Unweit von Amsterdam liegt das Naturschutzgebiet »Naardermeer«, das älteste Vogelschutzgebiet Hollands. Seit Jahrzehnten ist dort eine Brutkolonie von *Kormoranen* beheimatet.

Auf der Insel Texel nisten *Löffler* – wie am Neusiedler See und in Südspanien *(rechts unten)*.

Vor der Nordostküste Englands liegen die Farne-Inseln, ein Meeresvogel-Paradies von vielfältigem Reiz. Besonders während der Brutzeit herrscht dort tausendfältiges Leben.

Auch *Kegelrobben* benützen die Farne-Inseln als Aufenthalt. Hier können sie ihre schneeweißen Jungen ungestört zur Welt bringen und aufziehen.

Auf frei stehenden Felskegeln, den »Pinnacles«, brüten *Lummen* zu Hunderten dicht nebeneinander. Keine Handbreit der Felsfläche ist mehr frei *(links)*.

Andere Felsklippen sind von den possierlichen *Papageitauchern* bevölkert. Der große, breite Schnabel hat diesen nordischen Meeresvögeln den fremdartigen Namen gegeben *(rechts)*.

Auf den grasbewachsenen Flächen der Farne-Inseln nisten *Eiderenten* in großer Zahl. Ihre Nester sind mit den kostbaren Eiderdaunen behaglich und warm ausgestattet.

Die große Zutraulichkeit aller Brutvögel auf den Farne-Inseln verrät, daß die Tiere in keiner Weise von Menschen gestört werden.

Auf den steilen Felsen nisten mit etwa 6 Tausend Paaren dicht nebeneinander gedrängt die *Basstölpel.* Der Felsen hat ihnen den Namen gegeben. Basstölpel sind fast so groß wie Gänse und ausgezeichnete und ausdauernde Flieger.

Steil und fast unnahbar ragt der »Bass Rock« vor der Küste von Edinburgh aus dem Meer.

Alke bevorzugen zum Nisten steile, unzugängliche Felsklippen.

Folgende Doppelseite:
Auf der Lofoteninsel Röst (Norwegen) nisten alljährlich Hunderttausende von Seevögeln. An vielen Stellen sind die Felsbänder und -nischen von brütenden Vögeln bis auf den letzten Platz besetzt.

Am Hornbergsee in Mittelschweden versammeln sich alljährlich Tausende von *Kranichen*. Nach der langen Reise aus dem Süden halten sie hier kurze Rast, ehe sie weiterziehen in die nordischen Brutgebiete.

Die Mehrzahl der Brutvögel auf Röst bilden die zierlichen *Dreizehenmöwen*, äußerst anspruchslose Vögel. Ein nur handbreiter Felsvorsprung genügt ihnen als Brutplatz und zur Aufzucht ihrer 2–3 Jungen.

Zwei halberwachsene *Seeadler* im Horst. Ihre Nahrung besteht aus Fischen, die die Eltern abwechselnd herbeischaffen müssen, bis die Jungen flügge sind.

Die zahlreichen Inseln vor der mittelnorwegischen Küste bieten vielen *Seeadlern* willkommene Brutmöglichkeiten. Hier sind diese Großgreife erfreulicherweise noch zahlreicher als in Mitteleuropa. Auch sind hier die Gewässer und die darin lebenden Beutetiere – Fische und Wasservögel – noch nicht so stark durch Giftstoffe verseucht.

Schnee-Eule mit fast erwachsenen Jungen am Horst. Wenn die Lemminge – die Hauptnahrung dieser Großeulen – häufig sind, können Schnee-Eulen mehrere Junge großziehen. In allen Gebieten rings um den Nordpol kommt dieser »Uhu der Arktis« noch vor.

Der einzige kleine zusammenhängende Birkenwald auf Island ist zum Naturschutzgebiet erklärt.

Island, die einsame Insel im Nordmeer, wird mit Recht die »Vogelbrutstätte Europas« genannt.

Auf Island brüten die *Eiderenten* in regelrechten Kolonien, während sie anderswo, wie alle Enten, Einzelbrüter sind. Solche Eider-Kolonien liefern ihren Besitzern alljährlich viele kostbare Eiderdaunen, nachdem die Jungen das Nest verlassen haben *(links)*.

Die *Harlekinenten* sind nordamerikanische Gäste. Als einziger Brutplatz in Europa scheint ihnen Island ganz besonders zuzusagen, denn sie sind sehr häufig auf der nordischen Insel *(rechts)*.

Auch der *Eistaucher* kam aus Nordamerika herüber, um auf Island zu brüten. Als Fischfresser wird er aber so stark verfolgt, daß nur noch wenige Paare vorhanden sind. *(links)*.

Der *Skua*, der *Großen Raubmöwe*, sagt Island als Brutplatz ebenfalls zu. Es ist die gleiche Art, die auch in der Antarktis (!) brütet *(unten)*.

Der *Gerfalke* ist auf Island sehr selten geworden. Eiersammler und Falkenliebhaber, die die Gelege ausrauben und die Jungvögel aushorsten, bedrohen ihn immer mehr. Es fehlt leider am nötigen Schutz dieses nordischen Greifvogels.

Die *Weißwangengans* nistet häufig in steilen Felsklippen.

Eine *Schmarotzer-Raubmöwe* attackiert mich unaufhörlich, während ich ihr Nest aufnehme.

Die *Elfenbeinmöwe* protestiert laut, als wir in die Nähe ihres Geleges kommen.

Die *Königseiderente (rechts)*. brütet auf Spitzbergen. Die Erpel im Prachtkleid sind die wohl schönsten Schwimmvögel Europas.

Die *Moschusochsen* oder *Polarrinder* sind eine uralte Wildrinder-Art. Sie wurden in unserer Zeit wieder auf Spitzbergen angesiedelt, nachdem sie dort lange Zeit verschwunden waren. Zur Abwehr von Feinden »igeln« sie sich zusammen und bilden eine drohende Phalanx.

Das *Spitzbergenrentier*, ist eine eigene Rasse. Es ist niedriger und gedrungener als andere Rentiere. Das Rentier ist die einzige Hirschart, bei der auch die Kuh ein Geweih trägt.

Das atlantische *Walroß* ist in norwegischen Gewässern so stark verfolgt worden, daß es dort fast ganz verschwunden ist. Während wochenlanger Kreuzfahrten haben wir nur dieses einzige Stück zu Gesicht bekommen.

Selbst im ewigen Eis der Arktis herrscht vielfältiges Leben. Aber auch dort haben profitgierige Menschen schon große Lücken geschlagen. Vor Fallenstellern, Pelzhändlern, Robbenschlägern und schießfreudigen Jägern ist nichts mehr sicher.

Etwas häufiger noch sind *Bartrobben*, *Sattelrobben* und *Ringelrobben*. Doch nachdem das seltene Walroß nicht mehr genügend Profit liefert, rückt man jetzt den kleineren Robbenarten zu Leibe. Wenn man sie nicht alsbald unter Schutz stellt, werden auch sie für immer verschwinden.

Auch das größte Tier der Arktis, der *Eis- oder Polarbär,* ist heute nirgends mehr sicher. Eisgängige Schiffe und Hubschrauber bringen jeden Sommer viele Jäger in die arktischen Gewässer. Für viel Geld kann jeder von ihnen den weißen Bären töten. Aber noch viel mehr Eisbären werden von überwinternden Fallenstellern in Selbstschußfallen erledigt, Männchen, Weibchen und Jungtiere. Eine Eisbärdecke bringt noch immer viel Geld.

Um den verbliebenen Bestand an *Eisbären* zu zählen, rüstet der WWF Expeditionen aus, die die Bären mit Narkosegeschossen vorübergehend bewegungsunfähig machen, untersuchen und markieren. Auf Grund dieser Bestandsaufnahme sollen entsprechende Schutzbestimmungen für diese bedrohte Großwildart erlassen werden.
Ein markierter Bär wird wieder freigelassen.

FOLGENDE SEITEN:
Aber noch immer ziehen Großwildjäger mit Hundeschlitten durch die weiße Wildnis auf steter Suche nach *Eisbären* und *Robben*. Von der Jagd auf sie versprechen sie sich nicht nur Freude und Abenteuer, sondern auch Geld.

Solange dieses traurige »Waidwerk« nicht endlich untersagt ist, wird nicht nur unser Kontinent, sondern die gesamte Welt mehr und mehr veröden. Auch die letzten hier aufgezeigten Tierparadiese Europas werden dann mit allem, was sie heute noch beherbergen, in Bälde ausgeplündert und verschwunden sein.

liche Nachtruhe beim Schein der Mitternachtssonne. Ich habe eine günstige Nacht gewählt, eine fast laue Nacht über dem Polarkreis. Kein Schimmer von frieren, wohlige Temperatur um mich im Versteck.

Jetzt schieben sich höhere Berge vor die Sonne. Sie verdunkeln etwas die Sicht auf die Horstwand. Die Adlerjungen kann ich aber immer noch sehen. Ich kann auch noch weiterschreiben.

2.00 Uhr: Die Berge sind noch immer vor der Sonne. Es tut sich nichts ringsum.

3.00 Uhr: Zwischen einem dreieckigen Einschnitt in den Bergen ist für eine halbe Stunde die Sonne zu sehen. Sie ist schon wieder glitzernder, gelber. Die Jungadler piepsen manchmal, stehen kurz auf, kratzen sich, schmelzen und fallen gleich wieder zum Schlafen nieder.

4.00 Uhr: Mir wird jetzt plötzlich kühl. Die Sonne ist wieder verschwunden. Noch höhere Berge verdecken sie. Leider kommt eine ziemlich massive Wolkendecke von Osten über das Gebirge herauf. Sie wird die Sonne auch dann nicht durchlassen, wenn die Berge sie nicht mehr verdecken. Große Möwen rufen vereinzelt. Doch die Natur liegt noch immer im Schlaf.

5.00 Uhr: Jetzt würde die Sonne schon ziemlich hoch im Osten stehen, wenn die Wolken nicht wären. Manchmal schimmert sie für Sekunden durch. Der Belichtungsmesser zeigt bereits wieder Lichtwert 11: Filmlicht.

Die jungen Adler kröpfen etwas von dem Fischende von gestern abend. Ihr Hunger ist jedoch nicht allzu groß oder der Fisch schmeckt ihnen nicht. Jedenfalls lassen sie bald wieder davon ab. Leider zu früh, denn ich bin mit dem Anbau des großen Objektivs noch nicht fertig. Erst später gelingen dann schöne Großaufnahmen von ihnen.

6.00 Uhr: Es ist schon normal hell, obwohl die Sonne hinter der Horstwand steht und diese im Schatten liegt. Belichtungsmesser Lichtwert 11½ bis 12. Gleich nach 6.00 Uhr kommen beide Alten herangeflogen, einer davon mit Beute. Kurz vor dem Horst kurvt er aber wieder ab. Zwei Minuten später kommt er noch einmal, wirft die Beute – wieder einen Fisch – schnell nieder und streicht ab. Anscheinend bleiben sie nicht mehr am Horst, zerteilen die Beute nicht mehr. Die Jungen sind wohl schon zu groß. Beim Steinadler beobachtete und filmte ich ähnliches. – Das kleinere der zwei Adlerkinder nimmt den Fisch sofort in Beschlag und kröpft mindestens 25 Minuten lang ausgiebig davon. Dann erst kommt das Geschwister zum Zug, das die ganze Zeit ergeben wartend beiseite stand und zuschauen mußte. Es nimmt den Rest und schlingt ihn kurzerhand hinunter. Das nächstemal wird es der erste sein, denn der hungrigste drängt sich stets nach vorne.

7.00 Uhr: Die Jungadler schlafen und dösen nach dem ausgiebigen Frühstück. Manchmal streicht ein Alter vorbei, er hat aber keine Beute in den Fängen. Nebelkrähen und große Möwen stoßen hassend auf ihn herunter. Mit ihrem erregten Geschrei verraten sie immer, wenn ein Seeadler in der Luft ist. Dann schreien meist auch die Jungen. Viele andere Vogelstimmen sind von weither zu hören, es ist fast windstill.

8.00 Uhr: Der Himmel ist bedeckt, die Fernsicht etwas dunstig. Im Horst sind die Jungen sehr mobil. Dreimal streicht ein Adler durchs Blickfeld. Dann landet er am Horst, wirft wieder einen Fisch her, dieses Mal ganz außen auf den Horstrand. Er verweilt etwa eine Minute lang, dann streicht er wieder ab. Es ist ein tellergroßer, ziemlich heller Fisch, vielleicht eine Flunder? Ich kenne Fische nicht genau. Nun hat auch der andere Jungvogel zu kröpfen. Er zieht die Beute in den Horst herein und macht sich darüber. Er muß sich noch sehr anstrengen, größere Brocken abzureißen. Ich hoffe deshalb im stillen noch immer, einer der Eltern würde die Beute zerkleinern. Aber nichts derartiges geschieht während der ganzen Tage, die wir warten. Die Jungen müssen sich schon selbst helfen.

Um 8.10 Uhr kommen Michael und Köre

Pedersen, der Fischer. Sie bringen das Tonbandgerät mit. Da aber kein Band dabei ist, müssen sie nochmals zurückfahren. Das dauert $2^1/_2$ Stunden, während denen ich weiter am Horst passe. Nicht umsonst.

Um 10.15 Uhr und 10.25 Uhr kommen nochmals die Alten, ob ♀ oder ♂ kann ich wieder nicht mit Sicherheit sagen. Die Eltern gleichen sich zu sehr, unterscheiden sich nur wenig an Größe. Das erstemal habe ich gar nicht filmen können. Das zweitemal blieb der Alte länger am Horst stehen. Er hat einen dunklen, kugeligen Fisch mitgebracht, den das größere Junge sofort ganz allein mit Beschlag belegt und fast restlos verzehrt. Dann ist Ruhe.

Als Michael und Köre um 11.00 Uhr wieder da sind, ist zuviel Störung in der Luft. Wir bauen deshalb ab und transportieren alle Apparate, auch das Versteckzelt zum wartenden Boot hinunter.

Ein sehr erfolgreicher, 24 Stunden langer, heller Tag war vergangen, die Aufnahmen am norwegischen Seeadlerhorst reichten aus.

Auf der anderen Insel, auf der am ersten Tag acht Seeadler auf alten Birken standen und Hajo ein weiteres Versteck aus Birkenreisern errichtet hatte, konnten wir keine Aufnahmen mehr machen. Eine längere Schlechtwetterlage war gemeldet. Sie hatte ihre Vorboten schon am Abend langsam von SW herangeschoben.

Island

Eistaucher, Harlekinenten und Gerfalke

Als »Nordeuropäische Vogelbrutstätte« bezeichnen Vogelfreunde das nordische Inselreich Island. Etwa 230 verschiedene Arten wurden bis jetzt dort beobachtet, 75 davon nisten alljährlich auf Island. Einigen dieser nordischen Vögel zuliebe bin ich mit Herrn Müller-Scheessel und meinem jungen Freund Peter Höser nach »Eisland« gereist, denn es ist Eile geboten, will man sie noch filmen. Der Mensch greift auch dort schon überall nach der Natur. Freilich gibt es weite Landstriche, in denen er bisher nicht Fuß gefaßt hat. Aber nur deshalb nicht, weil sie für ihn zunächst nutzlos und demzufolge gänzlich uninteressant sind.

Doch überall dort, wo Bauern, Viehzüchter, Jäger, Fischer, Techniker, Kaufleute, Gastwirte und andere Gewerbetreibende aus der Natur irgendeinen Profit ziehen können, haben die Menschen der Landschaft ihren Stempel aufgedrückt und ihre Spuren weithin sichtbar hinterlassen. Sie bemühen sich gar nicht, diese zu verdecken oder gar zu beseitigen.

Die ersten Tage unserer Reise durch Island gab es wenig, was uns als Tierfilmer interessierte. Dann lief uns im Süden ein alter Bekannter beinahe über die Füße: der Austernfischer. Seine Eier liegen auf dem bloßen Kies des Bachbettes in einer unscheinbaren Mulde. Wie Kiesel selbst sehen sie aus – so sind sie am besten geschützt. Das müssen sie sein, denn die Skua, die große Raubmöwe, benützt jede Gelegenheit, Eier und Jungtiere aller hier brütenden Vögel zu stehlen. Es ist dieselbe Vogelart, wie sie auch in der tiefsten Antarktis brütet. Aber zwischen dort und Island fand sie eines Tages auf ihrer Wanderschaft über den ganzen Erdball hinweg außer den Orkney- und Shetlandinseln keinen anderen geeigneten Brutplatz. Ein sehr wählerischer Vogel.

Mit unserem geländegängigen Auto sind wir überall hingekommen, auch abseits der vielbefahrenen Touristenstraßen. Über 4000 Kilometer haben wir mit ihm zurückgelegt, querfeldein, über Berge und Täler ebenso wie durch viele Flüsse. Für unser Fahrzeug waren das keine unüberwindlichen Hindernisse.

Frei lebende Säugetiere gibt es auf Island wenig. Es leben noch einige Polarfüchse, die aber bald vollends ausgerottet sein werden. Man will sie nicht haben, weil sie ab und zu ein Schaflamm töten. Es gibt vereinzelte Rentiere, die vor langer

Zeit eingeführt wurden, auch Ratten und Mäuse, die sich unfreiwillig einfanden. Ponys, Kühe und Schafe sind die Haustiere der isländischen Bauern. Man sieht sie überall, bis hinauf in die Berge. Als Reit- und Tragtiere finden die kleinen Pferde heute im Zeitalter des Autos auch auf Island kaum mehr Verwendung. Aber als Schlachttiere haben sie ebenso großen Wert wie in alten Zeiten. Ponyfleisch bekommt man überall zu essen, es wird in den besten Gasthäusern angeboten.

An einem der vielen Fjorde, die Islands Küsten so unvorstellbar zerklüften, fanden wir eine gut besetzte Eiderenten-Kolonie mit einigen hundert Brutpaaren. Solche Eiderenten-Kolonien werden von den Isländern streng geschützt. Jeder Bauer, der auf seinem Grund und Wasser eine solche sein eigen nennen kann, ist stolz auf sie und nützt sie auf seine Weise aus.

Es ist ein ganz absonderliches Verhalten, daß hier die Erpel im Prachtkleid neben den brütenden Weibchen wochenlang Wache halten, bis die Brutzeit zu Ende ist. Sind die Jungen geschlüpft, beginnt der Bauer mit seiner Ernte. Er nimmt die kostbaren Eiderdaunen aus den leeren Nestern, reinigt sie und verkauft sie für gutes Geld. Ein Kilo Eiderdaunen bringt ihm etwa 150 bis 200 Mark ein, und oft gibt eine große Kolonie zehn und fünfzehn Kilogramm Daunen ab.

Die Vögel selbst rührt kein Isländer an, sie sind für ihn tabu. Eine schon Jahrhunderte alte Urkunde über ein Abkommen zwischen zwei benachbarten Bauern, eine Eiderenten-Kolonie gemeinsam zu pflegen und zu schützen, ist wahrscheinlich das älteste Dokument über »Vogelschutz«. Natürlich waren auch damals schon wie heute noch rein kommerzielle Gesichtspunkte ausschlaggebend. An Vogelschutz im Sinne des Wortes war wohl nicht gedacht.

Das reichste Vogelleben auf Island konzentriert sich an Wasserläufen, Seen und Tümpeln, die überall auf der Insel zu finden sind. In reißenden und sprudelnden Wassern halten sich gerne die Harlekinenten auf. Diese wunderschön gefärbten Wildenten lieben solch wilde Gewässer, in denen sie nach Nahrung tauchen. Die Harlekinente – man nennt sie auch Kragenente – ist wie die ebenfalls vorkommende Spatelente nordamerikanischer Herkunft. Das isländische Klima muß ihr anscheinend sehr zusagen, denn sie ist häufig auf Island und erfreulicherweise ist sie nicht scheu.

Auf Island gibt es fast keine Bäume, also auch kaum Wald. Nur an einigen wenigen Stellen findet man lichte Birkenwäldchen, eines davon ist zum Schutzgebiet erklärt. Doch auch die baumlose Landschaft hat ihren besonderen Reiz. Auf weite Strecken türmt sich Lava in grotesken Formen auf. Dahinter die hohen Kulissen längst erloschener oder noch tätiger Vulkane – charakteristisch in ihrer Tafelberg-Formation. Vulkanische Tätigkeit findet man auf Island an vielen Stellen. Heiße Dämpfe zischen aus dem Boden, fauchen ans Tageslicht. Aus steinigen Töpfen sprudeln heiße Quellen. Noch immer springen einige Geysire explosionsgleich in die Höhe, wenn auch der größte davon seit Jahren seine attraktive Tätigkeit eingestellt hat. 90 Grad heiß ist das Wasser, das der Erde entspringt. Die Isländer fassen es vielerorts in kilometerlange Rohrleitungen, heizen ihre Wohnungen damit und Treibhäuser, in denen sie Gemüse, Obst und Blumen ziehen.

Im Norden Islands liegt der große Myvatn- oder Mückensee, ebenfalls vulkanischen Ursprungs. An ihm kann man viele Vögel beobachten, Durchzügler und Brutvögel. Singschwäne nisten hier, Ohrentaucher, Odinshühnchen, Regenbrachvögel, Alpenstrandläufer, vielerlei Enten und andere, die wir an ihren Nestern oder bei der Nahrungssuche gefilmt haben.

Am Mückensee fanden wir nach sehr langem Suchen auch den großen Eistaucher. Er ist wie Spatel- und Harlekinente aus Amerika herübergekommen und hat Island als einzigen Brutplatz in Europa auserwählt. Leider wird diesem Vogel sehr nachgestellt. Wo er sich an einem mit Fischen besetzten Wasser zeigt, wird er kurzerhand abgeschossen. Am Vogelparadies Myvatnsee lebte 1968 nur noch ein einziges Paar!

Auf einer kleinen Insel hatte es sein Nest errichtet. Die beiden Vögel waren so scheu, daß sie schon bei einer Annäherung auf 200 Meter vom Nest flüchteten. Nur ständig verfolgte und bedrohte Tiere verhalten sich so furchtsam dem Menschen gegenüber. Es war auch für mein längstes Fernobjekt noch ziemlich weit, die Eistaucher vom Ufer aus aufzunehmen. Schon die geringste Ursache verscheuchte den brütenden Vogel vom Nest. Ein weit davon entfernt gehender Mensch, ein anhaltendes Auto oder ein vorbeifahrendes Fischerboot ließen ihn kopfüber ins Wasser stürzen. Es dauerte jedesmal eine Stunde oder noch länger, bis er wieder zurückkam und das unterbrochene Brutgeschäft fortsetzte.

Ein ausgesprochener Tundrabrüter, ein echter Charaktervogel Islands, ist der Goldregenpfeifer, der eines Tages wie ein mechanisches Kinderspielzeug umher rannte und immer wieder ruckartig stehenblieb. Natürlich hatte er sein Nest in der Nähe und als wir den kleinen Läufer eine Zeitlang nicht aus den Augen ließen, verriet er es von selbst, weil er sich nach kurzer Zeit wieder darauf niederließ. Vier birnenförmige, gesprenkelte Eier lagen in der flachen Mulde, alle mit den spitzen Polen nach innen. So kann sie der brütende Vogel alle am besten gleichmäßig erwärmen.

Wenn wir in der Nähe des Nestes stehenblieben, führte er ein merkwürdiges Verhalten vor. Ein Verhalten, das die Aufmerksamkeit des Störenfriedes auf ihn lenken sollte. Er markierte Flugunfähigkeit, indem er sich flügellahm stellt. Man sollte glauben, daß er nicht fliegen könne und es ein leichtes sei, ihn zu greifen. Durch dieses Verhalten lockt er die Eindringlinge immer weiter aus dem Nistbereich fort. Weit genug vom Nest entfernt, fliegt er dann plötzlich ab und der Verfolger hat das Nachsehen. Er wird dann auch das Nest nicht mehr finden. Ein raffiniertes Ablenkungsmanöver, das häufig auch verfängt. Alle Regenpfeifer wenden es an, manchmal noch andere Bodenbrüter. Wir nennen es »Verleiten«.

An den steilen Felsen einer tiefen Schlucht fanden wir ganz am Ende unserer Reise schließlich doch noch den Vogel, dem zuliebe ich eigentlich nach Island gefahren war: Den Ger- oder Islandfalken. Da er ein ganzjährig geschützter Vogel ist, war es nötig, eine behördliche Erlaubnis für das Filmen am Horst zu erwirken.

Unser Führer Sigurdsson suchte sieben ihm bekannte Horste auf, aber sie waren alle entweder nicht besetzt oder schon leer. Es war beunruhigend mit den Falken.

Es ist hinreichend bekannt, daß Eiersammler aus aller Herren Ländern heute schon hohe Preise für ein Gelege vom isländischen Gerfalken bezahlen. Und es ist ein Leichtes, diese illegal erworbenen Gerfalkeneier an den Mann und außer Landes zu bringen. Es fehlt an der nötigen Bewachung der Horste. Falkenliebhaber vieler Nationen und deren Helfershelfer sind auch immer bereit, noch höhere Summen für ausgehorstete Jungfalken auszugeben. Die Horsträuberei ist meines Erachtens der Hauptgrund, warum die Falken auf Island so erschreckend selten geworden sind.

Dem Aussehen nach war es ein alter Kolkrabenhorst, den das Falkenpaar bezogen und für seine Bedürfnisse wieder hergerichtet hatte. Im Horst fand sich leider nur ein einziger Jungvogel. Er war noch ganz dunig-weiß. Das Weibchen stand auf einem Felsblock stundenlang daneben, es hielt Wache.

Der kleine Falke mochte vier bis fünf Wochen alt sein, an seinen Flügel- und Stoßspitzen begannen soeben die ersten Federn zu sprießen. Nur zweimal innerhalb von 12 Stunden erschien das Männchen mit Nahrung – es konnte ein Schneehuhn oder auch ein Goldregenpfeifer gewesen sein, den er mitgebracht hatte. Doch kaum war er gelandet, erschien das Weibchen, nahm ihm die Beute ab und begann das Junge damit zu atzen. Wären es nicht wirklich Gerfalken auf Island gewesen, denen ich mit schußbereiter Kamera drei Tage hindurch zehn und zwölf Stunden lang zusah und die ich keine Minute aus den Augen ließ, man hätte sie ohne weiteres für Wanderfalken halten können. Der Terzel war offensichtlich ein noch jüngerer Vogel. Sein Deckgefieder war noch sehr dunkel, die Unterseite bräunlich. Die Falkin war wohl 1 bis 2 Jahre älter. Bauch- und Brustseite waren schon bedeutend heller als die ihres Partners.

Gerfalken sind die nördlichsten Greifvögel, etwas größer als unsere Wanderfalken. Es gibt sie in einigen Rassen. Weiß werden sie auf Island nicht, sondern nur auf Grönland. Auch die Rufe meiner Gerfalken waren denen der Wanderfalken sehr ähnlich. Ich hörte sie jedesmal deutlich, wenn sie bei meinem Ankommen oder Weggehen auf mich herunterhaßten.

Neben viel Schönem und Einmaligem haben wir von Island den bedenklichen Eindruck mit nach Hause genommen, daß für die Erhaltung der seltenen Vogelarten von seiten der isländischen Naturschutzbehörden nicht genügend getan wird. Sie sind in großer Gefahr, auch dort mehr und mehr zu verschwinden. Der isländische Gerfalke jedenfalls ist aufs äußerste bedroht.

Spitzbergen und Arktis

Spitzbergenrentiere und Moschusochsen

Die 62 100 Quadratkilometer große meist von Eis umschlossene Inselgruppe zwischen dem 70. und 80. Grad nördlicher Breite gehört heute nach einer etwas wechselvollen Geschichte zu Norwegen. Die Norweger nennen sie »Svalbard«, das heißt »Kalter Rand«.

Zweimal habe ich Spitzbergen besucht, in den Jahren 1960 mit Helmut Barth und Peter Höser, 1968 mit Hajo Bopst. Die Schiffe »Inger 5« und »Polstjerna« brachten uns jedesmal sicher hin und wieder zurück. Nur vorübergehend wurde es stürmisch, meist war die Fahrt ruhig und beschaulich. Glutrot stand die Mitternachtssonne über dem Horizont, wir kamen rasch voran.

In Ost-Spitzbergen sind wir zunächst am Ziel und unverzüglich beginnen die Männer mit dem Entladen. Fertigteile für winterfeste Häuser wurden ebenso mitgebracht wie Nahrungsmittel, Heizöl, Bekleidung und wissenschaftliche Geräte. Die Männer, die hier im Auftrag des norwegischen Polarinstituts und mit Unterstützung des World Wildlife Fund zoologische Studien durchführen, brauchen dies alles während der 7 bis 8 Monate langen Nacht. Sie werden hier überwintern, einige von ihnen ein ganzes Jahr hierbleiben. Auch ein Eskimohund begleitet uns.

Wir bauen unterdessen die Filmkamera auf und pirschen damit in der näheren Umgebung umher. Wir entdecken Eiderenten. Auf einem kleinen See schwimmt ein Thorshühnchen, die seltenere Art der Wassertreter. Auf Island hatten wir nur Odinshühnchen gesehen. Die Vögelchen, etwa so groß wie eine Amsel, sind gar nicht scheu. Sie lassen sich durch die arbeitenden Männer in keiner Weise stören. Im Winter unternehmen Thors- und Odinshühnchen oft sehr weite Reisen. Man fand sie schon in Westafrika, in Nordchile, ja sogar auf Neuseeland und den Falklandinseln.

Auch die Schmarotzerraubmöwe kehrt rasch wieder zu ihrem Gelege zurück, das sie in einer grasigen Mulde liegen hat, einen Steinwurf weit von dem entstehenden Winterlager. Unbekümmert brütet sie jetzt weiter. Am nächsten Tag schon liegt ein fast schwarzes, wolliges Junges im Nest, das sie heftig verteidigt, als wir näher kommen. Im Sturzflug stößt sie auf uns nieder.

An den felsigen Steilwänden der Tafelberge nisten in großer Zahl Alke, Lummen, Dreizehenmöwen, Papageitaucher und vor allem Eissturmvögel. Es sind kräftige, gedrungene Vögel, die wie Möwen aussehen und auch eine ähnliche Lebensweise führen. Doch sie gehören in jene Vogelgruppe, in welcher die riesigen Albatrosse die größten sind.

Die Eissturmvögel haben die arktischen Küstengebiete im Lauf der Zeit regelrecht erobert. Sie sind ungemein anpassungsfähig und verstehen es meisterhaft, aus all den vielen Abfällen der Fischdampfer und Robbenjäger, der fischverarbeitenden Industrie und allem anderen, was Menschen hinterlassen, Nahrung zu finden. Weil ihr Tisch immer reichlich gedeckt ist, vermehren sie sich stark. Niemand tut ihnen etwas zuleide, es sei denn, daß da und dort ihre Eier eingesammelt werden. Aber das fällt bei der großen Population nicht ins Gewicht.

Nach einigen Tagen rüsten wir uns zu einer längeren Exkursion ins Innere der Insel. Weder Tragtiere noch Träger stehen uns zur Verfügung. Wir müssen uns alles selbst aufladen. Glücklicherweise stehen an unserer geplanten Route nach jedem Tagesmarsch kleine Hütten. Sie gehören der Spitzbergen Kohlenkompanie und wir dürfen sie mit deren Erlaubnis benützen.

Außer vielen Vögeln leben auf Spitzbergen auch zwei große Säugetierarten: das Spitzbergenrentier und der Moschusochse, auch Polarrind genannt. In den grasigen Tälern West- und Südspitzbergens finden sie so viel Äsung, um selbst im langen Winter bestehen zu können. Die Spitzbergenform der Rentiere ist niedriger und gedrungener als die domestizierten Tiere der Lappen oder die frei lebenden Karibous in Alaska. Wie bei allen Rentieren tragen auch die Kühe Geweihe, die einzige Ausnahme unter den Geweihträgern. Seit auf Spitzbergen die Jagd auf Rentiere und Moschusochsen verboten ist und weder Wölfe noch frei laufende Hunde sie bedrängen, ist ihr Bestand nicht mehr in Gefahr.

Meine beiden Expeditionen auf Spitzbergen galten in erster Linie den Moschusochsen. Es gibt sie noch auf Grönland und in der kanadischen Arktis. Dort sind sie zwar noch zahlreicher als hier, aber viel schwerer zu erreichen. Auch auf Spitzbergen waren sie früher zahlreicher vertreten. Schon immer waren sie beliebte Jagdtiere, besonders der Eskimos. Doch wie alle Naturvölker nahmen sie aus den Beständen immer nur so viel, als sie fürs Leben und etwas Vorrat brauchten. Sie bedrohten sie nicht. Nur die weißen Jäger, vor allem die Robbenfänger und Walfänger, haben unter den Moschusochsen arg gehaust. Schließlich waren sie auf Spitzbergen für lange Zeiten völlig verschwunden. Erst in den zwanziger Jahren wurden sie aus Kanada wieder aufs neue eingebürgert und heute gibt es wieder über hundert. Natürlich ist jetzt jegliche Art von Jagd oder Fang von Polarrindern verboten.

Als wir nach langem und anstrengendem Suchen endlich vor einem Rudel Moschusochsen stehen, erfaßt uns regelrechtes Jagdfieber. Der große Bulle, der Leitstier, ist in einem fort bestrebt, seine kleine Herde zusammenzuhalten. In einem Kreis vereint, in einer Art »Igel« zusammengeschlossen, außen die Alten, wehrhaften Tiere, innen die jüngeren Stücke, können sie Angriffe am besten abwehren. Weder Wolf noch Bär, auch kaum die Eskimos, die früher nur Harpunen oder Speere trugen, konnten ihnen etwas anhaben. Dieses arteigene Abwehrverhalten wurde den Moschusochsen aber zum Verhängnis, sobald ihnen Jäger mit Feuerwaffen entgegentraten. Jetzt waren sie leibhaftige Zielscheiben und konnten aus sicherer Entfernung bis auf das letzte Stück niedergemacht werden.

Meine beiden Begleiter Helmut und Peter achteten nicht der Gefahr, die ein verteidigender Moschusbulle darstellt. Als sie näher und näher an den »Igel« herangingen, griff sie der Leitstier so plötzlich und blitzschnell an, daß nur eiliges Reißausnehmen sie vor seinen Hörnern schützte.

Eines Tages fahren wir mit unserem Schiff zu einer ersten Erkundungsfahrt ins östliche Treibeis hinaus. Es ist etwa Mitternacht, als wir aufbrechen. Im Sommer währt der helle Tag 24 Stunden lang in diesen nördlichen Breiten. Wir können viele

Aufnahmen während der mitternächtlichen Stunden machen, und es ist möglich, den Kurs mit dem Sextanten zu bestimmen. Im Krähenhorst, 17 Meter hoch am Mast, wird der Ausguck bezogen. Von dort aus kann man besser die Eisschollen übersehen und geeignetes Fahrwasser finden. Rasch wird das Eis dicker und schwerer. Hier an der Ostseite Spitzbergens liegt es das ganze Jahr hindurch auf dem Meer. Aber es ist stets in Bewegung, es triftet je nach der Windrichtung und Meeresströmung, nord- oder südwärts. Wenn die Eisschollen nicht zu groß sind, schiebt sie unser Schiff leicht beiseite. Oder es zertrümmert sie in viele Brocken und Scherben. Nur den ganz dicken Eisblöcken weicht das robuste Fahrzeug aus. Immer wieder findet es freies Fahrwasser.

Diese Treibeisfelder sind die Heimat der Robben. Da liegen sie an sonnigen Tagen arglos auf dem Eis. Sie lassen unser Schiff oft ganz nahe herankommen, ehe sie sich ins schützende Wasser zurückziehen.

Es gibt Bartrobben, Sattelrobben und Ringelrobben in den Gewässern um Svalbard. Sie alle sind aber sehr bedroht, denn jetzt, nachdem Blauwale und Walrosse hier schon fast ganz verschwunden sind, geht es mit doppeltem Eifer den Robben zu Leibe. Tausende werden jedes Jahr abgeschlachtet. Es ist vollkommen gleichgültig, ob es ein noch junges oder ausgewachsenes Tier ist, ob Sattelrobbe, Bart- oder Ringelrobbe. Nur selten entgeht ein »Seal« den Männern auf den Fangschiffen. Man kann ja ganz nahe an die Tiere herankommen. Und die Schiffsleute sind alle gute Schützen, drei geladene Gewehre lehnen immer schußbereit an der Reling. Die Männer haben das Recht, diese Tiere zu töten. Es gibt keinerlei Schonzeiten, keine Schutzgesetze für Robben in den nordnorwegischen Gewässern. Die Tiere dürfen das ganze Jahr hindurch und von jedermann ohne Rücksicht auf Alter oder Staatsangehörigkeit sowie ohne behördliche Erlaubnis abgeschossen werden. Die Norweger betreiben dieses grausame Handwerk seit Generationen aus reinem Gelderwerb.

Riesige Eis- und Wasserflächen, die niemals besiedelt oder kultiviert werden können, werden so ihrer bodenständigen Tierwelt und damit ihrer natürlichen Schätze beraubt. Es geschieht hier auf die gleiche rücksichtslose Weise wie auf dem Land. Und es geschieht nur, um Felle von Eisbären und Robben für Luxus und Mode zu erhalten. Wir können doch wirklich auch ohne diese lebensunwichtigen Dinge existieren. Wir sollten vielmehr alle Anstrengungen machen, diese Reste einstiger Urnatur für uns und kommende Generationen zu sichern. Man sollte den Pelztierjägern und Robbenfängern eine humanere Existenzgrundlage schaffen, die nicht ausschließlich auf Ausrottung einer unwiederbringlichen Tierwelt beruht.

Ein einziges Mal nur finden wir ein Walroß. Vor 20 Jahren gab es noch Tausende von ihnen in diesen Gewässern. Sie sind verschwunden, vernichtet. Das atlantische Walroß gehört heute zu den seltensten Bewohnern der europäischen Arktis. Es war ein großes Glück, daß wir wenigstens noch einen einzigen Bullen filmen konnten.

Ihre Brüder auf der pazifischen Seite der Arktis sind glücklicherweise noch häufiger. Dort hat man sie rechtzeitig unter Schutz gestellt. Mit 20 bis 30 Zentnern Gewicht ist ein Walroßbulle nach dem See-Elefanten die größte aller Robben.

Dann finden wir Bärenspuren. Zankende, schreiende Möwen führen uns rasch an den Platz, wo ein Eisbär eine Robbe geschlagen und Teile seiner Beute auf dem Eis zurückgelassen hat. Darüber fallen jetzt die Meeresvögel mit lautem Gezeter her.

Es sind Eismöwen, östliche Raubmöwen, Eissturmvögel und Elfenbeinmöwen, junge und alte Tiere, die sich um die Reste streiten. Die robusteren unter diesen »Raben des Nordmeeres« sind offensichtlich die Eismöwen. Die Sturmvögel und die zarten, schneeweißen Elfenbeinmöwen benehmen sich viel zurückhaltender, sie sind auch ängstlicher. Deshalb schnappen ihnen die anderen auch stets die besten Brocken vor dem Schnabel weg.

Weit im Hintergrund trollt der Bär davon. Er trägt noch ein Stück des Robbenkadavers mit sich fort. Irgendwo wird er es vollends verzehren, wenn die zudringlichen Möwen ihm nicht das weitere Mahl verderben – oder andere Bären.

Pirschfahrt auf Eisbären

Nachdem das Winterlager für die norwegischen Forscher errichtet war, fuhren wir mit dem Forschungsschiff »Polstjerna«, das mich zum zweitenmal nach Spitzbergen gebracht hatte, hinaus in das weite Packeisgebiet. Wir bewegten uns hauptsächlich zwischen dem 20. und 40. Grad östlicher Länge, in der nordwestlichen Barentssee. Im Westen ist unser Aktionsbereich begrenzt von Ost-Spitzbergen, im Osten von der russischen Insel Novaja Semlja, im Norden von König Karls Land und im Süden von der Bäreninsel. Nur ein paar kleine Inseln liegen in diesem Seegebiet. Sonst ist es bedeckt von beweglichem Treibeis oder massivem Packeis.

Die Reise hat vier Wochen gedauert. Die Aufgabe der Forschungsgruppe war es, den dort lebenden Bestand an Eisbären möglichst genau zu zählen, die Tiere zu untersuchen und zu markieren. Zu diesem Zweck mußten die Bären gefangen beziehungsweise geschossen werden. – Aber wir haben sie nicht getötet. Wir haben sie nur mit Narkosegeschossen unbeweglich gemacht.

Mit solchen Zählungen und Untersuchungen wollen die vier an arktische Gewässer angrenzenden Staaten Norwegen, Kanada, UdSSR und USA in enger Zusammenarbeit den noch existierenden Weltbestand an Eisbären zahlenmäßig erfassen. Auf Grund der Ergebnisse sollen wirksame Maßnahmen getroffen werden zur Erhaltung dieses nordischen Großsäugers, ehe es zu spät ist.

Die Forschungsreise ins Eis der Arktis leitete Thor Larsen vom norwegischen Polarinstitut in Oslo, dem drei Assistenten zur Seite standen. Ferner nahmen Dr. Jonkel aus Kanada, Dr. Erikson aus USA, E. Flipse aus Holland sowie wir beiden Deutschen, mein Freund Hajo Bopst und ich daran teil.

Dichter und dichter wird das Treibeis, allmählich wird es von Packeis abgelöst. Meist hält eine kaum wahrnehmbare Strömung die Eisfelder in Bewegung. Sie wogen wie in großen Atemzügen auf und ab. Wir Binnenländer sind immer wieder fasziniert von dieser uns völlig unbekannten Welt, von einer Welt, die erstarrt und leblos scheint und doch voller Leben ist.

Bald finden wir die erste Bärenspur, sie ist noch ganz frisch. Der Petz ist in der gleichen Richtung gegangen, wohin auch unser Kurs führt: nach Norden ins Packeis hinein. Wir versuchen der Spur zu folgen. Aber die oft hügeligen und sich wie Gebirge aufgetürmten Eisschollen machen das Auffinden des einsamen Eisgängers schwierig. Sein weißes Fell läßt ihn in seiner Umwelt nahezu völlig verschwinden. Dann entdecken ihn aber doch die Männer, die von Bord aus ununterbrochen das Gelände absuchen. Er hat es gar nicht eilig und selbst das große Schiff vermag ihn nur wenig in Trab zu bringen. Unser Bär ist nicht nur ein guter Läufer, er schwimmt auch vorzüglich. Immer wieder springt er ins Wasser, ohne Mühe erreicht er eine Eisscholle nach der anderen auf seiner Wanderung.

Unsere »Polstjerna« nimmt große Fahrt auf und ist bestrebt, dem hin und her wechselnden Bären auf den Fersen zu bleiben. Die Eisfelder behindern das Schiff und machen das Manövrieren schwer. Dann nebelt sich die Arktis plötzlich ein, wir stoppen. Der Bär entkommt. Um nicht vom stauenden Eis gepackt und weiter abgetrieben zu werden, wird die »Polstjerna« an einem kleinen Eisberg festgemacht. Vögel umkreisen das festliegende Schiff. Gespenstisch streichen sie umher.

Es ist völlig windstill um uns und es beginnt zu schneien. Die Forscher bauen indessen den großen Käfig an Bord auf, in dem später die gefangenen Bären untergebracht werden sollen. Aus einem Tümpel im Eis pumpt die Maschine frisches Wasser in die Tanks. Es enthält keine Spur von Salz, es ist süßes Schmelzwasser von Eis und Schnee.

Wir füttern die Vögel mit Robbenspeck, um sie besser filmen zu können. Es sind Elfenbeinmöwen, weiß wie das Eis, und Pomarinas, fremdartige Raubmöwen. Sie brüten auf den benachbarten russischen Inseln und in der sibirischen Taiga. Sie erinnern uns daran, daß wir schon sehr weit östlich sind.

Plötzlich erscheint auch unser Bär wieder. Wahrscheinlich wurde er von dem Geruch des Robbenspecks angelockt, den wir den Vögeln als Lockspeise vorgeworfen hatten. Da erinnert sich ein alter Seemann unserer Besatzung an ein oft bewährtes Mittel. Er gibt Speck in einen Kübel, zündet ihn an und hängt ihn über Bord. Der Duft von Rauchspeck soll den Bären näher heranlocken. Schon nach kurzer Zeit tut das alte Bärenjägermittel seine Wirkung: Der Bär kommt tatsächlich näher. Prüfend zieht er die Witterung ein, Bären riechen kilometerweit. Wir verhalten uns ganz still, meine Filmkamera ist längst aufnahmebereit. Die Forscher gehen daran, ihr Gewehr mit der Narkosepatrone zu laden.

Der Schütze kniet neben mir an der Reeling. Wir haben verabredet, daß er erst etwa 10 Sekunden nach Anlaufen meiner Filmkamera schießt. Es ist höchste Zeit, denn der Petz steht jetzt nur noch etwa 20 Meter vom Schiff entfernt. Er nimmt noch immer Wind vom brennenden Speck. Dann erhält er das Geschoß, ich habe seinen Einschlag gefilmt. Deutlich ist der dunkelhaarige Bolzen im Fell des Bären zu sehen. Das Tier zuckt etwas zusammen, bekommt Wind von uns und flüchtet.

Rasch ist ein Boot im Wasser, die Verfolgung beginnt. Die Männer müssen darauf achten, daß der Bär nicht ertrinkt, falls er im Wasser bewegungsunfähig werden sollte. Aber instinktiv trachten alle Bären danach, rechtzeitig noch eine Eisscholle zu erreichen. Bald wird er langsamer. Er leistet nur noch wenig Widerstand, als die Männer den Fangring um seinen Hals legen. Wenige Minuten später wird er wie leblos aufs Schiff gehievt und gewogen: Ein starker Bär von 300 Kilogramm Gewicht.

Sofort beginnen die Wissenschaftler mit ihren Arbeiten, sie müssen damit fertig sein, ehe die Droge ihre Wirkung verliert. Drei Meter mißt der Bär von der Nasen- bis zur Schwanzspitze. Das bedeutet, daß er gut und gerne drei Meter dreißig hoch ist, würde er sich auf den Hinterbeinen aufrichten. Er bekommt die Nummer 384 auf den Pelz gemalt. Die gleiche Nummer hat ebenfalls die runde, rote Plastikscheibe, die im Ohr befestigt wird. Die Zahl wird auch in die Oberlippe eintätowiert. Diese sichtbaren Zeichen sollen Jägern deutlich machen, daß dieser Bär in Zukunft nicht mehr getötet werden darf. Im Käfig wird sich das Tier nach etwa 8 bis 12 Stunden wieder erholen. Dann wird es frei gelassen. Von den Manipulationen wird es dann nicht mehr viel spüren, jedenfalls keinerlei organische Schäden davontragen. Wenn der Bär wieder fit ist, ist alles vorüber.

Wir sind wieder flott. Dicker und massiver wird das Eis, oft türmt es sich zu Bergen auf. Aber unser Schiff findet immer wieder eine Passage. Nach einigem Hinundherkreuzen entdecken wir eine Bärenmutter mit einem Jungen. Das Kleine kann schon ausgezeichnet schwimmen und hält sich dicht hinter der Mutter. Aber Boot und Schiff, die wieder planmäßig zusammenarbeiten, sind doch schneller, und bald gelingt es, beide Tiere auf eine größere Scholle zu bringen. Hier ist ihr Aktionsradius schon ziemlich eingeschränkt.

Wir müssen versuchen, den Jungbären von der Mutter zu trennen, damit beide Tiere gesondert gefangen werden können. Es dauert einige Zeit, denn die Mutter will sich nicht von ihrem Jungen trennen. Auch das Kleine will den Kontakt mit Mama nicht verlieren. Doch schließlich tut das Betäubungsmittel auch hier seine Wirkung. Das Junge wird kurzerhand gefangen. Es wird eine schwache Injektion erst später an Bord erhalten. Sein Sträuben nützt ihm nichts, vor seinen Zähnen haben die Männer keine Angst – er ist ja erst ein kleines Bärchen von etwa 100 Pfund Gewicht. Von der Bärenmutter wird außer Blut auch etwas Milch für Untersuchungszwecke abgenommen – echte Bärenmilch!

Vier Wochen lang kreuzten wir im Eis der Arktis umher. 31 Bären konnten wir markieren und untersuchen – ein bemerkenswerter Erfolg. Nicht ein einziger hat irgendwelchen Schaden genommen, sie alle zogen gesund wieder in die Freiheit zurück. Auch die Bärenmutter und ihr Kleines haben unbeschadet unser Schiff wieder verlassen. Wir blickten ihnen lange Zeit nach wie sie über den wogenden Eisteppich davontrollten.

Dann trafen wir ein Schiff. Es hieß »Fortuna« und hatte sechs Großwildjäger an Bord. Die sechs Nimrode waren alle hochbefriedigt, jeder hatte seinen Eisbären zur Strecke gebracht. Die Abschußgebühr zuzüglich Fahrt, Unterkunft und Verpflegung auf dem Schiff hat nur US-$ 1500 gekostet. Aber es waren reiche Leute, die allen Bemühungen um den Schutz und die Erhaltung frei lebender Tiere zum Hohn, sich ein Vergnügen daraus gemacht hatten, harmlose Eisbären vom sicheren und bequemen Schiff aus abzuknallen.

An Bord des Jägerschiffes liegen die Felle von sechs getöteten Tieren. Die nackten Körper schwimmen irgendwo im eisigen Wasser. Und was ist der Sinn dieses zweifelhaften Jagdvergnügens? Ein Eisbärenfell als Bettvorlage im Schlafzimmer der gnädigen Frau und ein blankgeputzter Schädel im Jagdzimmer des Herrn. Ist das noch Waidwerk? Alle 14 Tage unternehmen mehrere Schiffe wie die »Fortuna« Jagdfahrten für solche Männer. Auf jeder Fahrt und auf jedem Schiff müssen nach Möglichkeit und zur Rendite des Reeders 5 bis 6 Eisbären ihr Leben lassen. Von Anfang Juni, den ganzen arktischen Sommer hindurch, bis zum Ende des Septembers. Mindestens 150 weiße Bären werden allein zum Vergnügen in nordnorwegischen Gewässern jahraus, jahrein abgeknallt.

Noch höher aber sind die Beutezahlen der berufsmäßigen norwegischen Fallensteller und Pelztierjäger. Sie sind harte Männer und sie kennen keinerlei Erbarmen und Rücksicht gegenüber dem frei lebenden Tier der Arktis. Manche von ihnen treibt auch Abenteuerlust und Freude am Erleben in die eiskalte und meist nachtdunkle Welt. Sie überwintern irgendwo auf Ost-Spitzbergen oder einer vorgelagerten Insel in kleinen Hütten, gefährlich genau an den jahreszeitlichen Wanderwegen der Eisbären, auf denen diese aus russischen Gebieten nach Westen ziehen.

Mit hinterlistig aufgebauten Selbstschußvorrichtungen tötet ein einziger Trapper während eines Winters 80 bis 100 Bären, oft auch 120 und mehr. Ahnungslos erschießen sich alte und junge Bären selbst, zur grausigen Abwechslung auch viele führende Muttertiere. Die noch unselbständigen Jungen, oft erst zwei bis drei Monate alt und eben erst der schützenden Schneehöhle entstiegen, in welcher sie geboren wurden, sitzen dann verstört und hilflos vor der toten Mutter. Aus dem erstarrten Gesäuge kommt keine Milch mehr in die hungrigen Mäuler. Mühelos werden auch sie eine Beute der Fallensteller. In den Winterlagern solcher Trapper habe ich Dutzende von abgehäuteten Bärenpranken in allen Größen fotografiert. Viele Schenkelknochen, Schulterblätter und andere Skelett-Teile bedecken weithin den Boden. Die traurige Hinterlassenschaft erfolgreicher Pelztierjäger.

Mit vielen tausend Quadratkilometern Fläche ist die arktische See zwischen dem 20. und 40. Längengrad vom Nordpol bis hinunter etwa zur Bäreninsel ein riesiger Lebensraum nicht nur für Polarbären, sondern auch für Robben und Seevögel. Die Stellersche Seekuh und der Riesenalk sind daraus bereits für immer verschwunden. Verschwunden in diesen Gewässern ist auch schon der Blauwal. Das atlantische Walroß, einst in riesigen Herden vorhanden, wird ihm bald folgen. Sein Untergang ist nicht mehr aufzuhalten. Walfänger und Robbenfänger vieler Nationen haben seit Jahrhunderten aus reiner Profitgier darin gewetteifert, aus diesen enormen Tierbeständen mit vollen Händen zu schöpfen. Und noch immer will dieses habgierige Morden kein Ende nehmen. Gewiß, die grauenvollen Selbstschußmethoden sollen bald verboten werden. Wer aber wird sich an ein solches Verbot halten in einem Gebiet, in dem Kontrollen fast unmöglich sind?

Am 5. September kehrt die »Polstjerna« wohlbehalten wieder nach Tromsö zurück. Alles ist gesund an Bord und jeder freut sich, nach vier Wochen anstrengender Kreuzfahrt wieder festen Boden unter den Füßen zu haben.

31 Eisbären, darunter ein Rekordbär mit 530 Kilogramm Gewicht, genau registriert und untersucht, sind das erfreuliche Ergebnis dieser bemerkenswerten Forschungsreise durch die Treib- und Packeisfelder der Barentssee. Thor Larsen, Reidar Holvesund und unser Bord-Eskimohund Tuktuk sind im neuerbauten und bestens eingerichteten Winterlager auf der Edge-Insel im Tuvfjord auf Ost-Spitzbergen zurückgeblieben. Sie werden dort überwintern und die Zählungen und wissenschaftlichen Untersuchungen an Polarbären fortsetzen.

Mein Freund Hajo Bopst, der mir an der Kamera assistierte, und ich haben viele wertvolle, interessante und stimmungsvolle Film- und Fotoaufnahmen von dieser Reise mitgebracht. Auch wir haben Eisbären »zur Strecke gebracht«, aber auf unblutige Art. Vielleicht war es manchmal auch etwas riskant und gefährlich, wir merkten es im Eifer der Arbeit oft überhaupt nicht.

Daß unsere erlegten Eisbären nachher alle wieder zum Leben erwachten und in ihren natürlichen Lebensraum zurückgelassen wurden, daß sie alle nun weithin sichtbar gekennzeichnet und damit unantastbar geworden sind für die zahlenden Sportjäger, das ist wohl das schönste und wichtigste Ergebnis dieser Eismeerreise. Ich bin der Internationalen Union für Naturschutz, dem World Wildlife Fund, dem Norwegischen Polarinstitut und Thor Larsen sehr dankbar, daß ich daran habe teilnehmen können. Auf diese Weise habe ich ein weiteres, mir bisher unbekanntes Refugium für frei lebende Tiere kennengelernt, das Tierparadies im ewigen Eis.

Beschreibung der abgebildeten Tiere

Alpensteinbock *(Capra ibex ibex)*
Die Steinböcke bildeten sich ungefähr um die Mitte der Eiszeit aus ziegenartigen Vorfahren heraus und bewohnten gegen Ende der Eiszeit große Teile Europas von England bis Gibraltar und Kalabrien. Sie waren damals noch keine ausgesprochenen Hochgebirgstiere. Sie kamen auch in Lößebenen und Mittelgebirgen vor. Erst nacheiszeitlich wurden sie als Bewohner kurzgrasiger und nur wenig mit Büschen und Bäumen bestandener Landschaften durch die Waldausbreitung und den Menschen in die Gebirge und dort in die waldarmen oder -freien Hänge und Gipfelregionen abgedrängt. In Mitteleuropa blieben sie so nur in den Alpen.

Der Alpensteinbock paßte sich dem Hochgebirgsleben hervorragend an und erlangte eine Kletterfähigkeit, die selbst die der Gemse noch übertrifft. Selbst steile Kamine vermag das durchaus nicht leichte Tier (Widerristhöhe 65–85 cm, Gewicht der Böcke 75–120 kg, der Geißen 50–60 kg, Hornlänge der Böcke bis rd. 1 m) zu durchspringen. Sein Lebensraum liegt meist oberhalb der Baumgrenze auf den Hochalmen und Triften, dem Legföhrengebiet, auf den grasbewachsenen Bändern in den Steilhängen und auf baumarmen Hängen, die von oben in den Waldgürtel eingreifen. Solange es die Jahreszeit zuläßt, hält er sich in Bereichen über 2000 m auf. Er bleibt auch im Winter dort, soweit genügend vom Schnee freigewehte Stellen ihm Gräser, Kräuter, Flechten und Moose zum Äsen bieten und sich windgeschützte Sonnplätze finden. Sein Fell ist sehr dicht und sein Speck unter der Haut schützt ihn gegen die Kälte. Bei starkem Schneefall geht er bis in den oberen Waldrand hinunter. Ungeachtet seiner Höhenanpassung kann man ihn auch im Flachland halten, wenn der Boden des Geheges oder Gatters nur hart genug ist, seine Hufe genügend abzuwetzen.

Wenn der Frühling von unten her auf die Berge steigt, bringt er frisches Grün zuerst in den tieferen Lagen. Dem geht dann der Steinbock entgegen und steht somit im April und Mai in den tiefsten Regionen seines Wohngebietes. Im Juni wandert er mit dem Grün wieder höher. Die Geißen suchen sich dann verborgene Plätze zum Kitzesetzen, die Vorjahreskitze und Jungtiere bleiben in der Nähe, während die Böcke auf die höhergelegenen offenen Almen ziehen. Von da ab bis zur Brunft halten sich Geißen und Jungtiere einerseits und zwei- bis dreijährige und ältere Böcke andererseits an verschiedenen Plätzen auf. Der Sommer treibt die Steinböcke in die höheren Lagen, um der Hitze zu entgehen. Wo die Berge dazu nicht hoch genug sind, sucht sich das Steinwild stark beschattete Stellen oder kühle Felshöhlen für den Tageseinstand.

Das Steinwild ist tagsüber tätig, äst hauptsächlich morgens und spätnachmittags bis abends und verlängert die Mittagspause mit der Zunahme der Tagedauer und der Wärme. Im Frühling und Herbst fällt die Mittagspause kürzer, im Winter ganz aus, da dann morgens länger geruht wird und die Nacht früh hereinbricht. Die Böcke rangeln viel untereinander und klären so die Rangordnung in ihren Rudeln. Deshalb kämpfen ungefähr gleichstarke Böcke am meisten miteinander. Ende November und Anfang Dezember treffen sich die Geißen und Bockrudel in den Wintereinständen. Da die Brunft, die Ende Dezember – Januaranfang liegt, kurz bevorsteht, kämpfen die Böcke nochmals heftig, bis die sich als gleichstark erkannten sich jeweils eigene Geißentrupps suchen und mit diesen voneinander fortziehen, damit in der dann einsetzenden Brunft die Böcke sich ganz den Geißen widmen können, ohne sich noch viel durch Kämpfe zu stören.

Beim Werben um die Geißen verhalten sich die Böcke eigenartig. Um die Aufmerksamkeit einer Auserkorenen zu erregen, stellt sich ein Bock auf einen erhöhten Platz, streckt den Kopf weit vor, klappt seinen Wedel (Schwanz) nach oben und stößt den Lecker (die Zunge) schnell flippernd aus dem Äser (Maul). Gelegentlich prellen sie in Trippelschritten in Richtung Geiß vor. Letzere verzieht anscheinend völlig unbeeindruckt keine Miene, versetzt dem zudringlich werdenden Freier einen kräftigen Abwehrhieb mit ihren wirkungsvollen kurzen Hörnern und läßt ihn so lange unterwürfig zappeln, bis sie selbst in Hochbrunst kommt. Nach der Brunft trennen sich die Böcke wieder ziemlich von den Geißen und Jungtieren, wenn auch nicht so deutlich wie im Sommer.

Die Ende Mai, Anfang Juni gesetzten Kitze kommen voll behaart, sehend und lauffähig zur Welt. Meist wird nur ein Kitz, seltener werden zwei geboren. Nach wenigen Stunden stehen sie bereits fest auf ihren Beinen und sind nach wenigen Tagen im schwierigen Fels so trittsicher wie die Alten. Meist stehen mehrere führende Geißen nahe beieinander. Die Kitze schlagen sich zu Spielgruppen zusammen und tollen miteinander herum. Nachdem Bär, Wolf und Luchs aus den Alpen verschwunden sind, ist nur noch der Steinadler als Kitzräuber gefürchtet. Die Mutter verteidigt ihr Kitz mutig gegen den angreifenden Vogel, wird aber manchmal durch das Zusammenspiel eines Adlerpaares, von dem ein Partner die Geiß beschäftigt und der andere das Kitz schlägt, übertölpelt.

Die Junggeißen setzen in der Wildbahn ihr erstes Kitz mit drei oder vier Jahren, in Gefangenschaft oft bereits mit zwei. Um diese Zeiten werden auch die Jungböcke geschlechtsreif. Das Lebensalter des Steinwildes geht bis zum 12. oder 14. Lebensjahr, im Tiergarten auch noch weiter. In der Wildbahn besiegelt das völlige Abgekautsein der Backenzähne den Lebensabschluß. Das Tier kann sich nicht mehr richtig ernähren, fällt vom Wildbret, kümmert und geht zugrunde. Früher wurden die solcherart schwächer gewordenen Tiere bald vom Großraubwild gerissen.

Es hätte nicht viel gefehlt, und der Alpensteinbock wäre vor gut 100 Jahren endgültig ausgerottet worden. Die Volksmedizin schrieb seinem Herzkreuz, seinen Bezoarkugeln und anderen Körperteilen große Heilkraft zu. So wurde er trotz strenger Bewachung rücksichtslos gewildert. König Viktor Emanuel II. (1820–1878, seit 1861 erster Herrscher über das geeinte Italien) stellte die rund 50 Steinböcke, die als letzte von allen in seinem Leibrevier im Aostatal lebten, unter so scharfe Bewachung, daß sie erhalten blieben und sich wieder vermehren konnten. Das war die Rettung in letzter Stunde. Heute gibt es wieder zwischen 7000 und 8000 Steinböcke im ganzen Alpengebiet und in vielen Tiergärten außerhalb.

Bär s. **Braunbär**

Bartrobbe *(Erignathus barbatus)*
Die Bartrobbe hat ihren Namen nach den besonders langen Tasthaaren auf der Oberlippe, die ihr wie der dichte steifborstige Schnurrbart des Walrosses wichtige Hilfe beim Aufsammeln der Meeresgrundnahrung aus Kleinkrebsen, Krabben, Seegurken, Schnecken, Muscheln, Tintenfischen und Grundfischen dient. Für dieses Nahrungssammeln scheint sie auch ihre kräftig bekrallten Vorderflossen mitzubenutzen. Gleich dem auf Bodennahrung angewiesenen Walroß ist die Bartrobbe an Küsten- und Flachseebereiche gebunden, da sie es nicht liebt, viel tiefer als 50 m tauchen zu müssen. So findet man sie in den Küsten- und Inselbereichen des nördlichen Atlantik, vom St. Lorenz Golf bis zur Alaskahalbinsel einerseits und von Grönland über Island, Spitzbergen bis zur Barentsee und entlang der sibirischen Eismeerküste und deren Inseln bis nach Kamtschatka, Sachalin und Nordjapan. Im Polarmeer geht sie nur bis zum 80. oder 85. Breitengrad hinauf. Einzelne Tiere gelangten bis Norwegen, Schottland und die Normandie. Man unterscheidet zwar innerhalb des Vorkommens zwei Unterarten, deren Berechtigung jedoch noch keineswegs erwiesen ist.

Wichtig für sie ist das Freisein der Küsten von Packeis im Winter. An ihnen liebt sie kiesige Buchten. Sie legt sich auch auf Treibeisschollen in Küstennähe. Im großen und ganzen ist sie ziemlich standorttreu und macht keine großen Wanderungen.

Bei der Bartrobbe werden beide Geschlechter ungefähr gleich groß, nämlich rund 165 cm (Nasen- bis Schwanzspitze) lang und 230–270 kg schwer. Ihr Körper ist einförmig gelbbraun bis graubräunlich gefärbt, mit verdunkelter Fläche vom Scheitel bis zum Kreuz und mit hellerer Unterseite. Manchmal sind Flecken angedeutet. Auffällig ist der große und lange Tasthaareschnurrbart und der ziemlich hohe Vorderkopf. Wie beim Walroß und der Mönchsrobbe hat das Weibchen vier Zitzen, die anderen Robbenarten haben alle nur zwei.

Die Bartrobbe ist mehr ein Einzelgänger als gesellig. Man sieht die Tiere locker verstreut im Küstengewässer, aber nie größere örtliche Ansammlungen, auch nicht während der Setzzeit. Letztere ist im März – April, manchmal noch bis in den Maibeginn. Das Weibchen bringt sein Junges auf einer Eisscholle wie bei allen Robben in sekundenschneller Sturzgeburt zur Welt. Es wiegt dann rd. 35 kg, ist rd. 120 cm lang und trägt ein kurzes wolliges braungraues Haarkleid, oft mit einem aufgehellten Sattelfleck überm Rücken. Die Säugezeit dauert 3–4 Wochen, danach wird das Geburtskleid in ein normalhaariges, das wie das der Erwachsenen gefärbt, manchmal aber etwas gefleckt ist, umgetauscht. Mit sechs Wochen sind die Jungen dann ganz selbständig, bleiben aber noch lange in Mutternähe. Nach der Säugezeit paart sich das Weibchen. Das befruchtete Ei entwickelt sich erst nach einer 2½-monatigen Vortragezeit voll weiter. Die Gesamttragzeit dauert 11 Monate. Die Weibchen werfen nur ein über das andere Jahr. Ihre Geschlechtsreife erlangen sie mit sechs, die Männchen mit sieben Jahren. Die Lebensdauer ist nicht näher bekannt, wird aber wohl, schon aufgrund der späten Geschlechtsreife, 20–30 Jahre betragen. Um die Zeit, wenn die Neugeborenen umhären, wechseln auch die Erwachsenen ihr Haarkleid.

Die Bartrobbe frißt Bodentiere der Küstengewässer und der Flachsee (s. oben). Sie nimmt wahrscheinlich ihre langkralligen Vorderflossen mit zu Hilfe, um die Bodennahrung loszureißen und aufzunehmen. Einziger Feind außer dem Eisbären und Schwertwal ist der Mensch. Aber letzterer stellt ihr nicht besonders nach. Nur die Eingeborenen jagen sie um des Speckes, Fleisches und Felles wegen, das ein sehr festes Leder für

Kanubespannungen ergibt. So ist denn zur Zeit keine Sorge um ihren Bestand gegeben, den man auf insgesamt 75000–150000 schätzt.

Basstölpel *(Sula bassana)*
An den Tölpeln ist beinahe alles anders als bei den Kormoranen. Der Basstölpel ist weiß, der Kormoran schwarz, der Schnabel des Tölpels lang und spitz, der des Kormorans kürzer und hakig, auch die Lebensweise ist sehr verschieden. Die langschwingigen Tölpel erinnern mehr an Möwen oder Albatrosse, die breitflügligen Kormorane mehr an Taucher. Und doch sind Tölpel und Kormorane miteinander und wieder mit den mächtigen Pelikanen verwandt, allerdings nicht näher als Schwalbe und Sperling. Sie gehören der gleichen Ordnung aber verschiedenen Familien an. Alle sind sie Fischfresser, nur weichen ihre Fangmethoden sehr voneinander ab und das prägt sich bei Tieren in Körperbau und Verhalten aus. Der Systematiker erkennt die Zusammengehörigkeit dieser so verschieden wirkenden Familien neben weniger leicht sichtbaren Merkmalen am Bau der Füße. Alle vier Zehen sind durch Schwimmhäute verbunden, nicht nur die drei vorderen wie bei Entenvögeln und Möwen.

Es gibt neun Arten von Tölpeln. Die meisten leben an den Küsten tropischer Meere, nur eine in Europa. Ihr Verbreitungsgebiet sind die Küsten der Nordsee und des Nordatlantik. Zwei sehr ähnliche Arten bewohnen Südafrika bzw. das südlichste Australien, Tasmanien und Neuseeland. Manche Ornithologen halten sie für geographische Rassen der europäischen Art.

Die Bezeichnung Tölpel stammt aus der Sprache von Seeleuten, die das Wort wählten, weil die vertrauensseligen und am Land ungeschickten Tiere sich in ihren Brutkolonien abschlachten ließen, ohne davonzufliegen. So deutet der Name dieser großartigen Flieger vor allem auf die betrübliche Tatsache hin, daß allzu nahe Bekanntschaft mit dem Menschen für Tiere gewöhnlich mit dem Tode endet. Erst heute bemühen sich einige von uns, dieses vorwiegend negative Verhältnis etwas freundlicher zu gestalten, denn es wird immer offenkundiger, daß es den meisten Menschen mehr Vergnügen bereitet, ein interessantes Tier zu beobachten als den Verkehr auf einer verstopften Autobahn. Der Zusatz Bass- im Namen der nordatlantischen Tölpelart bezieht sich nicht auf die tiefe Stimme des Vogels, sondern auf den Bassfelsen im Firth of Forth, der eine altbekannte Brutkolonie von Tölpeln beherbergt.

Ein mit amputiertem Flügel im Tiergarten hockender Tölpel bietet in der Tat einen traurigen Anblick. Man muß den Vogel fliegen sehen, um ihn richtig einzuschätzen. Sein Element ist die Luft. In ihr gleitet und schwebt er, kurvt und spannt seine Schwingen gegen den Wind. Gewöhnlich sieht man eine ganze Schar beisammen, da Tölpel sehr gesellig sind. Plötzlich faltet einer die Flügel ein und legt sie eng an die Körperseiten. So schießt er beinahe senkrecht zur Wasseroberfläche herab, taucht ein und verschwindet für einige Sekunden. Die Tölpel betreiben dieses Stoßtauchen nicht als reine Sportübung, es ist ihre Art, zum täglichen Brötchen zu kommen, das bei ihnen aus Schellfisch, Hering oder Makrele besteht. Diese Fische stellen den größten Teil ihrer Beute.

Die Brutplätze des Basstölpels liegen auf der Küste vorgelagerten Felseninseln, die genügend Stufen, Vorsprünge und Bänder aufweisen, um die Nester darauf anbringen zu können. Im Wasser aufgefischter Seetang ist das hauptsächliche Baumaterial. Die Vögel schichten einen großen Haufen davon auf, in dessen Mitte die Nestmulde gedreht wird. Auch in einer dichtbesetzten Kolonie wird ein Mindestabstand von Nest zu Nest gewahrt, der notwendig ist, damit die Vögel sich beim Abflug nicht mit ihren langen Schwingen behindern. Das Gelege enthält nur ein weißes Ei, das von beiden Eltern abwechselnd bebrütet wird. Die eigentliche, glatte Eischale ist blaugrün, doch liegt darüber noch ein kreidiger weißer Überzug. Da Tölpel keine Brutflecken besitzen, das sind nackte Stellen der Bauchhaut, die unmittelbar die Körperwärme auf das Ei übertragen, haben sie eine eigentümliche Art des Brütens entwickelt. Sie legen die große Schwimmhaut eines Fußes auf das Ei und den anderen Fuß darüber bevor sie sich zum Brüten setzen. Die jeweilige Brutschicht dauert nicht selten bis 24 Stunden, erst dann findet eine Ablösung statt, die jedesmal unter einem besonderen Zeremoniell vor sich geht. Bei jedem Treffen nach längerer Abwesenheit stellen sich die Gatten eines Paares mit erhobenen Flügeln und hochgereckten Hälsen rufend gegenüber und klappern mit den Schnäbeln. Schließlich kraulen sie sich noch am Kopf. Jedes Paar verteidigt sein Nest gegen Konkurrenten durch Drohen mit aufgesperrtem Rachen und notfalls kämpfend.

Die Jungen schlüpfen nackt und müssen infolgedessen in den ersten Lebenstagen andauernd von Mutter oder Vater gehudert werden. Mit 11 Tagen ist ihnen ein wollig-weißes Dunenkleid gewachsen. Daraus sprossen allmählich die braunen Federn des Jugendkleides hervor. Die Fütterung des Jungen geschieht mit ziemlich langen Pausen. Bei der Futterübergabe steckt das Junge seinen Kopf tief in den elterlichen Rachen und entnimmt daraus die hochgewürgte, schon vorverdaute Nahrung. In den letzten Tagen der Nestlingszeit werden die Pausen zwischen den Fütterungen besonders groß, so daß man geglaubt hat, die Eltern ließen ihre Kinder in den letzten Tagen hungern.

Im Alter von 75 Tagen lassen die Jungen sich von den Brutfelsen in das Meer gleiten noch ehe sie fliegen können. Sie schwimmen dann langsam in das offene Meer hinaus und scheinen von dieser Zeit an selbständig zu leben, obwohl sie erst zwei bis drei Wochen später richtig fliegen können. Vermutlich erst im fünften Lebensjahr erlangt ein Basstölpel die Fortpflanzungsreife. Die Jungen suchen aber schon ein oder zwei Jahre vorher während der Fortpflanzungszeit die Brutkolonien auf und erwerben sich dort Standplätze in der Randzone, an denen sie ruhen und die sie schon, wie später ihr Nest, verteidigen.

Bezoarziege *(Capra aegagrus)*
Die Wildziegen, die innerhalb der Familie der Hornträger (Bovidae) eine eigene Gattung *Capra* bilden, sind rein altweltlich. Zu dieser Gattung gehören vier Arten, nämlich der Steinbock, der Iberiensteinbock, die Schraubenhornziege und die Bezoarziege. Die Verbreitung letzterer erstreckt sich über Südeuropa, den Kaukasus (in Daghestan), Transkaukasien (vom Karakaja ostwärts durch die armenischen Gebirge bis zum Elburs im Iran) und weiter ostwärts durch die turkmenisch-sjagirischen Gebirge Alla-, Kopet-, Kara-Dagh und großer Balchan, ferner durch Kleinasien entlang den Taurusketten und südwärts bis zum Antilibanon (dort ausgerottet). Auch im übrigen Iran, im Nordost-Irak, in Belutschistan (dort nordwärts bis zum Bolan-Paß), im West-Sind (Khutargebirge, weitgehend ausgerottet) und in Oman in Südarabien ist sie zu Hause. In Südosteuropa kam sie auf dem Parnar-Dagh in Bulgarien vor, wurde dort aber ausgerottet.

In Südeuropa siedelt sie noch in den Weißen Bergen Kretas und auf der südägäischen Insel Erimomilos und der nordägäischen Insel Samothrake (auf beiden Inseln mit Hausziegen verkreuzt). Kretische Wildziegen wurden ausgesetzt auf den nordkretischen Randinseln Theodoru vor Chania (etwa ab 1928, z. Z. rd. 50–60 Tiere), Dia vor Iraklion (ab 1957, z. Z. rd. 20–30 Tiere) und Agii Pantes (= Agii Apostoli) vor Agios Nikolaos (vor dem zweiten Weltkrieg, im Krieg abgeschossen, dann wieder ab 1952, z. Z. rd. 20–30 Tiere) sowie im Parnitha-Schutzgebiet auf dem Ost-Peloponnes (ab 1962, z. Z. etwa 1–2 Dutzend). Mit Hausziegen verkreuzte Wildziegen leben wild auf der Nordsporaden-Insel Giura. Von ihnen wurden Anfang der 60er Jahre welche eingefangen und im Ötagebirge (Oros Iti) bei Lamia (z. Z. 50–100 Tiere), auf der Insel Atalantonisi zwischen Euböa und dem griechischen Festland (z. Z. 20–40 Tiere) und auf der Insel Psili in der Argolisbucht des Peloponnes (z. Z. 1–2 Dutzend) ausgesetzt. Die kretischen Wildziegen, die, zierlicher und lebhafter gefärbt als die Festlandsbezoare, eine eigene Unterart *(Capra aegagrus cretica)* bilden, sind dort bereits seit der minoischen Zeit bekannt und bildlich dargestellt. Durch die Jagdfreudigkeit der Kreter und die Ausrüstung mit weittragenden Gewehren in der neueren Zeit wurden sie auf der ganzen Insel ausgerottet bis auf einen kleinen Restbestand in den steilen, bis über 200 m hohen Weißen Bergen (Lafka Ori) Westkretas. Jetzt hat man dort einen Nationalpark errichtet und die Jagd streng verboten.

In den Weißen Bergen leben die Agrimi, wie die Skafioten Kretas die Wildziegen nennen, im Bereich des Baumwuchses (Kiefern, Eichen, Ahorn, Zypressen) in den gewaltigen, von Menschen kaum begehbaren steilen Felswänden zwischen den Talgründen und den karstigen Hochflächen. Durch die Wände ziehen sich schmale Bänder, in sie sind kleine bewaldete Terrassen eingestreut und Höhlen, die zur kühlschattigen Tagesruhe einladen. Durch die ständige Verfolgung bis in die Gegenwart hinein sind die Agrimis äußerst scheu geworden, halten sich tagsüber versteckt und äsen nur in der Dämmerung und Nacht. Die Brunft findet Ende Oktober und Anfang November statt, die Setzzeit im April und Mai. Es werden ein oder zwei, manchmal auch drei Kitze geboren, die bereits nach wenigen Stunden sicher auf den Beinen stehen, rd. ein halbes Jahr gesäugt, mit eineinhalb Jahren geschlechtsreif und ein gutes Dutzend Jahre alt werden. In Gefangenschaft werden auch 18, selten 20 Jahre erreicht. Im Oktober härt die rötliche kurze Sommerdecke in die langhaarigere grauere Winterdecke um, im April letztere wieder in die Sommerdecke.

Ähnlich wie die Agrimis leben auch die anderen Bezoarziegen. Lebensraum ist immer felsiges Berggelände, in höheren Gebirgen ab 1500 m aufwärts, in Küstengebirgen auch bis auf Meeresspiegelhöhe absteigend. Die Kletterfähigkeit dieser an sich nicht gerade kleinen Tiere (Kopfrumpflänge 120–160 cm, Schwanzlänge 15–20 cm, Schulterhöhe 70–100 cm, Gewicht 30–40 kg, Hornlänge der Böcke bis 150 cm) ist ganz hervorragend, sind doch alle *Capra*-Angehörigen die besten unter allen felskletternden Säugetieren. Die Wildziegen gehen gesellig in kleinen bis größeren Rudeln, manchmal sind es bis an die hundert Tiere beider Geschlechter. Altböcke halten sich den Sommer über gerne abseits. Zur Brunftzeit bilden sich Geißen-Kleinrudel mit je einem starken Bock. Als Äsung dienen Blätter, Knospen und Triebe, Gräser und Kräuter.

Die Vorliebe für Strauch- und Baumblätter hat auch die seit dem 7. Jahrtausend v. Chr. im Vorderen Orient aus der Bezoarziege gewonnene Hausziege beibehalten und dadurch als dann mehr und mehr massenhaft auftretendes Nutztier des Menschen wesentlich zur Waldvernichtung, Verkarstung und Verwüstung der vorderasiatischen und mittelmeerischen Länder beigetragen. Um mit seiner Wiederaufforstung voranzukommen, hat deshalb z. B. Jugoslawien die Ziegenhaltung grundsätzlich verboten.

Verwilderte Hausziegen gibt es in allen Erdteilen bis nach Neuseeland hin und auf etlichen ozeanischen Inseln, wo sie früher in der Segelschiffszeit oft absichtlich ausgesetzt wurden, um Frischfleisch für vorbeikommende Schiffe zu liefern. Bekanntestes Beispiel sind die Juan-Fernandez- bzw. Robinson-Inseln Mas-a-Tiera und Mas-a-Fuera vor Chiles Küste.

Biber *(Castor fiber)*
Die nacheiszeitlich ursprüngliche, vom Menschen noch nicht beeinflußte Verbreitung des Bibers erstreckte sich durch die gemäßigten Klimabereiche der Holarktis, also über ganz Europa einschließlich Großbritannien (ohne Irland), Iberien, Italien, Griechenland und Skandinavien (er fehlte jedoch auf allen Mittelmeerinseln), Kleinasien, Mesopotamien, Iran, Turkmenien und Sibirien bis ans Ochotskische Meer sowie über Nordamerika von Alaska bis Florida und von Labrador bis Nordmexiko außer der sonorischen Wüste. In diesem riesigen

Areal lebt er als nur eine Art mit einer Reihe von Unterarten. So wie die Art heute aussieht, bestand sie bereits unverändert in der ersten Hälfte der Eiszeit gleichzeitig mit älteren, körperlich etwas größeren und in der zweiten Eiszeithälfte wieder ausgestorbenen Biberarten.

Von dem viele Millionen starken Biberheer, das nacheiszeitlich die Holarktis bevölkerte, hat der Mensch leider nicht mehr allzuviel übriggelassen und die Biber in fast ganz Europa bis auf kleine Bestände im Rhônedelta, an der mitteldeutschen Elbe, in Norwegen und Schweden sowie etwas größere in Rußland und Sibirien ausgerottet. Auch in Nordamerika wurde er in großen Teilen seines östlichen, südlichen und südwestlichen Vorkommens vernichtet. In Nordamerika verlor er viel Gebiet, weil man ihm wegen seines wundervoll dichten Felles nachstellte und durch Trockenlegen der Sümpfe und Flußauen oder sonstige Landeskulturmaßnahmen seinen Lebensraum zerstörte. Letzteres geschah in noch viel stärkerem Maße in Europa, wo man das Fell ebenso als Pelzwerk, dazu noch das Sekret seiner in Afternähe gelegenen Bibergeildrüsen als Heilmittel schätzte, sein Fleisch als Fastenspeise verzehrte (galt er doch wegen seines angeblich beschuppten Schwanzes als Fisch) und die Fischer ihn als angeblichen Fischräuber totschlugen.

Der Biber ist als Vertreter einer eigenen Familie innerhalb der Nagetiere außer dem Stachelschwein das größte dieser Ordnung in der Holarktis (Kopfrumpflänge 80–100 cm, Schwanzlänge rd. 30 cm, Gewicht 25–30 kg). Außerhalb seines Areals kommt ihm nur noch die Nutria gleich und übertrifft ihn nur das Wasserschwein, beide in Südamerika.

In seiner Ernährung ist der Biber ganz auf Wasser-, Sumpfpflanzen und Weichholzarten wie Weide, Pappel, Erle u. ä. eingestellt. Als ausgewachsenes Tier braucht er im Jahr gut 4 t oder 7–8 cm^3 berindetes Holz dieser Arten außer den krautigen Wasser- und Sumpfgewächsen. Durch sanduhrförmiges Einnagen der Stämme über dem Boden bringt er Bäume bis 50 cm Stammdurchmesser zu Fall, um Äste und Zweige abzuschneiden. In ausreichender Menge findet er seine Nahrung nur in sumpfig-feuchten Landschaften von Gewässerrändern und -umgebungen. Um darin zu leben, muß er gut schwimmen und tauchen, wozu ihn denn auch sein wasserdichtes Fell, seine verschließbaren Nasenlöcher und kleinen Ohren, die Schwimmhäute zwischen den Zehen und sein breiter, flacher, kellenartiger und nackthäutiger Schwanz als Steuerorgan befähigen.

In seinem Wohngewässer baut sich der Biber auf einer flachen Stelle aus Ästen, Zweigen, Schilf, Grasbüscheln und Schlamm eine frostsichere Burg mit einem gepolsterten Wohnraum oberhalb des Wasserspiegels und einer Unter- und Überwasserzufahrt. Je nach den örtlichen Gegebenheiten kann die Burg mehr aus Schilf und Rohr oder aus Ästen und Zweigen gebaut sein. Hat das Wohngewässer feste Uferböschungen, wird der ganze Bau in die Erde verlegt, vom Wasser her eine mehrere Meter lange Röhre und anschließend über Wasserspiegelhöhe ein geräumiger Kessel gegraben.

Wo ihm die Beschaffenheit seines Gewässers nicht zusagt, verändert der Biber durch Dammbauten die Wasserspiegelhöhe so, daß er seine Wege zu den Fraßplätzen und von dort den Ast- und Zweigtransport zum Bau im Wasser zurücklegen kann. Das Wasser muß so tief sein, daß er bei Gefahr forttauchen und so seinen Burgeingang erreichen und am Gewässergrunde bei seinem Bau einen großen Vorrat von eingesammelten Weichholzästen und -zweigen für den Winter so einlagern kann, daß er ihm nicht einfriert und jederzeit unter Wasser erreichbar ist. Hält der Biber doch keinen Winterschlaf. Je mehr Biber da sind, desto mehr Dämme aus Zweigen, Knüppeln und Schlamm werden durch einen Bach- oder kleineren Flußlauf als Staustufen gebaut, die eine ganze Kette von Teichen bedingen. Damit wird das Wasser vom schnellen Abfließen bewahrt, steht auch im trockenen Sommer noch zur Verfügung, die Pflanzendecke bleibt erhalten, und kein reißender Wasserstrom schwemmt die Erde fort. Kurz und gut, der Biber sorgt für ausgeglichenen Wasserhaushalt und fruchtbares Land. Er ist der stärkste Landschaftsgestalter außer dem Menschen.

Leider hat letzterer es ihm in seiner Raffgier sehr schlecht gedankt, ihn hauptsächlich nur des Felles wegen weitgehend ausgerottet, aber sich letzten Endes selbst durch nachfolgende Landschafts- und Klimaverschlechterung sehr geschadet. Seit einiger Zeit hat man das auch, besonders in Nordamerika, eingesehen, den Biber unter Schutz oder zeitliche Schonung gestellt und ihn in etlichen Landschaften mühsam wieder angesiedelt. Auch in der Sowjetunion und in Europa wird dem Biber wieder größte Beachtung geschenkt, werden seine Restbestände streng geschützt und neue Kolonien wieder begründet.

Menschlich betrachtet, führt der Biber ein musterhaftes Familienleben in lebenslänglicher Einehe mit rührender Kinderbetreuung. Hat sich ein Pärchen zusammengefunden, besetzt es sein eigenes Wohngebiet, errichtet Burg, Dämme und Schwimmkanäle und vermehrt sich nach besten Kräften. Im Mai setzt die Biberin nach rd. 105 Tagen Tragzeit 3–4 vollbehaarte, sehende und lauffähige Junge, die nach zwei Wochen erstmals ins Wasser gehen, zwei Monate gesäugt werden, mit sechs Wochen anfangen, Pflanzenkost zu fressen und mit zwei Jahren geschlechtsreif werden. Bis dahin leben sie mit den Eltern. Danach wird ihnen bedeutet, das »Mutterhaus« zu verlassen und sich einen eigenen »Haushalt« zu errichten.

Die oft bewunderten Leistungen des Bibers im Bäumefällen und Dämmeerrichten geschehen am wenigsten verstandesmäßig im menschlichen Sinne, sondern sind angeborene Triebhandlungen, die den örtlichen Gegebenheiten durch Erfahrung und in gewissem Sinne auch durch Überlegung angepaßt werden.

Bienenfresser *(Merops apiaster)*
Einer der hübschesten Vögel der europäischen Fauna ist zweifellos der Bienenfresser. Er hat die Größe eines

Stars, einen langen Schwanz mit spitzig verlängerten Mittelfedern, einen sanft gebogenen, ziemlich langen Schnabel, kurze Beine und ist leuchtend bunt gefärbt. Das Kastanienbraun von Oberkopf und Rücken wird an der Schulter ockergelb, und weiß hebt die Stirn sich vom dunklen Scheitel. Das Auffälligste ist aber die knallgelbe Kehle, ein schwarzes Band trennt sie scharf von der blaugrünen Unterseite. Flügel und Schwanz sind größtenteils grün.

Wer großes Glück hat, kann diesen netten Vogel sogar einmal in Mitteleuropa beobachten, aber das bleibt eine seltene Ausnahme. Zusammen mit Eugen Schuhmacher hatte ich eines Tages dieses Glück. Vor einigen Jahren erzählte uns jemand, er habe Bienenfresser in der Nähe von Augsburg gesehen. Das war eine alarmierende Nachricht. Tatsächlich fanden wir sie und sogar ihre Nester an einer großen Kiesgrube. Natürlich hofften wir, die Tiere würden im folgenden Jahr zurückkehren. Doch vergebens. Was wir hier erlebten, war ein typisches Verhalten dieser interessanten Art. Von Zeit zu Zeit machen einzelne Paare oder wie in unserem Fall kleine Schwärme im Frühjahr einen Vorstoß nach Norden über die normale Verbreitungsgrenze hinaus. Oft streichen sie nur unstet umher, aber in warmen Sommern versuchen sie, einen günstigen Platz zu finden und schreiten dann zur Brut, einmal in Deutschland, ein andermal vielleicht in Dänemark oder in England.

Das ständige Brutgebiet erstreckt sich von Marokko und Spanien durch Südeuropa und ganz Vorderasien. Zwischen dem Schwarzen und dem Kaspischen Meer reicht es bis auf die Höhe von Schleswig-Holstein nordwärts. Der Grund für die stetige Verlagerung der Verbreitungsgrenze nach Norden liegt in dem zunehmend kontinentalen Klima dieser östlichen Gegenden, in den heißen, trockenen Sommern, die der Bienenfresser zum Leben braucht. Den unerträglichen Bedingungen der kalten Winter weicht er rechtzeitig aus. Er ist Zugvogel und wandert von Europa bis in den Süden Afrikas. Durch einen Kontinent von den Artgenossen im Norden getrennt lebt und brütet dort auch eine Gruppe, die sich äußerlich nicht von den nördlichen Brütern unterscheidet. Man weiß nicht recht, ob die beiden in irgendeinem näheren Zusammenhang stehen oder nicht.

Von Natur aus ist der Bienenfresser ein Steppenbewohner. Er lebt in offenen Landschaften, in denen es genügend größere Fluginsekten gibt. Das sind vor allem die Steppen und die Savannen mit ihren Heuschrecken, Fliegen, Bremsen, Bienen, Wespen, Käfern, Schmetterlingen und Libellen. All diese Insektengruppen bilden die Nahrung des Bienenfressers. Er fängt sie nur im Fluge. Fliegend erinnert er bis auf den bezeichnenden langen Schwanz an einen Star. Der Bienenfresser betreibt seine Jagd nicht nach der Art unserer Schwalben im Dauerflug, vielmehr wählt er sich in seinem Revier eine Anzahl dürrer Zacken auf Büschen und Bäumen als Warten. Dort hat er freien Blick. Immer wieder erhebt er sich zu kürzerem oder längerem Rundflug. Hat er ein Insekt mit dem Schnabel gefaßt, kehrt er auf die Warte zurück und schlägt es vor dem Verzehren erst auf dem Ast tot. Bienenfresser gehören zu den wenigen Vogelarten, die regelmäßig auch die stachelbewehrten Bienen und Wespen erbeuten und fressen. Sie haben eine Methode, vor dem Verschlucken den gefährlichen Stachel zu entfernen. Diese Fähigkeit schlägt dem Bienenfresser zum Schaden aus. Denn natürlich macht er auch nicht vor den Ständen des Imkers halt, sondern plündert, besonders bei schlechtem Wetter, gehörig die Völker. In Südosteuropa, wo es stellenweise große Kolonien gibt und gegeben hat, ist er deshalb sehr verfolgt worden und wird es in manchen Gegenden noch.

Bienenfresser sind gesellig, sie wandern gern in Scharen und sie brüten auch in der Regel in Kolonien, die aus Hunderten von Paaren bestehen können, wenn auch jedes Paar um sein Nest herum wenigstens ein kleines Revier beansprucht, in das die Nachbarn nicht eindringen dürfen. Die Nistweise ist ähnlich wie beim Eisvogel. Der Bienenfresser gräbt lange Röhren in sandige Erdwände und wenn er keine Wände oder Böschungen findet, schräg in den flachen Boden. Die Vögel graben mit dem Schnabel und schaffen nach rückwärts mit den Füßen die Erde hinaus. Ein Nest wird nicht gebaut, doch entsteht wie beim Eisvogel im Lauf der Zeit eine Bodenschicht aus Gewöllen und Nahrungsresten. Das Gelege besteht aus 5–6 beinahe kugeligen, weißen Eiern. Männchen wie Weibchen brüten und versorgen später die Jungen. Schon bald nach dem Ausfliegen verläßt die ganze Schar das Brutgebiet und begibt sich auf die lange Wanderung in das Winterquartier.

Brandseeschwalbe
(Sterna sandvicensis)
Niemand weiß, warum die Seeschwalben eigentlich so heißen. Weder sind sie Schwalben, noch sehen sie so aus, noch erinnert ihr Flug an eine Schwalbe, sie haben auch nicht die geringste Ähnlichkeit damit, außer im Namen und im gegabelten Schwanz. Offenbar beurteilen manche Leute die Ähnlichkeiten nach dem Schwanz. Der Ornithologe weiß das natürlich, aber für den ornithologischen Normalverbraucher muß man es klarstellen.

Seeschwalben sind lang- und schmalflüglige Verwandte der Möwen mit spitzen Stilettschnäbeln und sehr kurzen Beinen, auf denen sie schlecht zu Fuß sind. Eigentlich sympathische Tiere für Autofahrer, nur noch fortschrittlicher. Wenn eine Seeschwalbe ihren Standplatz um zehn Meter verlegen will, geht sie nicht, sie fliegt. Das haben wir noch vor uns, nur, bis dahin wird es keine Seeschwalbe mehr geben, und deshalb wollen wir uns heute noch an den graziösen Gestalten mit ihrem wild anmutenden Seeräubergeschrei erfreuen.

An den Küsten der Nord- und Ostsee sind sie in mehreren Arten noch zahlreich anzutreffen, auch am Atlantik, am blauen Mittelmeer kaum noch. Der einzige Grund für ihre noch verhältnismäßig häufige Anwesenheit an vielen europäischen Küsten ist das Bestehen der überwachten Seevogelschutzgebiete, in denen diese Koloniebrüter zusammen mit Möwen und etlichen Strandvögeln ungestört brüten können. Die Brandseeschwalbe ist gleichsam die Inkarnation aller Seeschwalben. Mittelgroß, weiß, sehr schlank, mit lichtgrauer Oberseite, Gabelschwanz und tiefschwarzer Kopfplatte, im Nacken zu einem spitzen Schopf verlängert; Schnabel schwarz mit gelber Spitze, Beine schwarz. Das ist ein ausreichender Steckbrief. Erwähnt man dazu noch die Stimme, laut und schneidend wie »kierrick« und rauh »erö erö«, so ist sie unverkennbar. Kraftvoll fördernd und ausdauernd ist der Flug mit den weit ausholenden Schwingenschlägen, trotzdem wirkt er leicht wie ein hüpfendes Schwimmen durch die Luft.

Die heutigen Brutplätze der Brandseeschwalbe liegen sehr auseinandergezogen an einigen Stellen der europäischen Küsten bis zum Schwarzen Meer, am Kaspischen Meer, im südöstlichen Nordamerika, in der Karibischen See und sehr lokal in Südamerika.

Im April bis Anfang Mai erscheinen die mitteleuropäischen Brutvögel wieder aus ihren Winterquartieren an den Küsten der südlichen Hälfte Afrikas. Sie konzentrieren sich in der Brutzeit in wenigen großen Kolonien. Vielerorts hat die Zahl der Vögel in den letzten Jahrzehnten stark abgenommen. 1940 brüteten auf Norderoog 4000 Paare, jetzt noch etwas über 800, es gibt keine deutsche Kolonie mehr mit wesentlich über 1000 Paaren. Anscheinend funktioniert das ganze Brutgeschäft nur in einer großen Kolonie gut.

Alle sozialen Vorgänge verlaufen bei der Brandseeschwalbe mit einem effektvollen Aufwand an Bewegung und stimmlicher Energie. Deshalb gehört sie mit ihrer eindrucksvollen Silhouette auch zu den besonders fotogenen Vögeln. Aus dem gleichen Grunde ist sie ein dankbares Objekt für den Verhaltensforscher. Paarbildung und Balz mit mannigfachen Handlungen und Stellungen gehen sowohl am Boden wie in der Luft vor sich. Wie bei allen Seeschwalben spielt dabei ein vom Männchen fliegend umhergetragenes und schließlich an das Weibchen verfüttertes Fischchen eine große Rolle.

Die Brutkolonie wird an flachen, wenig bewachsenen, sandigen oder felsigen Stränden angelegt und ist deshalb durch Hochwässer sehr gefährdet. Es geht darin eng und überaus lärmend zu. Die Nester stehen so dicht beieinander, daß die brütenden Vögel sich fast berühren, und dauernd gibt es Kontroversen mit den Nachbarn wobei sofort angriffslustig die Schnäbel aufgerissen werden. Natürlich sagt man sich dabei auch laut die Meinung. Aber gegen Feinde, etwa gegen raubende Silbermöwen, wird die Kolonie von allen gemeinsam energisch verteidigt. Das Gelege besteht aus zwei bis drei auf hellbraunem Grunde grau und schwarzbraun gefleckten Eiern, die von beiden Eltern bebrütet werden. Auch die Brutablösung geht jedesmal unter bestimmten zeremoniellen Bewegungen vor sich. Man hat herausgefunden, daß die Eltern ihre Eier nicht kennen, dagegen sehr genau die Stelle, an der inmitten der volkreichen Siedlung ihr Nest steht. Wenige Tage nach dem Schlüpfen verlassen die Jungen in ihrem gefleckten Dunenkleid das gewöhnlich nur aus einer in den Sand gedrehten Mulde bestehende Nest und verkriechen sich im Schutz niedriger Pflanzen in der Umgebung, die meiste Zeit bewacht von der Mutter. Das Männchen trägt Nahrung herbei. Die Eltern lernen ihre Jungen an der Stimme kennen und füttern nur sie. Später schließen sich ganze Scharen von Jungen zu festen Verbänden zusammen, die gemeinsam ziemlich weit umherwandern, nicht selten in das Watt hinaus. Sie werden dort immer noch von den Eltern betreut.

Brandseeschwalben ernähren sich von kleinen Fischen und anderen Meerestierchen. Zum Fischen fliegen sie mehrere Meter über dem Wasserspiegel und durchmustern genau die oberflächlichen Schichten. Erblicken sie eine Beute, dann stürzen sie steil in elegantem Schwung hinab und verschwinden im aufspritzenden Wasser. Beim Auftauchen nach erfolgreicher Jagd hängt ihnen an der linken Schnabelseite ein Fischlein herab. Es ist eine merkwürdige Gewohnheit aller Seeschwalben, einen gefangenen Fisch immer links über den Schnabel hängen zu lassen.

Braunbär *(Ursus arctos)*
Der Braunbär hat gleich Wolf, Rotfuchs, Elch und Rothirsch eine sehr weitreichende holarktische Verbreitung. Bevor der Mensch in der Neuzeit den Braunbären landschaftsweise ausrottete, besiedelte die Art ganz Europa außer Irland und den Mittelmeerinseln, nacheiszeitlich auch noch den Atlas in Nordafrika, ferner das gemäßigte Asien bis zu den großen Kettengebirgen im Süden sowie Sachalin, Hokkaido und die Südkurilen und Nordamerika von Nordalaska und -kanada bis Nordmexiko. Heute ist er im westlichen und mittleren Europa bis auf kleine Restbestände in den Pyrenäen, Südalpen und Abruzzen ausgerottet, auf dem ganzen Balkan jedoch von Südpolen bis Nordgriechenland, Rumänien und Bulgarien, einschließlich Slowakei und Jugoslawien infolge strengen Schutzes noch recht zahlreich. Auch Norwegen, Schweden und Finnland beherbergen noch kleinere Bestände, während die Art von Ostpolen und Westrußland an ostwärts noch weit verbreitet ist. Ebenso lebt er noch in Kleinasien, Syrien, Persien, Afghanistan und weiter ostwärts durch Tibet bis in die Mongolei, Nordkorea und Kamtschatka. In den USA verschwand er bis auf kleine Reste, die in Nationalparks innerhalb der Felsengebirgskette geschützt werden, ebenso völlig aus Nordmexiko und aus dem östlichen, vor allem südöstlichen Kanada.

Der Braunbär ist eine erdgeschichtlich noch junge Form, die erst im Laufe der Eiszeit aus etwas urtümlicheren, aber ihm bereits sehr ähnlichen Vorfahren entstand. Mit ihm entwickelte sich der Höhlenbär als eigene Art, starb jedoch mit dem Ende der Eiszeit aus. Die Backenzähne des Braunbären sind so gebaut, daß er sowohl Fleischstücke abschneiden als auch Pflanzenkost zerquetschen kann. Er ist also ein Allesfresser, was ihm wiederum ermöglicht, in den verschiedensten Lebensräumen zu existieren – von der arktischen bis zur Hochgebirgstundra und in den dazwischenliegenden verschiedensten Waldarten und Landschaftsformen. Diese Eurökie sicherte ihm seine so ausgedehnte Verbreitung.

Innerhalb seines riesigen Areals trifft man von ihm kleine bis große Vertreter aller Farbschattierungen von weiß- und silbergrau über gelb, orange, rotbraun bis dunkelbraun und rein schwarz. Die kleinsten Braunbären sind die der west- und mitteleuropäischen Restbestände und die Syrier, die größten die Kamtschatka-, Alaska- und Kodiakbären. In Alaska wiederum leben die allergrößten auf der Alaska- und Kenai-Halbinsel und den dazugehörigen Inseln Unimak, Kodiak, Afognak, Shunyak und Montagu. Dort erreichen die Bären eine Schulterhöhe von 145 cm, eine Gesamtkörperlänge von 270 cm und ein Gewicht von 700 kg und mehr. Diese Riesen stellen die größten Landraubtiere der Erde dar. Der vorwiegend im Bereich des Felsengebirges lebende Braunbär hat meist graue Fellfarbtöne vorherrschend, heißt deshalb auch Graubär oder Grizzly. Er ist aber ebensowenig eine eigene Art wie der Kodiak- oder Kamtschatka- oder der gelbbraune Syrische oder der manchmal bläuliche Tibetbär. Alle Braunbärenformen dieser Erde vertreten sich gegenseitig geographisch, sind also höchstens Unterarten und zeigen alle ziemlich große Farb- und Habitusabänderungen in ihren Beständen.

Der Braunbär ist seiner Natur nach ein geruhsamer Bummler, der in seinem viele Quadratkilometer großen Revier nach Genießbarem umherstreift. Wenn er im Frühjahr aus dem Winterlager kommt, frißt er zuerst einmal Gras und Kräuter, um seinen Verdauungskanal zu reinigen und Vitamine aufzunehmen. Dann macht er sich über das aus dem Schnee herausapernde Fallwild her, frißt also Aas. Dann sucht er Nester und Jungvögel von Bodenbrütern oder sich drückendes Jungwild. Auch geht er gerne fischen. Der Alaskabär ist dafür bekannt, daß er wochenlang nur von die Flüsse heraufsteigenden Lachsen lebt und sich damit einen dicken Speck für den Winter anfrißt. In anderen Gebieten gräbt er nach Pfeifhasen, Zieseln und Steppenmurmeltieren und mästet sich damit. Im Sommer lebt er wochenlang nur von Heidel-, Krons-, Moos-, Him-, Brombeeren und anderen Beeren, nimmt später auch gerne Wildobst, Eicheln, Kastanien, Bucheckern und ähnliche Baumfrüchte auf und gräbt nach saftigen Pflanzenwurzeln, -knollen und -zwiebeln, Hautflüglernester (Bienen, Wespen, Hummeln, Ameisen) mit Honig oder Maden nicht zu vergessen. Erwachsenes gesundes Wild zu schlagen, ist er meist zu ungeschickt, reißt aber Kälber, Kitze, Frischlinge und andere Jungtiere und auch behinderte oder kranke Großtiere. Wo Haustiere auf Waldweide getrieben werden und ihn so in Versuchung führen, schlägt er auch diese und entwickelt sich dann öfter zum ausgesprochenen Schlag- und Schadbären, der erwachsene Rinder und Pferde tötet. Ein 350 kg schwerer Grizzly verschleppt ohne weiteres einen 450 kg schweren Bison.

Im Herbst sucht sich der Bär ein Winterlager in einem Erdwurf, einer Erd- oder Felsenhöhle oder er gräbt sich selber eine Höhle und polstert sie mit Gras, Laub und Moos aus. Meist bezieht er sein Winterlager allein, dann hat es nur 3–4 m² Bodenfläche. An Höhe genügen ihm 50–80 cm. Die Bärin, die ihre im vorangegangenen Winter geworfenen Jungbären mit ins Winterlager nimmt, braucht mindestens 4 m². Die Zeit des Winterlagerbezugs richtet sich nach dem Wetter. Je eher der Winter mit Schnee und Kälte einsetzt, desto früher wird das Lager bezogen. Normalerweise fällt die Hauptbezugszeit in den Oktober und den Anfang des Novembers. Im Lager verschläft der Bär den Winter, zehrt dabei vom eigenen Fett und wechselt die Haut seiner Brantensohlen. Er verfällt zwar in Schlaftrunkenheit, nicht aber in eine echte Starre oder Lethargie mit stark gedrosseltem Stoffwechsel. Er ist also nur ein Winterruher, kein Winterschläfer nach physiologischer Beurteilung. Im Winterlager wirft auch die Bärin, die keine Jungen mehr führt, im Dezember oder Januar 1–4 (meist 1–3, selten 4, ganz selten 5) Junge nach einer Tragzeit von 180–250 Tagen. Die Jungen sind nur rattengroß, 350–500 g schwer und 20–25 cm lang, dünn behaart und haben die Augen und Ohren noch geschlossen, werden also sehr unvollkommen geboren. Sie bleiben mit der Mutter bis April oder Mai im Lager. Wenn sie es dann verlassen, wiegen sie rd. 4 kg, sind dichtwollig braun behaart und tragen einen weißen Halsring oder -fleck, der sich zum Herbst hin verliert. Mit einem Jahr wiegen sie rd. 90 kg. Die Alte führt die Jungen volle zwei Jahre, so daß sie nur alle drei Jahre zum Werfen kommt. Die Bärzeit (Paarungszeit) liegt zwischen April, und Juni, meist im Mai. In dieser Zeit ist eine Bärin 10–13 Tage heiß. Dann raufen sich die Männchen um sie, wobei sie sich, wenn es die Umstände ergeben, auch von mehreren Männchen nacheinander decken läßt. Eine Bindung über die Bärzeit hinaus gibt es bei den Geschlechtern nicht. – Ein Bär wird 25–30 Jahre alt, in Gefangenschaft manchmal noch einige Jahre mehr.

Dreizehenmöwe *(Rissa tridactyla)*
Unter den 44 Möwenarten der Erde gibt es nur einen einzigen wirklichen Hochseebewohner, der es darin den Sturmvögeln und den Albatrossen gleichtut, die Dreizehenmöwe. Alle anderen entfernen sich kaum einmal aus den Küstengewässern, in denen sie sich aufhalten. Wenn sie nicht überhaupt Binnenländer sind wie die Lachmöwen, die sich in unseren Städten durch den Winter füttern lassen.

Die Dreizehenmöwe sieht ganz ähnlich aus, ist auch ungefähr so groß, wie eine Lachmöwe im Winter, nur fehlt ihr im Alterskleid der schwärzliche Ohrfleck der Lachmöwe, ihr Kopf ist rein weiß. Sie unterscheidet sich auch durch gelben Schnabel, schwarze Beine und Flügelspitzen in Form eines schwarzen Dreiecks.

Nur bei anhaltenden Stürmen werden einzelne Dreizehenmöwen zuweilen in das Binnenland verschlagen. Sie erscheinen dann an Flüssen und Seen. Ihr Schicksal ist fast immer der Untergang, obwohl sie so ausgezeichnete Flieger sind. Aber Dreizehenmöwen sind spezialisierte

Planktonfresser. Sie nehmen kleine Tierchen bis zur Größe von Fischbrut von der Oberfläche des Meeres ab. Im Süßwasser finden sie keine geeignete Nahrung. Das halten sie nicht lange aus und ermatten bald, wenn sie nicht sehr schnell den Weg zurück zur See finden.

Eine andere Besonderheit der Dreizehenmöwe ist ihr Felsbrüten. Auch manche andere Möwen errichten ihre Nester an felsigen Gestaden, aber die Dreizehenmöwe plaziert sie auf schmalste Bänder und Simse, wo sie kaum Platz hat, sich zu rühren. Das mögen andere Möwen nicht, sie will es. Diese Eigenheit hat dazu geführt, daß in einigen nordischen Hafenstädten die Dreizehenmöwen dazu übergegangen sind, in den Fensterbänken hoher Hausfassaden zu brüten.

Brutplätze der Dreizehenmöwe liegen an den Küsten der meisten nördlichen Meere. In Europa bewohnen sie die der Britischen Inseln, Nordskandinaviens, Islands und alle nördlichen Felseninseln. In Deutschland hat sie nur eine Brutstätte, den Helgoländer Felsen. Dort nisten jetzt etwa 250 Paare. In den letzten Jahrzehnten hat die Dreizehenmöwe sich etwas nach Süden ausgebreitet und ist im südlichen Teil ihres Brutgebietes häufiger geworden. Sie brütet überall in großen Kolonien.

Nicht jede Klippe eignet sich als Seevogelbrutplatz. So kommt es, daß an manchen Vogelklippen, an denen sich Abertausende von Seevögeln zusammendrängen, ein scharfer Konkurrenzkampf um günstige Nistplätze entsteht. Das trifft auch für die Dreizehenmöwe zu. Häufig streiten zwei Paare um einen guten Platz. Eine ganze Reihe von Eigenschaften der Alten wie der Jungen lassen sich als Anpassungen an das Brüten in steilen Felden verstehen. Das beginnt schon mit dem Nest. Es ist größer und fester gebaut als bei anderen Möwen und hat eine tiefere Mulde. Die Alten tragen Seetang und andere Pflanzenteile herbei und verfestigen sie mit Schlamm, was andere Möwen nie machen. So haftet der Bau besser an der Unterlage und wird widerstandsfähiger gegen Stürme.

Die Eizahl ist gewöhnlich zwei. Nach dem Ausbrüten krabbeln die Jungen nicht wie bei anderen Möwen frühzeitig aus dem Nest, um sich in der Umgebung zu zerstreuen. Sie bleiben vielmehr, bis sie den ersten Flug wagen können, im Nest oder in dessen nächster Umgebung, anderenfalls würden sie Gefahr laufen, abzustürzen. Auch wenn sie angegriffen werden, versuchen sie nicht fortzulaufen, sondern drücken sich an den Boden. Die Eltern würgen ihnen die Nahrung nicht vor, wodurch das Nest verschmutzt würde, die Jungen nehmen ihnen das Futter unmittelbar aus der Kehle. Auch verschiedene Verhaltensweisen der Alten lassen sich als Anpassung an die besondere Nistweise deuten.

Mit 4–5 Wochen fliegen die Jungen aus und verlassen mit ihren Eltern den Brutplatz, um sich über die offene See zu zerstreuen, wo sie die Zeit bis zur nächstjährigen Brut zubringen. Die Alten bleiben auch den Winter über meist in nördlichen Gewässern, die Jungen überwintern gewöhnlich etwas südlich von den Brutgebieten.

Eiderente *(Somateria mollissima)*
Der Vogel, der die feinsten Daunen für Kissen liefert, ist die Eiderente. Man muß sie erfreulicherweise nicht einmal schießen, um in den Besitz der begehrten Daunen zu gelangen, sie fallen der Ente von selber aus. Allerdings nicht, um ein sanftes Ruhekissen zu füllen, sondern um ihr Nest damit auszukleiden. Das machen alle Enten so, nachdem sie ihre Eier gelegt haben, nur geschieht es bei der Eiderente besonders reichlich. Die Daunen häufen sich rings um das Nest zu einem Wall. Wenn die brütende Ente es einmal verläßt, um Nahrung aufzunehmen, zu trinken und zu baden, zieht sie die mit Niststoffen vermischten Dunen wie eine Tarnkappe über das Gelege und verhüllt die Eier so vor den Blicken gieriger Möwen. Eine Ente produziert je nach Gegend 16–20 g Dunen. Bei der sprichwörtlichen Leichtigkeit dieser Gebilde ist das eine ganze Menge. Noch heute nutzt man dort, wo die Eiderente häufig vorkommt, die Daunen kommerziell, natürlich streng konzessioniert und nach Vorschriften, sonst gäbe es längst keine Eiderente mehr. Der Erpel im schwarzweißen Prachtkleid ist zudem ein sehr hübscher Vogel. Während viele Tauchenten eine weiße Unterseite und eine dunkle Oberseite haben, ist der Eidererpel unten schwarz und oben weiß. Bis auf die schwarzen und moosgrünen Abzeichen an Stirn, Ohr und Nacken ist auch der Kopf weiß. Die unscheinbare Ente ist tarnfarbig braun, ganz überzogen von dichter dunkler Bänderung. Brütend im dunklen Heidekraut oder zwischen Treibholz verschwimmt sie mit der Umgebung. Unter all ihren Genossen fallen die Eiderenten durch den langen, hoch auf die Stirn gezogenen Schnabel auf.

Als reiner Meeresvogel brütet die Eiderente nur an den Küsten nördlicher Meere. Das Verbreitungsgebiet ist sehr groß. Es zieht sich an den Küsten von Nordostsibirien und dem ganzen nördlichen Nordamerika, Grönland, Nordeuropa und den vorgelagerten Inseln bis Spitzbergen und Nowaja Semlja hin. An der Nordküste Sibiriens fehlt die Eiderente. Die weitaus größten Brutvorkommen im europäischen Raum liegen in Island. Dort findet sich annähernd eine halbe Million zusammen. Im übrigen Europa sind die Bestände weit geringer. Die Südgrenze des Brutgebietes verläuft ungefähr an der skandinavischen Ostseeküste und an der Nordseeküste entlang, wo auch die einzigen deutschen Brutvorkommen liegen.

Durch starke Verfolgung war um die Jahrhundertwende die Eiderente bereits selten geworden und an manchen Orten ausgerottet, man mußte schwarz für ihre Zukunft sehen. Bei ihr haben sich intensive Schutzmaßnahmen außerordentlich günstig ausgewirkt. In vielen Gebieten fand seither eine starke Zunahme statt. So stieg auf der holländischen Insel Vlieland der Bestand von Null zu Beginn dieses Jahrhunderts auf über 2500 Paare im Jahr 1957. Seither erfolgte aus anderen Gründen wieder eine gewisse Abnahme. Die größte westdeutsche Brutkonzentration findet sich mit 200–300 Paaren auf der nordfriesischen Insel Amrum. Verglichen mit den isländischen Mengen, sind diese Zahlen freilich unbedeutend.

Eiderenten sind überaus gesellig. Außerhalb der Brutzeit trifft man sie fast nur in großen Scharen, die sich an günstigen Nahrungsplätzen zusammenfinden. Schon im Spätherbst und Winter beginnen auf See die auffallenden, frisch vermauserten Erpel, sich in kleinen Gruppen um einzelne Weibchen zu scharen und unter hallend rollenden, tiefen Rufen zu balzen. Dabei sieht man sie mit den Flügeln schlagen und häufig den Kopf nach rückwärts auf den Rücken werfen.

Im April, an den südlichen Brutplätzen noch früher, im Norden oft später mit dem Eisfreiwerden der Buchten, stellen sich die Scharen wieder an den Brutplätzen ein. Die Weibchen suchen sich ihre Nestplätze je nach Örtlichkeit an sehr verschiedenen Stellen. Sie können in dichter Krautvegetation oder an kahlen Stränden liegen, hinter Treibholz, unter Steinen, in Spalten oder ganz frei. In den meisten Gegenden zerstreuen sich die brütenden Paare einzeln. An den Orten dichtester Ballung aber, wie in Island, kommt es zur Bildung großer Brutkolonien, wo ein Nest neben dem anderen liegt. Hier halten die weithin sichtbaren Erpel nahe bei ihren brütenden Weibchen Wache, während sie sich bei den Einzelbrütern im Süden meistens in Gruppen auf dem Meer zusammenscharen.

Eisbär *(Thalarctos maritimus)*
Der Eisbär hat sich im Laufe der Eiszeit aus braunbärenartigen Vorfahren, deren nördlichste Vertreter sich im Laufe der langen Kältezeit an die Unbilden der Arktis anpaßten, herausgebildet. Seine nahe Verwandtschaft zum Braunbären äußert sich darin, daß in Zoologischen Gärten bereits mehrfach Bastarde aus beiden Arten gezogen wurden, wie z. B. die Bärin »Hella« im Tierpark München-Hellabrunn, die über 30 Jahre alt wurde.

Die Arktis mit ihrem kurzen Polarsommer, der nur für wenige Wochen eine Blau-, Krähen- und Moosbeerenernte liefert, zwingt den Eisbären, als fast reiner Fleischfresser zu leben, weil ausreichende Pflanzenkost nur für einen Bruchteil des Jahres für ein so großes Tier wie ihn (Schulterhöhe 130–140 cm, Gesamtlänge der Männchen von der Nasenspitze bis zum Bürzel bis 345 cm, der Weibchen erheblich weniger, bis 245 cm, Gewicht der Männchen 400–450, manchmal bis 600, ganz selten bis 800 kg, der Weibchen 300–400 kg) zur Verfügung steht. Hauptbeute des Eisbären sind Robben, unter ihnen besonders die kleine Ringelrobbe. Entweder lauert er ihnen an den Atemlöchern auf, wenn sie zum Luftholen emporkommen, oder er schleicht sie in Deckung von Eisschollenwürfen und Schneehügeln meisterhaft an oder er schwimmt eine am Eisrand liegende lautlos an, die letzte Strecke tauchend, um dann plötzlich heraufschießend die Tatze auf ihren Kopf zu schmettern. Mangelt es dem Eisbären an Robben, nimmt er vom Lemming bis zum Eisfuchs, vom Gelege und Gesperre bodenbrütender Vögel bis zum Schlittenhund alles, was er bekommen kann. Er reißt auch ein Rentier, wenn er es überlisten kann, pirscht z. B. auf Island auch auf frei weidende Hausschafe, Pferde und Rinder, schlägt laichende Lachse aus den Flüssen und Bächen, plündert gestapelte Vorräte von Eskimos, Fallenstellern und Polarforschern, frißt notfalls auch lederne Geschirriemen von Schlittenhunden oder Pelzstiefel mit oder nimmt Aas an. Strandet z. B. ein größerer Wal, kommen von weither durch den »Duft« angelockt die Eisbären, um sich den Wanst mit Walfleisch vollzuschlagen. Man hat bereits mehr als drei Dutzend von ihnen an einem solchen Kadaver beisammen gesehen.

Der Eisbär ist ein Einzelgänger, der viele Kilometer weit trabend umherschweift. Er schwimmt zwar leicht und gern, aber nicht so gut, daß er es stundenlang hintereinander betreiben könnte. Er zieht es stets vor, nur kürzere Strecken von Eisscholle zu Eisscholle oder vom Eisfeld zur Küste zu durchmessen, und meidet es, weithin eisfreies Wasser zu durchqueren. Auch taucht er nur wenige Meter tief und höchstens 1–2 Minuten.

Zur Bärzeit im März und April macht er sich auf die Suche nach einer brünstigen Bärin. Die Geschlechter finden sich nur zur Paarung zusammen und trennen sich dann wieder. Die Keimlinge in der befruchteten Bärin halten sich den Sommer über im Blastulastadium (Keimruhe) und setzen erst im Oktober mit der Vollentwicklung ein. Die Bärin fängt dann an, nach einer passenden Wurf- und Überwinterungshöhle zu suchen. Sie nimmt dazu am ehesten eine große Schneewehe auf der Windschattenseite eines Hügels, in die sie eine tiefreichende Höhle mit Vor- und Hauptraum und senkrechtem Ventilationsschacht gräbt. Der Hauptraum ist durch eine hohe Schwelle oder abgewinkelte Lage besonders witterungsgeschützt. Es gibt bevorzugte Überwinterungslandschaften, die von etlichen trächtigen Bärinnen immer wieder aufgesucht werden (bis zu 500 m überm Meer), während in anderen, wie z. B. auf König-Karl-Land und in Alaska, nie eine Überwinterung stattfindet. Spätestens im Dezember hat die Bärin ihre Höhle bezogen, die, frisch eingeschneit, nur schwer zu finden ist. Im Januar wirft sie dort 1–3, meist 2 kleine rattengroße, blinde, taube und nur dünn behaarte Welpen. Ende März oder Anfang April sind die Kleinen muntere weißfellige Teddybären, die mit der Mutter das Winterlager verlassen und von ihr zur Küste geführt werden. Mit 3–4 Jahren werden sie geschlechtsreif, nachdem sie rd. 1¾ Jahr von der Mutter gesäugt und volle zwei Jahre geführt wurden. Die Bärin kann also nur alle drei Jahre einmal werfen.

Diese geringe Vermehrungsziffer hat für das Großraubtier Eisbär, das außer gelegentlich dem Walroß und Schwertwal im Wasser oder gelegentlich dem Polarwolf auf dem Festland keinen natürlichen Feind hat, bisher voll genügt, zumal ein Bär 30 Jahre alt werden kann. Seit aber der Mensch mit Flugzeug, Motorschlitten und weittragenden Gewehren dem Eisbär bis mitten aufs Polareis folgen kann, sind die Bestände arg zusammengeschmolzen (z. Z. rd. 10000 insgesamt).

Früher besiedelte der Eisbär das Nordpolarmeer bis zum Nordpol hinauf und hinunter bis an die Küste Nordnorwegens, Islands, Spitzbergens, Kamtschatkas, Nordjapans, Labrados und Südgrönlands. Heute reicht sein Vorkommen südwärts bis in die Küstengebiete Nordkanadas, südwärts bis in die Hudsonbay, Nord- und Westalaskas (bis rd. 63° n. Br.) und Nordsibiriens und -rußlands und kommt nur noch vereinzelt gelegentlich nach Nordnorwegen, Island und das südliche Grönland.

In den letzten Jahren haben die Eisbärenländer Kanada, USA (Alaska), Dänemark (Grönland), Island, Norwegen und die Sowjetunion begonnen, das Eisbärenleben zu erforschen, um richtige Unterlagen für die Bejagung zu erhalten. Es hat sich gezeigt, daß die männlichen Bären gemeiniglich überhaupt nicht überwintern, auch ledige Bärinnen nicht, sondern nur trächtige und führende. Auch ergab sich, daß die Eisbären nicht zirkumpolar mit dem Treibeis wandern, sondern mehr oder minder gebietsbeständig sind, wenn sie auch innerhalb ihrer Heimatgebiete 500–1000 km weit umherschweifen. Es scheinen fünf, ziemlich voneinander getrennte Hauptbestände vorhanden zu sein, nämlich in Spitzbergen/Franz-Joseph-Land/Ostgrönland, um die Hudsonbay herum, in der äußersten kanadischen Arktis, in Nordkanada und Ostalaska und in Westalaska und dem Nordosten der Sowjetunion. Inzwischen hat man aus dem allgemeinen Bestandsschwund bereits gewisse Folgerungen gezogen und die Jagd auf Eisbären in allen sowjetischen Territorien, auf dem norwegischen König-Karl-Land und im Gebiet der kanadischen James Bay ganz und in anderen auf führende Bärinnen und Jungbären verboten sowie die Abschußziffern herabgesetzt.

Es steht somit zu hoffen, daß damit die Eisbären, die heute hauptsächlich nur noch wegen ihres Felles gejagt werden (60–70% der Eisbären sind trichinenverseucht), wieder zunehmen und noch lange ihre Rolle als »Könige der Arktis« spielen.

Eisvogel *(Alcedo atthis)*
Manche Vogelfamilien leben nur in den Tropen, manche nur in den kalten Regionen der Erde. Der Eisvogel gehört einer im wesentlichen tropischen Familie an, die den gleichen Namen führt wie die in Europa heimische Art. Das gleißend blaugrüne Gefieder von der Farbe des Gletschereises, so lebhaft kontrastierend mit dem intensiven Rotbraun der Unterseite läßt gleich – so meinen viele – an einen Tropenvogel denken. Dummerweise ist aber eine Unzahl tropischer Vögel höchst unauffällig und einfach, ja düster gefärbt, vor allem die meisten Bewohner der Bodenschicht tropischer Wälder.

Sosehr das strahlende Kleid des Eisvogels auffällt, wenn man ihn aus der Nähe betrachtet, was bei dem vorsichtigen Wesen des Vogels nur selten möglich ist, sosehr verschwimmt es auch mit dem Glitzern des Wassers und den starken Sonnenreflexen im Blattwerk der Ufer.

Der Eisvogel fühlt sich in den gemäßigten Breiten Europas, das er bis Südschweden besiedelt, und Asiens durchaus zu Hause. Er überwintert sogar in diesen Gegenden, ohne Not zu leiden, solange er offenes Fischwasser findet. Den kalten Norden allerdings meidet er gänzlich. Sein Brutgebiet erstreckt sich von Westeuropa bis nach Japan und im Süden durch die Tropen Südasiens und Afrikas. Allein die trockenen Wüstengürtel spart er aus.

Der Eisvogel ist ein extremer Einzelgänger. Nur in der Brutzeit läßt er sich herbei, eine Familie zu gründen. Nach Möglichkeit hält er sich aber selbst dann das Familienleben vom Halse. Mann und Frau sondern sich ab und fischen in getrennten Teilen ihres Bachreviers. In einer gut besetzten Gegend teilen die einzelnen Paare die Bach- und Flußläufe genau unter sich auf. Die Grenzen werden scharf überwacht, Überschreitungen nicht geduldet. Aber wo gibt es heute noch mit Eisvögeln gut besetzte Gegenden? Wegen der unausgesetzten Verfolgung von seiten der Fischzüchter ist der prächtige Vogel überall selten geworden, die starke Verschmutzung der Gewässer tut ein übriges. Obwohl der Eisvogel geschützt ist, erteilt man immer wieder Ausnahmegenehmigungen, und gibt es keine Genehmigung, dann fängt man schwarz mit kleinen Tellereisen.

Natürlich zieht es den Vogel außerhalb der Brutzeit stets wieder an die nahrungsreichsten Stellen, und das sind in der Zivilisationslandschaft für ihn nun einmal flache Fischzuchtteiche, an denen er lästig wird. Ist an solcher Stelle ein Stück gefangen worden, so dauert es nicht lange, bis das nächste es ersetzt, da das begehrenswerte Revier nun frei geworden ist. Auf diese Weise erhalten die Fischzüchter den Eindruck, der Eisvogel sei noch häufig, während sie in Wahrheit langsam den Bestand großer Räume dezimieren. Fischzuchtteiche sind für Eisvögel Todesfallen.

Den Winter verbringen die Eisvögel an jeder Art von offenem Gewässer, das ihnen Nahrung bietet. Man sieht sie dann auch an Orten, an denen sie nicht brüten.

Früh im Jahr ziehen sie sich in die Brutreviere zurück, die fast immer an kleineren Fließgewässern liegen. Balz und Paarbildung gehen unter lebhaften Flügen über dem Revier und mit anhaltendem Gerufe vor sich. Die Stimme ist ein scharfes, hohes Pfeifen. Als Nestplatz suchen die Vögel sich eine steile Uferwand, notfalls auch eine vom Wasser entfernte Böschung, in der sie graben können. Dort höhlen sie in wochenlanger Arbeit mit Schnabel und Füßen einen etwa meterlangen waagerechten Tunnel aus, dessen Ende sich zur geräumigen Kammer erweitert. Dahinein legt das Weibchen seine 6–8 rundlichen, glänzend weißen Eier ohne jede Unterlage auf den Sand. Mit der Zeit bildet sich in der Brutkammer ein Polster aus silbrigen, feinen Fischgräten von den zerfallenden Gewöllen, den Speiballen der Alten und der Jungen, die sich auf diese Weise der unverdaulichen Gräten entledigen und den Abfall noch nutzbringend verwenden. Am Brüten beteiligen sich beide Gatten ebenso wie an der Fütterung der Jungen. Drei Wochen dauert die Brützeit und drei bis vier Wochen verbringen die Jungen noch im Nest.

Durch vorsichtiges Aufgraben und

kunstvolles Verkleiden mit abgedunkeltem Glas hat man die Vorgänge im Innern der Eisvogelhöhle beobachten können. Da der Gang nur eben Raum zum Einschlüpfen eines Vogels bietet, und die Kammer von den wachsenden Jungen bald ausgefüllt wird, entsteht das Problem, wie in vollständigem Dunkel und in der Enge die regelmäßige Fütterung der Jungen vor sich gehen soll. Die Natur hat es auf eine sinnvolle Weise gelöst. Vor jeder Fütterung sitzt ein Junges genau vor der Mündung des Ganges. Es erhält jeweils das vom fütternden Vogel gebrachte Fischchen. Dann kommt der ganze Zirkel der Jungen in Bewegung und rotiert so weit, bis das nächste vor den Eingang rückt. Alle sitzen mit den Schnäbeln nach außen. Auf diese Weise erhält im Laufe der Zeit jedes Junge eine gleiche Ration. Sitzen bleiben gibt es nicht, versucht es einer, so wird er mit Gewalt zum Weiterrücken gezwungen.

Des Eisvogels Nahrung sind in erster Linie kleine Fischchen, daneben auch wasserlebende Insektenlarven. Er fängt sie vom Ansitz aus. Die Fangwarten liegen an geeigneter Stelle über dem Wasserspiegel, von wo aus der Vogel bewegungslos sitzend verfolgen kann, was sich unter ihm rührt. Sieht er eine Beute, dann taucht er mit einem Kopfsprung ein, faßt sie mit dem Schnabel und fliegt auf seinen Sitz zurück, um sie alsbald mundgerecht, mit dem Kopf zum Schlund zu legen und zu verzehren.

Elch *(Alces alces)*
Der Elch ist der größte unter den lebenden Hirschen und stellt innerhalb derer Familie eine eigene Gattung mit nur einer über die gemäßigte Holarktis verbreiteten Art dar. Bis zum Zweiten Weltkrieg gehörte er auch zum deutschen Wild. Bis dahin stand er noch auf der Kurischen Nehrung, am Ostufer des Kurischen Haffs und im Frischungswald südöstlich von Königsberg. Der Bestand umfaßte rd. 1200 Elche, die in einem eigenen forstlichen und jagdlichen Verwaltungsbezirk, dem »Elchwald« zusammengefaßt waren. Auch am Ufer der Müritz in Mecklenburg, auf der Halbinsel Darß in Vorpommern und in der Schorfheide in Brandenburg lebten Elche. Das Kriegsende hat diese Bestände alle vernichtet. Nur auf der Nehrung haben einige überlebt. Jetzt gibt es in Ostpreußen bereits wieder eine ganze Menge Elche, die von den Russen und Polen gehegt werden.

Erdgeschichtlich ist der Elch eine junge Gattung, die erst zu Anfang der Eiszeit ihr Aussehen anzunehmen begann. Die Schaufeln waren erst langstangig und wurden dann allmählich kurzstangig. Von mehreren in der Eiszeit entwickelten Arten blieb nur die heutige übrig. Sie bildete sich zur Sumpf- und Bruchlandform aus, die sich trotz ihrer Größe mit ihren weitgespreizten Hufen geschickt durch schwierigstes Gelände bewegt und mit ihrem weit ausgreifenden Troll leicht große Strecken zurücklegt. Auch suhlt und schwimmt der Elch gern, und es macht ihm nichts aus, z. B. das Kurische Haff zu durchschwimmen. So wurden die großen Seengebiete, Sumpfwälder, Brüche und Moore des Nordens und Ostens seine Heimat. In der Nacheiszeit kam er bis nach Westdeutschland und in die Schweiz vor und war somit auch in den Alpen anzutreffen. Vom Frühmittelalter an war die Oder seine Westgrenze, von wo aus er Skandinavien, das Baltikum, Polen, Rußland, Sibirien und Nordamerika bewohnte. Vor 150 Jahren lebte er auch noch im Kaukasus. Von dieser riesigen Verbreitung hat er auch in der Gegenwart noch den größten Teil inne, da er überall jagdgesetzlich überwacht wird. In Asien und Nordamerika verläuft die Südgrenze seines Vorkommens ungefähr in Höhe des 50. Breitengrades, die er erst im östlichen Asien und im Bereich des nordamerikanischen Felsengebirges und der großen Seen noch um rd. fünf Grad unterschreitet.

Die nur mäßige menschliche Bejagung des Elches und die weitgehende Ausrottung seines Hauptfeindes, des Wolfes, hat die Bestände teilweise sehr zunehmen lassen. Obwohl z. B. in Schweden jährlich über 30000 geschossen werden, reicht das nicht aus, den Bestand in niedrigen Grenzen zu halten. Er breitet sich ständig weiter südwärts aus. Auch in Rußland wachsen die Elchbestände stetig, so daß man Elche bereits in Moskaus Vorstädten antrifft. Durch die südrussische Steppe dringen sie entlang den neu angepflanzten Windschutzgehölzen auf das Schwarze Meer und den Kaukasus vor, die sie beide jetzt erreichen. Alles das beweist, daß der Elch trotz seines urtümlichen, plumpen Aussehens durchaus in der Gegenwart bestehen kann, wenn man ihm eine gewisse Ruhe läßt, daß er auch anpassungsfähig ist und sich sogar in der Zivilisationslandschaft zurechtfindet, wenn ihm dort genügend Lebensraum verbleibt. Ist doch z. B. der Elch ein häufiges Warnungsbild auf Verkehrsschildern an Autostraßen Skandinaviens. Die Russen richteten eine eigene Elcherforschungsstation ein, in der Elche gezüchtet und domestiziert sowie zum Reiten, Lastentragen und -schleppen abgerichtet werden. Vermag doch der Elch solcherart wertvolle Hilfe bei der Erschließung riesiger Sumpfwald- und Bruchgebiete zu leisten, die sonst weder mit Pferden noch Motorfahrzeugen durchquerbar sind.

Der europäische Elch erreicht eine Kopfrumpflänge von 200–290 cm, Schulterhöhe von 170–200 cm und ein Gewicht von 300–450 kg. Ostsibirische und Alaska-Elche werden noch größer, letztere bis 2,35 m in der Schulter hoch und bis 800 kg schwer. Man hat schon Geweihe mit einer Auslage von 1,98 m gemessen. So ein Paar Schaufeln wiegt an die 40 kg. Eine gewaltige Leistung des Körpers, wenn man bedenkt, daß solch ein Riesengebilde alljährlich in knapp einem halben Jahr aufgebaut wird.

Der Elch ist kein Herdentier. Er lebt einzeln, nur zur Brunftzeit im September paarweise oder im Winter in kleineren Trupps. Als Äsung wählt er Weiden, Espen, Pappeln, Birken und ähnliche Weichhölzer nebst Sträuchern, Beerensträuchern, Sumpfkräutern und Wasserpflanzen. Letztere holt er sich auch mit vollständig untergetauchtem Kopf heraus.

Im September geht der Hirsch auf die Suche nach brunftigen Tieren. Er läßt dabei einen nicht sehr lauten, nasal klingenden Ruf hören, der so gar nicht zu seiner eindrucksvollen Gestalt paßt. Mit einem brunftigen Tier bleibt er einige Tage zusammen und geht dann auf Suche nach noch nicht gedeckten Tieren. Hirsche, die beim gleichen Tier als Nebenbuhler zusammentreffen, liefern sich mitunter einen erbitterten Kampf, wenn sie ungefähr gleich stark sind und keiner weichen will. Das beschlagene Tier geht 36 Wochen trächtig und setzt ein schlichtfarbenes Kalb im Mai. Das Kleine hat überlange Beine, die es schnell zu gebrauchen lernt, und einen kurzen Hals und macht so einen drolligen Eindruck. Die Mutter verteidigt es mutig gegen Wolf, Bär, Vielfraß und Mensch. Im Durchschnitt sind Zwillinge die Regel, manchmal kommen auch Drillinge vor. Ein Kalb wächst schnell, denn mit einem Jahr erreicht es bereits fast Muttergröße. Der junge Hirsch schiebt mit 15–17 Monaten ein erstes Spießgeweih, dem im nächsten Jahr ein weiteres Spieß- oder Gabel- oder Sechsergeweih folgt. Mit zunehmendem Alter verbreitert sich dann der Stangengrund zwischen den Enden zur Schaufel. Ein Teil der Hirsche bildet jedoch zeitlebens keine Schaufel und bleibt Stangler, ein Zeichen, daß die stammesgeschichtlich jüngere Schaufelform sich innerhalb der Art noch nicht voll durchgesetzt hat. Das Schmaltier wird mit 1¼ Jahr geschlechtsreif, so daß es zur Brunft im zweiten Lebensjahr bereits beschlagen wird. Diese Frühreife und die Häufigkeit von Zwillingsgeburten erklärt das schnelle Anwachsen eines Elchbestandes, der in Ruhe gelassen wird bzw. dem die obengenannten natürlichen Hauptfeinde heutzutage oft weitgehend fehlen.

Fischotter *(Lutra lutra)*

Die Otter bilden in der Familie der Marder (Mustelidae) die Unterfamilie der Lutrinae, zu der 4 Gattungen mit zusammen 16 Arten in der Neuen und Alten Welt außer Australasien gehören. Unser heimischer Fischotter hat eine weite Verbreitung durch die Paläarktis und die orientalische Region. Er besiedelt ganz Europa einschließlich Großbritannien und Irland sowie Korsika und Sardinien, fehlt jedoch in Island. Von Europa aus erstreckt sich sein Vorkommen ost- und südostwärts durch die Sowjetunion (bis zur nördlichen Waldgrenze) bis an die Beringstraße, Kamtschatka, Sachalin, Japan, Kurilen, Korea, Formosa, Hainan, Hinterindien (ohne Malaiische Halbinsel), Sumatra, Java, Vorderindien, Ceylon, Mesopotamien und Kleinasien. Auch in Nordwestafrika (Atlasländer) ist er zu Hause. In diesem großen Gebiet bildet er 10 Unterarten.

Der Fischotter ist das am besten ans Süßwasserleben angepaßte Säugetier unserer Heimat, dessen plattbreiter Kopf mit den starken Schnurrhaaren, verschließbaren Nasenlöchern und kleinen Ohren, Schwimmhäute zwischen Vorder- und Hinterfußzehen und der kräftige runde Schwanz ihn zum vollendeten Schwimmer und Taucher machen (Schwimmgeschwindigkeit bis 11 km/Std.). Aus reiner Bewegungsfreude schlägt er im Wasser Purzelbäume und auch an Land rutscht er spiellustig grasige oder verschneite Uferhänge auf regelrechten Rutschbahnen herunter. Im Wasser bewegt er sich hauptsächlich durch die Schläge seines Schwanzes. Tauchen hält er zwar notfalls bis zu 7 Minuten aus, begnügt sich aber meist mit 1–2 Minuten. Obwohl kurzbeinig gebaut (Widerristhöhe 30 cm), läuft er an Land gewandt, macht nachts kilometerweite Wanderungen von einem Gewässer zum anderen, auch über hohe Wasserscheiden hinüber, und steigt die Bäche im Gebirge bis zu 2500 m hoch hinauf.

Oberseits trägt sein mit dichter Unterwolle versehenes Fell eine erdbraune, unterseits eine weißgraue Farbe. Erwachsene Otter messen zwischen 65 und 85 cm in der Kopfrumpf-, 35–55 cm in der Schwanzlänge und wiegen 6–15 kg.

Der Otter ist vorwiegend abends und nachts tätig und verschläft den Tag in einem seiner Unterschlupfe. Die erwachsenen Rüden behaupten eigene Reviere von rd. 10–15 km Durchmesser bzw. mehreren Kilometern See- oder Flußufer je nach Geländebeschaffenheit und Jahreszeit. Im Frühjahr und Herbst ist die Wanderfreudigkeit am größten mit durchschnittlich 9–10 km Strecke je Nacht, im Sommer und Winter geringer mit Beschränkung auf günstige Jagdgründe. Die Rüden markieren ihre Territorien durch Losungsplätze und dulden keine Nebenbuhler darin. Dafür sind sie gegenüber führenden Fähen duldsam. Es scheint, daß ein Rüde mehrere von deren an sich kleineren Revieren überwacht. Mit Heranwachsen der Welpen dehnen die führenden Fähen ihre Jagdgründe aus und wandern nachts 3–5 km weit. Diese Verhältnisse gelten für Landschaften, die dem Otter noch genügend Lebensmöglichkeiten und Ungestörtheit geben.

In seinem Revier hat ein Otter mehrere Unterschlupfe in Form von Uferhöhlen, hohlen Uferbäumen, Kopfweiden, Schilf- und Gebüschhorsten u. ä. Die Hauptbaue haben einen Unterwasserzugang und einen Luftschacht. Findet der Otter keine ausbaufähige Höhle vor, gräbt er sie sich auch selber. Außer den Unterschlupfen und Bauen enthält das Revier auch Freß-, Losungs-, Sonn- und Spielplätze (Rutschbahnen u. ä.). Wo die Otter ungestört leben, hört man auch öfter ihre Stimme, ein weiches helles Pfeifen, trillerndes Kichern, Kreischen, Knurren und Schnauben.

Über das Fortpflanzungsgeschehen des Otters sind wir noch nicht genügend im Bilde. Anscheinend werden die Fähen nicht stets zur gleichen Jahreszeit heiß, da man Junge in allen Monaten gefunden hat. Vielleicht spielen die Laichzeiten der Beutefische dabei eine Rolle. Eine Zeit der Paarungshäufigkeit scheint im Februar-März, die andere im Juni-Juli zu liegen. Die Tragzeit beträgt 60–63 Tage, ist aber vielleicht nach der Sommerranz über den Winter verlängert wie bei Dachs, Stein- und Baummarder. Die Welpenzahl je Wurf beträgt 2–4. Die Welpen werden fast nackt, blind und taub geboren, öffnen nach rd. einem Monat die Augen, werden rd. zwei Monate lang gesäugt und mit ¾ Jahr selbständig. Sie bleiben aber noch länger mit der Mutter zusammen und werden mit 2–3 Jahren geschlechtsreif. Die Fähe wirft nur einmal im Jahr, weil sie die

Welpen ein Jahr lang führt. Ein Otter wird 15–18 Jahre alt.

Die Nahrung des Otters bilden überwiegend Fische (von meist 10–20 cm Länge), von denen er zuerst die angekränkelten und nicht voll fluchtfähigen nimmt. Es ist längst erwiesen, daß der Otter im freien Gewässer wesentlich für die Gesunderhaltung des Fischbestandes sorgt und ihn keineswegs sichtlich zehntet oder ausrottet, wie ihm immer nachgesagt wird. Gegen die Fischmassenvernichtung infolge verheerender Gewässerzerstörung mittels Begradigung (witzigerweise Melioration genannt) und Verschmutzung seitens des Menschen ist der Fischbeuteanteil des Fischotters nicht im mindesten der Rede wert. Außerdem nimmt er in erster Linie seine Beute immer aus den Fischarten, die am zahlreichsten vorhanden sind. Neben Fischen frißt er auch Krebse und Frösche, Wasserinsekten, Kleinsäuger, Gelege und Junge von Wassergeflügel und bodenbrütenden Vögeln und scheut selbst vor Aas nicht zurück. Im Bayerischen Wald, wo vielleicht noch ganze 20 Fischotter als schnell aussterbender Rest der einst nach vielen Tausenden zählenden Bevölkerung der süddeutschen Gewässer ihr Leben fristen, halten sie sich in Ermangelung eines ausreichenden Fischbestandes viel an Bisamratten.

Die Gewässerzerstörung bei uns ist so gründlich und der Haß der Fischer auf den Otter und ihre Unbelehrbarkeit über seine wirkliche Lebensweise so groß, daß die jetzt langsam einsetzenden Schonmaßnahmen großenteils ins Leere stoßen, da inzwischen der Otter in ganz Süddeutschland praktisch ausgerottet wurde, die paar Einzeltiere nicht mehr zueinanderfinden und keine neue Population mehr begründen können. In Norddeutschland ist noch ein kleiner Bestand vorhanden. So hat auch in diesem Falle der Mensch in seine Kurzsichtigkeit wieder einmal ein Geschöpf in weiten Landstrichen vernichtet, das in seiner Gewandtheit, Klugheit, Verspieltheit und Liebenswürdigkeit das Entzücken jedes Tierfreundes hervorruft. Denn Otter werden schnell zahm und spenden als Hausgenossen viel Freude.

Fischreiher s. **Graureiher**

Flamingo *(Phoenicopterus ruber)*
Jeder kennt Flamingos aus irgendeinem Tierpark wo sie sich, eleganten Porzellanfiguren gleich, malerisch rosarot auf grünem Rasen um ein Wasserbecken drapieren. Man kann sich kaum vorstellen, daß es so etwas irgendwo in freier Natur geben könnte. Bein und Hals erinnern an die skurrilen, superschlanken Plastiken des Bildhauers Giacometti, dazu der merkwürdig dicke, geknickte Schnabel.

In diesem Schnabel ist gleichsam das ganze Wesen Flamingo einschließlich seiner einzigartigen Lebensweise enthalten. Im Bau und in der Funktionsweise kommt er dem Entenschnabel nahe. Aber wenn der Entenschnabel ein spezialisiertes Organ ist, ist der des Flamingo superspezialisiert. Zusammen mit Zunge und Kehle wirkt er wie ein Seihapparat zur Ausfilterung feinster Teilchen aus einer trüben Flüssigkeit. Die Teilchen sammeln sich im Schnabel und werden aufgesaugt. Nur von winzig kleiner Nahrung ernährt sich dieser große Vogel, von sehr kleinen Krebstierchen, Insektenlarven, kleinen Samen von Wasserpflanzen, von blaugrünen Algen und mikroskopisch kleinen Kieselalgen. Größere Brocken als kleine Schnecken kann er gar nicht schlucken.

Der Flamingo kann nur dort leben, wo er Massen solcher Nahrung vorfindet. Sobald er langsam vorwärtsschreitend den Schnabel mit der Oberseite nach unten in das mit Nahrungsteilchen angereicherte Wasser hält und die Saugpumpe in Tätigkeit setzt, beginnt ein konzentrierter Nahrungsstrom durch das Filter zu fließen und das überschüssige Wasser wird an den Schnabelrändern ausgestoßen. Nur gelegentlich ergreift er ein größeres Nahrungsteilchen gezielt mit dem Schnabel. Das geht aber nur, wenn der Vogel sich im richtigen Gewässer befindet. In unseren gewöhnlichen Seen und Weihern müßte ein Flamingo bald verhungern, sie wären für ihn beinahe leer.

Lebensbedingungen für Flamingos finden sich nur an den großen sehr flachen, stark alkalischen Seen der Erde und in manchen brackigen Lagunen. Diese stark salzhaltigen Wasser sind zum Teil richtige Salzsümpfe. In ihnen können nur wenige Arten von Lebewesen existieren, oft keine höhere Pflanze und kein Fisch. Aber die wenigen, an das Leben dort angepaßten Formen, besonders Blaualgen, Kieselalgen und einige Salzkrebschen gedeihen darin in unvorstellbaren Massen und bilden die Nahrung gewaltiger Flamingoherden. Kein Vogel außer dem Flamingo ist in der Lage, so zu leben.

Die Bindung an die großen alkalischen Seen bedingt auch eine eigenartige Verbreitung und eine besondere Sozialstruktur. Nur an wenigen Stellen auf der Erde finden sich Lebensbedingungen wie sie der Flamingo braucht, vor allem im afrikanischen Grabenbruch und weit verstreut in den Hochanden von Südamerika, in Vorder- und Innerasien und an einzelnen Stellen sonst, in Europa, Indien und Mittelamerika. Es sind nicht überall die gleichen Flamingoarten, es gibt mehrere, die eine ist etwas größer, die andere etwas kleiner, aber alle zeigen mit geringen Abweichungen den gleichen Bau und dieselbe Lebensweise wie der gewöhnliche europäische Flamingo.

Weil die allein bewohnbaren Lebensräume so sehr weit verstreut liegen und andererseits in ihnen Nahrung im Überfluß vorhanden ist, drängt sich an den wenigen Stellen die Masse der Flamingo-Individuen gewaltig zusammen. An ungestörten Plätzen gehen die Scharen in die Zehntausende und Hunderttausende. An einigen der ostafrikanischen Salzseen im Großen Graben, die auch dem Strom des Tourismus zugänglich gemacht wurden, gehört das zu den regelmäßigen Erscheinungen. Man kann dort rosafarbene Wolken sich aus den Wassern erheben und in den Abendhimmel ziehen sehen.

Der bekannteste europäische Brutplatz des Flamingos befindet sich im Salinengebiet der Camargue in Südfrankreich. Dort brüten unregelmäßig mit gelegentlichen Unterbrechungen einige Hundert bis einige Tausend Paare, an denen Ornithologen genauere Untersuchungen angestellt haben.

Sonst gibt es nur noch an versteckter Stelle in Spanien gelegentlich brütende Flamingos.

Das Sozialleben der Flamingos spielt sich in dichtgedrängter Massengesellschaft ab, die Nahrungssuche, der Ortswechsel, die Ruhe, das Schlafen und die gesamten Vorgänge des Brutlebens. Im Gegensatz zu uns ist dem Flamingo diese Lebensform gemäß, sie bereitet ihm keine Probleme. Problematisch ist für ihn dagegen das Leben in zu kleinen Gemeinschaften. Flamingos nisten in dicht gepackten Kolonien weitab von allen Ufern, inmitten meilenweiter, schlickiger Schlammflächen. Sie sind da sicher vor den Überfällen der großen Raubsäuger, der Wölfe und anderer Wildhunde, die leicht eine ganze Kolonie vernichten könnten, wenn sie hingelangen würden. Doch die scharfen, brennenden Krusten der Salzsümpfe zerschneiden ihnen die Läufe und hindern sie daran. Die Nester sind zu Kegelstümpfen aufgeschichtete Schlammhaufen. In die flache Mulde legt das Weibchen sein einziges, großes, weißes Ei. Beide Eltern brüten. Nach 30–32 Tagen schlüpfen die Jungen. Sie werden von den Eltern mit einem Sekret der vorderen Verdauungswege gefüttert, das in der ersten Zeit auch Blut enthält und ungemein nährstoffreich ist. Erst im Alter von 6 Wochen fangen die Jungen an, selbst Nahrung aufzunehmen. Bald vereinigen sie sich zu großen Herden und wandern auf den Schlammflächen umher bis an die Wasserränder. Mit etwa 70 Tagen können sie fliegen und haben dann endlich die Zeit ihrer größten Gefährdung überwunden. Der Flamingo ist ein interessantes Beispiel dafür, wie die Natur ihre Kinder durch Einpassung in sehr spezialisierte Lebensverhältnisse formen kann, alles wird einbegriffen, Gestalt, Verbreitung, Lebensweise und Sozialstruktur.

Graureiher *(Ardea cinerea)*

Der Graureiher ist derselbe Vogel wie der Fischreiher, so hieß er früher allgemein. Aus Gründen des Naturschutzes versucht man neuerdings, den Fisch in seinem Namen zu vergraulen. Dabei kann man sich noch dazu auf den wissenschaftlichen Namen berufen, denn cinereus heißt grau, aschgrau und niemals Fisch. Vielleicht ist das gut so, denn der Fisch ist sozusagen des Reihers Schicksal, im Guten wie im Bösen. Er ist seine Speise, und eben deswegen wird der Reiher gehaßt. Von wem denn? Ja natürlich, von wem wohl, vom »Herrn der Schöpfung«, der sich anmaßt, ganz allein Fisch essen zu dürfen. Andere Liebhaber der Fastenspeise werden in Bausch und Bogen verurteilt und zwar zum Tode. Für sogenannte schädliche Tiere wird diese Strafe nicht außer Kurs gesetzt, im Gegenteil.

Erfreulicherweise aber mehrt sich neuerdings die Zahl der Gegner der Todesstrafe, auch für Tiere, wenigstens soweit sie groß und schön sind und nicht in verheerenden, fressenden Massen auftreten. Schließlich ist es ja die Natur, die aus sich selbst Pflanzen, Tiere und Menschen entwickelt hat. Sicherlich hat sie Pflanzen und Tiere nicht nur zu dem Zweck geschaffen, sie vom Menschen wieder ausrotten zu lassen, in einer Weise, die einem weiland politischen Slogan der deutschen Kommunisten verzweifelt ähnlich sieht: Schlagt die Faschisten, wo ihr sie trefft. So, genau so hat sich der Mensch jahrhundertelang allen Tieren gegenüber verhalten, die er als »schädlich« klassifizierte. Und es gibt noch genügend unter uns, die dieser hinterwäldlerischen, unmodernen, total rückständigen Anschauung weiterhin anhängen. Man sollte es nicht glauben in einer Zeit, in der Grzimek, Schuhmacher und viele andere sich verzweifelt um den Durchbruch der Moderne auch im Verhältnis von Mensch und freilebender Tierwelt bemühen.

Tatsächlich ist der Graureiher ein Musterbeispiel für diese Problematik. Die Geschichte seiner Bestandsentwicklung in den letzten Jahrzehnten macht das deutlich. Früher war der Graureiher in ganz Europa ein häufiger Brutvogel an zahlreichen Gewässern, an jedem Teich, Fluß und Bach konnte man ihn wenigstens zeitweilig sehen. Wer sieht heute schon wann einmal einen Reiher? Weil immer noch die wenigen Stücke verfolgt und ihre Brutstätten vernichtet werden, wenn es sich gerade ohne Aufsehen so einrichten läßt. 1961 ergab eine Zählung für die ganze Bundesrepublik keine 5000 Horste mehr. Heute ist die Zahl noch geringer. Man muß solche Ziffern an den Bevölkerungszahlen von Menschen messen. Der Bestand einer hessischen Kolonie z. B., für die über eine längere Periode Zählungen vorliegen, betrug in den 30er und 40er Jahren noch mehr als 100 Horste, im Jahre 1960 waren es nur noch wenig über 20.

Dabei ist der Graureiher ein so überaus interessanter Vogel! Ornithologen und Verhaltensforscher haben ihm viel Zeit gewidmet und viele Einzelheiten seiner Lebensweise und der Art, wie die zugleich geselligen und höchst aggressiven Reiher ihr Zusammenleben durch einen ausgefeilten Kodex von Ausdrucksbewegungen und Rufen regeln, geklärt. Die Reiherstimme klingt für unser Ohr unschön, rauh und krächzend, doch kann sie reichhaltig moduliert werden. Wer Gelegenheit hat, eine Reiherkolonie zu besuchen, wenn sich schon herangewachsene Junge in den Nestern befinden, erlebt ein wahres Höllenkonzert der futterheischenden Kinder, der sich bei jeder Begegnung knarrend begrüßenden Familienangehörigen und der sich bedrohenden Fremden, die sich zu nahe kommen.

Der Graureiher nistet in Kolonien, Einzelbruten sind selten. Die Nester stehen meist hoch auf Laub- oder Nadelbäumen. Ein Unterbau aus gröberen Zweigen enthält eine mit feinerem Material ausgelegte Mulde. Es gibt auch Bruten im Röhricht und in einigen Gegenden auf Klippen.

Nachdem das im Frühjahr zuerst angekommene Männchen ein Nest besetzt hat, versucht es durch häufiges Wiederholen einer bestimmten Reckbewegung des Halses in Verbindung mit dem Paarungslockruf und schließlich noch anderen typischen Bewegungen ein Weibchen anzulocken, um sich mit ihm zu paaren. Nach vollzogener Paarbildung legt das Weibchen 4–5 kalkig blaugrüne Eier. Beide Gatten brüten sie in 31–32 Tagen aus. Die Brutdauer für das einzelne Ei ist etwas kürzer, da vom ersten Ei an gebrütet wird. Die Jungen tragen ein graubraunes, unten weißliches Dunenkleid. Beide Eltern bringen im Schlund Futter herbei, vornehmlich Fische, die den kleineren Jungen direkt in den Schnabel gewürgt werden. Die größeren nehmen das vorgewürgte Futter vom Nestboden auf. Sie veranlassen dann die Eltern durch seitliches Umfassen und Herabziehen des Schnabels zum Auswürgen.

Da der Graureiher von Natur aus aggressiv ist und keinen Artgenossen unmittelbar neben sich dulden mag, wird ein ganzes Repertoir von angeborenen Begrüßungs- und Beschwichtigungsrufen und -bewegungen benötigt, um die sonst dauernd aufflammende Aggression zwischen Familienmitgliedern zu unterbinden. Abwehr- und Drohbewegungen, ebenfalls mit bestimmten Rufen, verhindern in der Regel auf friedliche, wenn auch unfreundliche Weise das anderenfalls auf dem engen Raum der Kolonie unvermeidliche Auftreten ernsthafter Kämpfe zwischen den verschiedenen Paaren, die nur den geregelten Ablauf der Jungenaufzucht unnötig gefährden würden.

Schon mit 30 Tagen beginnen die Jungen kleine Ausflüge zu machen, kehren aber am Abend noch in die Kolonie zurück, die sie erst mit 8–9 Wochen endgültig verlassen.

Hauptnahrung des Graureihers sind Fische zwischen 5 und 20 cm Länge, vorzugsweise Weißfische, doch richtet sich die Art der Nahrung sehr nach dem jeweiligen Angebot. Auch Mäuse werden auf Wiesen und Feldern häufig gefangen. Der Reiher fischt langsam, mit schleichender Bewegung im Wasser schreitend. Hat er etwas gesehen, dann stößt der Schnabel zu. Gelegentlich steht er auch unbeweglich wartend auf dem Anstand und nimmt, was ihm der Zufall vor den Schnabel führt.

Gerfalke *(Falco rusticolus)*
Wunschtraum fürstlicher Verehrer der hohen Beizjagd in längst vergangener Zeit wie der Falkoniere und Falkner aller Völker und Zeiten war der weiße Falke, der Jagdfalke par excellence. Das ist der Gerfalke aus nordischer Wildnis, herrliches Abbild geballter Kraft, die sich in jähem Sturme machtvoll entlädt, Schauspiel und Augenweide für Jäger und vieledle Damen.

Bei manchen mongolischen Ostvölkern war der Gerfalke Symbol des unerschrockenen Kriegers. Auch gab es Mythen, nach denen der gefallene Kämpfer sich in einen Schumkar (Gerfalke) verwandelte. Manch ein orientalischer Herr wog einen solchen Vogel mit Gold auf.

Doch nicht jeder Gerfalke ist ein weißer Jagdfalke. Das bedarf einer naturwissenschaftlichen Erklärung. Eine Kohlmeise sieht etwa wie die andere aus, die eine ist etwas matter, die andere kräftiger gefärbt, aber alle weisen dieselbe Zeichnung auf. Beim Gerfalken gibt es verschiedene Farb- und Zeichnungstypen innerhalb der gleichen Population. Man nennt das Polymorphismus (Vielgestaltigkeit). Man findet weiße Stücke mit geringer grauer Fleckenzeichnung auf der Oberseite neben vollständig dunkel graubraunen, auf dunklem Grunde dicht gefleckten. Außerdem sind sowohl bei der dunklen wie bei der hellen Phase einjährige Vögel dunkler als mehrjährige. Die Falkner bewerteten die weißen Vögel am höchsten.

Die Verteilung dunkler und heller Individuen in den verschiedenen Populationen variiert auch geographisch. In Skandinavien zum Beispiel gibt es nur dunkle, die Vögel von Nordgrönland und Nordkanada sind im Alter vorwiegend weiß oder hell. Die Behandlung der Gerfalken in der ornithologischen Systematik ist denkbar unterschiedlich. Einige Autoren, darunter der kürzlich verstorbene Gerfalkenkenner Professor G. P. Dementiew, unterscheiden 6 geographische Rassen und zählen als 7. dazu den ähnlichen zentralasiatischen Altaifalken. Den gegenteiligen Standpunkt vertritt der Verfasser des bekannten Werkes über die Vögel der paläarktischen Fauna, Charles Vaurie. Er glaubt, vernünftigerweise ließen sich überhaupt keine klar erkennbaren Rassen abtrennen, und der Altaifalke sei eine eigene Art. So verschiedene Meinungen über dieselbe Sache rühren nicht daher, daß die einen Ornithologen dumm und die anderen gescheit, oder daß alle unfähig wären, sie haben mehrere Ursachen. Einmal ist das Konzept dessen, was eine geographische Rasse ist, nicht so einfach, wie man sich das früher einmal gedacht hat, und zweitens ist der Gerfalke ein seltenes Tier, das noch dazu nur in schwer zugänglichen Gegenden lebt. In den großen zoologischen Museen der Welt liegen nicht so viele Balgpräparate von ihm wie von vielen häufigeren Vögeln, und so ist es schwer, sich ein zutreffendes Bild von der Variation in den verschiedenen Gebieten zu machen. Immerhin konnte Dementiew im Laufe seines Lebens mehr als 600 Exemplare untersuchen, somit beruht sein Urteil sicherlich auf der größten Erfahrung.

Verbreitungsgebiet des Gerfalken sind Länder und Inseln rings um den Nordpol. Es beschränkt sich auf die arktische und subarktische Zone, also auf Tundra, Gletscher und Waldtundra bis an den Rand der nördlichen Wälder. In kalten und gebirgigen Regionen reicht es weiter nach Süden als in wärmeren flachen.

In diesem weiten Verbreitungsgebiet ist die Siedlungsdichte überall gering bis sehr gering. In ganz Skandinavien leben nur noch wenige Dutzend Brutpaare. Für die Spärlichkeit des Vorkommens hat in vielen Gegenden seit Jahrhunderten die starke Nachfrage nach Jagdfalken gesorgt. Aber auch die Natur richtet es so ein, daß die Raubtiere im Verhältnis zu ihrer Beute überall selten sind, sie müßten sonst verhungern. Bei manchen Raubtieren der einförmigen Tundren des Nordens pendelt sich immer wieder ein empfindliches Gleichgewicht zwischen der wechselnden Häufigkeit der Beute und der Jäger ein. Beim Gerfalken hat man in manchen Gegenden solche Abhängigkeit von der jeweiligen Zahl der Moorschneehühner beobachtet, die vielerorts die Grundlage seiner Ernährung bilden. Gerfalken jagen nicht nur Vögel, sondern auch Säugetiere wie Lemminge und Schneehasen. Deshalb können sie auch zur Beizjagd nicht nur auf große Vögel, Reiher, Kraniche, Schwäne, Gänse,

Milane, sondern auch auf Hasen verwendet werden.

Die Brutstätten der Gerfalken liegen an Felsklippen und in schwer zugänglichen Wänden, doch kennt man aus der nördlichen Waldtundra auch Baumhorste. Wahrscheinlich bauen die Gerfalken wie der Wanderfalke und andere Falken ihre Nester nicht selbst, sondern übernehmen die vorgefundenen Horste anderer Vögel. Die Zahl der Eier im Gelege ist 2 bis 4. Wie alle Falkeneier sind sie mit rötlichbraunen Tupfen und Pünktchen dicht übersät, so daß sie ganz rotbraun wirken. Hauptsächlich das Weibchen bebrütet die Eier, doch beteiligt sich auch das Männchen. Das Brüten dauert etwa vier Wochen. Die Jungen bleiben gegen 45 Tage im Horst, ehe sie ausfliegen, und verweilen dann noch einige Zeit im Horstgebiet der Eltern.

Gerfalken, in deren Brutgebiet auch im Winter genügend Nahrung vorhanden ist, etwa in Gestalt von Wasservögeln, bleiben auch außerhalb der Brutzeit in der weiteren Umgebung der Nistplätze. Die anderen, und meistens auch die Jungen, wandern in nahrungsreiche Gegenden. Doch führen ihre Wanderungen niemals sehr weit südlich, und nur sehr selten verfliegt sich ein Gerfalke in der Zugzeit bis in die Länder Mitteleuropas.

Ginsterkatze *(Genetta genetta)*
Daß Europa außer den echten Katzen, Wildkatze und Luchs auch Schleichkatzen, nämlich Ichneumon und Ginsterkatze, beherbergt, ist allgemein wenig bekannt. Während das afrikanische Ichneumon *(Herpestes ichneumon)* nur den Süden der Iberischen Halbinsel besetzt hält (und ausgesetzt bei Mljit in Dalmatien anzutreffen ist), drang die Ginsterkatze oder Genette von Afrika über die Iberische Halbinsel bis zum westlichen Nordfrankreich bis Le Havre und im südlichen Frankreich an der Côte d'Azur bis an die italienische Grenze vor. Vom westlichen Frankreich aus tauchen immer wieder Ginsterkatzen im östlichen Teil des Landes bis hin ins Elsaß und ins linksrheinische deutsche Gebiet auf. An sich ist die Ginsterkatze als Angehörige der Familie der Schleichkatzen (Viverridae) in Afrika, dem Land der Schleichkatzen (mit Madagaskar zusammen rd. 40 Arten), zu Hause, wo sie bis auf den west- und zentralafrikanischen Regenwald fast den ganzen Kontinent bis hinunter zum Kap bewohnt. Von Afrika aus geht sie noch bis Palästina und Südarabien. In Afrika bewohnt sie die Savannen und Buschsteppen bis zur Halbwüste hin und meidet den feuchten Urwald. Sie ist also ein Trockenlandtier wie die dortige Falbkatze. Zerklüftetes oder sonstwie unterschlupfreiches Gelände sagt ihr besonders zu. Solches findet sie reichlich in Iberien und den Buschwäldern Frankreichs.

Ihre schlanke Gestalt mit dem spitzen Kopf und langen, schwarz geringelten Schwanz macht sie zum Sinnbild des äußerst bewegungsgewandten, geschmeidigen Raubtieres. Sie läuft, springt, klettert und schleicht gleich gut. Ihr hell graubraun gefärbter Körper mit den scharf abgesetzten schwarzen Längsflecken erreicht eine Kopfrumpflänge von 50–55 cm, eine Schwanzlänge von 40–45 cm, eine Schulterhöhe von 18–20 cm und ein Gewicht von 1–2,2 kg. Ihre großen Augen mit den weit zu öffnenden senkrechten Schlitzpupillen stempeln sie zum Nachttier. Sie verbringt denn auch den Tag schlafend in einer Baum- oder Felshöhle, um erst mit fortgeschrittener Dämmerung auf Raub auszugehen. Als Einzelgänger durchstreift sie dabei ihr Revier, oft etliche Kilometer weit.

Als Beute sind ihr kleine Warmblüter von Hasen- bzw. Kaninchen- und Rothuhngröße an abwärts besonders willkommen (Hauptanteil Nagetiere wie Mäuse, Wühlmäuse u. ä.), nimmt aber auch Eidechsen, Schlangen und große Kerbtiere (Heuschrecken u. ä.) mit. Auch Beeren und Früchte verschmäht sie nicht. Wo Hausgeflügel nachts schlecht verwahrt wird, dringt sie in die Geflügelställe ein und beißt alles tot, was herumflattert (Tötungszwang infolge starker Beutebewegung). Beim Eindringen hilft ihr die Körperschlankheit sehr. Denn wo sie nur den Kopf durchzwängen kann, windet sie ihren »Schlangenleib« hinterher.

Ihre Stimme läßt sie wenig hören, ärgerlich oder ängstlich mauzt, knurrt, faucht und schreit sie wie eine Katze, besonders ihr spitzer Angstschrei ist sehr durchdringend. In der Ranz singt sie wie eine Katze klare Töne. Die Ranz findet im Februar-März statt. Das Weibchen geht rund 10–11 Wochen trächtig und wirft dann in einem sehr heimlich gehaltenen Versteck meist zwei oder drei, seltener vier Junge oder nur ein Junges. Die Jungen werden als unbeholfene kleine blinde Lagerjunge geboren, die erst nach rd. 1½ Wochen die Augen öffnen, einen guten Monat lang gesäugt werden, nach drei Monaten anfangen, sich selbständig zu machen und zur nächstjährigen Ranz bereits geschlechtsreif sind. Das Lebensalter beträgt 10–12 Jahre, in Gefangenschaft auch bis 14.

Große Raubmöwe *(Stercorarius skua)*
Die Große Raubmöwe oder Skua ist etwa silbermöwengroß und eher etwas schwerer (1100–1300 g), doch sind ihre an den Enden spitzeren Flügel kürzer. Damit ist die Skua stärker flächenbelastet. Das deutet auf die Art ihres mehr falkenähnlichen Fluges. Das dunkle Gefieder ist sprenkelig braun, nur die helle Basis der Handschwingen bildet am ausgebreiteten Flügel einen weißlichen Fleck, der bei verschiedenen Droh- und Balzstellungen mit gestrecktem, oft hochgerecktem Flügel als Signal vorgewiesen wird.

Es ist ein großer Unterschied, eine Skua als gefangenes Tier in einem Käfig oder in Freiheit in ihrem natürlichen Lebensraum zu sehen. Der scharfsichtige Verhaltensforscher Oskar Heinroth wußte über die Skua, von der er einige Stücke in Tiergärten beobachten konnte, erstaunlich wenig zu sagen verglichen mit dem, was er an anderen Vögeln sah. Das beweist nicht die hier einmal auslassende Beobachtungsgabe Heinroths, sondern die quasi Reduzierung des Lebewesens Skua, eingesperrt in einem Käfig, auf einen Punkt nahe Null. Um zu zeigen, was es kann und wie es lebt, braucht so ein Tier Raum, braucht Freiheit. Ein Beispiel dafür, wie wenig uns damit gedient wäre, bedrohte Tierarten nur noch in Tiergärten weiterzuzüchten.

Heinroth fand die Zooskua enttäuschend ungeschickt und unbeholfen. Der schottische Professor Wynne-Edwards schreibt über dasselbe Tier in Freiheit: »Sie sind überraschend schnell und beweglich, wenn sie ein Opfer jagen, und stoßen gewöhnlich nach ausgespieener Nahrung, um sie aufzufangen noch bevor sie ins Wasser fällt.« Auch meinte Heinroth, daß man unwillkürlich mehr Furcht vor einer wütend um sich beißenden Mantelmöwe habe als vor einer Skua. Alle Möwen attakieren Eindringlinge in ihre Brutkolonien. Das kann bei den großen Arten bedrohlich wirken, besonders aber bei der Skua, die wie ein riesiger Falke selbst nach Menschen stößt, um ihre Brut zu verteidigen.

Als einzige von allen Möwen brütet die Skua sowohl in der Arktis wie in der Antarktis. Ihr Verbreitungsgebiet im Norden ist nur klein, es beschränkt sich auf Island, die Färöer, die Shetlands und die Orkney Inseln, während das antarktische rings um den Pol reicht, also viel größer ist. Trotzdem glaubt man, die Skua sei eigentlich nördlicher Herkunft, weil alle anderen Arten der Gattung nur in der Arktis beheimatet sind. Einige Ornithologen halten die etwas hellere südliche Form für eine eigene Art, gewöhnlich faßt man beide als Rassen der gleichen Art auf.

Gegen Ende des 19. Jahrhunderts war die Skua auf den Shetland-Inseln fast ausgerottet. Da erließ man 1898 ein Gesetz zum Schutz des Vogels und seiner Eier. Im Gegensatz zu manchen Ländern heute hielt man in Großbritannien solche Gesetze auch ein, und so gibt es jetzt auf den Inseln wieder mehrere blühende Kolonien der eindrucksvollen großen Vögel.

Nach der Brutzeit wandern die Skuas weit auf den Meeren umher. Nördliche Brutvögel streifen bis in den mittleren Atlantik und treffen sich dort vermutlich mit antarktischen. Im Laufe des April kehren sie allmählich wieder an die Brutplätzen zurück. Sie nisten in Kolonien in offenem, gern etwas hoch gelegenem Gelände mit kurzer Vegetation. Doch stehen die Nester viel weiter auseinander als in den Kolonien der echten Möwen. Ein eigentliches Nest wird meist nicht gebaut, die beiden dunklen, braungefleckten Eier des Geleges liegen in einer flachen, vom Vogel ausgedrehten Mulde. Beide Eltern bebrüten sie ungefähr vier Wochen lang. Die ausgeschlüpften Jungen werden in der ersten Zeit vom Weibchen bewacht, während das Männchen Nahrung herbeischafft. Später beteiligt sich daran auch das Weibchen. Nach 6–7 Wochen werden die Jungen flügge. Um Mitte August neigt sich das Brutgeschäft dem Ende zu, Alte und Junge beginnen die Brutstätten zu verlassen und ihre Wanderung in die Weiten der Meere anzutreten. Dort leben sie einzeln und ernähren sich hauptsächlich von an der Oberfläche treibenden lebenden und toten Tieren, die sie im Fluge aufnehmen.

In der Brutzeit aber sind sie für alles Wasser- und Strandgeflügel der Umgebung eine schreckliche Plage. Sie rauben den Möwen und selbst den großen Tölpeln die gefangenen Fische, nehmen Eier und Vogeljunge wo sie sie finden. Aber auch die erwachsenen Vögel müssen ständig vor ihnen auf der Hut sein, denn die Skua vermag selbst eine erwachsene Silbermöwe oder einen Eidererpel umzubringen.

Großtrappe *(Otis tarda)*
Eigentlich ist es merkwürdig, daß ein solcher Mordsvogel noch heutigentags in der offenen Kulturlandschaft Mitteleuropas vorkommt und sich halten kann. Aber wir haben ja erstaunlicherweise noch mehrere Mordsvögel in einigen unserer Landschaften, den heimlichen Auerhahn, der unverantwortlicherweise immer noch von einigen Privilegierten geschossen werden darf, in den Bergwäldern der Alpen, und den zahm gewordenen Höckerschwan an unseren Flüssen, Seen und Teichen.

Die Trappe aber lebt vollständig frei in der offenen Kulturlandschaft mit Wiesen und Feldern. Allerdings nur noch in einigen Gegenden von Mecklenburg bis Sachsen, vor allem in Brandenburg mit seinen weiten, ehemaligen Luchen. In der Bundesrepublik Deutschland gibt es keine brütenden Trappen mehr, die nächsten, von uns aus erreichbaren Brutplätze befinden sich im Österreichischen. Von da reicht das Verbreitungsgebiet bis zum Schwarzen Meer. Zerstreute Brutplätze liegen in Kleinasien und quer durch Mittelasien bis zum Amur. In Westeuropa brüten Trappen nur noch auf der iberischen Halbinsel.

Ihr natürlicher Lebensraum sind Steppen verschiedenen Typs und äußerstenfalls noch Halbwüsten. In vegetationslosen Gebieten gibt es keine Trappen, denn sie brauchen zur Ernährung Pflanzen. Da sie selbst in Gebieten mit üppiger Krautvegetation leben, sind ihnen auch die Bedingungen der Kulturlandschaft genehm. Allerdings nur so lange, wie ihnen ungestörte, sehr weite Räume zur Verfügung stehen, in denen sie nicht dauernd von Menschen behelligt werden, die nicht durch ein dichtes Straßennetz, Zäune, Wälle, Mauern und zu dichte Besiedlung zu sehr verbaut sind. Das vertragen die Trappen nicht.

Nächst dem Schwan ist der Hahn unser größter Flugvogel, er kann bei guten Lebensbedingungen in höherem Alter ein Gewicht von über 15 kg erreichen. Die Henne ist wesentlich kleiner und wiegt nur etwa ein Drittel davon. Trappen sehen entfernt aus wie hochbeinige, langhalsige Hühner, doch ist die Ähnlichkeit sehr vage und beruht nur auf der Form von Kopf und Schnabel und einer oberflächlichen Vergleichbarkeit der Gefiederzeichnung. In Wahrheit bilden die 23 oder 25 Trappenarten der Welt eine abgeschlossene, einheitliche Familie, die man den Rallen und Kranichvögeln angliedert, obwohl sie auf den ersten Blick nicht viel Gemeinsames mit ihnen zu haben scheinen. Doch hat neuerdings wieder der Trappenkenner Wolfgang Gewalt auf die unbezweifelbare Verwandtschaft mit den Kranichen hingewiesen, die sich in vielerlei Ähnlichkeiten des Verhaltens äußert.

Bis auf die Größe und den stets dickeren Hals des Hahnes ist der Unterschied der Geschlechter im

Ruhegefieder nicht erheblich. In der Brutzeit besitzt der Hahn außerdem einen langen Backenbart aus haarartigen Federn und ein rotbraunes Kropfband. Die Stimme ist wenig entwickelt, sie beschränkt sich bei den Erwachsenen auf dumpfe und ächzende Laute.

Die Großtrappe lebt in Herden. Außerhalb der Brutzeit sondern sich die Geschlechter gern in eigene Trupps. Die Hennen sind im allgemeinen weit heimlicher, leben zum Teil auch einzeln, so daß leicht der Eindruck entsteht, die Zahl der Hähne sei beträchtlich größer. Genauere Nachforschungen haben gezeigt, daß es nicht so ist.

Es wäre falsch, sich das Leben der Trappen etwa so vorzustellen wie das der Strauße oder Nandus, gewaltiger Renner ohne Flugvermögen, und zu meinen, auch die Trappen würden nur ungern und im Notfalle fliegen. Ungestörte Trappen stehen oft stundenlang herum. Bewegen sie sich weidend weiter, so geschieht es langsam, gemächlichen Schrittes. Werden sie aufgetrieben oder haben sie eine größere Ortsveränderung vor, so fliegen sie lieber. Mit ihren großen Schwingen fliegt die Trappe ausgezeichnet und ausdauernd. Überrascht, ist sie sogar in der Lage, beinahe senkrecht nach oben aufzufliegen.

Als Nahrung dienen ihr in erster Linie grüne Teile von vielerlei Wiesen-, Steppen- und Feldpflanzen, weit weniger Samen, also etwa Getreide. Daneben fressen sie so viel Kleintiere, wie sie während des Weideganges erbeuten, vom Käfer und Regenwurm bis zur Maus.

Erst im Alter von mehreren Jahren wird die Trappe fortpflanzungsfähig, die Henne mit 4, der Hahn vielleicht erst mit 5 Jahren. Wegen der außerordentlichen Balz der Hähne hat die Trappe in den Kreisen der Jäger frühzeitig Berühmtheit erlangt. Im Frühjahr verteilen sich die Männchen über das von der Herde eingenommene Gelände und nehmen auf dem Höhepunkt der Verwandlung eine Stellung ein, in der sie aus der Ferne unmöglich als Vögel zu erkennen sind. Man sieht einen riesigen weißen Haufen, der sich ab und zu etwas bewegt. Die Verwandlung erfolgt in Schüben durch allmähliches Einnehmen einer bestimmten Zwangsstellung. Zuerst klappt der Hahn den Schwanz vollständig über den Rücken, dadurch öffnen sich die schneeweißen Bauchfedern und Unterschwanzdecken zu einem flaumig luftigen Kissen. Dann wird der weite Kehlsack voll aufgeblasen, der so aufgeblähte Hals mit abwärtsgedrücktem Kopf auf den Rücken gelegt. Der Schnabel ruht mit gespreiztem Bart vorn auf dem Hals. Nun folgt der am schwierigsten verständliche Vorgang. Die leicht hängenden Flügel strecken sich im Ellenbogengelenk gerade nach hinten durch, nur das Handgelenk bleibt stark gewinkelt, so daß die Handschwingen seitlich über dem Rücken liegen, mit kopfwärts gerichteten Enden. Ohne eine Reihe von schematischen Zeichnungen ist das kaum verständlich. Jedenfalls besteht der Effekt darin, daß die unterseits schwanenweißen großen, mittleren und kleinen Flügeldeckfedern auf- und nach vorn umgeklappt werden, bis ein wallend weißes Gewoge den ganzen Vogel umhüllt und verbirgt. Superschau mit Frou-frou! Das ist die Trappenbalz. Den Hennen annonciert sie das Vorhandensein paarungsbereiter Hähne. Sie wandern in kleinen Gruppen und einzeln durch das Gelände, um sich ohne Aufsehen einen Mann zu suchen.

Die Hennen verstreuen sich, nachdem sie geliebt worden sind, einzeln über das Nistgebiet und suchen sich einen Platz zur Eiablage. Viel Nest wird nicht gebaut. Das Weibchen scharrt eine flache Mulde und rundet sie drehend mit dem Körper. Das Gelege besteht aus 2–3 großen, dunklen, leicht glänzend grünlichen Eiern mit ölbrauner Fleckung. Nur die Henne brütet. Selbst auf beinahe kahlem Boden kann sie sich dabei völlig der Sicht entziehen. Die Brutdauer beträgt zwischen 3 und 4 Wochen. Dann schlüpfen die hell sandfarbenen, mit schwarzen Flecken dicht gezeichneten Küken, die lange von der Mutter geführt werden. Selbst nach dem Flüggewerden bleiben sie noch bei ihr. Im Herbst bilden sich aus den Familienverbänden, die großen, meist nach Geschlechtern getrennten Winterscharen.

Harlekinente s. **Kragenente**

Kaiseradler *(Aquila heliaca)*
Einer der seltensten Vögel Europas dürfte die spanische Rasse des Kaiseradlers sein *(Aquila heliaca adalberti)* Nach neuesten Erhebungen des WWF sollen es nur noch sieben Stück sein. Damit kann man sich ausrechnen, wie lange es noch bis zum Eintreffen der Meldung: »ausgestorben«, dauern wird. Denn Süd- und Mittelspanien umschließt das ganze Verbreitungsgebiet dieses Adlers. Vor langer Zeit brütete er vereinzelt auch in Algerien, und ob im nördlichen Zipfel von Marokko noch ein oder das andere Paar existiert, ist äußerst ungewiß.

Von der viel weiter verbreiteten östlichen Rasse unterscheidet sich die Westform im Alterskleid durch beinahe reinweiße Schulterflecken und weißen Flügelbug. Die Ostrasse hat nur etwas aufgehellte Schultern. Im Jugendgefieder erscheint die Westform rötlicher.

Wie wenig wissen wir über diesen schönen Vogel, nur die dürftigsten Daten seiner Existenz und seiner Lebensweise! Er steht dem Steinadler nahe, ist aber schwächer im ganzen Bau und im Fang, einschließlich der Stärke seiner Krallen. Solche Körperbaueigenschaften korrespondieren immer auch mit der Lebensweise. In seiner größeren Schwerfälligkeit, auch im Fluge, ähnelt der Kaiseradler sehr einem Bussard, wie überhaupt die echten Adler nahe mit den Bussarden verwandt sind. In der Anschauung des Nichtkenners sind die Worte Adler und Bussard mit trennenden Eigenschaften belastet, die ihnen in dem Umfang nicht zukommen. Der Verhaltensunterschied zwischen Steinadler und Mäusebussard ist erheblich, aber wenige andere Adler kommen im Charakter dem Steinadler sehr nahe, zu ihnen gehört der schwarze Kaffernadler *(A. verreauxi)* Afrikas. Viele der übrigen Adler gleichen in der Lebensweise weit mehr den trägen, auf kleine Beute angewiesenen Bussarden. So auch der Kaiseradler trotz seiner stattlichen Fänge und des klobigen Schnabels.

Seine Beute sind fast ausnahmslos kleine, am Boden lebende Tiere, Ziesel und andere Nager, größere Eidechsen, selten auch Vögel, die er nur schwer schlagen kann. Dagegen findet er sich häufig an verendeten großen Tieren ein, um zusammen mit Geiern und Raben sein Teil zu nehmen.

Lebensraum des Kaiseradlers sind waldsteppenartige, offene Landschaften. Er horstet auf Bäumen, legt 2 oder 3 gefleckte Eier, die denen des Steinadlers gleichen, wie auch der ganze Ablauf des Brutgeschehens diesem ähnlich ist.

Die spanischen Kaiseradler sind Standvögel, während die osteuropäischen zum Winter nach Nordostafrika ziehen. Die östliche Rasse reicht mit ihren Vorposten bis an den ungarischen Teil des Neusiedlersees und im Osten bis an den Baikal. Noch findet sie in diesen weiten Räumen genügend Brutstätten, um vor dem Untergang bewahrt zu bleiben, der der Westform droht. Aber die bis in die dreißiger Jahre reichende Zeit, als Kaiseradler selbst in Südosteuropa noch relativ häufig waren, ist mit dem wirtschaftlichen Aufschwung dieser Länder längst vorbei. Makatsch wußte in den Jahren des letzten Krieges noch 25 Horste in der Umgebung von Saloniki. Heutige Besucher jener Gegenden sehen sich vergeblich danach um. Die Zivilisation frißt die Natur, auch da, wo es unnötig und vermeidbar wäre.

Noch ein Wort zum Namen Adler. Im Deutschen heißen alle großen Greife, die nicht Geier, Bussarde oder Milane sind, Adler, auch wenn sie nicht näher untereinander verwandt sind, die gemeinsame Bezeichnung täuscht das vor. Seeadler, Fischadler, Steinadler und Habichtsadler sind sehr verschiedene Vögel, die ganz verschiedenen Gattungen angehören, und dazu kommt noch eine Reihe tropischer Adler aus aller Welt, die wiederum in andere Gattungen gestellt werden müssen und sich auch äußerlich zum Teil sehr von unseren Adlern unterscheiden. Wenn wir von echten Adlern sprechen, meinen wir damit den Steinadler und seine wirklichen Verwandten, die zusammen der Gattung *Aquila* angehören. Zu ihnen rechnen neben dem Kaiseradler auch Schreiadler, Schelladler und Steppenadler.

In unserer alles verändernden Menschenwelt sind die Adler insgesamt nur mehr Relikte. Sie finden sich mit Industrialisierung, Stadtlandschaften und Massentourismus nicht ab. Ihnen gehören die großen Einsamkeiten, die kaum mehr zu finden sind. Symbolisch für sie alle dokumentierte diese Haltung Oskar Heinroths schon erwähnter Seeadler Gunter, der den Maler mit Klauenhieben verjagte, der ihm auf die Pelle rückte. Eine Dohle hätte ihm den Kopf zum Kraulen hingehalten. So verschieden sind Vögel. Jedoch, bedauerlicherweise war Gunter eine Ausnahme, in Freiheit geht es anders, und Hitchcocks Vögel sind totale Phantasie.

Kampfläufer *(Philomachus pugnax)*
Zuweilen fällt aus einer sonst recht einheitlichen Vogelgruppe eine einzelne Art durch irgendeine Besonderheit so heraus, daß sich der Evolutionsforscher, der sich mit den verwandtschaftlichen Beziehungen der Arten untereinander beschäftigt, fragt: woher hat sie das? So eine Art ist der Kampfläufer. Bei ihm sind es zwei Dinge, die nicht in das Schema der Familie passen, das männliche Prachtkleid und das Kampfverhalten. Allerdings stehen diese beiden in engem Zusammenhang.

Ein weiblicher Kampfläufer, das Ei, das Junge, ja selbst das Männchen im Ruhekleid haben ganz das Aussehen typischer Schnepfenvögel, die Gestalt, die Form von Schnabel und Beinen und das beinahe spatzenartig gefleckte, bräunliche Gefieder der Oberseite. Es gibt keinen Zweifel, daß der Kampfläufer zu den Schnepfenvögeln gehört. Doch merkwürdig bleibt auch der gewaltige Größenunterschied der Geschlechter. Das Männchen ist fast doppelt so schwer wie das Weibchen. Eine derartige Größendifferenz der Geschlechter gibt es bei keinem sonstigen Schnepfenvogel. Aber auch der Größenunterschied hängt mit den anderen Sonderheiten zusammen. Alles miteinander ist ein treffliches Beispiel dafür wie der Druck eines bestimmten Trends, der einer Tierart innewohnt, einen ganzen Komplex von Veränderungen nach sich ziehen kann. Vermutlich war die ursprüngliche Besonderheit der Vorfahren ein ausgeprägtes Kampf- oder Scheinkampfverhalten. Ansätze zu einer Gruppenbalz treten verschiedentlich bei den Schnepfenvögeln auf. Aber nur beim Kampfläufer hat sich daraus im Verein mit den körperlichen Merkmalen dieses einzigartige Sozialverhalten während der Fortpflanzung entwickelt.

Im Frühjahr, unmittelbar vor Beginn der Brutzeit wachsen den Männchen ein schirmartig abspreizbarer Halskragen aus langen Federn und eine gescheitelte Kopfhaube. Stirn und Augenpartie werden nackt und bilden gelbe Warzen. Die Färbung der Kombination Krause-Haube ist so variabel, daß kaum zwei ganz gleiche Männchen zu finden sind, sicherlich nicht an einem Balzplatz. Hieran können die Männchen von anderen Männchen und von den Weibchen individuell erkannt werden. Trotzdem lassen sich nach der Färbung des männlichen Brutkleides zwei Haupttypen aufstellen, solche mit dunklem Kragen und meist auch dunkler Haube, und solche mit weißem Kragen und weißer oder farbiger Haube. Der Kragen ist einfarbig, quergebändert oder gefleckt.

Das Brutgebiet des Kampfläufers erstreckt sich von der Festlandsküste der Nordsee durch Nordeuropa und Nordasien bis zur Beringstraße. An der schrumpfenden Westgrenze des Areals in Europa bestehen einige isolierte Brutplätze. Hier wird der Kampfläufer wegen der fortschreitenden Entwässerung seiner Brutgebiete an vielen Orten selten. Er benötigt als Lebensraum Moore, nasse Wiesen und Tundren.

Im Laufe des April oder schon früher kehren die Vögel an ihre Brutplätze zurück. Sie leben dort nicht ehig, also für sich in gesonderten Paaren, vielmehr entwickeln sie eine eigentümliche Sozialstruktur. Die Männchen beziehen gemeinsame Balzplätze, es sind von Jahr zu Jahr die gleichen, heruntergetretenen Stellen. Die Weibchen besuchen an diesen Plätzen die Männchen, werden begattet und widmen sich dann allein irgendwo in der Nähe der Aufzucht der Brut.

Erst kürzlich hat man die komplizierte Struktur des Systems der Balzplätze genauer aufdecken können. Sie kann hier nur vereinfacht wiedergegeben werden. Es gibt Männchen, die eine ganze Saison über einen kleinen, eigenen Balzplatz von weniger als 50 cm Durchmesser im gemeinsamen Balzareal für sich behaupten. Diese Männchen sind immer solche mit dunklem Kragen und meistens auch mit dunkler Haube. Andere Männchen, man hat sie Satelliten genannt, besitzen keinen eigenen Balzplatz und bringen es auch niemals zu einem. Es sind immer solche mit weißem oder vorwiegend weißem Kragen. Die Satellitenmännchen drängen sich einzeln oder zu zweit auf den in festem Besitz befindlichen Balzplätzen ein und werden vom dominanten Eigentümer dort geduldet. Außerdem gibt es noch eine Gruppe von Männchen, ebenfalls dunkelbekragten, die am Rande des Balzareals, innerhalb dessen die Einzelbalzplätze liegen, bald hier, bald da eine Stellung beziehen. Das sind vermutlich noch nicht brutreife, jüngere Vögel; und noch weitere Komplikationen sind da. Alle Männchen nehmen von Zeit zu Zeit eine Reihe verschiedener Balzstellungen ein, teils hoch aufgerichtet mit flatternd gespreiztem Kragen und wehender Holle, teils zusammengekauert, mit geschlossenen, hängenden oder schlagenden Flügeln. Es gibt Drohstellungen, Angriffe, Zurückweichen und richtige Kämpfe. Das Geschehen ist außerordentlich schwierig durchschaubar. Deshalb hat es auch mehrere intensiver Studien bedurft, bis man es klären konnte.

Jedenfalls kommen bei diesem System sowohl die platzbehauptenden wie die Satellitenmännchen zur Paarung. Das befruchtete Weibchen sondert sich ab, legt 4, den gefleckten Kiebitzeiern ähnliche Eier in ein verstecktes Grasnest am Boden und brütet sie in drei Wochen aus. Sobald die Brut beendet ist, begeben sich zuerst die Altvögel, etwas später auch die inzwischen herangewachsenen Jungen auf die Wanderung, die sie aus Europa und Westasien nach Afrika, aus Teilen Asiens nach Indien führt. Der Norden Asiens beherbergt noch heute gewaltige Mengen von Kampfläufern gegenüber den meist spärlichen Populationen des europäischen Westens. So kommt es, daß auf dem Zuge auch bei uns die als Brutvogel so seltene Art noch einer der häufigsten Schnepfenvögel ist.

Die mit weißer Weste haben nichts zu sagen! Merkwürdige Vögel sind doch die Kampfläufer.

Kegelrobbe *(Halichoerus grypus)*
An den deutschen Meeresküsten leben drei Robbenarten, der Seehund, die Ringel- und die Kegelrobbe. Alle drei gehören innerhalb der Ordnung der Robben zur Familie der Hundsrobben, deren Hintergliedmaßen so weit rückwärts gerichtet sind, daß sie nicht unter den Leib gebracht und zur Fortbewegung an Land benützt werden können. Auch die Vordergliedmaßen sind zu kurz zum Laufabstützen des Körpers, so daß die Tiere sich nur durch Spannbewegungen des Körpers »robbend« fortzubewegen vermögen.

Von den drei genannten Arten ist die Ringelrobbe die kleinste, die Kegelrobbe die größte. Letztere wird als Männchen bis 285 cm lang und 290 kg schwer, als Weibchen bis 210 cm und 240 kg. Die Fellfarbe wechselt von Hell- zu Dunkelgrau mit unregelmäßigen größeren und kleineren Vollflecken, die Weibchen dabei öfter großfleckiger als die Männchen. Die Unterseite ist hellgrau. Die Art ist sofort an ihrer gestreckten kegelförmigen Schnauze, die ihr auch den Namen gab, zu erkennen.

An unserer Nordseeküste lebt nur ein kleiner Kegelrobbenbestand um Sylt, Föhr und Amrum. An unserer Ostseeküste taucht die Art nur ab und zu einmal als Gast auf, im baltischen und bottnischen Teil ist sie dagegen häufiger. Ihr Vorkommen erstreckt sich auf beiden Seiten des nördlichen Atlantiks, in Europa von Island bis Südengland einerseits und bis zur Murmanskküste andererseits, in Nordamerika durch den St. Lorenz-Golf und um Neufundland herum bis zur Belle-Insel im Norden und Sable-Insel im Süden. Der Gesamtbestand wird auf rd. 50000 geschätzt.

Ihr liebster Aufenthaltsort sind Felsenküsten mit Grotten und eingestreuten kiesigen Buchten und felsige Inseln. An solchen Plätzen lebt sie in lockeren gemischten Trupps. Obwohl sie zeitweise, vor allem in der Jugend, weit in die See hinausschwimmt, z. B. von England nach Norwegen hinüber, kehrt sie erwachsen immer wieder gern an ihre Liegeplätze zurück.

Im Artbereich gibt es zwei Setz- und Paarungszeiten, die ja bei allen Robben durchschnittlich im Vierwochenabstand, wenn die Jungen entwöhnt sind, aufeinander folgen. Die baltischen und St. Lorenzgolf-Kegelrobben setzen im Februar und März, die Nordseetiere, vor allem die britischen, im September bis Dezember. Daneben kommen im britischen Bereich einzelne Geburten auch in allen anderen Monaten vor, vermutlich solche erstmalig geschlechtsreif gewordene Jungweibchen.

Das Junge wird an Land oberhalb der Flutgrenze in schneller Sturzgeburt zur Welt gebracht, ist dann rd. 3/4 m lang und 15 kg schwer, trägt meist ein kremweißes kurzhaariges Jugendkleid für die drei Wochen der Säugezeit und geht dann ins Wasser. Manche Junge wechseln dieses Kleid bereits bei der Geburt und sind damit gleichzeitig schwimmbereit. In den drei Wochen Säugezeit fastet die Mutter, während das Junge sein Gewicht verdoppelt. Rund eine Woche nach der Entwöhnung geht das Junge in die See, um sich selbst zu ernähren und ein eigenes Leben zu beginnen.

Auf den Setzplätzen errichten die Altbullen ihre Territorien, werden mit der bald herannahenden Brunstzeit unduldsam gegen Geschlechtsgenossen und beanspruchen je rd. ein halbes Dutzend Weibchen für sich. Die Jungbullen müssen weichen und können sich nur den am Rande der Liegeplätze lagernden Jungweibchen, die erstmals geschlechtsreif sind, widmen. Das befruchtete Ei macht eine dreimonatige Ruhezeit in der

Gebärmutter durch, bevor es sich in deren Wand fest einnistet und zu entwickeln beginnt. Die Gesamttragzeit beträgt 11 Monate. Jungweibchen bringen im dritten Lebensjahr ihr erstes Junges, Männchen werden erst mit 6–7 Jahren geschlechtsreif. Die Lebensdauer ist lang. Ein Zootier wurde 42 Jahre alt.

Kegelrobben fressen hauptsächlich Fische, sowohl Grundfische aus Tiefen bis zu 70 m und mehr, als auch freischwimmende Fische, nebenbei auch Krebse und Muscheln.

Kormoran *(Phalacrocorax carbo)*
Der Kormoran hat es schwer, in dichtbesiedelten Ländern zu existieren. Es ist erstaunlich, daß er es überhaupt noch kann. Das hat mehrere Ursachen. Ein Kormoran besitzt eine respektable Größe, er wiegt um 2,5 kg, fast soviel wie eine Gans, er lebt nur von Fischen: Tagesration sind etwa 400 g, also zwei kleinere Portionsforellen, im Jahr pro Vogel beinahe drei Zentner Fisch. Das Meer ist sehr reich, unzweifelhaft, aber der Mensch ist sehr geizig, wenn es um etwas geht, was er für sein Eigentum hält. Außer seiner Leidenschaft für Fastenspeisen hat der Kormoran aber noch eine andere vertrakte Eigenschaft. Er baut seine Nester in dichtbesetzten Kolonien gern auf die höchsten und schönsten Bäume der Gegend. In wenigen Jahren ist dadurch der größte Baum geliefert. Die Vögel brechen ihm zum Nestbau alle Zweige ab, ein Baum kann 150 Nester tragen, und den Rest besorgen die ätzend scharfen Exkremente. Alter Guano in kleinen Gaben ist zwar ein vorzüglicher Dünger, doch frisch ist er für jede Pflanze tödlich. So kann eine große Kormorankolonie im Lauf der Zeit ziemlich viele Bäume zum Absterben bringen, denn die Vögel verlassen die kahlen Gerippe und siedeln sich lieber auf einem gesunden Baum an.

Demnach ist es kein Wunder, wenn die Geschichte der Kormorane beinahe in ganz Europa eine Geschichte der Verfolgungen, der Vernichtungen und doch immer wieder auch der Versuche zu Neuansiedlungen ist. Ein Wechsel von Kommen und Gehen.

So sind auf einer Verbreitungskarte des Kormorans in den Niederlanden im Handbuch der Vögel Mitteleuropas 48 Orte eingezeichnet, an denen zu irgendeiner Zeit im 20. Jahrhundert eine größere oder kleinere Brutkolonie bestand. Zusammen gibt das ein Bild recht weiter Verbreitung. Aber diese Brutkolonien existierten niemals gleichzeitig, sondern nacheinander, immer nur wenige auf einmal. Heute bestehen in den Niederlanden im wesentlichen noch zwei größere Brutkolonien. Beide stehen unter Schutz, aber es sind zulässige Höchstzahlen für die Menge der Brutpaare festgesetzt. Was darüber hinausgeht, muß vernichtet werden.

Die westdeutsche Bundesrepublik ist ein armes Land, wie jeder weiß. Es kann sich den kostspieligen Schutz einer Kormorankolonie nicht leisten. Hier geht es so: 1944 siedelte sich ein Kormoranpaar in einer ostfriesischen Reiherkolonie an. 1945 brüteten dort drei Paare, 1946 sieben, 1947 15; 1951 waren es 59 und 1957 schließlich 83. Da war es denn ja auch höchste Zeit einzuschreiten. 1958 schritt man ein und reduzierte auf 40 Paare. Später ist die Kolonie erloschen.

Der Kormoran gehört zu den Vögeln, die wenige Menschen kennen. Schon der Name, er ist nicht deutschen Ursprungs, wahrscheinlich stammt er aus dem Französischen. Das deutsche Wort ist Scharbe, es wurde in altgermanischen Zeiten nach dem krächzenden Ruf gebildet. Von weitem sieht ein Kormoran einheitlich schwarz aus. Nur im Brutkleid sind Kopfseiten und Kinn weiß und ein Büschel weißer Federn schmückt die Flanken. Dazu erscheinen Kopf und Hals mit weißen Haarfederchen wie überpudert. Der schlanke Hals trägt einen kleinen Kopf mit stechenden smaragdgrünen Augen und hakigem Schnabel. Der Kormoran hat große Flügel, einen langen Schwanz und macht im Fluge die Figur eines Kreuzes. Ja, wenn man das rechtzeitig den Christen gesagt hätte, die doch alte Beziehungen zur Fischerei haben, dann hätte man, verbrämt mit einer schönen Legende, aus dem Kormoran einen heiligen Vogel machen können, und sein Schicksal wäre ganz anders verlaufen. Wenn!

Von Natur aus, vom vormenschlichen Zustand der Erde aus sind gewandte Fischer unter den Tieren beinahe allerorten erfolgreiche Typen gewesen. Denn Fische gab es im Überfluß, unerschöpflich, im Meer wie in den Flüssen und Seen. So hat der Kormoran in mehreren, sich geringfügig unterscheidenden geographischen Rassen eine weite Verbreitung gefunden, von der amerikanischen Nordostküste über ganz Europa, Afrika, das mittlere und südliche Asien bis nach Australien und Neuseeland. Natürlich lebt er überall nur am Wasser, wo es Fische gibt. Weil er sich mit dem Menschen schwer verträgt, ist sein Verbreitungsgebiet örtlich heute in vielen Ländern sehr eingeschränkt worden.

Große Vögel werden meistens erst mit mehreren Jahren fortpflanzungsfähig, auch der Kormoran. Bei ihm dauert es gewöhnlich bis zum Ende seines dritten Lebensjahres. Dann sucht er im zeitigen Frühjahr eine schon bestehende Brutkolonie auf, balzt unter merkwürdigen Schaustellungen, verbunden mit wenig wohlklingenden, krächzend gurgelnden Rufen. Er hebt und senkt die Flügel, fächert den aufgestellten Schwanz und wirft den Kopf nach oben oder bis auf den Rücken und schüttelt ihn. Die Paare bilden sich, und der Nestbau oder die Ausbesserung eines alten Nestes beginnen. Das Nest ist ein dem Reiherhorst ähnlicher Bau aus Zweigen, ausgelegt mit weicheren Pflanzenteilen.

Die hellblauen Eier sind von einer kreidig weißen Schicht überzogen, 3–4 bilden das Gelege. Es wird in beinahe vier Wochen von beiden Eltern ausgebrütet. Die Jungen schlüpfen nackt und schwärzlich, mit rosa Köpfen, wie kleine Teufel. Sie bekommen dann ein schwarzbraunes Dunenkleid. Das tragen sie bis ihnen mit einigen Wochen die bräunlichen Federn des Jugendkleides sprossen. Mit acht Wochen werden sie voll flugfähig, verlassen aber das Nest häufig schon vorher, um langsam im Horstbaum umherzusteigen.

Eigenartig verläuft die Fütterung der Jungen. Die Eltern bringen Fische im Kehlsack herbei und würgen sie im Nest hoch. Wenn es ihm richtig im Halse steht, beugt der Kormoran den Kopf nach vorn und öffnet den Schnabel, genau wie beim... Eben darauf warten die Kinder. Sie fahren dem Vater mit Kopf und Schnabel in den Rachen und ziehen schluckend die guten Dinge hervor. Es macht beiden Spaß. Die Jungen winseln vor Vergnügen, die Alten kollern und krächzen. Sie benehmen sich nicht fein, no educated people of course. Dafür darf der Verhaltensforscher genau zuschauen wie sie es machen.

Die Alten fischen tauchend und rudern dabei nur mit den Füßen, mit beiden zugleich stoßend. Der bewegliche Schwanz steuert.

Kormorane sind Zugvögel. Sie wandern aus ihren mitteleuropäischen Brutkolonien bis in den Mittelmeerraum. Sieht man im Herbst auf den Klippen vor einer Mittelmeerinsel Kormorane ausruhen, so können sie in Holland, Deutschland oder Skandinavien beheimatet sein, genauso wie der Reisende selbst.

Kragenente *(Histrionicus histrionicus)*
Sieht man eine männliche Kragenente im Prachtkleid unmittelbar vor sich, dann ist sie eine der auffallendsten und merkwürdigsten Enten Europas. Europas nur dann, wenn man auch Island dazu rechnet, denn außerhalb dieser Sageninsel im Nordwesten ist sie selbst am nördlichen Küstensaum des Kontinents nur ein unregelmäßiger, seltener bis sehr seltener Gast. Keine andere Ente hat ein Gefieder mit so vielen weißen Streifen und Punkten über den ganzen Körper verteilt. Das für sich betrachtet dermaßen die Aufmerksamkeit erregende unruhige Muster, auf dunkel blaugrauem Grunde mit den rostroten Flanken, läßt das Tier im schäumenden Gischt der Gewässer, in denen es sich gewöhnlich aufhält, völlig verschwinden. So sehr vermischen sich die weißen Zeichen mit den wirbelnden Schaumstreifen des Wassers. Im unscheinbaren Ruhekleid ähnelt das Männchen dem dunklen Weibchen und ist dann wie dieses an den weißlichen Flecken der Kopfseiten kenntlich.

Eigentlich ist die Kragenente von uns aus gesehen eine extrem östliche und zugleich eine extrem westliche Form. Auf dem europäisch-asiatischen Kontinent bewohnt sie nur das östliche Sibirien und bis auf einen Küstensaum im Nordosten Kanadas und in Südwestgrönland findet man sie nur in den nordwestlichen USA mit Teilen von Alaska und Westkanada. Die Hauptverbreitung erstreckt sich also auf die Gebiete beiderseits des nördlichen Pazifik.

Etwa wie die einer ganz anderen Entengruppe angehörenden, südamerikanischen Sturzbachenten ist die Kragenente spezialisiert auf schnell fließendes und gischtendes Wasser in Flüssen. Aber auch an Meeresküsten kommt sie vor und verbringt dort einen großen Teil ihres Jahres. Hier ersetzt ihr die schäumende Brandung an Riffen und Felsküsten die quirlende Bewegung der Stromschnellen und Fälle. Es ist ein Lebensraum wie ihn die Wildwasserkanuten zur Ausübung ihres Sports aufsuchen, ja ein noch extremerer und selbst für einen speziell darauf eingestellten Vogel nicht ganz ungefährlich. Ein amerikanischer Untersucher fand bei Kragenenten einen so hohen Prozentsatz von Individuen mit verheilten Knochenbrüchen wie sonst von keiner Vogelart bekannt ist. Zweifellos führen also Kragenenten ein hartes Leben.

Die Paare brüten einzeln und teilen ähnlich wie die Wasseramsel Bachläufe in Territorien unter sich auf. Nur an besonders günstigen Stellen konzentrieren sich zuweilen auch in der Brutzeit kleine Gruppen. Die Wahl des Nistplatzes geschieht durch das Weibchen in ganz ähnlicher Weise wie man es häufig an unseren zahmen Park-Stockenten beobachten kann. Dicht gefolgt vom bunten Erpel untersucht die Ente alle ihr passend erscheinenden Stellen und wählt schließlich die günstigste aus. Nur bewegt sie sich dabei nicht gemächlich über den Rasen, sondern zu Fuß am Ufer der Wildwasser entlang, an denen sie zu Hause ist. Das Nest wird schließlich mitten in dichtem Weidengestrüpp und höheren Stauden in einer Bodenvertiefung errichtet. Das Gelege besteht meistens aus 6–8 Eiern von rahmgelber Farbe und wird in etwas über vier Wochen vom Weibchen allein ausgebrütet. Auf Island erscheinen die meisten Gelege nicht vor Anfang Juni. Es findet nur eine Brut im Jahre statt.

Nach dem Schlüpfen führt das Weibchen die Jungen in eine ruhige Bucht, während die Erpel schon bald nach der Eiablage wieder den Meeresküsten zugewandert sind, wo sie den größten Teil ihrer Zeit verbringen.

Im Brutgebiet ernähren sich Alte und Junge fast ganz von wasserlebenden Insekten und deren Larven, besonders von bestimmten Kriebelmückenlarven, die sich in großer Menge in Strudeln und starken Strömungen entwickeln. Im Laufe von 5–6 Wochen werden die Jungen flugfähig und ziehen dann mit den Weibchen ebenfalls den Küsten zu. Dort verbringen sie auch den Winter, gewöhnlich ohne allzu weite Wanderungen zu unternehmen. Ihre Nahrung erbeuten sie im Meer durch Tauchen, an flachen Stellen der Flüsse und Bäche des Brutgebietes auch gründelnd. Sie besteht ausschließlich aus verschiedenen Kleintieren wie Krebstieren, Muscheln und Schnecken. Erstaunlicherweise bringen sie es auch fertig, die fest an den Steinen haftenden flachen Käferschnecken und ähnliche Formen mit den scharfkantigen Schnäbeln abzulösen.

Kranich *(Grus grus)*
Wenn die vom Standpunkt der Evolution gleichsam modernen kleinen Singvögel, die Meisen, Finken, Stare, Amseln sich einigermaßen mit der vom Menschen manipulierten Erde abfinden und recht gut darauf fortkommen, solange noch etwas Natur vorhanden ist, wirkt doch ein Kranich in dieser Welt verloren und fremd, als Relikt aus vergangener Zeit, noch nicht mythische Sagengestalt, aber schon nicht mehr ganz dazugehörig.

Noch leben 14 oder 15 Arten von Kranichen auf der Erde. Einige davon sind so selten, daß mit ihrem baldigen Aussterben zu rechnen ist. Am weißen Kranich Amerikas versucht man ein Exempel zu statuieren und eine winzige Restpopulation, die schon einmal bis auf 23 zurückgegangen war, über die Runden zu bringen. Im menschlichen Zeitmaß ist es bereits erstaunlich lange gelungen. Um manche andere Art steht es nicht besser.

Der graue Kranich gehört zu den wenigen, im ganzen genommen noch einigermaßen zahlreichen Gliedern der Familie. Sein weitläufiges Brutgebiet reicht vom nördlichen Mittel- und Nordeuropa bis in das östliche Asien, mit einigen isolierten Plätzen in Südosteuropa und Vorderasien. Die meisten sind sozusagen Sowjetkraniche, aber leider sind sie in aller Stille Kulaken geblieben, Landbesitzer. Jedes Paar beansprucht in der Brutzeit ein Revier für sich und duldet darin kein anderes. Doch ihr Land ist kein Menschenland, sie suchen die wasserreichen Einöden, verlandende Moore, Sümpfe und Sumpfwälder der Ebenen. Nur solange es solches Land gibt, Land, das den meisten Menschen ein Dorn im Auge ist, kann der Kranich überleben. Erfreulicherweise ist in den weiten Räumen der Sowjetunion noch genug davon vorhanden. Noch! Wie wird es in 50, in 100 Jahren aussehen? Im Zeitmaß der Erde und ihrer Geschöpfe ist das ein Augenzwinkern. Auch in Deutschland gibt es noch Brutpaare, vereinzelte in der Bundesrepublik, weit mehr auf dem Territorium der DDR.

Er wird etwa 1,20 m hoch und 6 kg schwer, er ist langbeinig mit einem Keilschnabel, der kürzer ist als der des Storches, sein Gefieder ist grau; die verlängerten inneren Armschwingen haben zerschlissene Fahnen, hängen seitlich und hinten über den Schwanz und sehen aus als seien sie der Schwanz, den man in Wahrheit nur im Fluge sieht. Die Kopfseiten sind beinahe weiß, Vorderhals und Oberkopf bis auf einen nackten, roten Scheitelfleck schwärzlich. Das ist der Kranich.

Er ist Zugvogel, wandert in großen Scharen, die sich auf traditionellen Sammelplätzen im Herbst aus den Familien zusammenschließen. Der Zug ganzer Populationen drängt sich in einer Gegend auf wenige Tage zusammen. Dann fliegen die großen Verbände in Keilform mit langsamem Flügelschlag und viel hellem Gerufe dahin, einer nach dem anderen, zuweilen unterbrochen von Kreisen in einer Aufwindsäule in aufgelöster Ordnung, doch bald formiert sich die Schar von neuem zum Keil und nimmt die alte Richtung auf. Die nordeuropäischen Kraniche ziehen im Oktober in einer Schmalfront von 300 oder 400 km Breite über Nord- und Mitteldeutschland nach Südwesten, deswegen sieht man sie nicht im Süden. Sie überwintern im westlichen Mittelmeerraum von Südwesteuropa bis Nordwestafrika. Die östlichen Kraniche überfliegen das Mittelmeer im Osten und überwintern im Sudan an den Sümpfen des Weißen Nil.

Im Frühjahr kehren sie zurück und erreichen im März oder April, im hohen Norden später, ihr Brutgebiet. Wahrscheinlich führen Kraniche eine lebenslange Ehe, sicher werden sie erst im Alter von mehreren Jahren fortpflanzungsfähig. Die schließlich zur Paarung führende Balz besteht hauptsächlich in einem hochaufgereckten Parademarsch des Männchens hinter dem Weibchen, mit prononcierten Schritten und straff angelegtem Gefieder. Auch das bekannte Tanzen kann zu dieser Zeit stattfinden, doch ist es keine spezielle Balzhandlung, da es, wohl mit Ausnahme der Mauserperiode, zu jeder Jahreszeit auftreten kann. Am Tanzen nehmen oft mehrere Individuen teil. Sie verbeugen sich, breiten die Flügel, laufen durcheinander und springen hoch; es ist ein eindrucksvolles Schauspiel, aber seine Bedeutung ist nicht recht bekannt.

Beide Gatten eines Paares bauen ein massiges Nest aus übereinandergeschichteten Pflanzenstengeln. Wenn irgend möglich, legen sie es auf einem Inselchen, allseitig von Wasser umgeben an. So haben sie einen gewissen Schutz vor Raubsäugern.

Aus zwei Eiern besteht das Gelege, sie sind langgestreckt bräunlich-grau mit rotbraunen Flecken. Die Bebrütung währt 29–30 Tage, beide Gatten beteiligen sich daran. Etwa drei Monate lang tragen die Jungen ein rotbraunes Dunenkleid, dann, bis in den Oktober ein graues Jugendkleid, dem ein zweites ähnliches folgt. Das Federkleid der Erwachsenen bekommen sie erst im folgenden Frühjahr. Solange das Paar im Brutgebiet bleibt, werden die Jungen von den Eltern geführt und beschützt. In der ersten Zeit nehmen sie vorgehaltene Nahrung vom Schnabel der Eltern, picken aber sehr bald schon selbst nach Futter.

Die Ernährungsweise des Kranichs ist nicht restlos geklärt. Es scheint sicher, daß den Hauptteil der Nahrung kleine Tiere ausmachen, von Insekten bis zu Wirbeltieren wie Maus und Jungvogel. Doch über den Anteil pflanzlicher Nahrung gehen die Meinungen auseinander.

Mit 9 oder 10 Wochen sind die Jungen flugbar. Im September beginnen sich die Familien auf den großen Sammelplätzen einzustellen und verweilen oft wochenlang bis zum Aufbruch in die Winterquartiere.

Bis vor kurzem wußte man nur von gefangenen Tieren, daß die erwachsenen Kraniche alle zwei bis drei Jahre ihr Großfieder mausern. Sie werden dann für einige Zeit flugunfähig. Es war nie gelungen, Exemplare in diesem Zustand irgendwo in Freiheit zu beobachten. Erst vor wenigen Jahren erbrachte ein russischer Ornithologe die Beweise auch aus der freien Natur.

Für die Vogelfotografie ist der Kranich ein historischer Vogel. Vor beinahe 50 Jahren zeigte einer der Pioniere dieser Kunst, der Schwede Bengt Berg, in seinem Buch »Mit den Zugvögeln nach Afrika«, das ihn mit einem Schlage bekannt machte, Kranichbilder, die noch heute bestehen können.

Eugen Schuhmacher ist es erstmals im Frühjahr 1970 gelungen.

Löffler *(Platalea leucorodia)*

In die Verwandtschaft der Reiher und Störche gehört auch eine Gruppe von weniger bekannten Vögeln, die Löffler und die Ibisse. Es gibt nur wenige Arten von Löfflern, eine einzige davon lebt unter anderem auch in Europa. Alle zeigen im Prinzip den gleichen Bau und dieselbe Lebensweise. Statur und Körperbau sind die eines Storches, aber der Schnabel, der merkwürdige Schnabel! Er ist breit, lang, von oben nach unten sehr flach und vorn wie der Umriß eines Löffels erweitert. Ein richtiger Löffel ist es nicht, denn ein Löffel ist bekanntlich ausgehöhlt, man kann damit etwas schöpfen. Der Löfflerschnabel aber ist nicht ausgehöhlt, sondern platt und zum Schöpfen nicht geeignet. Der Vergleich ist also sehr oberflächlich.

Und so ist auch die Art der Nahrungsaufnahme eines Löfflers ganz anders als das Essen mit einem Löffel. Der Vogel braucht Flächen seichten Wassers, darin schreitet er mit zügigen Schritten umher, taucht das Schnabelende ein und schwingt den Kopf von einer Seite zur anderen, immer mit dem Schnabel im Wasser, oder in der schlammigen Brühe. Die Bewegung hat etwas vom Sensenschwung. Während der Schnabel durch das Wasser fährt, schnattert er ununterbrochen leicht und faßt dabei Nahrungsteilchen, allerlei kleine Tierchen. Ist ein größerer Bissen gefangen, wird der Kopf schnell aufgeworfen und ein Ruck schleudert den Brocken in den Schlund. Es scheint aber völlig unbekannt zu sein, wie das mit den kleinen und winzig kleinen Teilchen geht. Fließt etwa durch Saugwirkung des Schlundes ein kontinuierlicher Nahrungsstrom im Schnabel zur Kehle hoch? Es sieht nicht so aus, als wurde jedes einzelne Objekt durch Schleuderschwung geschluckt, dazu erfolgt diese Bewegung nicht häufig genug.

Das Gefieder des Löfflers ist weiß, einschließlich der Handschwingen, aber es ist kein reinstes Weiß, sondern ein leicht vergilbtes. Die langen Beine und der oberseits mit queren Runzeln versehene Schnabel sind schwarz, der vordere Teil des Löffels gelb. Nur im Brutkleid tragen die alten Vögel auf Hinterkopf und Nacken eine Haube aus lanzettlichen Federn, die bei jeder Erregung strahlig aufgestellt werden. Man sieht das häufig auf Bildern aus einer Brutkolonie, wo die Vögel so eng beieinander hausen, daß es immer wieder Reibereien oder Begrüßungskontakte gibt. An der Kehle unter dem Schnabelansatz befindet sich, gleichfalls nur in der Brutzeit, ein Fleck von orangebraunen Federn.

Das Brutgebiet des Löfflers ist in weit auseinanderliegende Teile zerrissen. Insgesamt reicht es von Westeuropa und einigen Inselchen vor der Nordwestküste Afrikas bis Ceylon und zum Amur in Südostsibirien. In Europa aber liegen regelmäßige Brutplätze nur in Südspanien, in den Niederlanden und im Südosten, vom Neusiedler See bis zur Donaumündung. In diesen Räumen gibt es wenige immer wieder besetzte Kolonien von insgesamt etwa um 1000 Paaren, mal sind es etwas mehr, mal etwas weniger. Die jährlichen Bestandsschwankungen tierischer Populationen sind wesentlich größer als in den Bevölkerungen zivilisierter Menschen. Bezüglich solcher Zahlen kann man nur immer wieder auf den Vergleich mit den Menschen weisen. Tausend Paare in ganz Europa! Wie gefährdet sind solche Tierarten angesichts der vielen Möglichkeiten der unendlich vielen Menschen zum vernichtenden Eingriff! Durch Bejagen, Vergiften, Fang, Störung der Bruten, Schädigung oder Zerstörung der Brutplätze oder des ganzen Lebensraumes, drastische Kürzung des Nahrungsangebots unter das Existenzminimum. Dies alles in verschiedenen Völkern mit verschiedener Mentalität und unterschiedlichen Gesetzen. Es ist beinahe ein Wunder, daß es uns in der menschenübervölkerten Welt noch gelingt, die Reste bedrohter Tierarten zu erhalten. Das Geschilderte gilt ja nicht nur für den Löffler, es ist die Situation nahezu aller größeren Wildtiere, der Vögel, der Säuger und aller anderen. Es ist die verzweifelte Situation, der sich diejenigen gegenübersehen, die das radikale Verschwinden einer großen Zahl von herrlichen Geschöpfen verhindern möchten, die Auspowerung der Erde durch den Menschen.

Normaler Lebensraum des Löfflers sind genügend große, flache Seen, Lagunen, Sümpfe und Teiche mit angegliederten Flächen dichter Sumpfvegetation. In manchen Gegenden werden die Nester ganz ähnlich angelegt wie in den Kolonien des Silberreihers, auf umgebrochenem Schilf. Die einzelnen Nester stehen dann dicht beieinander. Doch gibt es auch Nestbauten in Büschen oder auf dichtkronigen, niedrigen Bäumen, ja ausnahmsweise selbst in Felswänden. Die Eier des Löfflers unterscheiden sich sehr von denen der Reiher und Störche, indem sie auf weißem Grunde spärliche, kräftig braune Fleckung zeigen. Es dauert reichlich drei Wochen bis das Gelege von 3–5 Eiern abwechselnd von beiden Eltern ausgebrütet ist und noch einmal 4 Wochen bis die Jungen herangewachsen sind. Die Eltern tragen das Futter aus dem oft entfernten Nahrungsraum im Schlund herbei. Zur Fütterung öffnet der Altvogel den Schnabel, das Junge fährt mit seinem eigenen hinein und zieht buchstäblich dem Vater die Würmer, bzw. die zugedachte Ration aus dem Schlund. Die Nahrung bilden Wasserinsekten, Krebstiere, Mollusken, Kaulquappen, Laich und kleine Fischchen. Durch das Kommen und Gehen in der Kolonie verwandelt sich der ganze Nestbezirk allmählich in eine einzige Plattform, auf der die größeren Jungen unbehelligt umherwandeln. Schließlich bilden sie kleine Trupps, die gemeinsam das Koloniegebiet verlassen und die nächsten Flachwassergründe aufsuchen. Die Löffler sind echte Zugvögel. Niederländische Brutvögel wandern nach Westen entlang der europäischen und nordwestafrikanischen Atlantikküste, die südosteuropäischen überqueren das Mittelmeer und ziehen großenteils das Niltal aufwärts nach Afrika.

Luchs *(Lynx lynx)*
Diese schöne Großkatze von rd. 80–130 cm Kopfrumpf-, 10–25 cm Schwanzlänge, 60–75 cm Schulterhöhe und 25–35 kg Gewicht ist bis vor kurzem in ihrer Naturhaushaltsrolle völlig verkannt und deshalb bei uns in Deutschland so stark verfolgt worden, daß sie seit rd. 140 Jahren ausgerottet ist. Nur nach Ostpreußen wechselten immer wieder einzelne Stücke aus den östlichen Nachbarländern über die Grenze ein. Sie entgingen jedoch nie der Aufmerksamkeit der Jäger und kamen jedes Mal bald zur Strecke. Zur Zeit jedoch halten sich ein paar Tiere in der Dübener Heide in Sachsen auf, die

wohl aus den durch Schonung und maßvolle Bejahung in Polen und der Tschechoslowakei herangewachsenen Beständen stammen und sich hoffentlich halten können.

Bei seiner Körpergröße braucht der Luchs schon allerhand Nahrung, die in seinem Lebensraum, der Waldlandschaft, gar nicht so leicht zu beschaffen ist. Seine Beutetierliste umfaßt daher alle Säugetiere von der Maus bis zum Reh und alle Vögel von der Meise bis zum Auerhahn. Er reißt jedoch normalerweise nicht mehr, als er zum Stillen seines Hungers braucht. Heute weiß man aufgrund eingehender Untersuchungen, daß der Luchs vom größeren Wild hauptsächlich die kranken und irgendwie geschwächten Stücke nimmt, die er mit sicherem Blick herausfindet. Dadurch ist er in der Ur- und in der wenig veränderten Landschaft unentbehrlich zum Erhalten eines gesunden und starken, aber zahlenmäßig nicht sehr hohen Wildbestandes. Es hat sich sogar erwiesen, daß in Europa die Zunahme eines Luchsbestandes die des Friedwildes (vor allem bei Reh, Rotwild, Hase und Auerwild) nach sich zieht, während im nördlichen Kanada die Luchsdichte der Schneehasendichte folgt, weil dort der Hase als Hauptbeutetier in seinem Bestand einer mehrjährigen rhythmischen Dichteschwankung unterliegt.

Die Siedlungsdichte des Luchses richtet sich nach der Wild- und Wolfsdichte. Denn wenn Wölfe einen Luchs erwischen, reißen sie ihn. Das macht auch der Vielfraß, nur siedelt der so dünn (auf höchstens 500–1000 km² einer), daß er ihm nur selten begegnet. Andererseits reißt der Luchs die Wildkatze und den Fuchs, wenn sie ihm in den Weg laufen. Bei wenigen Wölfen und gutem Friedwildbestand braucht der Luchs ein Revier von rd. 1000 bis 2000 ha, bei umgekehrten Verhältnissen von 5000–10000 ha.

Der Luchs ist Einzelgänger und duldet außerhalb der Paarungszeit keinen Artgenossen in seinem Revier, in dem er seine Wechsel, Haupt- und Nebenschlupfwinkel und seine Plätze zum Sonnen und Krallenschärfen hat. Am Spätnachmittag oder Abend geht er auf Suche, denn er erwandert sich die Beute weit mehr, als daß er gleichsam auf dem Anstand auf sie lauerte. Bei gutem Wildbestand läuft er innerhalb 24 Stunden durchschnittlich 5–10 km, bei geringem bis zu 20 km und mehr. Wahrgenommene Beute beschleicht er unter gutem Wind, soweit die Deckung reicht, und errennt den noch fehlenden Abstand von einigen bis zu 50 m in plötzlichem Hervorbrechen mit langen Sprüngen springt das Tier an und zieht es mit Drosselgriff zu Boden. Verfehlt er die Beute, so verfolgt er sie nicht weit und gibt schnell auf. Er liebt es, bei Rehen und ähnlichem großen Wild den Kopf sauber abzuschärfen und in ein Versteck zu tragen, um das Gehirn zu fressen. Im Winter und Frühjahr ist der Tisch für ihn reicher gedeckt als im Sommer, in welch letzterem er auch viel mit Mäusen und Kleinwild vorliebnehmen muß und selbst Maikäfer nicht verschmäht.

Ende Februar und Anfang März kommen die Luchse von weither zu altgewohnten Ranzplätzen. Dort kämpfen die Kuder um eine Fähe oder mehrere Fähen um einen starken Kuder. Ihr klagend hoher Schrei ist dann oft und weit zu hören. Nach 10 Wochen wirft die Fähe in einem sehr heimlich gehaltenen Versteck meist zwei, manchmal drei oder vier Junge oder auch nur ein Junges. Die kleinen Wollknäuel öffnen erst nach 16–17 Tagen die Augen, werden zwei bis drei Monate lang gesäugt, haben dann Hauskatzengröße und beginnen, die Mutter auf der Beutesuche zu begleiten. Bis zum nächsten Mai, in dem die Fähe wieder wirft, bleiben sie bei der Mutter und lernen das Beutereißen. Dann werden sie abgewiesen. Mit 1¾–2½ Jahren erreichen sie die Geschlechtsreife, mit rd. 16–18 Jahren das Ende ihres Lebens.

Der Luchs ist holarktisch verbreitet und besiedelte zu Anfang des 18. Jahrhunderts noch fast ganz Europa außer Großbritannien und Irland, das gemäßigte Asien von Kleinasien und Nordrußland ostwärts bis Sachalin und Korea und Nordamerika von Alaska bis in die Nordgrenzgebiete der USA, wo er sich mit dem durch die USA bis Nordmexiko verbreiteten Rotluchs *(Lynx rufus)*, dort Bobcat genannt, trifft, der eine eigene Art darstellt. Innerhalb dieses riesigen Vorkommens hat der Luchs ein halbes Dutzend Unterarten ausgebildet. In Europa und Vorderasien unterscheidet man zwischen dem Nord- und dem Süd- oder Pardelluchs. Von ihnen siedelte bzw. siedelt z. T. noch ersterer von Skandinavien südwärts bis zu den Pyrenäen, Alpen und bis an den Südrand der russischen Wälder, letzterer in Iberien, Sardinien, Italien, Griechenland, Kleinasien, Iran und im Kaukasus. Beide Formen gingen früher bei noch ungestörter Verbreitung in den Grenzbereichen ineinander über. Wenn auch der Pardelluchs seinen Namen nach der meist vorherrschenden kräftigen Pardelfleckung hat, so ist jedoch bei beiden Formen die Fellfleckung sehr veränderlich von fast einfarbig mit schwacher feiner Spritzfleckung bis zur kräftigen Großfleckung. In Großbritannien, Dänemark, Südskandinavien, Deutschland, Schweiz, Österreich, Frankreich außer den Pyrenäen, Sardinien, Italien und Sizilien ist der Luchs ausgerottet, in Iberien und Griechenland leben nur noch kleine Reste, im übrigen europäischen Vorkommen werden die Bestände streng geschont und nur mäßig bejagt, so daß man um sie nicht zu fürchten braucht, da sie sich sogar wieder ausbreiten (s. oben).

Lumme s. Trottellumme

Mornellregenpfeifer
(Eudromias morinellus)
In den 20er Jahren schrieb der Schwede Bengt Berg einen Bildband »Mein Freund der Regenpfeifer«. Das Buch wurde damals sehr bekannt. Es handelt vom Leben des Mornell, und Bengt Berg dokumentierte darin als sozusagen großen Knüller, wie der Vogel im einsamen Gebirge Lapplands schließlich so zahm wurde, daß er auf seiner Hand brütete. Tatsächlich ist der Mornell wohl der einzige

Wildvogel, der das tut, doch nicht nur bei Bengt Berg. Das Kunststück ist in Anlehnung an ihn seither von vielen Personen nachgemacht worden. Der brütende Mornell ist von Natur aus so vertraut. Schon in der ersten Stunde, nachdem man sein Nest gefunden hat, läßt er sich in vielen Fällen wenigstens vorsichtig anfassen. Die Wenigen, die einmal im Leben ein Nest dieses Vogels finden und das wissen, können gewöhnlich der Versuchung, es auszuprobieren, nicht widerstehen. Sehr viele sind es aber nicht, die in die Verlegenheit kommen, denn der Mornell brütet nur in schwer erreichbaren, abgelegenen Gegenden, nicht an den Zentren des Tourismus. Er hat eine reliktäre Verbreitung. Als Überbleibsel einer kälteren Erdperiode sind an einzelnen, weit voneinander getrennten Stellen kleine, sich über die Zeit erhaltende Brutpopulationen hängengeblieben, im Appennin, in den Alpen, in den Karpaten, früher im Riesengebirge, in Schottland. Größere, mehr zusammenhängende Areale befinden sich in Skandinavien und auf asiatischen Gebirgen, doch auch hier jeweils weit entfernt von den übrigen Brutgebieten.

Merkwürdigerweise hat der Mornell in diesem zerrissenen Areal keinerlei geographische Rassen ausgebildet. Die Brutvögel Skandinaviens sehen genauso aus wie die Ostasiens. Und nicht genug mit dieser eigentümlichen Verbreitung. Hin und wieder scheinen einzelne Paare plötzlich und vollständig unerwartet an irgendwelchen anderen Orten zu brüten, die ganz aus dem Rahmen fallen, so kürzlich in den flachen Niederlanden und wahrscheinlich auch an einer Stelle im italienischen Küstengebiet.

Der eigentliche Lebensraum des Mornell in der Brutzeit sind kahle, steinige Hügel und Berghänge mit spärlicher Tundravegetation, unwirtliche Hochlagen, die der Mensch gewöhnlich nach kurzem Aufenthalt wieder verlassen muß. Und da selbst die – wenn es um Vögel geht – sehr begeisterungsfähigen Ornithologen nur ungern bei Frost und Schneestürmen Tag für Tag viele Stunden, vielleicht 8 oder 12, oder wenigstens nahezu unbeweglich vor einem Vogelnest im äußersten Norden Lapplands hocken, was nötig wäre, um über einige Fragen genauen Aufschluß zu erhalten, weiß man heute immer noch nicht endgültig, wie es sich mit einer Reihe von Vorgängen aus dem Leben des Mornells verhält.

Da ist die Frage des Brütens. Wer bebrütet die drei gefleckten Eier des Geleges? Ja, es geht schon vorher los: wer ist eigentlich mit wem verheiratet, oder wie ist das?

Schon vor langer Zeit hatten sich die Anzeichen gemehrt, daß hier beim Mornell irgend etwas anders war als bei den meisten übrigen Vögeln. Das Männchen schien es ganz allein zu sein, das brütet. Diese Aufgabe fällt gewöhnlich dem Weibchen zu, wenn sich die Gatten eines Paares nicht darein teilen. Neuerdings nun gibt es mit Hilfe individuell kenntlich machender Farbringe unumstößliche Beweise, daß doch auch das Weibchen sich an der Bebrütung der Eier beteiligen kann. Dann aber wieder fand jemand bei häufigen Kontrollen mehrerer Gelege nur das Männchen brütend. So weiß man immer noch nicht, welches die Regel ist. Was die Frage der Paare anbetrifft, vermutet man mit guten Gründen, ein und dasselbe Weibchen könne sich mit mehreren Männern einlassen und dann jeden mit einem Gelege beschenken. Ist es so?

Gewöhnlich führen Vogeleltern nur ihre eigenen Kinder und versorgen sie bis zu der Zeit, wenn sie anfangen, eigene Wege zu gehen. Beim Mornell hat man beobachtet, daß ein Männchen an einem Tage die eigenen Kinder beaufsichtigte, am nächsten waren es nur zum Teil die eigenen, dafür aber auch ein fremdes, das sich später dann wieder in die Obhut des eigenen Vaters begab. So etwas ist nicht alltäglich. Man weiß, daß nicht wenige Vögel fremde Junge, selbst hilflose, einfach tothacken, wenn sie sich zu ihnen verirren. Der Mornell aber hält auch sonst soziale Kontakte zu Nichtmitgliedern der engsten Familie sogar während der Brutzeit. Die meisten seiner Verwandten tun das nicht.

Der Mornell gehört zu den Vögeln, die mit die eindrucksvollsten Manöver und Schaustellungen entwickelt haben, um Feinde von Eiern oder Jungen abzulenken, die schutzlos auf dem kahlen Boden liegen. Es gibt einwandfreie Beobachtungen darüber, daß dieses Verhalten bei ihm häufig zum gewünschten Ziel führt, zum Beispiel gegenüber Lappenhunden.

Übrigens gilt das mit der unglaublichen Vertrautheit des Mornell nur für die Zeit des Brütens. Außerhalb dieser Zeit, besonders auf dem Zuge, der ihn nicht weit über das Mittelmeergebiet hinaus führt, ist er vorsichtiger, wenn auch niemals so scheu wie sein auch am Brutplatz ungewöhnlich scheuer Verwandter, der Goldregenpfeifer.

Moschusochse *(Ovibos moschatus)*
Der Moschusochse ist ein Hornträger, der seiner Gestalt nach zwischen Schafen und Rindern steht, er heißt deshalb auch Schafochse. Er bildet in der Familie der Hornträger eine eigene Unterfamilie (mit nur einer Gattung und Art), ist also weder den Schafen noch den Echtrindern angeschlossen. Der Name Moschusochse ist berechtigt, da zur Brunftzeit die Tiere einen lebhaften Moschusgeruch ausströmen und dann auch das sonst wohlschmeckende Fleisch nicht genießbar ist. Der erste Europäer, der einen Moschusochsen sah, war der französische Waldläufer Jérémie, der die Art um 1720 im Nordosten Kanadas am Sealriver (Robbenfluß), der in die Hudsonbay fließt, entdeckte und sie als »Bœuf musqué« bezeichnete.

Die Vorfahren der Moschusochsen waren tertiäre Steppentiere, die sich mit Einsetzen der Eiszeit ans kalte Klima gewöhnten und nach und nach Polartundrenbewohner wurden. In der Eiszeit hatten sie dabei Gesellschaft vom Mammut, Wollnashorn und Rentier, mit denen sie Tundren der Alten und Neuen Welt beweideten. Mammut und Wollnashorn starben am Ende der Eiszeit aus. Als in der Eiszeit die Eisrandtundren weit südlich reichten, wanderten auch Moschusochse und Ren bis an die Pyrenäen, ins Donautal, bis an den Baikalsee und den Golf von Mexiko. Die nacheiszeitliche Klimaerwärmung nahm ihnen diese Gebiete und beide Arten zogen sich in die borealarktischen Regionen des Nordens zurück. Während das Ren zirkumpolar verblieb, starb der Moschusochse in Nordeuropa und Nordasien aus und erhielt sich nur in Nordamerika und Grönland.

In ihrer Restheimat gliedert sich die Art in drei Unterarten. Die größte, einfarbig braune, der Alaska- oder Barrengrounds-Moschusochse *(Ovibos moschatus moschatus)*, wohnt vom Kap-Barrow-Gebiet Nordalaskas ostwärts über die Barren Grounds bis zur Westküste der Hudsonbay. Sie wurde bis auf einige hundert Tiere am oberen Backs- und Thelonfluß im Ost-Mackenziegebiet und am Bathurstinlet der Nordküste ausgerottet, hat sich aber seit der Inschutznahme im Jahre 1917 bereits wieder auf mehrere Tausend vermehrt. Die zweite, etwas kleinere, noch dunklere, dafür aber bei Kühen und Kälbern mit weißer Stirn versehene Unterart, der Wager-Moschusochse *(O. m. niphoecus)*, lebt im Nordwestküstenbereich der Hudsonbay um die Wagerbucht herum. Auch er war bis auf 200 oder 300 Tiere zusammengeschossen worden, ist seit 1917 streng geschützt und hat schon wieder weit über 1000 Vertreter. Die dritte Unterart, der Grönlandmoschusochse *(O. m. wardi)*, hat die kleinsten und hellsten Tiere von mittelbrauner Farbe, mit weißem Scheitel, weißer Stirn und gelben Hörnern. Sie lebt auf den großen kanadischen Eismeerinseln bis Grönland und dort an der nördlichsten West-, der Nord- und der nördlichsten Ostküste. Auf der Banks- und Victoriainsel wurde sie um die Jahrhundertwende vom Menschen, im Hauptteil der nördlichsten Westküste Grönlands in der Mitte des vorigen Jahrhunderts durch Witterungsunbill ausgerottet. Auch diese Unterart ist heute gut geschützt und zählt insgesamt wohl noch 16000 Tiere.

Alaska-Moschusochsen wurden 1930 auf der Nuniwakinsel vor Alaskas Westküste ausgesetzt und haben sich auf gut 800 vermehrt und damit ihre dort zulässige Bestandsdichte erreicht. Deshalb wurden 1967 und 1968 bereits 23 Tiere auf die benachbarte Nelsoninsel gebracht, ebenso 1964 einige auf die zur UdSSR gehörende Wrangelinsel vor der nordostsibirischen Küste. Auch in Grönland brachte man 1962 und 1965 insgesamt 27 Moschusochsen aus dem Nordosten in den Südwesten. 1929 transportierte man Grönlandmoschusochsen nach Spitzbergen, wo z. Z. bereits über 300 Tiere stehen. Ein erster Einbürgerungsversuch 1900 mit Moschusochsen in Schweden schlug fehl, weil die Tiere an einer Lungenentzündung starben. Auch mit Island hatte man kein Glück, weil das Klima zu feucht ist. 1931 und 1934 brachte man Grönlandmoschusochsen ins Dovrefjell in Norwegen (insgesamt 15), später kamen noch einige dazu. Heute leben rd. 45 dort. Auch im Fjell nördlich Narvik, im Malangfossgebiet, wurde eine kleine Herde begründet, die aus rd. 20 Tieren besteht. In Kanada hat man jetzt angefangen, den Moschusochsen zu domestizieren, gibt er doch einen vorzüglichen Woll- und Fleischlieferanten für alle Arktisbewohner.

Der Moschusochse ist ein mittelgroßer Wiederkäuer von 110–145 cm Widerristhöhe und einem Gewicht von 200–300 kg, bei dem die Kühe um rd. ein Viertel schwächer sind als die Stiere. Das sehr dichte und feinwollige Fell wird im Winterkleid rd. 70 cm lang und hängt dann bis auf die Hand- und Fersengelenke herunter. Das kürzere Sommerkleid wird nur im Juni–Juli getragen. Das Fell strömt zur Brunftzeit den oben genannten Moschusgeruch aus, eigene Drüsen für die Erzeugung dieses Duftes (wie Flanken-, Leisten-, Unterschwanz- und andere Drüsen) besitzt das Tier jedoch nicht. Nur die Voraugendrüsen sind, besonders bei alten Bullen, gut entwickelt. Vor Schnee, Kälte und Wind schützt das Fell ausgezeichnet, nicht jedoch so vor Regen, da es nicht sehr wasserabstoßend ist. Deshalb kann der Moschusochse nur im trocken-kalten Klima gedeihen. Beide Geschlechter tragen breitbasige, seitwärts nach unten gerichtete und in der Spitze wieder hakig aufgebogene Hörner (größte Länge bisher rd. 70 cm), die der Kühe etwas schmäler und stärker aufwärts gebogen.

Gräser, Kräuter, Zwergstraucherlaub und -knospen bilden ihre Nahrung, die sie auch im Winter an vom Wind freigeblasenen Stellen zu finden wissen. Ein Stier lebt mit einigen Kühen und deren Kälbern zusammen. In der winterlichen Dunkelheit schließen sich die Trupps zu größeren Herden zusammen. Die Brunft ist von Ende Juli bis Anfang September, die Setzzeit von Ende April bis Anfang Juni, demnach dauert die Tragzeit 8½–9 Monate. Meist wird nur ein Kalb gesetzt, selten zwei. Das Kalb wird rd. ½ Jahr gesäugt (fängt aber mit einem Monat bereits an, selbst zu fressen) und zwei Jahre geführt, so daß die Kuh nur ein um das andere Jahr setzt. Die Geschlechtsreife tritt im 3. und 4. Lebensjahr ein, das Lebensalter kann über 20 Jahre betragen. Einziger Feind außer dem Menschen ist der Wolf, gegen den die Rudel sich mit den Kälbern in der Mitte »einigeln«.

Odinshühnchen *(Phalaropus lobatus)*
Das Odinshühnchen gehört zur Schnepfenvogelfamilie der Wassertreter. Seiner Gestalt nach sieht der zierliche Vogel mit dem feinen Pfriemenschnabel aus wie viele andere, landlebende Schnepfenvögel auch und doch ist er kein Landvogel, sondern ein Bewohner der offenen Hochsee wie die Albatrosse, die Sturmvögel und die Lummen. Nur, um zu brüten, wendet er sich für wenige Wochen, kaum Monate, dem Festland zu und verläßt es wieder so schnell wie möglich.

Für die kurze Zeit der Fortpflanzung vertauschen Männchen und Weibchen das sehr unscheinbare, oberseits graue, unten weiße Gefieder, das sie den größten Teil des Jahres tragen, mit einem besonders hübschen Brutkleid, dessen hervorstechendstes Merkmal ein breiter kastanienbrauner Ring um die weiße Kehle ist. Die übrigen Teile sind in Grau und verschiedenen Brauntönen gemustert und kontrastieren mit der weißen Unterseite. Beim Weibchen ist dieses Kleid frischer und leuchtender, beim Männchen blasser in den Farben. Die Zehen der Wassertreter sind nur im inneren Winkel durch den Ansatz einer

Schwimmhaut verbunden, tragen aber ähnlich wie beim Bläßhuhn gelappte Säume. Noch eine Besonderheit ist zu erwähnen. Das entenartig dichte Gefieder der Unterseite enthält ein Luftpolster, auf dem die Vögel hoch wie Korken im Wasser schwimmen, und das ihnen einen vortrefflichen Wärmeschutz verleiht.

Des Odinshühnchens Brutgebiete liegen in der Subarktis Eurasiens und Nordamerikas, in Europa brüten die meisten in Skandinavien und Nordrußland. Sie bewohnen dort Süßwasserteiche im Bereich der nördlichen Birkenzone mit reicher Seggengras- und Strauchvegetation der Ufer, mit Torfmoos, Sumpf- und Moorpflanzen. Weiter nördlich, in der hohen Tundra von Sibirien und Nordamerika ersetzt den Vogel eine verwandte Art, das etwas größere Thorshühnchen.

Schon im lebhafteren Gefieder des Weibchens drückt sich aus, daß bei Paarbildung und Balz ihm die aktive Rolle zufällt, die bei den meisten Vögeln das Männchen spielt. Die Weibchen besetzen auf dem Gewässer, das sie sich zum Brüten ausgesucht haben, Reviere und zeigen durch eine bestimmte Art zu fliegen, zu schwimmen und zu rufen an, daß sie paarungswillig sind. Solche Weibchen suchen die Männchen auf und es kommt zur Paarbildung. Soviel man weiß, besteht wenigstens zu Beginn der Brutzeit, bis zur Eiablage, normalerweise eine echte Paarbindung, doch löst sie sich frühzeitig auf.

Das Nest wird aus Gräsern in einem dichten Seggenbuschen errichtet. Wenn das Weibchen sein Gelege von gewöhnlich vier, auf bräunlichem oder grauem Grunde dunkelbraun gefleckten Eiern gemacht hat, tritt das Männchen in Tätigkeit. Ihm allein fällt die Aufgabe zu, die Eier auszubrüten und die Jungen zu führen, bis sie selbständig sind.

Das Odinshühnchen hat eine einzigartige Technik der Nahrungsbeschaffung. Es nährt sich von sehr kleinen und winzigen Tieren, von Plankton und von am Wasser fliegenden Insekten. Mücken und ihre Larven spielen dabei eine große Rolle. Fliegende Mücken und Kleinschmetterlinge schnappt der Vogel sehr geschickt mit dem Schnabel aus der Luft, wenn sie an ihm vorbeitanzen. Das eigentlich Besondere aber ist eine Quirltechnik, um Plankton aufzuwirbeln und in Bewegung zu versetzen. Der Vogel dreht sich schwimmend sehr schnell einigemal auf der Stelle wie ein pirouettierender Tänzer oder Eisläufer und pickt dann auf, was durch die Verwirbelung des Wassers zum Vorschein kam. Gelegentlich taucht er auch wie eine gründelnde Ente mit einem kleinen Sprung den Kopf bei senkrecht gestelltem Körper ein. Richtig tauchen kann er wegen des stark lufthaltigen Gefieders nicht. Diese Methoden der Futtersuche wendet das Odinshühnchen auf den Süßwassertümpeln im Brutgebiet an. Ob auch auf dem Meere, wo es die meiste Zeit seines Lebens verbringt, ist nicht bekannt.

Schon im Spätsommer verlassen zuerst die Altvögel ihre Brutstätten und sammeln sich in größeren Scharen auf den Küstengewässern. Dann wandern sie im Laufe von Wochen und Monaten allmählich in die Überwinterungsräume in tropischen Gewässern. Drei Räume sind es, in denen sich die Hauptmenge der so zahlreich im Norden brütenden Odinshühnchen während des Winters aufzuhalten scheint, der Golf von Oman, das Meeresgebiet nördlich von Neuguinea und die See vor der ganzen Länge der peruanischen Küste. Die Wanderung erfolgt größtenteils über das Meer. Aber ein beträchtlicher Teil der Überwinterer im Golf von Oman muß über das asiatische Binnenland ziehen, denn im Juli und August versammeln sich große Scharen am Kaspischen Meer und mausern dort in das Winterkleid. In den eigentlichen Winterquartieren finden sich Massen von vielen Tausenden zusammen und verteilen sich über ein weites Meeresgebiet. Ornithologen haben wiederholt Beobachtungen darüber gesammelt.

Papageitaucher *(Fratercula arctica)*
Weder Papagei noch Taucher ist dieser lustig aussehende Vogel, sondern ein Verwandter der Lummen und Alken. Dem Nordländer sind das vertraute Erscheinungen, bei uns verbinden die meisten keine Vorstellung mit ihnen. Sie sind die charakteristischen Bewohner der großen »Vogelberge« nördlicher Meere. Äußerlich ähneln die Lummen und Alken nicht wenig den viel bekannteren Pinguinen, ohne aber näher mit ihnen verwandt zu sein. Beide verbringen den größten Teil ihres Daseins im Wasser, nur in der Brutzeit gehen sie an Land. Immerhin gleichen sich die Lebensansprüche der beiden Gruppen so weit, daß sie die Herrschaft über die Meere unter sich geteilt haben. Alkenvögel gibt es nur in den kalten Nordmeeren, Pinguine nur in den kalten südlichen Gewässern. Bis auf Ausnahmen meiden beide aus triftigem Grunde die warmen Zonen dazwischen, es gibt dort nicht genug zu essen für sie. Wenn auf dem festen Lande die üppigste Produktion von Leben und damit Nahrung in den Tropen stattfindet, so gilt für die Meere, daß Plankton und Fische am besten in der Kälte gedeihen.

Der Name Papageitaucher bezieht sich auf den im Profil klobigen Schnabel. Noch dazu überziehen ihn während der Brutzeit grell bunte, gelbe, rote und blaue Hornleisten, die später abfallen. Nicht größer als eine Krickente ist der Papageitaucher, oben schwarz, unten und im Gesicht weiß. Von vorn wirkt der scharfkantige, sehr kräftige Schnabel schmal. Die Beine sind kurz und weit hinten eingelenkt, zwischen den Zehen tragen sie Schwimmhäute. Es ist mühsam, auf ihnen zu laufen, der Vogel vermeidet es tunlichst, er fliegt lieber. Wenn man sich die kleinen Flügelchen ansieht, könnte man meinen, mit dem Fliegen sei es wohl nicht weit her. Das wäre ein Trugschluß. Alle Alken haben ähnliche Flügel und sie schwirren damit pfeilschnell und ebenso gerade weite Strecken über das Meer.

Der Papageitaucher bewohnt die Küsten und Inseln des nördlichen Atlantiks und der Barentssee. Hier liegen seine Brutplätze recht verstreut an felsigen Gestaden, nicht sosehr an den Festlandküsten als auf den vorgelagerten Inselchen und steil aus dem Meer aufragenden Felsen und Klippen. Die Vögel sind ausgesprochene Höhlenbrüter und da in reinem Fels geeignete Höhlen nicht zu finden sind, suchen sie sich Stellen, an denen der Fels oben mit einer Torf- oder Erdschicht überzogen ist. Entweder benutzen sie schon vorhandene Röhren von Wildkaninchen und bauen sie aus, oder sie graben die Gänge selbst. Mit den Jahren entsteht so ein vielfach verzweigtes Gangsystem mit Querverbindungen, ein immer dichteres Netz von Röhren, so daß der Fuß eines darübergehenden Menschen alle Augenblicke einbricht. Das Ende der Brutgänge erweitert sich zu einer Kammer, in der die Vögel noch ein loses Nest bauen. Es enthält ein einziges, weißliches, schwach geflecktes Ei, das etwa 5 Wochen lang von beiden Eltern bebrütet wird.

Das Junge entwickelt sich langsam. Anfangs trägt es ein langes, seidenweiches Dunenkleid, oben braun, unten heller. Schon nach einigen Tagen fängt es an, in seiner Höhle umherzuwandern. Beide Eltern füttern es in großen Abständen mit kleinen Fischen. Ungefähr wenn es 7 Wochen alt geworden ist, überkommt es eines Nachts die Unruhe und es verläßt die sichere Wohnung. Eilig strebt es dem Meere zu. Und da die meisten Koloniebewohner etwa gleichzeitig zu brüten beginnen, taumeln in wenigen Nächten überall die halberwachsenen Kinder dem Steilabbruch zu. Die Eltern haben sie schon einige Tage vorher verlassen. Sie sind allein, stolpern weiter und ohne zu zögern stürzen sie sich die Klippen hinunter in die fremde See, die ihnen von nun an zur eigentlichen Heimat wird. Nicht einmal unten warten die Eltern auf sie, um sie hinauszuführen, wie es die Lummen mit ihren Kindern tun. Selbständig sind die jungen Papageitaucher in diesem Augenblick. Das Wasser unter den Brutfelsen wimmelt von ihnen. Sie schließen sich in Scharen zusammen und wandern schwimmend und tauchend langsam dem offenen Meere zu. Verlassen werden sie es erst als Erwachsene, wenn sie das erste Mal selbst brüten wollen.

Der Papageitaucher ist reiner Fischfresser. Natürlich fangen die kleinen Vögel nur kleine Fische, Sandaale, junge Heringe und andere Schwarmfische. Tauchend ergreifen sie den Fisch unter Wasser mit dem Schnabel. Sehr lustig sieht es aus, wenn sie mit Beute beladen ihren Nestern zufliegen, um die Jungen zu füttern. Dann hängen ihnen hintereinander aufgereiht an einer Seite die Fischchen aus dem Schnabel. Das Kunststück, mit vollem Munde einen Fisch zu fangen, wobei ja der Schnabel weit geöffnet werden muß, bringen sie fertig, indem sie die schon gefangenen mit der hornigen Zunge am Gaumen festdrücken. Gekonnt ist gekonnt.

Eiligen Fluges an der Bruthöhle angekommen, kann es passieren, daß eine große Mantelmöwe, die als Wegelagerer schon darauf gewartet hat, sich auf sie stürzt. Wer nicht sehr flink ist und noch dazu Glück hat, wird eines Tages am Kragen gepackt und dann ist es um ihn geschehen. Gegen die Mantelmöwe nützt auch der kräftigste Schnabel nichts. Der Puffin – so nennen ihn die Engländer, von denen wir das meiste über sein Leben wissen –, frißt den Fisch, die Möwe frißt den Puffin. Such is life!

Pelikan s. **Rosapelikan**

Prachteiderente *(Somateria spectabilis)*
Im Weibchen- und Schlichtkleid ähnelt die Prachteiderente sehr der gewöhnlichen Eiderente, nur der Schnabel ist kleiner und an der Basis weniger aufgetrieben. Dagegen ist das Männchen im Prachtkleid ein unwahrscheinlich auffallender, beinahe absurd aussehender Vogel. Über Schnabelgrund und Stirn erhebt sich ein mächtiger orangeroter Fetthöcker, rückwärts von einer samtschwarzen Linie eingefaßt. Dieser Höcker soll von den grönländischen Eskimos als große Delikatesse angesehen werden. Sie beißen ihn ab und verspeisen ihn als Rohkost, wenn sie einen Vogel erlegt haben. So rauh sind da die Bräuche. Die ganze vordere Hälfte des Vogels ist hell, rosaweiß mit silbergrauem Scheitel und resedagrünen Bäckchen, die hintere tiefschwarz, nur vor der Schwanzwurzel sitzt seitlich ein schneeweißer Talerfleck und ein ebensolcher Längsstrich zieht über den Flügel. Im Fluge wird daraus ein großes, weißes Feld. Aus der Nähe betrachtet, scheinen sich mitten auf dem Rücken zwei schwarze Dornen zu erheben, es sind die sichelförmig nach außen gebogenen Enden der Ellenbogenfedern. Die Prachteiderente ist durchschnittlich etwas leichter als die Eiderente, im einzelnen aber überschneiden sich die Gewichte weit wegen der beträchtlichen individuellen und jahreszeitlichen Variabilität.

Dieser im männlichen Prachtkleid so bemerkenswerte Vogel gehört eigentlich nur aus Versehen zur europäischen Fauna und ist infolgedessen hier sehr selten, welche Massen auch in der sibirischen und nordamerikanischen Arktis noch vorhanden sein mögen. Das Brutgebiet zieht sich entlang der Festlands- und Inselküste rings um den Nordpol, ist aber auf die Hocharktis beschränkt. Nur im europäischen Raum besteht eine große Lücke zwischen der Kaninhalbinsel am Weißen Meer und Ostgrönland, in der lediglich ein Brutplatz auf Spitzbergen regelmäßig besetzt ist. Ausnahmsweise fand vor einer Reihe von Jahren einmal eine Brut an der norwegischen Küste statt, und in Island übersommern häufig einzelne Männchen in den großen Kolonien der Eiderenten. Sie werden dort Eiderkönig genannt, und verpaaren sich sogar mit den artfremden Eiderweibchen. Jedoch höchst selten ergeben solche Mesalliancen einmal Nachkommen.

Wie sooft bei Vogelarten mit prächtig gekleideten Männern beschränken diese Herren ihren Anteil an der Fortpflanzung im wesentlichen auf die Freuden der Liebe. Sie stehen dann noch eine Weile an den Nestern, um aufzupassen. Sobald sie aber sicher sind, daß die Damen sich nun vollbeschäftigt Nest und Eiern zuwenden müssen, verlieren sie die Lust und ziehen sich eilends aus der Gegend, um an weit entfernten Orten in Ruhe die Mauser in das sommerliche Schlichtkleid zu begehen. So schäbig ein solches Verhalten dem Menschen ansteht, so natürlich und richtig ist es bei diesen Tieren, denn zur Aufzucht der Jungen, die unter Führung des Weibchens ihre Nahrung aus Mückenlarven und Kleinkrebschen vom ersten Tage an selbst suchen, werden sie nicht gebraucht. Dagegen müssen sie die Zeit der Schwingenmauser, in der sie flugunfähig und sehr gefährdet sind, an einem sicheren Ort auf See verbringen.

Prachteider sind außerhalb der Brutzeit reine Meeresenten. Ihre Nahrung besteht beinahe ausschließlich aus kleinen Meerestieren, Muscheln, Seeigeln und Krebsen. Wie so viele Enten sind sie sowohl am Tage als in der Nacht munter und verteilen ihre Ruhe- und Schlafzeiten in Portionen über die 24 Stunden. Im Winter versammeln sich riesige Scharen in nahrungsreichen Buchten südlich der Brutgebiete. Zwischen den Wintergebieten und den Brutplätzen verläuft ein regelrechter Zug, der oft über weite Strecken offenen Meeres führt.

Zur Brut aber ziehen sie sich einzeln in die Einöden der arktischen Tundren zurück. Oft müssen sie wochenlang vor der Küste warten bis die kleinen Brutgewässer eisfrei werden.

Die Weibchen legen ihre sorgsam mit Dunen ausgelegten Nester gern in der Nähe eines Gewässers an und wenn es nur ein winziger Torftümpel ist. Zur Nahrungsaufnahme aber fliegen sie weiterhin, wenn es irgend geht, auf das Meer.

Das Gelege besteht aus 4–7 olivbräunlichen Eiern. Entsprechend dem späten Sommerbeginn in den hochnordischen Breiten setzt auch die Eiablage kaum vor Mitte Juni ein. Über den Fortgang des Brutgeschäftes ist wenig bekannt. Die Männchen verlassen das Brutgebiet schon sehr frühzeitig auf dem Umweg über die Mauserstationen. Die Weibchen folgen ihnen ab Mitte August. Nur die Jungen müssen ausharren bis sie voll flugfähig geworden sind. Sie treten die Wanderung in die Winterquartiere, wo sie schließlich wieder mit den Alten zusammentreffen, gewöhnlich nicht vor Anfang September an.

Ren *(Rangifer tarandus)*
Daß in Europa noch rd. 100000 echter Wildrene leben, ist wenig bekannt. Aber in Norwegen kann man sie auf den kahlen Fjellhalden (Hochgebirgstundra) vornehmlich der Hardanger Vidda und des Dovrefjells am Fuße des Snöhätta, mit 2247 m einer der höchsten Berge Norwegens, noch in großen Herden ziehen sehen. Ihr oberseits braungraues, unterseits weißliches Fell tarnt sie in der schneefreien Jahreszeit vorzüglich, wenn sie äsend in mit hellen und dunklen Felsbrocken übersäten, mit kleinen Gewässern und Sümpfen durchsetzten, von Gräsern, Kräutern und Beerensträuchern bedeckten Fjell stehen. Ihre scharfen Sinne entdecken jeden sich nähernden Menschen bereits von weitem und lassen sie im ungemein fördernden Troll über den Horizont verschwinden.

Obwohl sie noch bis in dieses Jahrhundert keine Schonzeit genossen und besonders im Herbst von den Bauern um des schmackhaften Fleisches willen scharf bejagt wurden, konnten sich einige Tausend von den Urzeiten bis in die Gegenwart retten. Nach dem letzten Kriege wurde die Jagdzeit auf knapp einen Monat beschränkt. Seitdem haben die Bestände sich so gewaltig vermehrt, daß die Rentierflechte, die sehr langsam wachsende Hauptwinteräsung, überall bereits stark über- oder ganz abgeweidet wurde und besonders im Dovrefjell der Hungertod die an Durchschnittsgewicht stark abgenommenen Herden bedroht. Denn Wolf und Vielfraß als natürliche Feinde sind im Wildrengebiet Süd- und Mittelnorwegens praktisch ausgerottet, kommen aber weiter nordwärts noch vor. Ungeachtet dessen stehen auch in Ost-Fennoskandien noch große Wildrenbestände, nämlich auf der Kola-Halbinsel und in Karelien. Letztere hängen unmittelbar mit dem nordrussischen Vorkommen zusammen. Außerdem werden im ganz nördlichen Skandinavien von der Hardanger Vidda bis nach Lappland und Kola-Karelien Hausrentiere gehalten.

Rentiere gibt es in den nordischen Wald- und Tundragebieten der ganzen Alten und Neuen Welt. Die Verbreitung ist also zirkumpolar und reicht über die Subpolar- und Polargebiete nordwärts bis an die Eismeerküste und sogar noch auf einige Eismeerinseln, nämlich Spitzbergen, Novaja Semlja, Neusibirische Inseln und die nordkanadischen Inseln bis Grönland und auf Grönland bis an die Nordküste. Die Südgrenze des Vorkommens erstreckt sich längs des 50. Grades, vereinzelt auch 45 Grad nördlicher Breite. In diesen Lebensräumen herrscht ein äußerst rauhes, scharfe Winde und hohe Kältegrade bringendes Wetter. Es zeugt für die hohe Anpassungsfähigkeit des irdischen Lebens, daß ein so großes Tier wie das Ren sich nicht nur in solchen Landstrichen gerade eben noch zu halten vermag, sondern sogar nur dort gedeiht und sich wohlfühlt. Mit kurzen dichtbehaarten Ohren, fast ganz behaarter Muffel, die nur einen winzig kleinen nackten Nasenspiegel freiläßt, mit kurzem, dichtbehaartem Schwanz, einem ungemein dichten und festen Fell ist das Ren hervorragend gegen alle Witterungsunbilden geschützt und mit den weit spreizbaren, großschaligen Haupt- und Nebenzehen und mit stahlharten Gelenksehnen der Fortbewegung auf moorigem, schlammigem, sumpfigem, sandigem, mit Felsbrocken übersätem, viele Monate des Jahres aber mit Schnee und Eis bedecktem Boden voll gewachsen.

Innerhalb des ganzen Rentiervorkommens sind zwei Lebensraum- oder Ökotypen vertreten, nämlich Tundra- und Waldren. Die einen verbringen den größten Teil des Jahres auf der baumlosen Hochgebirgs- oder Flachlandtundra und gehen nur im Winter in den Außen- oder Oberrand der Waldzone hinein oder hinab. Die anderen leben überwiegend in der Waldregion und retten sich nur im Sommer vor der Insektenplage auf die Hochtundra hinauf oder in die Flachtundra hinaus. Die Tundrarene sind im allgemeinen kleiner (bis zu 80 cm Widerristhöhe hinunter) und heller (bis zum Weiß) als die Waldrene, bei denen satte Brauntöne vorherrschen und die überhaupt die stärksten (bis zu 150 cm Widerristhöhe hinauf) und mit den stattlichsten Geweihen geschmückten Vertreter unter den Rentieren stellen. Ein im Stechschritt dahintrabender, das Haupt mit einem Wald voller Geweihenden (bis 67 sind gezählt worden) hoch tragender, mit breiter wehender weißer Halsmähne gezierter Waldrenhirsch ist ein den Tierfreund begeisternder Anblick. Aus diesen kurzen Andeutungen über Verschiedenheiten im Erscheinungsbild geht bereits hervor, daß innerhalb der Verbreitung eine Reihe verschiedener Renformen unterschieden werden können, die heute als nur Unterarten einer Art erkannt sind (z. Z. 9 anerkannt), früher jedoch als verschiedene Arten angesehen wurden.

Das Ren trägt als einzige Hirschart in beiden Geschlechtern ein Geweih. Allerdings sind die Geweihe der Hirsche stets stattlicher als die der Tiere, die durch Austragen und Säugen des Kalbes nicht soviel Geweihaufbaustoff zur Verfügung haben und bei manchen Unterarten oft überhaupt kein Geweih erstellen. Auch kann das Ren als einzige Hirschart während der ganzen Bastzeit des Geweihes noch überall Zusatzsprossen bilden.

Als Nahrung dienen dem Ren Gräser, Kräuter, Pilze, Moose, Flechten, Beerensträucher mit Knospen, Blättern, Zweigen und Früchten und Laub sowie Knospen und Zweige anderer Sträucher und Bäume. Dabei ist die hochpolstrige Rentierflechte meist wichtige Winteräsung, die bis zu 1 m tief aus dem Schnee ausgescharrt und geschlagen wird. Tierische Beikost (Lemminge, Wühlmäuse, Jungvögel, Eier, Fische u. ä.) wird gern genommen. Wenn der Eiweißhunger groß ist, werden z. B. Lemminge absichtlich gejagt, totgetreten und verzehrt.

Die Rentiere leben in Trupps, Rudeln oder Großherden bis zu mehreren tausend Köpfen, die Waldrene mehr in kleinen Trupps oder Rudeln, die Tundrarene in großen Rudeln oder Herden. Innerhalb der Herden bestehen Sippenrudel, innerhalb der Sippen Familientrupps aus Mutter und Kalb (Jungenzahl meist 1, selten 2, sehr selten 3 oder 4). Rudelführer sind ältere Weibchen. Die den Sommer über in eigenen Trupps lebenden Hirsche schlagen sich zur Brunftzeit (vorwiegend im September) zu den Weibchenherden oder -rudeln, um danach auch den Winter über bei ihnen zu bleiben. Die meisten Rentierunterarten wandern, nur wenige sind standorttreu. Die Wanderungen sind jahreszeitlich befristet (Frühjahr und Herbst, nur selten ganzjährig) und bei den Waldrenen meist kürzer als bei den Tundrarenen, wo sie sich bis zu 1000 km (und das zweimal im Jahr!) ausdehnen können. Da altgewohnte Wanderstraßen immer wieder benutzt werden, drängen sich dann Tausende und Abertausende im Zuge zusammen, ein manchmal tagelang vorüberziehender Wald von Geweihen.

Durch die Unvernunft des Menschen sind in den letzten Jahrzehnten etliche einst wildrenreiche Landschaften weitgehend verödet. Andererseits hat die Erforschung und die Inschutznahme mancher Bestände zu einer erfreulichen Wiedervermehrung geführt. Ganz verschwunden ist das Ostgrönlandren, das zwischen 1850 und 1900 einer Schlechtwetterzeit und verstärkten Wolfsverfolgung zum Opfer fiel, sowie das kleine Grahaminselren auf der gleichnamigen Insel des Königin-Charlotte-Archipels Britisch-Kolumbiens, stark bedroht das fast weiße Ellesmere-Ren auf den Eismeerinseln zwischen Kanada und Grönland und das Novaja Semlja-Ren. Letzteres wurde allerdings in allerletzter Zeit endlich unter Schutz genommen. Eine Zeitlang war nach dem letzten Kriege auch das Ren auf Spitzbergen gefährdet, weil verwilderte Hunde es rissen. Ein unerbittlicher Abschuß der Hunde hat es jedoch gerettet.

Ringelrobbe *(Phoca hispida)*
Von den drei Robbenarten der deutschen Meeresküsten Kegelrobbe, Seehund und Ringelrobbe ist letztere die kleinste. Männchen und Weibchen sind bei ihr ungefähr gleich groß, nämlich bis 180 cm lang und bis 90 kg schwer. Ihr Fell hat eine hellgraue Grundfarbe, das oberseits dichtgedrängte dunkelbraune bis schwarze Flecken trägt, von denen wiederum viele von hellen langgezogenen oder rundlichen Ringen eingefaßt sind. Die Farbe schwankt sehr je nach Dichte der Flecken und Ringe von hell bis fast schwarz.

Die Ringelrobbe ist die häufigste der Arten der polaren Nordgebiete und hat eine weite Verbreitung von der Ostsee durch das nördliche Eismeer bis zur Beringstraße und von dort südwärts bis Mitteljapan sowie von Labrador bis zu den Pribilof-Inseln. Man trifft sie an den Küsten aller kanadischen Eismeerinseln, um ganz Grönland herum bis Irland, Spitzbergen, Kaiser-Franz-Josef-Land, Novaja Semlja und alle nordsibirischen Inseln und auch überall dort auf dem Eis bis zum Nordpol hin, wo sich offene Wasserstellen befinden oder sie sich Atemlöcher machen und frei halten kann. Die offene See meidet sie dagegen, auch wenn ihr zum Befahren große Treibeisschollen zur Verfügung stehen. Sie ist eine Packeis- und Küstenrobbe, die aber auch in einigen Süßwasserseen vorkommt.

Innerhalb ihrer weiten Verbreitung bildet sie ein Dutzend Unterarten, darunter auch Zwergformen, wie die Zwergringelrobbe der Barentssee, die nur 1,20 m lang und 35 kg schwer wird. Die Ostseeringelrobbe, die in der östlichen Ostsee lebt, verirrt sich manchmal auch in die westliche Ost- und in die Nordsee bis Nordfrankreich hin. In Südfinnland bewohnt eine eigene Unterart den Saima-, Haukivesi-, Puruvesi-, Orihvesi- und Pyhäselkä-See, eine andere etwas weiter östlich den Ladogasee und den Newafluß. Eine weitere Form bevölkert das Kaspische Meer und noch eine andere den Baikal- und Oronsee. Die Kaspi- und Baikalrobbe gelangten vermutlich bereits im Pliozän durch damals noch bestehende Verbindungen zum Meer dorthin. Da sie in der langen Zeit ihres Abgetrenntseins von der Hauptart bereits kleine Sondermerkmale entwickelt haben, werden sie von manchen Autoren auch als eigene Arten angesehen.

Die Ringelrobbe lebt gesellig in lockeren Trupps auf dem Küsten- oder Packeis. Auf letzterem versteht sie, sich Ein- und Ausstiegs- und damit auch Atemlöcher offen zu halten, durch die sie zum Beutemachen ins Wasser gelangt. Sie taucht bis an die hundert Meter hinab, wenn es sein muß, bevorzugt aber flachere Seetiefen, da sie auch gerne Nahrung vom Grunde aufsammelt. Sie frißt sowohl kleine Fische als auch kleine Krebse, sowohl frei schwimmende als auch bodenlebende.

Nach elfmonatiger Tragzeit wirft das Weibchen in der Zeit von Mitte März bis Mitte April ein Junges von rd. 60 cm Länge und 5 kg Gewicht, das noch ein kremweißes langes Haarkleid trägt. Der Setzplatz befindet sich auf dem Eis in einer Schneehöhle, die die Mutter gegraben hat, oder in einer natürlichen Eishöhle. Im Boden der Höhle befindet sich das Ein- und Ausstiegloch für die Mutter, die so ungesehen zum Fischen gehen kann. Das Junge wird rd. zwei Monate lang gesäugt, verliert sein Geburtskleid jedoch bereits nach zwei bis drei Wochen. Nach der Säugezeit beginnt das Junge, sich selbst zu ernähren, bleibt aber in Mutternähe, denn Ringelrobben sind nicht sehr wanderfreudig. Jungweibchen werden erst mit sechs, Jungmännchen mit sieben Jahren geschlechtsreif, erreichen dafür aber ein hohes Alter (bis 43 Jahre sind bekannt), wenn sie nicht vorher ein Eisbär, Walroß oder Schwertwal frißt. Die kleinen Säuglinge können auch Eisfüchsen zum Opfer fallen.

Einen Monat nach dem Setzen wird das Weibchen wieder brünstig und dann von einem der benachbarten Männchen gedeckt. Das befruchtete Ei ruht 3½ Monate als Blastocyste in der Gebärmutter, bis es sich in deren Wand zur weiteren Entwicklung einnistet. Den jährlich einmal stattfindenden Haarwechsel machen die Ein- und Mehrjährigen im Juni–Juli durch.

Außer den genannten natürlichen Feinden ist der Mensch der Hauptfeind der Ringelrobbe, der sie wegen ihres Felles, Fettes und Fleisches, welch letzteres von den Eskimos und ähnlichen Eingeborenen gegessen wird, jagt. Obwohl so jährlich viele Tausende erlegt werden, besteht z. Z. keine Sorge um die Art, da sie noch überall genügend zahlreich ist.

Rosapelikan *(Pelecanus onocrotalus)*
So große, scheue Wasservögel wie Pelikane brüten heute in Europa nur noch an wenigen Stellen des Balkans und im Mündungsbereich der Donau. Dort sind ihre letzten großen Brutkolonien geschützt und sie werden vor Beunruhigungen durch Menschen gesichert, da die Pelikane nur in Ruhe und Abgeschlossenheit brüten können. Störungen vertragen sie nicht, sie führen zu Brutverlusten und womöglich zur Aufgabe der Kolonie.

In Tiergärten sind Pelikane regelmäßig zu sehen, in der freien Natur ist das heute nur wenigen vergönnt, am ehesten noch in einem der großen afrikanischen Nationalparks, soweit sie große Gewässer enthalten.

Das heutige Verbreitungsgebiet des Rosapelikan reicht von Südosteuropa über Vorder- und Mittelasien, Süd- und Ostafrika. Doch brütet er in diesem großen Raum nur an wenigen, meist weit auseinanderliegenden Stellen.

Ein Pelikan ist größer als ein Schwan, dessen Gestalt er etwa hat, doch sind seine Flügel noch mächtiger, der Hals ist kürzer und dicker und natürlich unterscheidet ihn auf den ersten Blick der überaus charakteristische Riesenschnabel, ein äußerst wirksames Gerät zum Fangen von Fischen. Es ist denkbar einfach gebaut, zwischen den beiden Ästen des Unterkiefers spannt sich ein dehnbarer Hautsack. In der Ruhe fällt er nicht besonders auf, aber er kann sich gewaltig erweitern zu einem viele Liter fassenden Schöpflöffel. Der Pelikan taucht ihn beim Fischen geschickt unter das Gewimmel eines Fischschwarmes, holt ihn auf und klappt zu. Den gut schließenden Deckel bildet der flache Oberschnabel.

In Europa leben zwei sehr ähnliche Arten, der Rosa- und der Krauskopfpelikan. In der Brutzeit überzieht ein lichter rosa Hauch das sonst weiße Gefieder des Rosapelikan. Vom Krauskopf unterscheiden ihn die fleischfarbenen Beine und Füße und im Fluge die auch von unten gesehen schwarzen Hand- und grauen Armschwingen. Trotz ihrer Größe und Schwere –, das Gewicht beträgt etwa 10 kg –, fliegen Pelikane außerordentlich gut und ausdauernd. Ihre breiten, langen Schwingen sind die gegebenen Tragflächen zum Segelfliegen. Das spezifische Gewicht des so massig erscheinenden Körpers ist gering wegen der ausgiebigen Luftsackpolster unter der Haut und der starken Pneumatisierung der Knochen, die fast alle lufthaltig sind. Deshalb liegen auch Pelikane hoch auf dem Wasser und sie sind nicht in der Lage zu tauchen. Dafür sind sie tatsächlich hervorragende Segelflieger. Oft legen sie täglich weite Strecken zurück.

Der Rosapelikan braucht als Lebensraum weite, einsame Flachseen mit unendlichen Rohr- und Schilffeldern. Stets siedelt er sich in Kolonien an, am liebsten in solchen mit Zehntausenden von Paaren. Die paar verbliebenen europäischen Kolonien befinden sich fast ausnahmslos im Donaudelta, wo solche Bedingungen noch am ehesten verwirklicht sind. Die Nester werden hier auf kompakten, schwimmenden Schilffeldern oder im schier unzugänglichen Dickicht der über- und durcheinander wachsenden viele Meter hohen Halme auf einer freien Fläche errichtet. Immer muß ein Zugang zum Wasser vorhanden sein. Anderswo brütet der Pelikan auf offenen Sandbänken, auf Bäumen oder allseitig von Wasser umgeben an unzugänglichen Felsklippen.

Das Nest selbst ist ein großer Haufen aus Pflanzenteilen, in dessen Mitte das Gewicht der Vögel eine flache Mulde drückt, die das Gelege aus 1–2 weißen Eiern aufnimmt. Außen auf der Eischale liegt noch einmal ein ungleichmäßiger Überzug von kreidigem Kalk. Im Verlauf der Brutzeit treten die Vögel ihre Nester schließlich zu einer flachen Matte zusammen. Die Brutdauer beträgt etwas über 4 Wochen. Frisch geschlüpft sind die nackten, bleigrauen Jungen nicht gerade ein hübscher Anblick. Doch bald sprießt ihnen ein grauschwarzes Dunenkleid, aus dem in der ersten Mauser ein braun- und weißgescheckter Jugendkleid wird. Mit jeder Mauser nähert es sich mehr dem Alterskleide, doch erst mit drei Jahren tritt die Geschlechtsreife ein.

Den sehr kleinen Jungen würgen die Eltern mitgebrachten Nahrungsbrei vor, den die Kinder vom Boden picken. Die größeren fahren mit ihren Schnäbeln in den elterlichen Schlund und ziehen selbst hervor, was da an Gutem steckt. Sobald die Jungen etwas laufen können, vereinigen sie sich zu einer Herde, in der die Altvögel möglicherweise wahllos auch fremde Junge füttern. Es gibt Kolonien, an denen die Eltern 20, 40 und mehr Kilometer vom Brutplatz zum Fischwasser zu fliegen haben. Auch das Fischen ist für gewöhnlich eine soziale Angelegenheit. Eine ganze Phalanx von Pelikanen in mehrere Treffen gegliedert, sucht einen Fischschwarm einzukreisen oder in flaches Wasser zu drängen. Wie die Treiber bei einer Jagd scheuchen sie die Fische mit lärmender Bewegung durch wildes Planschen, Treten und Schlagen. Ist es gelungen, dann treten die Käscherschnäbel in Tätigkeit und schöpfen den Rahm ab.

Pelikane, diese gewaltigen Fischfresser, sind ein Musterbeispiel dafür, daß nicht die Fischfresser unter den Tieren für den Rückgang der Fische in den Gewässern verantwortlich zu machen sind, wie Fischer es ihnen allzu gern immer wieder anlasten. Seit Jahrzehntausenden leben Pelikane und Massen anderer Fischfresser an den fischreichsten Gewässern der Erde, ohne daß der Fischreichtum sich deswegen vermindert hätte. Erst der Mensch mit seinen Raubbaumethoden ist imstande das zu erreichen.

Sattelrobbe *(Phoca groenlandica)*
Die Sattel- oder Grönlandrobbe ist eine nordatlantisch-arktische Hochseerobbe. Sie hat ihre Verbreitung vom St. Lorenz-Golf im Süden bis nach Nord-Baffin- und Nordwest-Grönland hinauf, kommt auch in der nördlichen Hudsonbucht vor und zwischen Ostgrönland, Nordirland, Jan Mayen, Spitzbergen, Kaiser-Franz-Josef-Land, Nord-Norwegen, Barentssee und im nördlichen Eismeer bis Severnaja Semlja. Einzeltiere wandern auch bis Nordschottland oder gar bis zum Bristolkanal, bis Kap Henry in Virginia oder ins Mackenziedelta. Eine schwamm sogar im März 1896 die Elbe und Mulde bis Dessau hinauf, wo sie lebend gefangen wurde, ein Junges warf und bald mit diesem starb.

Die Sattelrobbe wandert regelmäßig zwischen den hochbreitigen Sommer- und den südlicheren Wintereinständen hin und her. Da der Gesamtbestand der Art sich in drei Hauptbevölkerungen gliedert, deren jede ihre eigenen Setzgründe hat, wandern diese drei Stämme auch getrennte Wege. Ein Setzplatz liegt im Weißen Meer, einer im Nordmeer nördlich von Jan Mayen und einer im St.-Lorenz-Golf mit je einem Hauptsammelplatz im Golf selbst und dem anderen vor der Ostküste Neufundlands. Der Weißmeerstamm hat seine Sommerfischgründe am Packeisrand nördlich Spitzbergen und Kaiser-Franz-Josef-Land. Von dort ziehen die geschlechtsreifen Tiere ab Oktober ins Weiße Meer, um ab Ende Januar bis Anfang April Treibeisschollen als Wurfplätze aufzusuchen, während die noch nicht erwachsenen bis April dorthin nachfolgen. Die Hauptwurfzeit liegt im Ende des Februars und am Anfang des März. Die Weibchen bleiben während der nur 11–12 Tage dauernden Säugezeit bei ihren Jungen, die bei der Geburt 60–75 cm lang und rd. 45 kg schwer sind. Sie kommen in einem weißen Wollkleid zur Welt, das nach 3–4 Wochen gegen ein kurzhaariges glattes graues, mit dunklerer Ober- und heller Unterseite und grauschwarzen bis schwarzen Flecken versehenes vertauscht wird. Das Erwachsenenkleid ist wieder anders, nämlich mit gelb- bis grauweißer Grundfarbe und einer schwarzen Sattelfläche auf jeder Seite, die bei den Männchen groß, den Weibchen kleiner und bräunlicher ausfällt. Jugend- und Erwachsenenkleidmuster sind von Tier zu Tier verschieden.

Das Weibchen wird zwei Wochen nach dem Werfen brünstig und von nur einem der Männchen, die dann auch aufs Eis kommen, gedeckt. Das befruchtete Ei entwickelt sich erst nach 2¾ Monaten weiter. Die Gesamttragzeit dauert 11–11½ Monate. Das Junge geht nach Abwerfen des Geburtskleides ins Wasser und ist dann selbständig. Geschlechtsreif wird es als Männchen erst mit acht, als Weibchen mit sieben Jahren. Die Lebensdauer erreicht gute 20, wahrscheinlich sogar 30 Jahre und mehr.

Nach der Wurf- und Paarungszeit gehen die Erwachsenen Ende Mai wieder aufs Eis, um das Haarkleid zu wechseln. Wie bei der Wurf- und Paarungszeit liegen dann viele Tausende auf den Treibeisfeldern. Nach der Umhärung, mit der die erst im April angekommenen Jungtiere sofort beginnen, gehen alle wieder in die See und wandern nordwärts zu ihren Sommerfischgründen. Als Erwachsene wiegen Männchen und Weibchen je rd. 180 kg und sind rd. 180 cm lang.

Der Neufundlandstamm hat seine Sommerfischgründe westlich Grönlands, wandert im Herbst südwärts und bezieht seine Wurfplätze im St. Lorenz-Golf und östlich Neufundlands im Februar. Im letzteren Gebiet erwarten sie auch ihren Haarwechsel. Ende Juni sind die Plätze wieder verwaist und die Robben auf Nordwanderung. Der Jan Mayen-Stamm wirft Mitte März auf dem südwärts treibenden Eis. Nach der Paarung suchen die Tiere im April noch einmal das Eis nördlich von Jan Mayen auf, um das Haar zu wechseln. Mitte Mai werden die Härungsplätze geräumt und die Sommerfischgründe zwischen Spitzbergen und Grönland angeschwommen.

Sattelrobben fressen freischwimmende Kleinkrebse und Kleinfische.

Die Felle der weißhaarigen Säuglinge, der sog. Weißröckchen, sind gegerbt ein wertvolles Pelzwerk. Am besten ist es im Alter von 2–10 Tagen. Auch das noch weichhäutige Jugendfell nach Abwurf des Geburtskleides ist ebenso wertvoll. Deshalb werden jährlich viele Zehntausende dieser Jungtiere von Robbenschlägern getötet und enthäutet. In früherer Zeit vor 150 Jahren waren es alles in allem gut 800000 jährlich, in der letzten Zeit beim Neufundlandstamm über 200000 Säuglinge und 100000 Erwachsene, beim Jan Mayenstamm zusammen rd. 35000, beim Weißmeerstamm zusammen rd. 100000. Da diese hohen Erlegungszahlen den Bestand überfordern, ist es nötig, die Fischereiabkommen zwischen den beteiligten Nationen (Kanada, Norwegen und Sowjetunion vor allem), die die Fangzahlen festlegen, zu überprüfen und niedrigere anzusetzen. Da beim Erschlagen mit Keulen (Erschießen kostet zuviel Munitionsgeld und macht ein Loch ins Fell) die Tiere nicht immer ganz tot sind, sie aber trotzdem abgehäutet werden (die Fangzeit ist beschränkt, die Arbeit im Nebel auf Treibeis gefährlich, daher wird im Akkord gearbeitet), haben weltweite Proteste der letzten Jahre gegen die Grausamkeit der Robbenschlägerei wenigstens für den im kanadischen Hoheitsbereich liegenden St. Lorenzgolfstamm verschärfte tiergesetzgeberische Auflagen gebracht.

Schnee-Eule *(Nyctea scandiaca)*
Eine der größten Eulen nächst dem Uhu ist die Schnee-Eule; im Gewicht erreicht sie ihn fast, im Umriß gut, da ihr weißes, mehr oder minder braunsprenkeliges Gefieder eher noch dichter und flauschiger ist. Sogar der Schnabel verbirgt sich beinahe unter einem struppigen Seehundsbart, und selbst die schwarzen Krallen sehen kaum aus den dick bepelzten Bärenfüßen heraus. Die hocharktische Schnee-Eule ist für das Leben in der Kälte und bei harten Bedingungen gut ausgerüstet.

Sie ist ein wahrhaft hochnordischer Vogel. Ihre Brutgebiete liegen in den Ländern und auf Inseln rings um den Nordpol, sie reichen nicht einmal so weit nach Süden wie die des Gerfalken. In den weiten Einöden der Arktis findet die Schnee-Eule noch heute einsame Gebiete, in denen sie wenigstens in manchen Jahren ungestört leben kann. Trotzdem wurde sie bis in unser Jahrhundert vielerorts erbittert von den örtlichen Jägern verfolgt, die in ihr einen Konkurrenten sahen, und Tausende erlegten. So A. C. Bent über die Schnee-Eule: »... eins der populärsten Schaustücke für Läden, Schaufenster und Bars«; und gelegentlich einer Masseninvasion im Jahre 1876 »Einige Dreihundert ... wurden in der unmittelbaren Umgebung in einem Streifen von neun Meilen von Einheimischen geschossen oder gefangen«; im Winter 1889–90 bekam ein einziger Tierpräparator in Nord Dakota 500 zum Ausstopfen; ein einziger Ornithologe erhielt während einer großen Invasion in den nördlichen USA im Winter 1905–06 Kenntnis von einigen 800 erlegten Exemplaren. Solche Zahlen bedeuten die Vernichtung der ganzen Population riesiger Gebiete, denn nur in außergewöhnlich günstigen Jahren stehen die Nester der Paare dichter als einige Kilometer voneinander. Wo der Mensch hingelangt, wütet er unter den Geschöpfen der Natur, solange man ihn nicht daran hindert, hemmungslos, und wenn man ihm Verbote auferlegt etwas vorsichtiger.

Zwar hat man Tausende der schönen Tiere sinnlos erschlagen, aber viele Einzelheiten ihrer interessanten Lebensgeschichte deckt noch heute der Schleier des Geheimnisses.

Das Leben einer Schnee-Eulen-Bevölkerung hängt beinahe völlig vom Gedeihen oder Nichtgedeihen ihrer Hauptbeute, der Lemminge, ab. Manchmal kann der Lemming durch eine oder die andere massenweise auftretende Mäuseart oder durch Schneehühner ersetzt werden. Die Abhängigkeit geht so weit, daß man in ganzen Landstrichen die Schnee-Eule vergeblich sucht, wenn es keine Lemminge gibt. Fast überall unterliegen die Lemminge einem vierjährigen Zyklus von Massenauftreten, Zusammenbruch der Population und Wiederanstieg zu erneuter Massierung. Nur wenn die Lemminge zahlreich sind, kann die Eule brüten und Nachkommen aufziehen. Darauf ist ihre Fortpflanzung bis ins einzelne eingestellt.

Bei Massenauftreten von Lemmingen sammeln sich dort die Schnee-Eulen. Trotzdem besitzt anscheinend jedes Paar ein großes Brut- und Jagdgebiet für sich. In solchen Jahren können die Gelege außerordentlich groß werden, man hat 12 und 13 Eier in einem Nest gefunden, während es sonst nur 3–4 Eier enthält. Auch das Heranwachsen und der Erfolg der Brut sind ganz auf den starken jährlichen Wechsel von Knappheit und Überfluß abgestellt. Das Weibchen legt die Eier in mehrtägigem Abstand und brütet schon vom ersten Ei an. So erstreckt sich das Schlüpfen der Jungen über lange Zeit. Die ältesten sind schon groß, wenn die jüngsten erst aus dem Ei kriechen.

Ist die Nahrung überreichlich, kann eine große Brut aufgezogen werden, ist sie knapp, dann bekommen die großen Jungen alles und die kleinsten verhungern. So sichert die Natur das Überleben weniger, wenn der Versuch, das Vorhandene gleichmäßig an alle zu verteilen zum Untergang der ganzen Brut führen würde.

Die Schnee-Eule brütet nur in völlig freiem Gelände in der offenen Tundra mit spärlichstem Pflanzenwuchs. Und doch versteht sie es, ihr Nest so anzulegen, daß sie selbst und die Brut in den endlosen Weiten kaum zu finden und zu sehen sind. Immer setzt sie das Nest auf die höchste Erhebung einer Bodenwelle. Von dort hat sie beim Brüten freie Sicht und bemerkt jede Annäherung eines Feindes, lange ehe der etwas von ihrer Anwesenheit ahnt. Von ihrem Hügel läßt sie sich niedrig über dem Boden in die abgewandte Mulde gleiten und ist verschwunden. Während des 4–5 Wochen dauernden Brütens hält das Männchen in der Umgebung des Nestes auf einem erhöhten Punkt Wache. Von solchen Stellen aus findet auch die Jagd vom Ansitz statt. Stunde um Stunde kann die Eule so unbeweglich sitzen und ringsum sich her das Gelände beobachten. Von weitem unterscheidet sie sich nicht von einem Schneefleck. Rührt sich eine Beute, streicht die Eule schnell darauf zu und schlägt sie. Im Gegensatz zu den meisten anderen Eulen ist die Schnee-Eule auch tagsüber tätig. Merkwürdigerweise ist sie auch in den menschenleeren Einöden der Arktis stets ein überaus scheuer und vorsichtiger Vogel. Nur am Nest läßt sie einen Menschen näher heran. Die ausgeflogenen und selbständig gewordenen Jungen verlassen das Brutgebiet der Eltern und streichen südwärts bis sie in Gegenden kommen, die ihnen auch im tiefen Winter genügend Nahrung bieten. Große Invasionen in Länder südlich der Brutgebiete finden manchmal nach lemmingreichen Jahren statt, wenn die Nagerpopulationen plötzlich zusammenbrechen und für die Eulen Nahrungsmangel einsetzt.

Schwarzstorch *(Ciconia nigra)*
Noch vor wenigen Jahrzehnten war in vielen Gegenden Europas der Weiß-

storch eine allbekannte Erscheinung. Seine Nester krönten die Dachfirste der Bauernhäuser in manchem deutschen Dorf. Diese Idylle gehört der Vergangenheit an, wie die Märchen und die Trachten der ländlichen Bevölkerung. Heute spreizen sich auf den Dächern der Bauernhäuser die Fernsehantennen, und der Storch ist möglicherweise im Begriff auszusterben. Ihm gefällt es nicht mehr in der zivilisierten Landschaft ohne Nahrung, ohne Sümpfe, mit zu vielen kreuz und quer gespannten Leitungsdrähten und voller Gift. Als Bringer der deutschen Babys ist er ohnehin gänzlich aus der Mode gekommen, bereits das Kleinkind weiß bei uns, daß Kinder aus hartem Sex entstehen.

Aber wer weiß schon, daß es in Europa außer dem pensionierten Kinderbringer Adebar noch einen zweiten Storch gibt, den seit Jahrhunderten seltenen, heimlichen schwarzen Waldstorch?

Wie der Weißstorch ist er Zugvogel und überwintert in Afrika. Den Sommer verbringt er in einsamen großen Forsten mit Waldteichen und flachen Gräben, in denen er ungestört fischen kann, mit feuchten Lichtungen und Waldwiesen. Er liebt die Einsamkeit und flieht den Menschen mit seinem Trubel. Trotz seiner Größe benimmt er sich unauffällig und versteht es, sich der Aufmerksamkeit selbst der Interessenten zu entziehen. So war es im vergangenen Jahre für einige bayerische Ornithologen eine Sensation als gleichsam in Reichweite einer berühmten Ausflugsstätte ein Schwarzstorchhorst entdeckt wurde, aus dem anscheinend schon einige Jahre in aller Stille Junge ausgeflogen waren. Das ist eine Ausnahme. In Westdeutschland gibt es noch wenige gezählte Horste in Niedersachsen und Bayern, in Westeuropa sonst nur noch in Spanien. Erst östlich einer Linie von Griechenland zur Elbemündung wird der schwarze Storch allmählich häufiger. Sein großes Verbreitungsgebiet erstreckt sich von da in bewaldeten Gegenden bis nach Ostasien.

Der Schwarzstorch erreicht beinahe die Größe seines weißen Vetters, er ist nur unwesentlich kleiner. Auch er hat einen leuchtend roten Schnabel und rote Beine, doch nur während der Brutzeit, danach verfärben sich beide zu einem stumpfen, bräunlichen Rot. Das Gefieder ist übrigens nicht vollständig schwarz, Brust und Bauch strahlen in reinstem Weiß und die schwarzen Teile schillern violett und grün.

Der Schwarzstorch ist nicht stumm, er verfügt über eine Reihe von schwer zu beschreibenden Lautäußerungen, die er bei den verschiedensten Gelegenheiten hören läßt, teils klingen sie wie ein Fauchen, teils geradezu melodisch. Dafür klappert er nur höchst selten.

Ende März oder im April kehren die europäischen Schwarzstörche an den Brutplatz zurück und beginnen gleich mit der Ausbesserung des alten Horstes oder mit dem Bau eines neuen. Oft wird so ein Nest jahrelang benutzt und kann dann sehr groß werden. Gewöhnlich stehen einem Paar mehrere Horste zur Verfügung, zwischen denen es wechselt. Der Horst sitzt auf den Seitenästen eines starken Waldbaumes, zuweilen auch oben auf der abgeknickten Krone einer Fichte, meistens mehr als 10 m hoch über dem Boden. In südlichen Ländern gibt es auch Horste in Felswänden.

Am Nestbau beteiligen sich beide Gatten. Das Gelege besteht aus 3–5 weißen Eiern, die etwa 5 Wochen lang von beiden Eltern abwechselnd bebrütet werden. Die Jungen schlüpfen in einem grauweißen ersten Dunenkleid. Sie tragen es nur eine Woche und ersetzen es dann durch ein zweites weißes, das ihnen mindestens 6 Wochen bleibt. Der anfänglich gelbe Schnabel verfärbt sich allmählich zu graugrün. Beide Eltern bemühen sich um die Ernährung der Brut. Zuweilen müssen sie sehr weit fliegen, ehe sie geeignete Nahrungsplätze finden. Man hat Flüge bis 10 km vom Horst beobachtet.

Der Schwarzstorch fischt seine Nahrung größtenteils aus dem Wasser, während er in Gräben oder flachen Teichen umherwatet. Er nimmt alle Arten von Wassertieren, Fische und Frösche ebenso wie Wasserinsekten.

Erst im Alter von 65–69 Tagen fliegen die Jungen aus. Sie kehren noch einige Zeit zum Übernachten auf den Horst zurück und lassen sich dort auch von ihren Eltern noch füttern. Ein paar Wochen nach dem Ausfliegen wandern sie, gewöhnlich schon vor ihren Eltern, aus dem Brutgebiet ab und begeben sich auf die Reise nach Süden, die so vielen von ihnen schon beim ersten Mal zum Verhängnis wird, denn in vielen Ländern, durch die der Flug führt, warten auf sie die menschlichen Jäger, denen es nach einer nicht alltäglichen Trophäe oder nur nach einem Braten gelüstet.

Seeadler *(Haliaetus albicilla)*
Von den echten Adlern unterscheiden sich die Seeadler durch den nur zur Hälfte befiederten Lauf und den keilförmigen ziemlich kurzen Schwanz. Es gibt acht Arten. Mit Ausnahme von Südamerika bewohnen sie beinahe die ganze Welt, oder bewohnten sie ehemals. Doch leben alle nur an den Meeresküsten und in der Nähe großer Gewässer.

Eine einzige Art bewohnt Europa, man nennt sie einfach den Seeadler. Des Seeadlers Verbreitungsgebiet reicht von Island quer durch Asien bis Kamtschatka und Japan. Heute ist er an vielen Stellen ausgerottet.

Das Aussehen des mächtigen Vogels zeigen die Bilder. Ein erwachsener Adler hat etwas Majestätisches und Herrisches im Blick des kalten, klaren Auges unter überschatteten Brauenbögen. Der bedrohliche Schnabelhaken verstärkt den Eindruck. Doch der Eindruck ist falsch, weil wir im Adler die Züge einer menschlichen Physiognomie zu entdecken suchen. Im Grunde ist er ein fauler Vogel. Gemächlich verbringt er seine Tage, liebt die Einsamkeit und schätzt es, nicht gestört zu werden. Oskar Heinroth, der Vater der Verhaltensforschung, schilderte spaßhaft wie sein aufgezogener Seeadler Gunter einen Maler, der ihn für Heinroths Buch porträtieren sollte, mit den Fängen in die Flucht schlug, weil der Künstler ihm notgedrungen immer wieder auf den Leib rücken und ihn anstarren mußte. Das mochte der zahme Vogel nicht und setzte sich dagegen zur Wehr. Ein frei lebender

Adler greift keinen Menschen an, er fürchtet ihn nur und hält sich scheu von ihm entfernt. Es ist ein prächtiger Anblick, einen so großen Adler in Freiheit fliegen zu sehen. Die traurig auf einem Ast im Zoo hockende Gestalt vermittelt davon keinen Eindruck. Es gibt Leute, die sich einreden, ein solcher Vogel sei glücklich hinter Gittern, und er vermisse Flug und Freiheit nicht, wenn er nur satt zu fressen habe. Ich bezweifle, ob sie recht haben.

Seeadler können ziemlich alt werden, wahrscheinlich über 20 oder 30 Jahre. Das geht schon daraus hervor, daß sie erst mit fünf oder sechs Jahren fortpflanzungsfähig werden und noch später das helle Gefieder des voll Erwachsenen mit weißem Stoß anlegen, die dazugehörige blaßgelbe Iris und den gelben Schnabel bekommen. Im ersten Jahr ist der Schnabel schwärzlich, die Iris dunkel und das Federkleid düster graubraun. Von Jahr zu Jahr wird es mit jeder Mauser heller.

Große Greifvögel brauchen zu ihrer Existenz große Räume mit genügend erreichbarer Nahrung und mit ungestörten Brutplätzen. Ein Karpfenteich ist für einen Seeadler als Lebensraum zu klein, er verlangt einen großen See oder eine Meeresbucht, reich an Fischen und Wassergeflügel. Diese beiden Tiergruppen stellen seine Hauptbeute. Deutsche Seeadler fangen vornehmlich Hechte, doch auch andere Süßwasserfische und die an den Küsten auch Dorsche. Unter den Vögeln sind Bläßhuhn und Haubentaucher die bevorzugte Beute neben verschiedenen Entenarten. Hechte sind am leichtesten im Frühjahr zu schlagen, wenn sie zum Laichen im flachen Wasser stehen. Die Jagd auf Vögel, gern zu zweit ausgeführt, beruht auf der Ermüdungsstrategie. Die Adler fliegen in Deckung an und suchen ihre Beute auf freier Wasserfläche zu überraschen. Gelingt es den Vögeln, rechtzeitig aufzufliegen, sind sie meistens gerettet. Können sie das nicht mehr, müssen sie sich aufs Tauchen verlegen, und das ist dem Adler lieber. Sobald der Vogel zum Atemschöpfen auftaucht, stößt einer der Adler zu. Oft währt so eine Jagd lange und der Adler muß viele Fehlstöße in Kauf nehmen, denn solange Bläßhuhn, Taucher oder Ente noch frisch sind, verschwinden sie blitzschnell von neuem. Für den Adler kommt es darauf an, das Auffliegen zu verhindern, einmal ist dann der Augenblick da, wo er das ermüdete Tier greifen kann.

Erwachsene Seeadler sind Standvögel, sie streichen nur im Winter weiter umher als zur Brutzeit. Die Jungen wandern, zuweilen ziemlich weit in bestimmter Richtung. Das nennt man Zug. Doch reicht der Zug der europäischen Seeadler nicht über das nordöstliche Mittelmeergebiet hinaus.

Sehr früh im Jahr beginnen die Vorbereitungen zur Fortpflanzung. Gewöhnlich bleiben die Paare lebenslang beisammen. Schon an schönen Wintertagen kreisen beide Gatten in Flugspielen über dem Horstrevier und beginnen mit dem Ausbessern des Horstes, der bei jahrelangem Gebrauch gewaltige Ausmaße annehmen kann. Er steht bei uns auf starken alten Bäumen, in manchen Ländern auch am Boden oder auf einer Felsklippe. Ende Februar bis Anfang März legt das Weibchen seine beiden kalkweißen Eier, etwa so groß wie die einer Gans.

Wenn ein junges Männchen sich erstmals ansiedeln will, kann es an den Horsten zu erbitterten Kämpfen zwischen den Männchen kommen, die mit Verletzungen und sogar mit dem Tode enden können.

Vorwiegend das Weibchen brütet in 38–42 Tagen die Eier aus. Nach dem Schlüpfen hudert es in den ersten Tagen beständig die Kleinen im graubraunen Dunenkleid, das nach knapp drei Wochen durch ein dichteres dunkelgraues ersetzt wird, unter dem allmählich die dunkelbraunen Federn des Jugendkleides heranwachsen. Im Alter von acht Wochen machen die Jungen im Horst schon Flugversuche und sitzen zeitweilig auf Ästen in der Umgebung. Das Ausfliegen geht langsam und allmählich vor sich, in der Regel findet es Anfang Juli statt. Die Jungen hocken dann stundenlang, oft laut rufend, auf Ästen in den Baumkronen und sind in dieser Zeit besonders gefährdet, da sie noch unbeholfen und langsam sind. Beide Eltern versorgen sie mit Beute.

In unserer Kulturlandschaft ist das Überleben so großer Vögel immer problematisch. Doch wäre es zu bewerkstelligen, wenn die wenigen Menschen, die wirklich mit den Vögeln in Berührung kommen und faktisch über ihr Schicksal gebieten, es nur wollten.

In ganz Europa gibt es nicht mehr Seeadler als der Einwohnerzahl eines mittleren Dorfes entspricht. Ihre Brutgebiete verteilen sich auf wenige Landschaften. Die meisten Seeadler, mehr als 300 Paare, gibt es heute in Norwegen. Der Schwerpunkt des deutschen Brutgebietes liegt in der DDR, in Mecklenburg. Nur ein sehr kleiner Bestand hält sich noch in der Bundesrepublik in Schleswig-Holstein, 1971 scheinen es nur noch drei Paare gewesen zu sein.

Trotz aller Gesetze und Schutzmaßnahmen finden sich leider immer wieder einzelne Personen, die sich aus irgendwelchen Gründen darüber hinwegsetzen und die Bruten stören und durch Wegnahme der Eier für Sammlungen vernichten. Das ist der einzige Grund, neben der Landschaftsvergiftung, die das Überleben dieser Tiere bei uns in Frage stellt. Die Vögel würden sich an ein gewisses Maß unvermeidlicher Störungen gewöhnen, wenn man sie nur gewähren ließe. Das weiß man heute sicher. Das Problem für uns ist, die wenigen Bösewichte dazu zu bringen, ihre Finger von den letzten so vergänglichen Naturdenkmalen endlich zu lassen.

Seehund *(Phoca vitulina)*
Unser Gemeiner Seehund lebt nicht nur in der Nord- und Ostsee, sondern kommt in den flachen Küstengewässern des ganzen nördlichen Atlantiks und Pazifiks vor, also in Europa von Nordwest-Spanien bis Island und Finnmarken, auf der anderen Atlantikseite von Ellesmereland bis Südostgrönland und Long Island vor New York und im Nordpazifik von Guadalupe vor Niederkalifornien bis Nordalaska und fast an die Mackenziebucht heran und über

die Aléuten bis Südjapan und das Gelbe Meer im Süden und die Beringstraße im Norden. Innerhalb des Artareals werden z. Z. 5 Unterarten anerkannt, die aber nur wenig voneinander verschieden sind.

Der Seehund braucht zu seinem Wohlbefinden Sandstrände und Sandbänke (auch wenn diese im Gezeitenwechsel überflutet werden), auf denen er sich ausruhen und sonnen kann. Auf diesen Bänken und Stränden hält er sich in kleinen bis größeren Trupps zur Ebbezeit auf. Die Geschlechter sind in Freiheit kaum voneinander zu unterscheiden, die Männchen allerdings durchschnittlich etwas größer (Gesamtlänge von der Schnauzenspitze bis zum Ende des kleinen Stummelschwanzes 150–180 cm, Weibchen 120–1250 cm, Gewicht 70–100, manchmal bis 120 kg, Weibchen 50–90, manchmal 100 kg), sonst aber in Habitus und Färbung praktisch gleich. Das Fell trägt auf grauem bis graugelbem Grund zahlreiche kleine verschiedengradig dunkle Flecken, die unterseits fast ganz fehlen. Die Flecken können so dunkel und dicht stehen, daß die Oberseite fast einheitlich grauschwarz oder so locker und schwach, daß sie sehr hell erscheint. Die Musterabänderung ist sehr groß.

Von den Küsten aus geht der Seehund auch in Brackwasserlagunen und Flußmündungen. Einzeltiere schwimmen manchmal weit die Ströme und Flüsse hinauf und erregen dann die Aufmerksamkeit der Binnenländer.

Nach rd. elfmonatiger Tragzeit wirft das Weibchen im Juni auf einer Sandbank ein Junges von 10–15 kg und 70–80 cm Länge, das dabei gleich sein wolliges Jugendkleid verliert und auch im Mutterleib bereits sein Milchgebiß mit dem Dauergebiß gewechselt hat oder spätestens einige Tage nach der Geburt wechselt. Durch den Haarkleidwechsel ist es auch gleich schwimmbereit, denn spätestens nach sechs Stunden kommt die Flut und dann muß es schwimmen. Die Mutter stubst es deshalb auch gleich nach der Geburt ins Wasser, damit es mit ihm vertraut wird. Ab und zu werden Zwillinge geboren, von denen einer gleich zum Tode verurteilt ist, weil die Mutter sich nur eines annimmt. Da das Junge sehr neugierig und unternehmungslustig ist, muß die Mutter ständig aufpassen, daß es nicht abgetrieben wird. Es folgt also die Mutter dem Kind (und nicht umgekehrt) und das kann sie nur bei einem. Das Verlassene lebt noch rd. zwei bis drei Wochen vom angeborenen Fettvorrat als sog. Heuler (nach dem wie Kleinkinderweinen klingenden Verlassenheitsruf) und stirbt dann.

Das Junge wird gute vier Wochen mit einer sehr fettreichen Milch (44% Fettgehalt) gesäugt und dann sich selbst überlassen, weil die Mutter dann bald zum Hochzeiten geht. Das Kleine wird durch Hunger gezwungen, seine bei der Mutter gemachten Beuteerfahrungen anzuwenden. Zuerst versucht es sich nach einer ein- bis zweiwöchigen Fastenzeit an Garneelen, von denen es rd. einen Monat lebt. Dann geht es zum Fangen kleinerer Fische und später dann zu größeren über. Erwachsene Tiere fressen neben Fischen auch einmal Tintenfische, Krabben und Muscheln. Sie sind Tagraubtiere, die nur während der Tagesflutzeiten auf Fang gehen, auch dort, wo die Sandbänke während der Flut trocken bleiben. Nur in den kurzen Wintertagen muß auch die Ebbezeit, die sonst zum Ruhen benutzt wird, mit herangezogen werden.

Im August paaren sich die Seehunde. Die Rüden sind dann sehr rege und versuchen, durch »Bullern« (Ausstoßen großer Luftmengen unter Wasser) Eindruck auf die Weibchen zu machen, die sie zu Wasser und zu Land verfolgen. Die eifersüchtigen Bullen beißen sich, ebenso wie die noch nicht hochbrünstigen Weibchen die Rüden beißen. Die Begattung wird im Wasser vorgenommen.

Die warme Zeit von Mai bis September bringt den Seehunden etliche schöne Tage. Im Herbst aber beginnen die Stürme und dann ist das Leben im Watt, vor allem, wenn im Winter noch Eis hinzukommt, nicht leicht, und mancher Seehund geht dabei zugrunde.

Obwohl für die Seehunde jetzt die Jagdzeit sehr beschränkt ist und die Tiere unter Begleitung eines amtlich anerkannten Führers in kleiner Zahl bejagt werden dürfen, sind keineswegs goldene Zeiten für sie angebrochen. Die Überfischung der Garneelen- und Fischbestände durch die Küstenfischer, die Verschmutzung des Wattenmeeres durch abgelassenes Schiffsmotorenöl, eingeleitete Abwässer und hineingeschütteten Müll sowie die steigende Beunruhigung der Sandbänke durch immer mehr Badegäste, die mit vielen kleinen flachgehenden Booten in den Prielen herumfahren, setzen ihnen gefährlich zu. Die Verschmutzung und Überfischung nimmt ihnen die Futtergrundlage, das Badegästetreiben die Ruhe, vor allem auch den Weibchen die zum Setzen und Jungeführen. Wenn nicht bald grundlegende Regelungen für das Wattenmeer getroffen werden, die diese verderbliche Entwicklung anhalten, haben wir in einer nicht so fernen Zeit wohl den letzten Seehund, der zur Wattenwelt gehört wie der Wind zum Meer, gesehen.

Seidenreiher *(Egretta garzetta)*
Nur halb so groß wie der Silberreiher ist der Seidenreiher, schneeweiß gleichfalls, doch mit schwarzen Beinen und schwarzem Schnabel, nur die Zehen sind gelb. Die Figur mit dem ziemlich langen, schlanken Hals und langen Beinen teilt er eher mit dem Silberreiher als mit den ebenfalls vorwiegend weiß erscheinenden anderen kleinen Arten, dem Kuhreiher und dem Rallenreiher. Beide erscheinen wegen der üppigeren Halsbefiederung wesentlich dickhalsiger.

Während des Sommers sind die erwachsenen Seidenreiher im Brutkleid sofort an den beiden bandförmigen, 10–15 cm langen, vom Hinterkopf über den Nacken wehenden Federn kenntlich. Die langen Rückenschmuckfedern sind anders geformt als beim Silberreiher und an den Enden lockenartig aufgebogen. Und auch noch vom Vorderhals hängt dem Seidenreiher ein Buschen verlängerter, lanzettförmiger Federn über die Brust, sie sind auch im Ruhekleid vorhanden, dem die Bandfedern und der Rückenschmuck fehlen.

Als wärmeliebender Vogel ist der

Seidenreiher im kühlen, regnerischen Norden nicht beheimatet. Sein Verbreitungsgebiet ist groß, es reicht von Europa über Südasien bis nach Australien. In Afrika kommt er als Brutvogel nur an einigen Stellen vor und in Europa bleibt er auf den Süden beschränkt. Sein Lebensraum sind größere Sümpfe, Lagunen, stark bewachsene Seeufer und Überschwemmungsgebiete; er braucht Flachwasser zum Fischen.

Wie den Silberreiher hat man ihn lange Zeit wegen seiner Schmuckfedern, der kostbaren Reiherfedern, so intensiv verfolgt, daß er um die Jahrhundertwende in Europa beinahe ausgerottet war. Als die Verfolgungen einer verständnisvolleren Haltung wichen und allmählich eingestellt wurden, konnten sich die gezehnteten Bestände langsam wieder erholen. Am erstaunlichsten zeigte sich die neuerliche Zunahme im Wolgadelta, wo die Vögel auch fast verschwunden waren und schon in den 30er Jahren wieder auf über 20000 anstiegen. Aber in vielen Ländern war nun auch noch ein großer Teil des ursprünglichen Lebensraumes zerstört worden. Man hatte die Flüsse reguliert und die großen Sümpfe entwässert. Da stellte sich erfreulicherweise heraus, daß der Seidenreiher gleichsam als Kulturfolger angesehen werden kann. Er nahm in vielen Gegenden, in Südfrankreich, in der Poebene und in Ungarn mit dem neu entstandenen oder sich ausdehnenden künstlichen Lebensraum der Reisfelder vorlieb, die einen großen Teil des Jahres, und gerade während der Brutzeit der Reiher, unter Wasser stehen. In den Bewässerungsgräben und auf den Feldern selbst entwickelt sich eine reiche Tierwelt von Wasserinsekten bis zu kleinen Fischen, die den Reihern zur Nahrung dienen können. Der Seidenreiher fischt gern in den flachen Gräben. Seine Fangmethode ist anders als die der größeren Reiher, die oft unbeweglich lauernd stehen. Er läuft mit schnellen Schritten durch das Wasser, schaut rechts und links und stößt unversehens mit dem Schnabel zu, sobald er eine Beute erblickt.

Mehr als die anderen Reiherarten ist der Seidenreiher gesellig, er ähnelt hierin dem Kuhreiher und liebt die Nähe von seinesgleichen auch außerhalb der eigentlichen Brutkolonie. Die Nester stehen gewöhnlich auf Bäumen oder in dichtem, hohem Gebüsch, sehr selten im Röhricht, immer aber dicht beisammen in einer Kolonie. Die Vögel gründen ihre Brutkolonien gern in den Auwäldern und als Ersatz auch in geeigneten kleinen Waldstreifen, oft viele Kilometer von den Nahrungsgründen entfernt. Dann geht ein regelmäßiger Pendelverkehr der weißen Vögel hin und her zwischen diesen Plätzen. Das Nest ist ein sperriger Bau aus dünnen Zweigen, ungefähr so groß wie ein Krähennest, aber es hat keine so tiefe, gut gepolsterte Mulde. Die jungen Reiher müssen auf hartem Geflecht sitzen. Aber das ist ihnen gerade recht, sie klammern sich darin mit ihren Zehen fest.

Bevor jedoch das eigentliche Brutgeschäft, das Ausbrüten der Eier und die Aufzucht der Jungen die Eltern in Anspruch nehmen, gehen unter heiserem Gekrächze und mit großer Schau die Inbesitznahme eines Nestes oder Nestplatzes, die Verteidigung der das Nest unmittelbar umgebenden Zone, die Paarbildung und die Balz vor sich. Besonders in der Balz prunken die weißen Reiher mit all ihren prächtigen Schmuckfedern. Sie spreizen und stellen das Gefieder, drehen sich und zeigen sich ihren Partnern. Es gibt zwar einige gute Fotos von diesem reizvollen Gebaren, aber merkwürdigerweise noch immer keine in die Einzelheiten der Ausdrucksbewegungen und ihrer Deutung gehende Untersuchung.

Das Gelege besteht aus 3–5 hell blaugrünen Eiern. Reichlich drei Wochen ist die Brutdauer, beide Eltern brüten und füttern auch die Jungen. Beim Fütterungsvorgang packt das Junge den elterlichen Schnabel, zieht ihn pumpend abwärts und ermuntert dadurch Vater oder Mutter, sich der mitgebrachten Mahlzeit zu entledigen. Den kleinen Kindern läuft die Portion direkt in den Schnabel, den größeren wird sie auf dem Nestboden vorgelegt, von wo sie die Bissen aufpicken. Dazu gibt es wie bei allen Reihern großes Geschrei. Rauh und wenig appetitlich. In einem Monat wachsen die Jungen heran. Sie geraten dann bald in eine vagabundierende Phase und zerstreuen sich dabei in alle Richtungen, ehe die Bewegungen später im Herbst in den richtigen Zug in das Winterquartier übergehen.

Sichler *(Plegadis falcinellus)*
Wenn der Löffler ein wenig bekannter Vogel bei uns ist, so ist es der zu den Ibissen gehörende Sichler noch mehr. Den Löffler kann man bei einem Besuch an seinen Brutplätzen in den Niederlanden oder am Neusiedler See in Österreich zur richtigen Zeit unternommen mit großer Wahrscheinlichkeit zu sehen bekommen. Beim Sichler ist das schwieriger, man muß, um einigermaßen sicher zu gehen, schon nach Rumänien fahren. Dort gibt es in den großen Schutzgebieten an der Donaumündung noch einige Tausend Brutpaare.

Das Gesamtareal, in dem Sichler brüten, ist noch größer als beim Löffler, es reicht vom Golf von Mexiko und den Karibischen Inseln bis Madagaskar, Burma, Indonesien und Australien. Die Lage der einzelnen Brutplätze ist aber womöglich noch isolierter als beim Löffler. Außerdem haftet dem Auftreten des Sichlers in vielen Gegenden etwas merkwürdig Unstetes an. Das zeigen einige Daten aus Europa. Vermutlich vom ausgehenden 19. Jahrhundert an, brüteten einige Sichlerpaare am Neusiedler See. In den 20er Jahren stieg der Bestand vorübergehend auf weit über 100 Paare, fiel 1934 plötzlich, in Zusammenhang mit einer ungewöhnlichen Wasserstandsschwankung, auf Null. Einige Jahre später versuchten nochmals wenige Paare vergeblich zu brüten. Seither blieb der Sichler am Neusiedler See als Brutvogel verschwunden. Genauere Angaben liegen vom Kleinen Plattensee in Ungarn vor. Das Handbuch der Vögel Mitteleuropas führt über den dortigen Brutbestand folgende Zahlen auf: 1909 0, 1912 50, 1913 300, 1922, 1923 1000, 1924 500, 1926 1000, 1941 8, 1951 9, 1952, 1953 2–3, 1954 0 Paare. Das ist ein typisches Bild für die

Unstetigkeit des Sichlers. Auch nach der Brutzeit überlagern unregelmäßige Streubewegungen oft das Bild des normalen Zuges in die Winterquartiere, die sich für die europäischen Brutvögel bis in das tropische Afrika erstrecken. Als Folge davon erscheinen Sichler auch immer wieder einmal als »Irrgäste« an irgendwelchen Orten, an denen sie nicht brüten.

Der Sichler ist klein, wenigstens für einen Schreitvogel, nicht größer als ein Großer Brachvogel, dessen Gestalt mitsamt dem langen Bogenschnabel er auch etwa besitzt. Der Sichler wiegt nur ein Sechstel soviel wie ein Storch. Wegen der fast einheitlich dunkelbraunen Färbung mit grünem und bronzefarbenen Schiller kann er mit dem Brachvogel nicht verwechselt werden, auch der Flügelschnitt und dementsprechend der Flug sind ganz anders.

Der Sichler bewohnt ungefähr den gleichen Lebensraum wie der Löffler, flache Gewässer, Sümpfe, Moore, Flußdeltas, Lagunen, wenn sich nur ausgedehnte Flächen mit Schilfvegetation, Sträuchern oder kleine, verwucherte Wäldchen finden, in denen er brüten kann. Dementsprechend verschieden ist auch der Neststand. In Europa brüten die Sichler meist im Röhricht oder auf Büschen, anderswo auch auf Bäumen. Sie nisten immer in oft volkreichen Kolonien, die sich gern denen der Reiher, Löffler, Scharben und anderer koloniebrütender Sumpfbewohner anschließen. Die Nester bestehen je nach Standort aus Schilfhalmen oder aus Zweigen, am Bau sind beide Gatten beteiligt. Wenn das Weibchen seine gewöhnlich 3–4 dunkel blaugrünen Eier gelegt hat, brüten beide Eltern in vielstündigem Turnus. Nach drei Wochen schlüpfen die in ein schwärzliches Dunenkleid gehüllten Jungen. Beide Eltern füttern. Die Futterübergabe geht ähnlich vor sich wie beim Löffler. Der Altvogel würgt das Futter hoch, die Jungen stecken ihren Schnabel tief in den elterlichen Schlund und holen die zum Teil schon vorverdaute Nahrung heraus. Schon lange bevor sie fliegen können und erwachsen sind, verlassen die Jungen das Nest, um in der Umgebung herumzusteigen. Es ist deshalb auch schwer zu sagen, in welchem Alter sie eigentlich selbständig werden, es ist nicht bekannt. Möglicherweise füttern die Altvögel in großen Kolonien die zu Herden vereinigten größeren Jungen gemeinschaftlich, auch das weiß man nicht genau. Des Sichlers Nahrung besteht aus einer Vielzahl kleiner Tiere, Insekten, Mollusken, Krebstierchen, Würmer, auch kleinste Wirbeltiere werden genommen. Er ist nicht darauf angewiesen, im Wasser zu fischen, auch Schlickflächen, moorige Wiesen und Uferpartien sammelt er ab. Ein Laubfrosch ist für den Sichler schon eine zu große Beute.

Silberreiher *(Casmerodius albus)*
Wer einmal einen Sommerurlaub am Neusiedler See verbringt, kann dort, wenn er Glück hat, den großen weißen Reiher beobachten, den Silberreiher. Er ist etwa so groß wie der bekannte Graureiher, aber langhalsiger und schneeweiß. Während der Brutzeit tragen beide Geschlechter auf dem Rücken lange, seidige, zerschlissene Schmuckfedern. Sie fehlen dafür am Hinterkopf, wo so viele Reiherarten verschieden geformte Schmuckfedern tragen. Schnabel und Beine verfärben sich zur Brutzeit. Der sonst gelbe Schnabel wird bis auf die hell bleibende Wurzel schwarz und der obere Teil der dunkel grüngrauen Beine gelb. Diese Färbungen zeigen einem Artgenossen schon von weitem an, ob sich der betreffende Vogel in Brutstimmung befindet und ob der Ankömmling infolgedessen das ganze dazugehörige Verhaltensinventar zu erwarten hat oder nicht.

Übrigens ist der Silberreiher nicht der einzige weiße Reiher. In Europa kommt außer ihm noch der wesentlich kleinere Seidenreiher vor und in anderen Teilen der Welt gibt es noch weitere Arten. Der Silberreiher ist die größte.

Früher hat man ihn wegen der herrlichen Schmuckfedern, die als teuere Accessoirs in der Mode Verwendung fanden, gnadenlos verfolgt. Der Abschuß geschah in der Regel an den Nestern, da die Federn in dieser Zeit am schönsten waren, und weil die Vögel aus Sorge um ihre Brut immer wieder in die Reichweite der Schützen gelangten. So gingen mit den Eltern auch die Bruten zugrunde. An manchen Plätzen hat man die Art dadurch an den Rand des Aussterbens gebracht.

Heute ist der Silberreiher in Europa geschützt und außer Gefahr, durch Abschuß vernichtet zu werden. Doch bleibt er trotzdem einer der seltensten Vögel. In Mitteleuropa besitzt er regelmäßige Brutplätze nur an wenigen Seen in Österreich und Ungarn. An anderen Orten läßt er sich höchstens ausnahmsweise als Irrgast einmal sehen. Der Grund dafür liegt zum Teil darin, daß er ein Vogel warmer Länder ist. Seine Gesamtverbreitung erstreckt sich über sämtliche Erdteile außer der Antarktis, Amerika, Eurasien, Afrika und Australien. Aber überall in diesem riesigen Gebiet ist es mit seinem Vorkommen ähnlich bestellt wie in Europa. Er hält sich als Brutvogel nur an einzelnen, gewöhnlich weit auseinanderliegenden Stellen. Ein so spezialisierter Vogel, wie man das nennt, kann nicht überall leben, nicht an jedem Teich, oder See, oder Flußlauf. Er verlangt einen ganz bestimmten, sehr weiten Lebensraum, der eine Reihe besonderer Eigenschaften aufweisen muß. Ausgedehnte, flache Wasserflächen müssen vorhanden sein, dazu riesige undurchdringliche, aus dem Wasser wachsende Rohrfelder, das Gebiet muß ruhig und ungestört sein und schließlich müssen die Gewässer eine Menge Fische enthalten, von deren Überfluß die Reiher sich ernähren. Das Ganze muß weiträumig sein, weil der Silberreiher sehr scheu ist und ungestört sein will, weil er es liebt, weite Flüge zwischen Schlafplatz, Nahrungsraum und Brutkolonie zu unternehmen und endlich, weil er normalerweise nicht einzeln, sondern in kleineren bis mittleren Kolonien, oft von einigen hundert Paaren brütet. Solche Bedingungen finden sich vor allem in den großen Seengebieten des Steppengürtels der Erde verwirklicht, und dort begegnet man dem Silberreiher. Im nördlichen Teil seines Verbreitungsgebietes ist er Zugvogel, doch führen die Wanderungen gewöhnlich nicht sehr weit, die der europäischen Vögel nicht über das Mittelmeergebiet hinaus. In den Tropen ist der Silberreiher meistens Standvogel.

Die älteren Vögel kehren im Frühjahr an ihren vorjährigen Brutplatz zurück und beginnen bald mit den Vorbereitungen zur Brut. Sie balzen, paaren sich und fangen an, Nester zu bauen oder die Reste der alten instand zu setzen. Die jüngeren Vögel, die – gewöhnlich wohl zu Ende des zweiten Lebensjahres – zum erstenmal brüten wollen, siedeln sich meistens an anderen Orten an, nur wenige kehren an den Geburtsort zurück. Haben sie sich aber erst einmal irgendwo niedergelassen, dann kommen sie für den Rest ihres Lebens in jeder neuen Brutzeit wieder dorthin zurück. Ein solches Verhalten ist für die meisten Vögel charakteristisch. Die Jugend ist wanderlustig und geht auf die Suche nach neuen Lebensstätten, das Alter wird immer konservativer.

Fast immer werden die Brutkolonien mitten in den dichtesten Rohrfeldern angelegt, so weit vom Ufer, daß ein Mensch kaum sehen kann, wohin die Vögel fliegen und wo sie sich niederlassen. Oft besteht eine Kolonie Jahrzehnte hindurch am gleichen Platz. Dicht nebeneinander sind die großen, aus Rohrstengeln erbauten Nester auf dem umgebrochenen Schilf angebracht, ungefähr einen Meter über der Wasserfläche. Das Weibchen legt gewöhnlich 4 Eier von einheitlich hellblauer Färbung. Sie werden von beiden Eltern im Wechsel beinahe vier Wochen lang bebrütet. Dann schlüpfen die silberweiß bedunten Jungen und brauchen sechs Wochen bis zum Flüggewerden. Sobald sie selbständig geworden sind, fangen sie an herumzustreichen und zerstreuen sich bald nach allen Himmelsrichtungen.

Der Silberreiher ernährt sich so gut wie ausschließlich von Fischen und zieht auch seine Nachkommenschaft damit auf. Zum Fang begibt er sich immer in freies Wasser, watet langsam darin umher oder steht lauernd an einem Fleck und erwischt die Beute in blitzschnellem Zustoß des Schnabels. Wie bei allen Reihern wird der Fisch nicht gespeert, also vom Schnabel durchbohrt, sondern mit geöffnetem Schnabel ergriffen.

Steinbock s. **Alpensteinbock**

Steinadler *(Aquila chrysaetos)*
Auf bundesdeutschem Gebiet, das ist nur noch in den bayerischen Alpen, leben etwa sechs Steinadlerpaare. Es gibt Leute, die finden, das sei zu viel. Was sind das für Leute? Man überlege sich einmal das Groteske der Situation. In unserem Lande gibt es weit mehr Sexualmörder als Steinadler. Immerhin gehören Sexualmörder nicht gerade zu den reich vertretenen Berufsständen, sondern sie sind seltene Ausnahmen, auf die Gesamtheit gesehen sehr seltene. Um ihr Wohlergehen sorgen sich die Justizreformer, denn es sind bedauernswerte Menschen. Der Adler ist dagegen nur ein Vieh. Zugestanden, eines an dem Hunderttausende ihre große Freude hätten, wenn sie es nur einmal in Freiheit sehen könnten, während an den bedauernswerten Menschen … Und doch gibt es Leute, die ernsthaft dafür eintreten, auch diese paar Adler noch verschwinden zu lassen, wegen der hundert Hasen, die sie lieber selber schössen. Daß hunderttausend Hasen jährlich versehentlich und absichtlich überfahren werden, spielt keine Rolle, aber akkurat gerade die, die der Adler, die dürfen nicht … Ja, ernsthafte Leute argumentieren so, selbstverständlich unter geschickter Verschleierung der wirklichen Motive.

Der Steinadler ist gewiß ein eindrucksvoller Vogel, aber die Vorstellung überhöht, er gehört nicht zu unseren größten. Am besten veranschaulicht das ein Vergleich der Körpergewichte. Ein großes Adlerweibchen bringt es nicht einmal auf 5 kg, der Mann ist mit 3,5 kg nicht schwerer als eine kräftige Graugans. Höckerschwan und Pelikane können merklich über 10 kg haben, sie sind also bedeutend gewichtiger als ein Steinadler, auch der riesige Mönchsgeier erreicht mehr als das doppelte Steinadlergewicht.

Solche Zahlen zerstreuen am besten übertriebene Einschätzung der Fähigkeiten des Adlers als Jäger. Wie sollte wohl ein solcher Vogel eine Gemse von 30 und mehr Kilogramm oder ein erwachsenes Schaf schlagen und transportieren können? Das wäre ungefähr so, als würde ein schwergewichtiger Mensch seinen unglücklicherweise beschädigten Käfer munter unter den Arm klemmen und zur Werkstätte tragen. Nicht einmal Cassius Clay vermöchte das. Nun ist der Adler zweifellos relativ kräftiger als ein Mensch, aber so sehr auch wieder nicht. Normale Beutetiere für einen Steinadler sind Feldhasen und Murmeltiere von ungefähr seinem eigenen Gewicht und natürlich auch eine größere Zahl kleinerer Säugetiere und Vögel. Seine Vogelbeute stellen vor allem verschiedene Arten von Wildhühnern. Gelegentlich schlägt aber ein Adler auch einmal ein Gamskitz oder ein Lamm. Ich denke, ein Volk, das sich serienweise abstürzende Starfighter leisten kann, sollte auch den Verlust einiger Lämmer ohne bedrohliche Folgen aushalten, zumal der Gegenwert in anderer Sicht beträchtlich ist. Daß es überhaupt immer noch notwendig ist, diese Dinge zu erwähnen, ist ein Zeichen für die noch immer bei uns tief eingewurzelte vorgestrige Betrachtungsweise unserer Umwelt, obwohl sich Männer wie der Autor dieses Buches und Prof. Grzimek unentwegt um Aufklärung und Änderung bemühen. Die reine Schadenkalkulation mag für einen armen Bergbauern vor tausend Jahren richtig gewesen sein. Heute lebt der Gebirgler von Schilifts, und der Steinadler ist eher eine zusätzliche Attraktion als ein Schadenfall.

Der Steinadler ist sehr weit verbreitet, in Europa, Nord- und Mittelasien bis Japan, Nordamerika und Nordafrika. Doch ist er überall selten und wie bei uns beschränkt sich sein Vorkommen jeweils auf wenige Orte. In Europa lebt der Steinadler heute noch im Süden, im Osten und im Norden und fast überall zurückgezogen in den Gebirgen. Doch ist er kein typischer Hochgebirgsbewohner. Wo er Lebensmöglichkeiten hat, das sind Ruhe und Nahrung, bewohnt er auch die Tiefländer, in denen er in den hochzivilisierten Gebieten ausgerottet worden ist.

Da auch seine Beutetiere gewöhnlich nicht so zahlreich sind, daß ein Adlerpaar sich und sein Junges aus kleinem Raum ernähren könnte, braucht und verteidigt jedes Paar ein riesiges Jagdgebiet. Wenn man gesehen hat, wie die Adler in wenigen Minuten von einem Gebirgsstock zum anderen streichen, der für einen Menschen zu Fuß einen halben Tag entfernt ist, versteht man das. In seinem Revier besitzt jedes Paar zwei oder drei Wechselhorste. Bei Störung oder Ungunst des einen bezieht es einen anderen, oft für eine Reihe von Jahren. In den Alpen stehen die Horste in schwer zugänglichen Steilwänden in der Waldzone, nicht an den Berggipfeln. Die Adler bauen sie selbst aus Ästen und Zweigen und bessern die alten im zeitigen Frühjahr aus. Das Gelege besteht meistens aus zwei Eiern, weiß beschalt mit violettgrauen und braunen Tüpfeln und unregelmäßigen Flecken. Der Brutbeginn ist früh, im März oder Anfang April, zu einer Zeit, wenn im Gebirge noch der Winter herrscht. Annähernd 6 Wochen beträgt die Brutzeit und noch einmal gegen 80 Tage dauert es bis der junge Adler ausfliegt und nach einigen Wochen gemeinsamen Lebens mit den Eltern sein eigenes Dasein beginnt.

Nur ausnahmsweise zieht ein Steinadlerpaar zwei Junge auf, obwohl es zwei Eier legt. Das jüngere Geschwister schlüpft in der Regel erst einige Tage nach dem älteren. Es ist dann schwächer, denn das Wachstum geht erstaunlich schnell vor sich, und erhält weniger Nahrung. So gerät es immer weiter ins Hintertreffen und erliegt eines Tages den Schnabelhieben des Älteren. Rauhe Sitten sind das; Adler sind schon als Kinder unverträgliche Leute. Der Sinn dieses Verhaltens liegt darin, bei dem häufig eintretenden Nahrungsmangel dem stärkeren Jungen auf Kosten des schwächeren alles zugute kommen zu lassen, damit wenigstens das eine gesund und kräftig dem fährnisreichen Leben entgegentreten kann. Inhuman, gewiß. Doch das Humane sollte ja auch uns vorbehalten sein.

Skua s. **Große Raubmöwe**

Triel *(Burhinus oedicnemus)*
Triel. Nie gehört, werden die meisten sagen, nur die Schwaben unter uns vermerken: Trieler, ja. Aber das ist etwas ganz anderes. Also ein Vogel ist der Triel, einer, den wirklich nur die Vogelkundigen kennen.

Manche glaubten Ähnlichkeit mit einer Trappe an ihm zu bemerken, sozusagen mit einer Miniaturtrappe, denn gegen eine Trappe ist der Triel sehr klein. Doch das ist oberflächlich. Der Triel ist ein nächtlich lebender, großer Regenpfeifer, denn für einen Regenpfeifer ist er groß. Wegen mancherlei abweichender Eigenschaften und Merkmale hat man ihm mit ein paar Verwandten zwar den Rang einer eigenen Familie zugebilligt, aber diese Kennzeichen stellen nur Anpassungen an eine besondere Lebensweise und einen Lebensraum dar, der sich mit dem der echten Regenpfeifer nur zum Teil überschneidet.

Der Triel ist langbeinig, hat einen relativ langen Schwanz, einen kräftigen Schnabel und etwas größere Augen als ein normaler Regenpfeifer, dem er sonst in der Gestalt durchaus ähnelt. Seinem Kopf wird im allgemeinen besondere Dicke zugeschrieben, aber letztlich haben alle Regenpfeifer verhältnismäßig dicke Köpfe, so aus dem Rahmen fällt da der Triel gar nicht. Auch seine Beine sind stämmig und die Zehen merkwürdig dick. Das hell erdbraune Gefieder trägt ein Muster feiner, dunkler Längsstrichel. Als Zeichnung fällt ein horizontal verlaufender, oben und unten dunkel eingefaßter, weißlicher Streifen auf dem geschlossenen Flügel sehr auf. Das hat in dieser Weise nur der Triel.

Das Brutgebiet des Triel reichte ursprünglich über ganz Europa nördlich bis zur südlichen Nord- und Ostsee, östlich bis zum mittleren Südsibirien, über Vorderasien, Indien, Arabien und Nordafrika. In diesem beträchtlichen Raum findet er vielerorts noch ausreichende Lebensbedingungen, aber aus Mitteleuropa verschwinden zusehends die letzten Paare. In der Bundesrepublik brütet er wahrscheinlich überhaupt nicht mehr, in der DDR noch an einigen Stellen und sehr selten noch in Österreich.

Sein Lebensraum sind karge, offene Trockenlandschaften mit steinigem oder sandigem Untergrund, ob sie nun als weitläufige Schotterbänke am Wasser liegen oder weitab davon in der nördlichen Sahara, in vorderasiatischen Wüsten oder in Indien. In manchen Gegenden Frankreichs hat sich der Triel an sehr trockene Feldlandschaften gewöhnt, sonst aber verschwindet er mit der Kultivierung und Erschließung des Bodens. Das ist der Grund seines Rückgangs in Mitteleuropa.

Im Benehmen und in der Lebensweise ist der Triel ein Regenpfeifer, wenn auch sein Gelege wie oft bei den Trappen nur aus zwei Eiern besteht und auch die Form der beinahe gleichhälftigen Eier mehr an die der Trappen als an die birnenförmigen der Regenpfeifer erinnert. Der Triel lebt paarweise in großen Revieren. Tagsüber ist er wenig aktiv und verschläft viele Stunden in irgendeiner Deckung. Erst in der Abenddämmerung wird er munter. Das Auffallendste an ihm ist der laute wie »krähliet« klingende Ruf, der wahrscheinlich bei der Kennzeichnung des Brutreviers für die Nachbarn eine Rolle spielt.

Die beiden graugelben mit kleinen, dunkelbraunen Flecken übersäten Eier werden ohne jedes Nest, fast ohne Andeutung auch nur einer gescharrten Mulde, in den Sand oder in den Kies gelegt, völlig offen und frei sichtbar – für den, der sie sehen kann. Der Ostdeutsche Otto Wadewitz, der über den Triel ein hübsches Buch geschrieben hat, beobachtete wie drei junge Leute stundenlang über einem Trielgelege Ball spielten, ohne es zu entdecken. Die Eier sind unglaublich schwer zu sehen, sosehr verschwimmen sie mit dem Untergrund. Das gleiche gilt für die aus ihnen schlüpfenden Küken. Ihr dicht wolliges Dunenkleid ist sandgrau, mit ein paar unregelmäßigen dunkelbraunen Linienzügen gezeichnet.

Beide Eltern brüten. Sie lösen sich wie die Regenpfeifer bei jedem

Wechsel mit dem gleichen stereotypen Zeremoniell ab. Sobald der heimlich heranschleichende Nichtbrüter zur Ablösung dicht an das Gelege herangekommen ist, erhebt sich der brütende Gatte und der ankommende drückt sich direkt unter dessen Schwanz, so daß beide sich berühren, auf die Eier. Der Aufstehende beugt sich zu Boden, pickt mehrmals ein Steinchen auf und schleudert es hinter sich. Die Eltern führen ihre Jungen schon am ersten Tag, wenn sie noch kaum laufen können, aus der Umgebung des Nistplatzes fort. Einige Wochen betreuen und führen sie die Kinder noch. Mit 6 Wochen können die Jungen fliegen und sind selbständig.

Die Nahrung des Triels ist ziemlich vielseitig, aber rein tierisch. Er nimmt vielerlei Insekten, Schnecken, Regenwürmer und gelegentlich, wenn er sie findet, auch kleine Wirbeltiere bis zur Größe einer Maus, eines Fröschchens, einer kleinen Eidechse oder eines Vogeljungen. Wie bei den Regenpfeifern wird die Beute vom Boden aufgelesen.

Schon im Spätsommer verläßt der Triel seine nördlicher gelegenen Brutgebiete, um sich südlicheren Winterquartieren zuzuwenden. Doch Genaueres über den Zug weiß man nicht. Offenbar überwintern viele europäischen Brutvögel im nördlichen Afrika.

Trottellumme *(Uria aalge)*
Lummen und die ihnen nahe verwandten Alken könnte man die Pinguine des Nordens nennen. Doch ist das nur eine äußerliche Ähnlichkeit. Ein wesentliches Unterscheidungsmerkmal der beiden nicht näher verwandten Gruppen besteht darin, daß die Alkenvögel fliegen können. Ihr Flügelskelett unterscheidet sich nicht von dem der anderen Flugvögel, während es bei den Pinguinen mancherlei Umbildungen erfahren hat. Bei ihnen sind aus den Flügeln richtige Flossen geworden mit deren Hilfe sie schwimmen. Auch die Alkenvögel schwimmen unter Wasser mit den Flügeln als Antrieb.

Der Körper der Lummen ist nahezu walzenförmig, nur der Hals verjüngt sich zum schlanken Kopf. Ein kräftiger, scharfschneidiger Schnabel läuft waagerecht in eine Spitze aus. Schmale, schlanke Flügel tragen den Vogel in schnellem Fluge; das Schwänzchen ist kurz. Weit hinten am Körper sind die kurzen Beine eingelenkt, dadurch entsteht eine aufrechte Sitzhaltung. Zum richtigen Gehen sind sie unbrauchbar, die Lumme kann nur auf der Ferse liegend ein wenig auf ihnen umherrutschen. Jede größere Ortsveränderung bewältigt sie fliegend oder, wenn sie einmal im Wasser ist, schwimmend. Für ihr Wasserleben schützt sie vor Kälte ein dichtpelziges Gefieder, oberseits schwarz oder schwarzbraun, unterseits weiß. Im Brutkleid ist auch die sonst weiße Kehle schwarz. In manchen Populationen gibt es in wechselnder Zahl eine charakteristische Abänderung. Bei ihr umrandet ein feiner weißer Ring das Auge und von da nach rückwärts zieht ein weißer Streifen wie der Stiel eines Lorgnons.

Die Trottellumme bewohnt die Ränder des Nordatlantik und des nördlichen Pazifik. In Europa lebt sie vor allem an den Küsten Großbritanniens, Irlands und Nordskandinaviens, im Süden kommt sie noch an Stellen der französischen Westküste vor. Deutscher Brutplatz ist allein der Helgoländer Felsen wo alljährlich einige tausend Paare nisten. Nördlich an das Verbreitungsgebiet der Trottellumme schließt mit breiter Überschneidung in einigen Gegenden der Lebensraum der sehr ähnlichen Dickschnabellumme.

Im allgemeinen stellen die Lummen das Hauptkontingent der Bewohner der berühmten Vogelberge des Nordens. Ein Traum von Seefahrt und Mitternachtssonne liegt über diesem Wort. Unvorstellbare Vogelmassen finden sich an den Brutfelsen mancher Eilande zusammen, neben den Lummen der Tordalk, die Teiste, der Papageitaucher, Dreizehenmöwen, Eissturmvögel, Scharben und Tölpel. Nicht immer brüten alle am gleichen Felsen, doch wo mehrere hausen, nimmt jede Art für sich eine charakteristische Hauptzone ein, in der sie vorherrscht. Brausend erheben sich die Schwärme, wenn ein Schiff sich allzusehr nähert. Aber auch sonst gibt es ein kaum unterbrochenes Kommen und Gehen. Ganze Scharen schnurren von den Felsbändern auf die glitzernde See hinaus zum Fischen, andere kehren beladen zurück oder rasten auf dem Wasser. Doch das Leben an einer solchen Massenbrutstätte ist nicht so idyllisch wie es dem flüchtigen Besucher erscheinen mag. Es ist auch gefahrvoll. Stürme rasen über die Wand und fordern ihre Opfer, die Feinde nehmen ihren Zoll, allen voran der Mensch, der die großen Kolonien nutzt; Eier und teilweise auch die Vögel werden entnommen, früher nicht selten nur, um Öl für Kerzen aus den fetten Körpern zu gewinnen. Es ist klar, daß solche Konzentrationen von Fett und tierischem Eiweiß – nichts anderes ist es für sie – eine große Anziehung auf alle diejenigen ausüben, die sich ihrerseits gern davon ernähren möchten, so wie die Seevögel sich auf die Fischschwärme des Meeres stürzen. Deswegen liegen die großen Vogelbrutstätten fast nie an leicht zugänglicher Stelle, sondern an übersteilen Wänden und jähen Abstürzen in das Meer und häufiger auf kleinen der Küste vorgelagerten Bastionen als an den Festlandsgestaden selbst.

In einer stark besetzten Lummenkolonie entspinnen sich zu Beginn der Brutzeit häufig Kämpfe zwischen den Paaren um einen Platz für das Ei. Mehr brauchen sie nicht. Die Brutstellen liegen sowohl auf den gerundeten Kuppen als auch auf schmalen Simsen und Bändern. Jedes Paar benötigt eine halbwegs ebene Stelle für das einzige Ei des Geleges. Das Ei hat nahezu birnenförmige Gestalt und rollt deshalb in engem Kreise, wenn es auf dem blanken Fels ohne jede Nestunterlage einmal in Bewegung gerät. Dadurch bleibt manches Ei vor dem Absturz bewahrt. Schier unendlich variabel sind Färbung und Zeichnung der Eier. Auf weißem, blaugrünem, rötlichem oder braunem Grunde aller Tönungen liegt ein verschnörkeltes Muster von dunklen Flecken und Linien. Beide Eltern brüten im Wechsel. Nach fast einem Monat schlüpft das Junge in feinen, oben dunklen, unten weißlichen

Dunen. Die Kinder werden von den Eltern mit Fischen und auch mit allerlei anderen kleinen Seetieren versorgt, von denen auch die Erwachsenen sich ernähren. Wenn ihr Gewicht erst knapp ein Drittel von dem der Eltern beträgt, und lange bevor sie richtig fliegen können, stürzen sich die Jungen eines Tages von ihren Felszinnen in die Tiefe, nicht in selbstmörderischer Absicht, das ist so ihre Art. In der Regel landen sie heil im Wasser, überstehen aber selbst manchen Sturz auf die Uferfelsen, dessen Wucht der elastische Brustknorpel abfedert. Unten angekommen werden sie von den Eltern in Empfang genommen und auf das Meer hinausgeführt, das der Lummen eigentlicher Lebensraum ist.

Dort verbringen sie gemeinsam den ganzen Winter. Sie wandern wohl langsam etwas nach Süden, doch nur so weit als nötig ist, um dem Packeis auszuweichen und ertragreiche Fischgründe zu finden. An Land gehen die Lummen nur während der Brutzeit.

Uhu *(Bubo bubo)*

In jedem besseren Tiergarten kann man heute Uhus sehen, zumal sie sich dort recht gut züchten lassen. Eindrucksvoll und stattlich thront der große Vogel auf einem Felsen hinter Gittern, er regt sich nicht viel, denn der Tag ist für ihn Schlafenszeit. Nur ab und zu zieht er blinzelnd die Nickhaut über das Feuerauge. Aber auch gefangene Uhus müssen nicht immer wie ein Denkmal auf dem Postament hocken. Oskar Heinroth verblüffte die häufigen Besucher seiner Aufgezogenen, die frei im Zimmer umherflogen, mit deren großer Lebhaftigkeit. Aber er beschreibt auch ihre geringen geistigen Fähigkeiten, was das Lernen sogar einfacher Dinge anbetrifft. Außerdem sehen Uhus, wie alle Eulen, ungemein schlecht in der Nähe. Ihr Blick ist auf die Ferne eingestellt. Mit dem, was sie unmittelbar vor Augen haben, ergeht es ihnen wie einem weitsichtigen Menschen beim Lesen ohne Brille.

Der Uhu ist die größte lebende Eule. Er wird etwa 70 cm lang und 2–2,5 kg schwer. Das ist nicht schwerer als ein starkes Haushuhn und nur das flaumig-lockere Eulengefieder macht ihn so groß. Es ist bei mitteleuropäischen Uhus rotbraun mit kräftiger Schwarzzeichnung.

Im ersten Frühjahr kann man die Zootiere auch ihr dumpfes, tiefes uhu, uh oder uhuhu rufen hören.

Einen Uhu in der Natur zu sehen, ist weit schwieriger. Die meisten Menschen, die glauben, einen gesehen zu haben, sind nur der viel kleineren, ebenfalls lange Federohren tragenden Waldohreule begegnet. Das Verbreitungsgebiet des Uhus ist sehr groß, es reicht von Nordafrika über den größten Teil Europas und beinahe ganz Asien. Doch wie bei den meisten Tieren führen solche Angaben insofern zu falschen Vorstellungen als in Wirklichkeit nur noch verstreute, oft kleine Rückzugsgebiete innerhalb des großen Raumes besiedelt sind. Sie liegen in Europa mit wenigen Ausnahmen in gebirgigen Gegenden, obwohl der Uhu ursprünglich auch im flachen Tiefland vorkam.

Er bevorzugt zum Leben einsame Täler, in denen er Ruhe vor Belästigungen durch Menschen findet. Wo aber kann in einer Zeit, in der die letzte ruhige Landschaft in die Fänge der Dirigisten des Massentourismus gerät, ein Uhu noch einen ruhigen Platz finden?

Dazu ein paar Zahlen. Der gesamtdeutsche Uhubestand wurde 1957 auf etwa 70 Brutpaare geschätzt, der finnische 1958 auf etwa 200 Paare, der schweizerische 1962 zwischen 30 und 50 Paare. Man stelle sich die Schweiz von nur 100 Menschen bevölkert vor, dann hat man den rechten Maßstab. Und seither ging die Abnahme unaufhaltsam weiter. Ist es ein Wunder? Wenn ein Beobachter noch 1970 aus dem doch wahrlich entlegenen tschechischen Böhmerwald von sieben Brutpaaren eines 1600 km² großen Schutzgebietes zu berichten weiß: »Trotz gesetzlichen Verbotes werden die Jungen aus den Horsten fast immer ausgehoben und deshalb kann die Anzahl der Vögel nicht zunehmen. Auch das immer größer werdende Interesse für das Bergsteigen wirkt sich ungünstig aus.« Nämlich durch dauernde Störung an den Brutfelsen. Das ist nur ein Beispiel. Es ist an anderen Orten nicht viel anders.

Ein Beispiel aus Deutschland mag Ausmaß und Schnelligkeit des Rückgangs zeigen. 1890 brüteten in der Schwäbischen Alb noch mindestens 55 Uhupaare, 1907 noch 20, 1928 noch drei, jetzt keines. Immerhin lebt dort wieder ein Dutzend ausgesetzter Uhus, von denen ein oder das andere Paar gelegentlich einen Brutversuch macht.

Wohlmeinende Leute haben bis in die neueste Zeit immer wieder versucht, dem schwindenden Bestand einheimischer Uhus durch Aussetzen tschechischer oder jugoslawischer aufzuhelfen. Über solche Bestrebungen äußerte sich Heinroth schon in den zwanziger Jahren skeptisch: »Zahme und des Raubens unkundige Tiere ... setzen sich, wenn man sie einfach freiläßt, sehr bald vor den nächsten besten Menschen hin und erwarten von ihm Futter. Der hat dann gewöhnlich nichts Eiligeres zu tun, als den ›schädlichen Raubvogel‹ entweder totzuschlagen oder ihn lebend zu verkaufen.« So etwa ist das Schicksal der meisten ausgesetzten Uhus noch heute, selbst, wenn sie zur Gewöhnung an das Freileben in großen Volieren gehalten werden. Die Erfahrungen sind äußerst ungünstig. Erfolg kann nur in wenig Fällen bei genauester Kenntnis aller Umstände erwartet werden.

Wie lebt nun der Uhu im Freien? Die alten Brutpaare sind Standvögel. Sie entfernen sich auch im Winter nicht weiter von ihren Brutplätzen als die Nahrungssuche sie zwingt. Aber ein Uhupaar braucht zur Sicherung seiner Ernährung ein großes Gebiet. In der Schweiz hat man einmal das Jagen eines Vogels noch 13 km vom Horst entfernt beobachtet. Neuerdings fand man dort in einem Hochalpental eine Dichte von vier Paaren auf 18 km. Jedes Paar beanspruchte als Jagdgebiet durchschnittlich 25–35 km² für sich, etwa eine Fläche mit 3 km Radius. In anderen Gegenden konstatierte man noch wesentlich größere Jagdreviere. Normalerweise braucht der Uhu als Ernährungsgrundlage ein häufiges ratten- bis hasengroßes Säugetier oder einen ungefähr taubengroßen Vogel. Er ist nicht wählerisch und nimmt, was sich ihm bietet. Zusätzlich oder notfalls kann er auf vielerlei andere Beute rückgreifen. In Europa stellen solche Standardbeute etwa Hamster, Igel, Kaninchen, Ratten, Rebhuhn, Tauben, Krähen, Bläßhuhn. Doch schlägt der Uhu auch wehrhafte Greifvögel und Falken, die er im Schlafe überfällt, kleine Singvögel, Mäuse, Frösche und selbst größere Insekten. Nur weil sein Speisezettel so reichhaltig ist, kann er sich überhaupt in Gebieten halten, die ihm eigentlich schon kein rechtes Auskommen mehr bieten. Dort ernährt er sich etwa vorzugsweise von Mäusen. Wenn derartige Nahrung in den Vordergrund tritt, zeigen sich immer ungünstige Lebensverhältnisse an.

Die Jagd betreibt er auf zwei verschiedene Weisen. Die Anstandsjagd von einer Warte aus in freiem Gelände und die Pirsch im Walde.

Wenn er kann, legt der Uhu seinen Horst in einer Felsennische oder auf einem schmalen Felsband an. Wo Felsen fehlen, brütet er auch in alten Greifvogelhorsten oder am Boden. Er selbst baut keinen Horst. Das Weibchen scharrt nur eine flache Mulde in den Resten von Genist oder alten Gewöllen, das sind die als Speiballen ausgeworfenen unverdaulichen Nahrungsteile, Knochen, Haare und Federn.

Die Brutvorbereitungen beginnen sehr früh. Im März legt das Weibchen 2–4 weiße Eier, etwas größer und rundlicher als Hühnereier. Das Weibchen allein bebrütet sie etwa 35 Tage. Die Jungen werden von beiden Eltern versorgt und erreichen mit 5 bis 8 Wochen die Flugfähigkeit.

Walroß *(Odobenus rosmarus)*
Das Walroß stellt die größte Art unter den Nordpolarrobben dar. Wird doch ein ausgewachsener Bulle von der Schnauze bis zum Hinterkörperende (die Hinterbeine nicht mitgerechnet, und einen Schwanz sieht man nicht) bis 3¾ m lang und 1½ t schwer. Die Weibchen sind um rd. ⅓ kleiner. Unter seiner kurz braunbehaarten runzeligen Haut trägt das Walroß eine bis zu 2½ cm dicke Speckschicht.

Innerhalb der Robben bilden die Walrosse eine eigene Familie, deren Ursprünge sich rd. 15 Millionen Jahre bis ins obere Miozän zurückverfolgen lassen. Nacheiszeitlich blieb nur die eine Art übrig, die sich in zwei Unterarten, das Atlantische *(Odobenus rosmarus rosmarus)* und das Pazifische Walroß *(O. r. divergens)* gliedert. Das Atlantische Walroß hat kürzere Eckzähne, einen schmaleren Gesichts- und einen breiteren Hinterschädel als das pazifische, dessen Haut auch stärker gebuckelt ist. Das Atlantische Walroß lebt an der arktischen Küste Kanadas von der Hudsonbucht aus um Baffinland herum bis zur Bathurstinsel und Ellesmereland sowie Nordwest-Grönland hinauf. In Ostgrönland fehlt es weitgehend, bis auf Vorkommen um und im Scoresbysund und gelegentlichen Sommeraufenthalten an der Nordostküste. Weithin lebt es an der Küste Spitzbergens, von Kaiser-Franz-Josef-Land, Nova Semlja und an Sibiriens Küste der Barents- und Karasee bis zur Jenissei-Mündung. Gelegentlich kommt es mit Treibeis auch einmal nach Nord-Island. Vor dreihundert Jahren kam es auf seinen Südwärtswanderungen noch bis in die Funday-Bucht bei Neuschottland, Island, Nordschottland und Nordnorwegen hinunter.

Das Pazifische Walroß ist im Beringstraßengebiet zu Hause, südwärts bis zu den Pribilof-Inseln, nordwärts an der Alaskanordküste bis Point Barrow und manchmal noch ostwärts davon und der sibirischen Nordküste bis zur Laptewsee. Früher wanderte es bis Hokkaido, Kodiakinsel, Kommandeurinseln und Nordost-Kamtschatka.

Seitdem der Weiße Mann mit weittragenden Gewehren in die friedliche Arktis einbrach, hat er auch die einst zu Hunderttausenden existierenden Walrosse um ihres Speckes, der sich zu Tran verarbeiten läßt, und ihrer aus sehr hartem Elfenbein bestehenden Eckzähne, die bei den Männchen bis ¾ m lang werden können, willen in Massen umgebracht. Heute besteht noch ein Zehntel des ehemaligen Bestandes. Leider ist es in den internationalen Gewässern immer noch ungeschützt, doch haben wenigstens Alaska, Kanada und die Sowjetunion den Abschuß in ihren Gewässern nur noch für die eingeborenen Küstenbewohner zu deren Selbstversorgung freigegeben. Da die Walrosse aber im Sommer dem nordwärts weichenden Packeis weit in die internationalen Polargewässer hin folgen, wird es höchste Zeit, auch dafür Schutzvereinbarungen zu treffen, ist doch die Vermehrung der Art langsam.

Ein Walroßweibchen wird erst mit fünf, ein Männchen mit sechs Jahren geschlechtsreif. Auch wirft das Weibchen nur jedes dritte Jahr, weil das Junge zwei Jahre lang gesäugt wird und erst im dritten Jahr anfängt, sich ganz selbständig zu ernähren. Vorher kann es das nämlich nicht, weil die Eckzähne sehr langsam wachsen (mit 1 Jahr erst 2,5, mit 2 Jahren 7,5–10 cm) und noch zu kurz sind, um damit erfolgreich genug Muscheln und Schnecken, die Hauptnahrung, vom Meeresboden loßreißen zu können.

Walrosse leben dort, wo das Meereswasser nicht zu tief ist, daß sie tauchend den Grund erreichen und die Muscheln mit den Hauern lösen können. Dabei erwischte Grundfische, Schnecken, Krebse und Seesterne werden nicht verschmäht. (Die Tauchdauer beträgt bis 10 Minuten, die Tiefe bis 50 m. Beide Werte können notfalls stark überschritten werden.) Wo die Bodennahrung knapp wird, jagt und tötet das Walroß auch Robben, vor allem die kleine Ringelrobbe, reißt sie mit den Hauern auf und frißt Eingeweide, Muskeln und Speck. Die Nahrung wird eingeschlürft, nachdem die Muschelschalen zerknackt und ausgespuckt sind, denn zum Zerkauen sind die Backenzähne wenig geeignet. Die Saugkraft ist so groß, daß auch bei Robbenfraß die mit den Hauern zerfetzten Innereien großstückig eingeschlürft werden.

Die Gewohnheit, den Gewässergrund schlürfend abzusuchen, wird den in Zoos gehaltenen Walrossen früher oder später zum Verhängnis, weil sie alle ins Becken gefallenen Fremdkörper (Kugelschreiber, Flaschenkapseln, Glasscherben, Lutscheisstiele, Plastikbecher, kleine Gummibälle, welkes Laub, das für sie unverdaulich) einschlürfen und sich damit den Darm verstopfen oder verletzen.

Zum Wohlbefinden braucht das Walroß auch noch Küsten mit flachkuppigen Felsblöcken und Steinplatten mit kurzem Steilrand, die die Tiere leicht erklimmen, aber auch durch ins Wasserfallenlassen bei Gefahr schnell fortschwimmend verlassen können. Dort ruhen sie verdauend, sich sonnend oder im Sommer (Juni–September) das Haar wechselnd (dauert beim einzelnen Tier 10–14 Tage), oft zu vielen Dutzenden (je nach Unterlagengröße) dicht gepackt. Denn das Walroß ist sehr gesellig. Im Frühjahr wandern die Tiere dem nordwärts weichenden Packeisrand nach, im Herbst ziehen sie mit dem südwärtsstrebenden Eis mit. Sie ruhen gerne auf dem Eis und lassen sich auch auf Treibeisschollen weit tragen.

Die Setzzeit ist im Frühling von Ende März bis Mitte Juni hauptsächlich, daneben werden vereinzelt Junge auch in allen anderen Monaten gesetzt. Als Setzplatz wird Treib- oder Küsteneis oder Festküste gewählt. Selten wird im Wasser geboren. Die Geburt erfolgt als Sturzgeburt in Sekundenschnelle. Die Mutter betreut ihr nach zwölfmonatiger Tragzeit Geborenes liebevoll, verteidigt es mutig gegen lästige Artgenossen oder drohende Feinde (Eisbär, Mensch) und säugt es rd. 2 Jahre (s. oben). Sie trägt es oft auf dem Rücken und hält es beim Säugen im Wasser fest. Das Geburtsgewicht beträgt 45–60 kg, die Länge gut 1 m. Mit einem Jahr wiegt das Junge bereits 225 kg und ist 1½ m lang, nach zwei Jahren 350 kg und mißt über 2 m. Bis zum dritten Jahr wachsen Männchen und Weibchen gleich, danach erstere schneller und werden damit größer und stärker als letztere. Das Lebensalter kann 30 Jahre erreichen. Bei der Geburt trägt das Junge ein dichtes, silbergraues rd. 1,25 cm langes Haarkleid, das nach 1–2 Monaten gegen das dünnhaarige braune gewechselt wird. Notfalls kann es gleich nach der Geburt schwimmen, sicher ist es darin aber erst nach einigen Tagen. Da jedes Junge lange bei der Mutter bleibt, hat ein Weibchen meist zwei oder drei Junge verschiedenen Alters um sich. Diese Mutterfamilien sind die Kerne der Herden. Die Bullen sind die Begleiter. Ein Teil von ihnen geht im Sommer aber seine eigenen Wege und bildet Männchentrupps. Der Rest, der dann bei den Weibchen verbleibt, genügt, da polygam, um alle brünstig werdenden Weibchen zu decken.

Wanderfalke *(Falco peregrinus)*
Falken wurden lange Zeit unter die Greifvögel gezählt, als eine ihrer Gruppen. Tatsächlich gehören sie der stammesgeschichtlichen Entwicklung nach einem anderen Zweig des Vogelbaumes an. Die Ähnlichkeiten in Bau und Lebensweise, die sich ja immer entsprechen, beruhen auf gleichlaufender Anpassung. Man nennt das Konvergenz, im Gegensatz zur homologen Ähnlichkeit auf Grund von wirklicher Verwandtschaft.

Wenn die Greifengruppe eine Mannigfaltigkeit verschiedener Form- und Verhaltenstypen hervorgebracht hat, so auseinanderstrebend wie Geier, Sperber, Gleitaar und Gaukler, so ist der Falkentypus viel einheitlicher, wenn man einmal die sehr abweichenden südamerikanischen Geierfalken aus dem Spiel läßt. Der Wanderfalke vertritt ihn in Perfektion. Ein schnittiger Flugkörper mit einer Federverkleidung vor deren Eleganz jeder italienische Karosserie-Designer neidvoll erblassen muß. Dazu ein Jäger von hohen Graden.

Er greift seine Beute nur fliegend, nähert sich in zügigem Tempo einem Taubenpulk, einem Möwenschwarm, sondert schon im Anflug unfehlbar das schwächste Stück aus, konzentriert sich und setzt zu rasendem Stoß an, der aber nicht in wüstem Aufprall endet, sondern in geschmeidigem Ausweichen eben vor dem vernichtenden Prall. Die vorgestreckten Hände weit geöffnet greift er die Beute leicht und sicher wie Petar Radenković die bunte Lederkugel vor seinem Gehäuse. Das hat zu allen Zeiten Eindruck gemacht. Im menschlichen Bereich war einst die elegante Perfektion ein Vorrecht der Herren. Als die Herren abtraten, mußten sie es den Profis überlassen, den Figuren der technischen Welt.

Friedrich II. von Hohenstaufen, Beherrscher des Römischen Reiches und Geist von hohem Range, schrieb zu Beginn des 13. Jahrhunderts zwischen seinen Staatsgeschäften und Kriegszügen ein noch heute berühmtes Werk »De arte venandi cum avibus«. Darin leitet er »den klaren Strom aristotelischen Denkens durch den fauligen Pfuhl der Gelehrtheit«, – so der geistvolle Erwin Stresemann –, die seinerzeit den Blick für die Realien trübte. Kaiser Friedrich besaß ein leidenschaftliches Interesse für die Jagd und für das Jagen mit gezähmten Falken insonderheit. Die entspannende Tätigkeit verband er mit wissenschaftlicher Beobachtung der Natur, deren Exaktheit seiner Zeit weit vorauseilte.

Noch heute übt das Jagen mit Falken auf Menschen einen faszinierenden Zauber aus.

Leider gehören in unserer Welt die großen Falken zu den Sorgenkindern derer, die einen Teil der schönen Schöpfung vor dem menschlichen Zugriff zu bewahren trachten. Verglichen mit Amsel, Drossel, Fink und Star waren die superelleganten Abfangjäger immer rar. Heute überlegen wir uns, ob und wie sie vor dem baldigen Aussterben zu retten sind. Das Problem ist nicht einfach zu klären und zu lösen.

Der Wanderfalke lebt von fliegenden Vögeln mittlerer Größe, von solchen, die in seinem Lebensraum in genügender Zahl stets vorhanden sind. Das sind bei uns in erster Linie Tauben, in wasserreichen Landschaften auch Enten, Kiebitze, Lachmöwen. Die kleinen Vögel der Büsche und Bäume fallen dem Jäger des freien Luftraumes nur selten in die Fänge. Die Vorliebe des Wanderfalken für Tauben machte seit langem die Sippe der Taubenzüchter zu seinen Todfeinden. Das ist ein Punkt. Der Taubenzüchter nahm sich das Recht, und versucht es sich trotz der bestehenden Schutzgesetze noch heute illegal zu nehmen, den Falken und seine Brut zu töten, wo er ihn trifft. Langsam scheint es jetzt zu gelingen, diese Gefahr für den Falken einzudämmen. Doch an die Stelle der vernichtenden Taubenfreunde traten die süchtigen Falkenfreunde. Die Falknerei besitzt in vielen Ländern Europas ihre Anhänger. Als Bürger prosperierender Länder stehen den Falknern reichliche Mittel zur Verfügung, sich auch um teuren Preis in den Besitz der heißbegehrten Vögel zu bringen. So verständlich das ist, darf man sich doch nicht verhehlen, vor welcher Lage wir heute stehen, die Falkner sowohl wie die Freunde der frei lebenden Falken. Bis in die entlegensten Winkel ist die Welt zugänglich und auszuplündern. Der Bedarf der Falkner an Vögeln ist groß und ebenso der Anreiz hoher Preise für Leute in den wirtschaftlich schwachen Ländern, die Falken auszuhorsten und zu verkaufen, wo sie sie finden. Das führt zwangsläufig zu einer traurigen Alternative: entweder die Falknerei jetzt generell zu stoppen und damit wenigstens diese Bedrohung für die Falken zu beseitigen, oder in wenigen Jahrzehnten alle Großfalken durch die Falkner ausrotten zu lassen, die dann ohnehin vor dem gleichen Ergebnis stehen: Aufzuhören. Etwas anderes gibt es nicht. Wenn die Falknerei – so bedauerlich das ist – nicht generell verboten und damit illegalisiert wird, bleibt den Falken keine Chance, denn die Falkner lassen sowenig von dem letzten Falken wie der Süchtige von seiner Droge. Die Erfahrung liegt reichlich vor. Solange man ihnen das Abtragen auch nur von Turmfalken oder Sperbern gestattet, werden sie Wege finden, auch den letzten Großfalken in einen Sperber umzufunktionieren; das Auge des Gesetzes ist da überfordert. Dies ist so sicher wie der Tod.

Aber das ist noch nicht alles, was die Falken und den Wanderfalken im besonderen bedroht. Da sind die störenden Kletterer an den Brutfelsen und da ist vor allem der Teufelskreis, den die chemische Industrie über uns rotieren läßt. Das bedroht die Falken vor allem dort, wo sie von der Jagd auf Wasservögel leben. Wasservögel sind Endglieder in der tödlichen Kettenreaktion der Insektizide und Pflanzenschutzmittel, die tausendtonnenweise in die Gewässer gespült werden und bis in die Polarmeere nachweisbar sind. Mikroplankton – Makroplankton – Crustaceen – Kleinfische – Raubfische – Vögel. Eins frißt das andere. Bei jedem Durchgang reichern sich die nicht abgebauten Gifte an. Sie führen bei den Vögeln zu Sterilisation und zum vorzeitigen Bruch der Eischalen, so daß keine Nachkommen mehr heranwachsen. Das trifft den Wanderfalken in riesigen Bereichen seines einst weltweiten Verbreitungsgebietes. Die alten Paare brüten nicht mehr, Gelege erweisen sich in sehr verstärktem Grade als taub, Eischalen brechen, der Nachwuchs fällt aus und das Aussterben breitet sich rapide aus. So in wenigen Jahren über große Teile der USA und Europas. Es ist ein Trauerspiel. Niemand weiß, ob es gelingen wird, den herrlichen Wanderfalken über die Runden zu bringen, Sinnbild ritterlicher Eleganz. Wenn Falken und Adler fallen, so bleiben uns doch: die Ratten.

Wiesenweihe *(Circus pygargus)*
Ohne die Geier und Falken brüten in Europa 24 verschiedene Arten von Greifvögeln. Zwar kamen niemals alle im gleichen Gebiet vor, einige waren immer selten und lokal verbreitet, immerhin gehören noch heute 10 oder 11 zu den regelmäßigen Brutvögeln Westdeutschlands. Aber wann bekommt derjenige, der nicht weiß, wo sie zu suchen sind, außer dem Mäusebussard einmal einen einzigen anderen Greifvogel zu sehen? Kaum je. Und selbst der Mäusebussard ist in vielen Gegenden ein seltener Vogel geworden. Neben der Vernichtung von Lebensraum und Nahrungsgrundlage ist das vor allem der Erfolg jahrhundertelangen Abschusses mehr oder minder aller Greifvögel. Man sah sie als Schädlinge der Bauern und der Jagd an. Die Zeit liegt noch nicht weit zurück als für ein Paar abgelieferter Raubvogelfänge von den Behörden Prämien gezahlt wurden. Seit kurzem besteht in einigen Bundesländern ein vollständiges Verbot der Jagd auf alle Greifvögel, einschließlich der bis zuletzt Verfehmten, Sperber und Habicht. Es wird einige Zeit dauern, bis sich der Geist des neuen Gesetzes auch bei dem hinterwäldlerischsten Jagdausüber durchgesetzt hat. Dann aber ist zu hoffen, daß die dezimierten Bestände wenigstens einiger unserer Greifvogelarten sich langsam wieder erholen werden. Eine Überhandnahme ist nicht zu befürchten, da auch ohne Beeinflussung durch den Menschen keine Landschaft mehr Raubtiere tragen kann als dem natürlichen Überschuß an Beutetieren entspricht. Wird die Beute spärlich, geht auch die Dichte des Räubers zurück, da er zum Leben immer einen Überschuß braucht, von dem er seine Nahrung nehmen kann.

Zu den ausgesprochen seltenen Greifen gehören in den meisten Gegenden heute die Weihen. Sie leben an Orten, die wenig aufgesucht werden. Landnutzung und Entwässerungen lassen ihre Lebensräume mehr und mehr verschwinden.

Kaum jemand kennt die bussardähnlichen, doch viel schlankeren Gestalten mit langen, ziemlich breiten Flügeln und langen dünnen Fängen. Ihr Flug ist beinahe möwenähnlich, unsteter und wendiger als beim Bussard, oft sind plötzliche Haken und jähe Wendungen eingeschaltet. Der Beuteflug dieser spezialisierten Suchjäger geht niedrig über dem Boden dahin. Fläche um Fläche wird abgesucht, Deckung genutzt, um zu überraschen, wo immer es geht. So revieren die Weihen über Rohrsümpfen, Wiesen mit hohem Grase und krautigen Steppen. Sie reagieren blitzschnell auf jede Bewegung und jeden Laut eines unter ihnen auftauchenden Tieres. Geschmeidig lassen sie sich fallen und greifen zielsicher mit den langen Fängen. Ihre Beute bilden Kleintiere aus vielen Gruppen, Amphibien, Reptilien, Säuger, Vögel, auch größere Insekten; im Sommer fallen ihnen zahlreiche Jungtiere zum Opfer.

Vier Arten brüten in Europa, eine davon nur im Osten regelmäßig. Die Geschlechter unterscheiden sich in der Größe nur unbedeutend, in der Färbung erheblich. Oberseits ist das Männchen der Wiesenweihe möwengrau, über den Armteil des Flügels zieht ein schmales schwarzes Band. Diese Binde und die rostbraune

Fleckung der Flanken an der sonst weißen Unterseite unterscheiden die Wiesenweihe von der sehr ähnlichen Kornweihe. Die braunen Weibchen gleichen sich so sehr, daß sie im Freien kaum auseinanderzuhalten sind. Gemeinsam kennzeichnet sie ein weißer Bürzelfleck, der der ebenfalls braunen Rohrweihe fehlt. Aber auch die Männchen von Korn- und Wiesenweihe und dazu noch der östlichen Steppenweihe können im Felde nur vom erfahrenen Kenner richtig angesprochen werden.

Das Verbreitungsgebiet der Wiesenweihe reicht über den größten Teil Europas, sie fehlt im hohen Norden und im Südosten, und erstreckt sich nach Osten bis Mittelasien. In Westeuropa ist sie selten und kommt gewöhnlich nur an weit voneinander entfernten Plätzen vor, keineswegs überall. Ihr Lebensraum sind feuchte Steppe, nasse Wiesen, Moore, Heiden, Dünen. Die intensiv genutzte Kulturlandschaft ist den Weihen feindlich. Nur selten läßt die Zivilisation größere Flächen unangetastet, auf denen Wiesenweihen brüten und sich ernähren können. Wo aber solche Gebiete noch vorhanden sind, siedelt sich die Wiesenweihe gern in kleinen Gruppen auf relativ engem Raum an. Die Brutreviere der Paare sind nicht sehr groß und die Nahrung kann auch außerhalb in einem gemeinsamen Jagdgebiet beschafft werden.

Als Zugvogel wandert die Wiesenweihe im Herbst bis in die Steppen des tropischen Afrika. Im zeitigen Frühjahr kehrt sie an die Brutplätze zurück. Dann fallen die Männchen durch ihre Balzflüge auf. Sie steigen in Kurven hoch und lassen sich steil über den Flügel, zuweilen auch nach rückwärts abkippen, oft ist dabei die keckernde und hoch fiepende Stimme zu hören. Das für einen Greifvogel kleine Nest aus Zweigen und krautigen Stengeln steht am Boden an einem trockenen Platz inmitten hoher Wiesen- oder Sumpfvegetation. Die 4–5 Eier des Geleges sind weiß, nur selten mit ein paar bräunlichen Wischern. Nur das Weibchen brütet. Es wird vom Männchen mit Beute versorgt, die fliegend übergeben wird. Das Weibchen beteiligt sich erst an der Futterbeschaffung, wenn die Jungen schon herangewachsen sind. So lange verbringt es die meiste Zeit am Horst. Schon im Alter von vier Wochen verlassen die Jungen das Nest und verbergen sich einzeln im Schutz der Vegetation in der Nähe.

Wildkatze *(Felis silvestris)*
Die Wildkatze, auch Kuder genannt, welch letzterer Name für den Jäger die männliche Wildkatze, nämlich den Kater, bezeichnet, lebte einst fast in ganz Europa außer Irland, Skandinavien, Nord- und Mittelpolen und Nord- und Mittelrußland. In England ist sie ausgerottet, in Schottland noch häufig, in Frankreich vor allem in den westlichen Waldungen und im Süden, in Iberien noch weitverbreitet, in Italien im Apennin, im Süden und auf Sizilien und Sardinien vorhanden. Auch auf Korsika und Mallorca kommt sie vor, ebenso wie auf Kreta und dem griechischen Festland. Von Südpolen und -rußland und der Tschechoslowakei geht sie durch alle Balkanländer bis in den Kaukasus und Südural. In der Schweiz tritt sie vereinzelt noch im Jura auf, in Österreich von Slowenien herkommend vereinzelt in Südkärnten.

Bei uns in Deutschland liegt ihr Vorkommen in den rheinischen Gebirgen von der Eifel bis zum Hunsrück und an den Wasgenwald, wo sie auf französischer Seite immer noch zu Hause ist. Auch rechtsrheinisch bewohnt sie die Mittelgebirge bis zum Harz und in die Thüringer Wälder und bis zum Wester-, Odenwald und Spessart. Da sie in Preußen seit 1924, im Deutschen Reich seit 1934 und heute in der BRD und DDR als jagdbares Tier ganzjährig streng geschont ist, konnte sie sich langsam von der scharfen Verfolgung, der sie in den vorangegangenen Zeiten als angeblich blutrünstiger Jagdschädling ausgesetzt war, gut wieder erholen und sich auch wieder ausbreiten. So taucht sie vereinzelt bereits in Holland und in Sachsen auf, in welch letzterem sie bald den Zusammenhang mit den böhmisch-mährischen Beständen wieder herstellen wird.

Wichtig für ihr Vorkommen ist die Schneelagendauer des Winters. Wo der Schnee zu lange und zu hoch liegt, kann sie sich als nur rd. 30 bis 35 cm hohes (Schulterhöhe) Tier kaum fortbewegen und ist auch zu lange von ihrer Hauptbeute, den Erd- und Waldmäusen abgeschnitten. Deshalb gibt es auch im Bialowieser Urwald seit gut 150 Jahren keine Wildkatzen mehr. Wo mit ihr der Luchs lebt, muß sie sich vor ihm vorsehen, denn dieser lautlose Pürschgänger reißt sie, wenn er sie erwischt. Da die europäische Wildkatze nur das Teilgebiet einer Großart, die als Falbkatze über ganz Afrika und als Steppenkatze über Vorderasien verbreitet ist, besetzt hält, gehört sie mit der von der mesopotamisch-ägyptischen Falbkatze abstammenden Hauskatze (Domestikation im 3. Jahrtausend v. Chr. in Mesopotamien) zu einer Art und kreuzt sich daher fruchtbar mit ihr. Auch in unseren Wildbahnen tauchen solche Blendlinge immer wieder auf.

Eine echte Wildkatze unterscheidet sich von wildfarbenen Hauskatzen meist durch ihre Größe und Schwere (KR bis 90 cm, S bis 40 cm, Gewicht bis 9 kg), durch den deutlichen gelben Unterton in der grauen Färbung, besonders im Sommerfell, den kurzbuschigen, wie abgestutzt endenden, schwarz geringelten Schwanz und den weißlichen Kehl-, Brust-, Bauch- und den schwarzen Sohlenfleck. Ihre Hauptnahrung sind wie gesagt Mäuse. Selbstverständlich ist sie nicht ganz harmlos, sondern reißt auch größeres Getier. Doch sind es immer nur einzelne Stücke, die sich an Rehen oder Auerwild vergreifen. Der Hauptlebensraum der Wildkatze sind die größeren Waldgebiete, wo sowieso wenig Niederwild vorkommt. Wichtig für ihren Aufenthalt sind viel Gebüschhorste, Dickungen, hohle Bäume, vor allem aber Felsklüfte und Höhlen. Gleich der Falbkatze liebt sie Trockenheit und Wärme sehr, sucht sich also stets geschützte trockene Lagerstätten, sonnt sich gern und ist durchaus kein reines Nachttier. Bei schlechtem Wetter bleibt sie möglichst im Bau. Junge Wildkatzen, die nach neunwöchiger Tragzeit in der Zahl von 2–4 Ende April, Anfang Mai blind zur Welt kommen, öffnen nach 10–12 Tagen ihre himmelblauen Augen, die nach einigen Wochen auf gelbgrün umfärben, und werden, sehr jung an den Menschen gewöhnt, zahme Hausgenossen bis zur Geschlechtsreife. Die Kuder werden dann allerdings zu wild. Die Jungkatzen bleiben bis zum Herbst bei der Mutter, dann machen sie sich selbständig und suchen sich eigene Reviere, denn die Wildkatze ist Einzelgänger. Die Geschlechtsreife tritt zur nächsten Ranzzeit im Februar ein. Das Lebensalter liegt bei 10–14 Jahren, in Gefangenschaft wurden auch schon 16 Jahre erreicht.

Wisent *(Bison bonasus)*
Der europäische Wisent ist als Wildrind ein naher Verwandter des nordamerikanischen Bisons, mit dem er zusammen am Eiszeitende eine Großart bildete, die die ganze gemäßigte Holarktis besiedelte. Die sibirischen Zwischenformen starben aus. Aber der Wisent selbst reichte in frühgeschichtlicher Zeit mit seiner Verbreitung noch von Frankreich im Westen bis zur Lena im Osten und Mesopotamien im Südosten und heute stehen in Nordkanada noch Waldbisons, die sehr wisentähnlich sind. Auch wird die nahe Verwandtschaft von Wisent und Bison durch deren Kreuzbarkeit untereinander mit unbeschränkter Fruchtbarkeit bezeugt. Noch in der zweiten Hälfte des 18. Jahrhunderts lebten Wisente im oberen Irtisch-, Ob-, Semiretsche- und im Altaigebiet. Auch im Kaukasus, wo der Wisent eine eigene schlanke kletterfähige Gebirgsunterart herausgebildet hatte, gab es noch Vertreter von ihm bis in den Anfang der zwanziger Jahre dieses Jahrhunderts. Erst durch die russischen Revolutionskämpfe wurden die letzten abgeschossen. Genauso wie die letzten wildlebenden Flachlandwisente, die im Leibjagdrevier des Zaren in Bialowies standen, diesen Wirren zum Opfer fielen.

Erfreulicherweise beherbergten aber eine Reihe von europäischen Tiergärten noch einige Wisente. Um die Art nicht aussterben zu lassen, wurden sie auf Anregung von Dr. Kurt Priemel, dem damaligen Direktor des Zoologischen Gartens in Frankfurt a. M., karteimäßig erfaßt und 1923 in Berlin eine »Internationale Gesellschaft zur Erhaltung des Wisents« gegründet, deren Vorsitzender Priemel wurde. Mit den damals 56 erfaßten Tieren begann man eine planmäßige Wiedervermehrung, die so erfolgreich war, daß 119 Tiere die schrecklichen Zerstörungen des zweiten Weltkrieges überlebten. Sie vermehrten sich so gut, daß es heute wieder über 1000 reinblütige Wisente gibt. Die gegenwärtige Sorge ist nun nicht mehr die Vermehrung (die läuft bei allen gesunden Paarhufern von allein aufs beste), sondern die Unterbringung des Zuwachses. Im Bialowieser Wald, durch den die polnisch-russische Grenze zieht, leben auf beiden Seiten wieder gute Wisentbestände, davon bereits weit über hundert in freier Wildbahn. Außerdem haben viele Zoologische Gärten in aller Welt Wisente als Insassen und auch in großen Wildgattern werden sie gerne gezeigt. Somit ist die Art keineswegs mehr in ihrem Bestand gefährdet, auch wenn einmal alle Bialowieser Wisente die Maul- und Klauenseuche bekommen sollten. Man geht sogar daran, den Kaukasuswisent »wiederherzustellen«. Ein Stier davon gelangte vor dem ersten Weltkrieg in einen Tiergarten und zeugte mit Flachlandwisentkühen eine Reihe von Nachkommen. Durch sorgfältige Zuchtwahl aus ihnen versucht man, das »Kaukasusblut wieder anzureichern«, wie die Tierzüchter sagen, zumal man die dafür ausersehenen Tiere auch wieder in geeignete Gebirgsparks gebracht hat. Natürlich läßt sich das Erbgut einer einmal ausgestorbenen Tierform nicht wieder in seiner ehemaligen Zusammensetzung herstellen. Dennoch läßt sich ihr Erscheinungsbild aus »Blutresten« nach und nach ziemlich treffend wieder »rückzüchten«.

Obwohl der Wisent als großes Wildrind (Kopfrumpflänge der Stiere rd. 270 cm, Schwanzlänge rd. 80 cm, Schulterhöhe 180–195 cm, Gewicht 800–900 kg; Kühe kleiner und leichter) seit Urväterzeiten mit dem Menschen in Europa und Vorderasien zusammenlebte, ist er nie zum Haustier gemacht worden, wie es mit seinem Vetter, dem Auerrind (Auerochse, Ur) geschah. Das liegt wohl daran, daß der Wisent ein Waldrind ist, das vorwiegend Baum- und Strauchlaub frißt, was ihn für Stallhaltung nur schlecht geeignet sein läßt, während das Auerrind, der 1627 ausgerottete Stammvater unseres Hausrindes, als Gräser und Kräuter weidender Aulandschaftsbewohner dazu viel geeigneter war.

Lebensraum des Wisents ist also offener bis geschlossener Laub-, Misch- und Nadelwald, im Gebirge bis rd. 3000 m aufwärts. Waldwiesen und Blößen mit sandigen Stellen zum Sonnen und Sandbadnehmen sind ihm sehr willkommen. Zur Nahrung dienen Knospen, Blätter, Zweige und Rinde von Bäumen und Sträuchern, aber auch Pilze und Flechten, Gräser und Kräuter. Die Haupttätigkeit wird in den Morgen- und Nachmittags- bis Abendstunden entfaltet, mittags gerne geruht. Meist steht ein starker Bulle mit mehreren Kühen und deren Kälbern beisammen. Alte Bullen leben auch mehr einsiedlerisch. Im August–September werden die Kühe brunftig. Sich stark fühlende Jungbullen fordern dann die Altbullen heraus und es gibt nicht selten heftige Rivalenkämpfe. Nach rd. neunmonatiger Tragzeit wird meist ein Kalb (seltener zwei) geboren, das ein Jahr lang gesäugt und mit drei, seltener bereits mit zwei Jahren geschlechtsreif wird, doch als Bulle erst mit 7–9 Jahren voll ausgewachsen ist. Die Lebensdauer beträgt 20–25 Jahre, seltener mehr.

Auch am Wisent hat sich gezeigt, daß es fast nie zu spät ist, eine Tierart vor dem Aussterben zu retten, wenn noch einige Vertreter davon leben, und der Mensch alles daran setzt, diese zu schützen, zusammenzuführen und zur Wiedervermehrung zu bringen. Andere erfreuliche Beispiele solcherart sind Davidshirsch, Alpensteinbock, Arabischer Spießbock oder Weiße Oryx, Kulan u. a. Sie ermutigen die in aller Welt dafür eintretenden Naturschützer, auch bei Dutzenden anderer bedrohter Tierarten die Rettung zu versuchen, um sie der Nachwelt zu erhalten.

Wolf *(Canis lupus)*
So wie der Luchs der natürliche Hauptregler des Rehwildes, so ist der Wolf das gleiche für das Rotwild, jedenfalls ehemals in den Urlandschaften Mitteleuropas. In Skandinavien und Rußland hatte bzw. hat er die gleiche Bedeutung für den Elch und das Ren, in anderen Ländern für gleiche oder andere Hirscharten. Als zum ausdauernden Laufen gebauter Hetzräuber ist er jedenfalls dazu bestimmt, seine Hauptbeute unter den schnellfüßigen größeren Paarhufern der Holarktis zu suchen, und das sind in erster Linie Hirsche. Deren Schnelligkeit setzt er seine Ausdauer und Verbandstaktik als Rudeljäger entgegen, die letzten Endes immer die Beute zur Strecke bringen. Der Wolf ist von Haus aus Waldlandtier und besiedelt den gesamten holarktischen Waldlandgürtel in Ebene und Gebirge (bis 5000 m aufwärts). Von dort aus eroberte er sich nordwärts auch den arktischen Tundrengürtel bis Nordgrönland hinauf. Südwärts stieß er in die arabischen und asiatischen Wüsten vor. Die große Anpassungsfähigkeit an alle Lebensräume zwischen Meeresküste und Hochgebirge, feuchtem Moorland, heißer Wüste und eiskalter Tundra sicherte ihm eine sehr weite Verbreitung über ganz Europa (außer Irland und Mittelmeerinseln) ganz Vorderasien mit Arabien, ganz Mittelasien einschließlich Nord- und Mittel-Vorderindien, ganz Ostasien südwärts bis Mittelchina und Japan, sowie ganz Nordamerika südwärts bis Nordmexiko. In diesem riesigen Gebiet wechselt seine Gestalt zwischen dem großen weißen Polar- und dem kleinen graubraunen indischen Wolf und kleinen mexikanischen Rotwolf. Auch innerhalb einer Großlandschaft ändert seine Fellfarbe ziemlich ab und schwarze Vertreter sind gar nicht so selten.

Als der Mensch begann, Haustiere zu halten, wurde der Wolf ein großer Schädling seiner Viehbestände. Denn die in freier Wald- oder Wiesenweide gehenden Schafe, Ziegen und Schweine, Jungrinder und Fohlen waren für ihn viel leichter zu reißen als die scheuen Wildtiere. So wurde der Wolf überall auf das heftigste verfolgt, was in vielen Ländern seines Vorkommens bis heute anhält.

In Deutschland war er bis zum letzten Kriege seit über 100 Jahren ausgerottet. Nur vereinzelt kamen vom Osten her hin und wieder Tiere über die ostpreußische Grenze, die aber jedes Mal schnell eingekreist und abgeschossen wurden. Mit dem Ende des Krieges haben sich aber die Verhältnisse gewandelt. Hatte er vorher in Europa feste Bestände nur noch in Rußland, im Bogen der Waldkarpaten, im Balkangebirge, im Apennin und in Kalabrien sowie in den iberischen Bergen und einen kleinen Rest auch noch in den Hochfjällen Femoskandiens und war er höchstens Wechselwild im Baltikum, in Polen und in der Slowakei, so stieß er nach 1945 in breiter Front nach Westen vor. Er besiedelte Finnisch-Karelien und vermehrte sich in Nordschweden und -norwegen, und das Baltikum, Westrußland, Polen, Ostpreußen, Westpreußen, Pommern und Schlesien wurden von ihm erobert. Auch im slowakischen Erzgebirge und in der ungarischen Tiefebene tauchten wieder Wölfe auf. Ebenso erschien in Österreich die Art als Wechselwild und stieß bis in die Schweiz vor, genauso, wie er durch Mitteldeutschland bis in die Lüneburger Heide vordrang (5 Erlegungen, 6 in Österreich, 2 in der Schweiz). Noch 1960 wurden in Mitteldeutschland 4 Wölfe erlegt. Es dauerte fast zwei Jahrzehnte, bis der Wolf überall wieder unter Kontrolle war, wozu in den Oststaaten jährlich Tausende (in Rumänien z. B. 23000 von 1950–1963, in der Sowjetunion in dieser Zeitspanne sogar mehrere hunderttausend) mit Falle, Gift und Kugel zur Strecke gebracht werden mußten. Wo der Mensch sich mit Krieg und nachfolgend Hunger und Seuchen gegenseitig umbringt, gewinnt der Wolf schnell an Boden. Dauerte es doch nach dem 30jährigen Krieg rd. 100 Jahre, bis man der Wolfsplage wieder Herr geworden war.

Der Wolf lebt in Familientrupps. Im April oder Mai wölft die Fähe nach 64tägiger Tragzeit 4–6 Junge, die ein wolliges, einfarbig dunkles Welpenkleid tragen, nach 4 Tagen die Augen öffnen, rd. zwei Monate lang gesäugt werden und mit 3–4 Monaten anfangen, die Eltern auf den Jagdzügen zu begleiten. Mit rd. ½ Jahren jagen sie bereits selbständig im elterlichen Revier.

Mit Herbstbeginn schlagen sich mehrere Familien zu einem, von einem starken erfahrenen Altwolf in strenger Rangordnung geführten Rudel zusammen, das sich damit das Hetzen, Einkreisen und Reißen von Großwild erleichtert. Das Rudel bleibt bis zum Spätwinter zusammen. Dann setzt die Roll- oder Ranzzeit ein, in der die jungen und schwächeren Rüden abgebissen werden und die Fähen sich starken Rüden anpaaren. Bald nach der Ranz sucht jedes Paar ein eigenes Revier, wo die Fähe dann das Wurflager in einer Felshöhle oder einem Windwurf oder einem Erdbau oder einem ähnlichen schwer auffindbaren Versteck richtet. Der Rüde bleibt bei ihr und trägt ihr nach dem Wölfen Fraß zu.

Die Nahrung besteht im Frühling und Sommer aus Jungwild, Vogelgelegen und Jungvögeln, aber auch aus Mäusen und anderen Kleinsäugern, Fischen, Lurchen, Kriech- und Weichtieren, Krebsen und Kerbtieren sowie Beeren, Früchten, Wurzeln, Knollen, Knospen und dergleichen, auch Aas wird jederzeit genommen. Diese Allesfresserei hilft den Eltern, die hungrigen Jungwölfe satt zu kriegen. Wo der Mensch den Wolf nicht belästigt, ist er durchaus Tagtier, wenn seine Haupttätigkeit auch in den Vor- und Nachmittagsstunden liegt. Verfolgt, wird er zum Dämmerungs- und Nachttier. Er scheut den Menschen sehr und geht ihm aus dem Wege. Vereinzelt ist es jedoch vorgekommen, daß Wölfe, die hungrigen Nachwuchs zu stillen hatten, von Menschen bei der Feldarbeit abgelegte Säuglinge raubten. Winterliche Rudelangriffe auf den Menschen sind höchst selten und die meisten Erzählungen darüber aus der Luft gegriffen.

Ausgewachsene Wölfe unterscheiden sich von wolfsähnlichen Schäferhunden durch das höhere Gewicht (35–50, manchmal bis 75 kg, Kopfrumpflänge bis 110 cm, Schwanzlänge bis 40 cm, Schulterhöhe 75–80 cm), den im Querschnitt ovaleren Brustkorb, die mehr körperwärts gerichteten Ellbogengelenke, die schrägstehenden Augen, die breiten, kräftigen Pfoten mit länglichen, anstelle von rundlichen Ballen und das kräftigere Gebiß.

In der Mittelsteinzeit, vor rund 12000 Jahren, machte der Mensch den Wolf zu seinem ersten und ältesten Haustier, dem Hund, und wandelte ihn gestaltlich ab in mehreren hundert Rassen und Zuchtformen (z. Z. sind es rund 400).

Unter ihnen ist der Deutsche Schäferhund, der so wolfsähnlich aussieht, jedoch eine ganze neue Züchtung, die zwar erst um die letzte Jahrhundertwende geschaffen, aber schnell die verbreitetste der Welt wurde (Zuchtbucheintragungen bereits an 1½ Millionen).

FOTONACHWEIS

Bavaria (Abb. S. 27 unten, 80/81); Cats (Abb. S. 184); Demmeler (Abb. S. 79, 96/97, 165); von Dessauer (Abb. S. 108/109); dpa (Abb. S. 99); Flipse (Abb. S. 241 oben u. unten, 244/245); Hoffmann (Abb. S. 187); Kankel (Abb. S. 173, 182/183); Koeß (Abb. S. 32 oben, 205); Koller (Abb. S. 169); Roßdeutscher (Abb. S. 84 oben); Schacht (Abb. S. 88); Dr. Schulze-Westrum (Abb. S. 206/207); Service de Photographie du Museum National d' Histoire Naturelle, Paris (Abb. S. 200); Stern/Ihrt (Abb. S. 82/83); WWF (Abb. S. 112); Zingel (Abb. S. 171, 190/191, 171)

Alle anderen Aufnahmen: Eugen Schuhmacher und Helmut Barth